KB079500

Лев Николаевич Толстой

Анна Каренина

·

안나 까레니나 1

창비세계문학 70

안나 까레니나 1

초판 1쇄 발행/2019년 11월 8일

지은이/레프 니꼴라예비치 똘스또이
옮긴이/최선
펴낸이/강일우
책임편집/양재화 정편집실
조판/전은옥
펴낸곳/(주)창비
등록/1986년 8월 5일 제85호
주소/10881 경기도 파주시 회동길 184
전화/031-955-3333
팩시밀리/영업 031-955-3399 편집 031-955-3400
홈페이지/www.changbi.com
전자우편/lit@changbi.com

한국어판 ⓒ (주)창비 2019
ISBN 978-89-364-6472-1 03890

창비세계문학

70

·

안나 까레니나 1

·

레프 니꼴라예비치 똘스또이

최선 옮김

창비

차례

·

일러두기

1. 이 책은 Л. Н. Толстой, *Собрание сочинений в 20 томах*, Государственное
   издательство художественной литературы, Москва 1963 가운데 제8권(1963)과
   제9권(1963)을 번역 저본으로 삼았다.

2. 본문 중의 각주는 번역 저본에 붙은 후주 및 모스끄바에서 출판된 22권짜리 전집 중
   제8권(1981), 제9권(1982)에 붙은 후주, 옥스퍼드판 영어 번역(1998) 후주, 펭귄판
   영어 번역(2006) 후주, 로제마리 티에체(Rosemarie Tietze)가 새로 번역한 데테파
   우(dtv)판 독일어 번역(2009) 후주, 프레드슨 바워스(Fredson Bowers)가 편집한 V.
   Nabokov, *Lectures on Russian Literature* (1981, 2012년 이혜승이 우리말로 번역했다)
   등을 참고했다.

3. 외국어는 가급적 현지 발음에 준하여 표기하되, 일부 우리말로 굳어진 것은 관용을
   따랐다.

4. 본문 중의 모든 외국어(프랑스어, 영어, 독일어 등)는 발음을 적거나 뜻을 풀어 적은
   뒤 이탤릭으로 표시했고 원어는 각주에 옮겨적은 뒤 어느 나라 말인지 표시했다.

5. 각주에서 참조용으로 밝힌 우리말 성경 구절은 『성경전서 개역개정판』(대한성서공
   회 2008)에 따랐다. 러시아 성경의 우리말 번역은 우리말 성경과 다소 다르다.

복수는 나의 것, 내가 되갚아주리라.*

---

*많은 초고에는 "복수는 나의 것"으로만 되어 있었다고 한다. 똘스또이 및 이 소설의 주요 인물 레빈이 매우 꼼꼼하게 읽은 책이 아르투어 쇼펜하우어 (1788~1860)의 『의지와 표상으로서의 세계』이다. 이 저서의 제4책 「의지에의 동의와 부정」 64장에 "복수는 나의 것, 내가 되갚아주리라, 주께서 말씀하신다" (로마서 12:19)가 언급되어 있는데, 쇼펜하우어는 인간이 개인의 차원에서 오만으로 인한 복수를 원하는 심리를 거부하는 깊은 덕과 선의를 논하면서 영원한 정의는 지상에 있지 않다는 맥락에서 이 부분을 인용했다. 로마서 12장 19절은 다음과 같다. "사랑하는 자들이여. 너희들이 복수하지 말고 하느님의 분노에 맡겨라. 왜냐하면 복수는 나의 것, 내가 되갚아주리라, 주께서 말씀하신다고 쓰여 있으니." 이 소설의 제사는 "복수는 나의 것, 내가 되갚아주리라"로만 되어 있는데 이 말이 소설 속에서 무엇을 의미하는지는 애매한 바가 있지만 앞의 두 사항과 연결지어 생각하면, 인간들은 서로 상처 입히고 상처받으며 살아가면서 복수는 자신의 것이라고 여겨 되갚아주겠다고 생각하는데 그것은 옳지 않다는 의미를 지니게 된다. 『의지와 표상으로서의 세계』 제4책 58~71장에서 주로 나타나는 쇼펜하우어의 생각을 이 소설과 연결하여 대략적으로 요약하면 다음과 같다. 인간이 존재하려는 의지는 인간이 삶과 세계에서 완전히 해방됨으로써 극복될 수 있다. 인간의 진정한 자아는 현실세계에 속하지 않고 이 세계의 가치는 거짓 가치이며, 진정한 가치는 절대로 이 세계에 의해 만들어지지 않고 모든 영속적 의미와 가치는 시간을 초월하여 시공간적인 물질적 대상의 세계 바깥에 존재한다. 인간들은 이 무시간적 존재에 참여하고 있지만 이러한 진실을 볼 수 있는 인간은 드물고, 보통 인간들이 이를 볼 수 있는 것은 인간 스스로의 의지를 부정, 극복하는 관조와 예술을 통해서이다. 이 세계에서 인간들은 오만으로 서로에게 복수하고 살아가지만 깊은 덕과 선의를 지닌, 진정한 자아를 자각하는 사람은 이것의 무의미를 안다. 복수하는 자나 복수당하는 자나 모두 같은 존재라는 것을 자각하고 연민을 느끼게 되는 것이다. 앞의 로마서 인용은 러시아 성경에서 번역한 것이다.

제1부

1

   행복한 가정들은 모두 서로서로 닮았고, 불행한 가정들은 각각
나름대로 불행하다.

   오블론스끼 집은 모든 것이 뒤죽박죽이었다. 남편이 전에 가정
교사로 일했던 프랑스 여자와 관계를 맺고 있다는 것을 알아챈 아
내가 그에게 더이상 한집에서 같이 살 수 없다고 선언했던 것이다.
벌써 사흘째 계속되고 있는 이 상황은 부부 자신들에게나 모든 가
족에게, 이 집에 딸린 식솔들에게까지도 고통스럽게 느껴졌다. 모
든 가족과 식솔 들은 그들이 함께 산다는 것이 아무 의미가 없으며
여관에 어쩌다 우연히 모인 사람들이라도 그들, 오블론스끼 집의
가족이나 식솔 들보다 더 가까운 사이일 거라고 느꼈다. 아내는 자
기 거처에서 나오지 않았고 남편은 사흘째 집에 없었다.[1] 아이들은

길을 잃은 것처럼 마구 온 집을 헤매며 이리저리 뛰어다녔다. 영국인 여자 가정교사는 가정부와 싸웠고 친지에게 새 일자리를 구해달라고 부탁하는 편지를 썼다. 요리사는 이미 어젯밤 저녁식사 시간에 집을 나갔고 부엌 하녀와 마부는 급료를 정산해달라고 요구했다.

싸운 지 사흘째 되는 날, 스쩨빤 아르까지치 오블론스끼[2] 공작──사교계에서 부르는 이름으로 스찌바[3]──는 습관에 따라 정해진 시각, 즉 아침 여덟시에, 아내의 침실이 아니라 자기 서재의 모로코가죽[4] 소파에서 잠이 깨었다. 그는 다시 오랫동안 잠에 들어보려는 것처럼, 정성스레 보살펴 관리한 통통한 몸을 스프링 소파 위에서 다른 쪽으로[5] 돌리고는 베개를 꼭 안고 그것에 뺨을 눌렀으나 갑자기 몸을 벌떡 일으켜 앉더니 두 눈을 떴다.

----

1 남편은 사흘째 한번도 집에서 볼 수 없었다. 즉 남편이 부재 상태였다는 뜻으로 여겨진다. 잠은 분명 집에서, 그러나 아내와 함께 자는 침실이 아니라 자기 서재 소파에서 잔 것으로 보인다.

2 러시아 이름은 보통 이름, 부칭, 성, 이렇게 세 부분으로 나뉜다. 성은 여성형과 남성형이 있으며 여성은 결혼하면 남편의 성을 따른다. 예컨대 안나의 남편이 까레닌이므로 안나는 까레닌 부인이라는 뜻으로 까레니나로 불린다. 부칭은 아버지의 이름에서 만들어진다. 안나 아르까지예브나 까레니나의 경우 안나의 아버지 이름이 아르까지이다. 알렉세이 알렉산드로비치 까레닌은 아버지의 이름이 알렉산드르이다. 보통 예의를 갖춰서 부를 때는 이름과 부칭을 부른다. 친한 경우 이름을 부르거나 이름을 지소형으로 만들어서 부르기도 한다. 예컨대 꼰스딴찐 드미뜨리예비치 레빈을 가까운 사이에서는 꼰스딴찐 또는 꼬스쨔라고 부른다.

3 당시에 이름을 영국식으로 부르는 유행이 있었다. 스쩨빤을 영국식으로 부르면 스티븐일 것인데 러시아적 인간인 오블론스끼의 경우는 러시아적으로 변용되어 스찌바로 불렸다. 그의 아내 다리야는 돌리로, 그녀의 여동생 예까쩨리나는 끼찌로 불렸다.

4 고급 염소가죽.

5 소파 등받이 쪽으로.

'그래, 그래, 어떻게 됐었지?' 꿈을 기억해보며 그는 생각했다. '그래, 어떻게 됐었지? 그래! 알라빈[6]이 다름슈타트[7]에서 저녁을 냈지. 아니야, 다름슈타트가 아니라 미국에 있는 무슨 도시였는데. 그래, 거기 다름슈타트는 미국에 있었어. 그래, 알라빈이 낸 만찬이 유리로 된 식탁들에 차려져 있었지. 그래, 식탁들이 노래를 불렀어. '내 소중한 이'[8]를, 또 '내 소중한 이' 말고 더 좋은 것을 불렀지, 그리고 무슨 작은 유리병들이 있었는데 그것들이 여자들이었지.' 그는 기억을 더듬어보았다.

스쩨빤 아르까지치의 두 눈은 유쾌하게 반짝거리기 시작했고 그는 미소를 지으며 생각에 잠겼다. '그래, 멋졌어. 아주 멋졌어. 거기 진짜 멋진 것들이 많이 더 있었는데. 그래, 이루 말할 수 없이 멋진 것들, 잠에서 깨고 나니 생각으로도 그려지지 않는 것들.' 두꺼운

----

6 미국의 앨라배마를 연상시키는 이름이고 알라딘의 램프를 연상시키기도 한다.
7 러시아어의 '다르모예드', 즉 식객, 공짜로 먹고사는 사람, 남에게 폐를 끼치는 사람이라는 단어와 발음이 비슷한 독일 도시이다. 1872년 2월에 다름슈타트 소재 『쾰른 신문』에서 미국 남북전쟁 이후 영국과 미국 간의 분쟁, 특히 앨라배마에서 불거진 상선의 손해 문제에 관해 다루었다고 한다.
8 Il mio tesoro(이딸리아어). 나의 보배, 내 소중한 사람이라는 뜻. 오페라 『돈 조반니』 2막에서 돈 조반니의 정체를 알아본 오따비오가 부르는 아리아 "Il mio tesoro intanto/Andate a consolar,/E del bel ciglio il pianto/Cercate di asciugar./Ditele che i suoi torti/A vendicar io vado;/Che sol di stragi e morti/Nunzio vogl'io tornar(나의 보배를 위로하러 가주오, 여러분. 그녀의 아름다운 눈에서 눈물이 마르게 해주오. 그녀의 불행, 그 원수 갚으러 내가 갔다고 그녀에게 전해주오. 나 죽음과 처벌의 소식을 가지고서야만 돌아오리다)"의 첫 부분이다. 돈 조반니를 징벌하려는 오따비오의 아리아를 듣는 꿈은 한편으로는 자신의 죄를 들켜 징벌될 것을 아는 오블론스끼의 마음 상태를 말하지만, 다른 한편으로 계속 그 노래 말고 더 좋은 노래를 듣고 여자들을 꿈꾸는 것이 그가 돈 조반니적 행각을 계속하고 싶어하는 것을 나타낸다고 할 수 있다. 이 소설의 큰 주제 중 하나인 인간의 분열이 그려진 것으로 보인다.

직물로 된 커튼 한 자락 옆으로 새어들어온 빛줄기를 본 그는 유쾌하게 소파로부터 두 발을 내뻗어서 아내가 만들어준 금색 모로코 가죽을 덧댄 슬리퍼(작년 생일에 받은 선물이었다)를 더듬어 찾았으며, 구년 된 습관에 따라 하던 대로 일어나지 않은 채 그의 침실에 실내 가운이 걸려 있는 데로 팔을 뻗었다. 그러다가 그 순간 갑자기 자신이 왜, 어쩌다가 아내의 침실에서 자지 않고 서재에서 자는지가 기억났다. 그의 얼굴에서 미소가 사라졌고, 이마에는 주름이 잡혔다.

'아아, 아아, 아아! 아아!' 그는 일어난 모든 일을 기억하고 신음했다. 부부싸움의 모든 구체적인 사항들, 출구 없는 그의 처지, 그리고 무엇보다도 고통스럽게, 그가 저지른 죄가 다시 눈앞에 그려졌다.

'그래! 그녀는 용서하지 않을 거고 용서할 수도 없지. 그리고 가장 끔찍한 건 모든 게 내 탓이라는 거야. 모든 게 내 탓인데 나는 죄를 못 느껴. 여기에 모든 비극이 있어.' 그는 생각했다. '아아, 아아, 아아!' 그는 이 싸움에서 가장 힘든 장면들을 기억하고서 절망적으로 중얼거렸다.

가장 기분 나빴던 순간은 그가 아내에게 줄 무지 큰 배 하나를 손에 들고 유쾌하고 만족스럽게 극장에서 돌아왔을 때 거실에서 아내를 찾을 수 없었고, 놀랍게도 서재에서도 찾을 수 없었고, 결국 침실에서 모든 것을 폭로하는 불운의 쪽지를 손에 들고 있는 그녀를 발견했던 그 첫 순간이었다.

그녀, 그가 보기에 항상 근심에 싸여 있고 분주하게 동동거리는, 근시안적인 여자 돌리가 손에 쪽지를 쥐고 꼼짝 않고 앉아서 경악과 절망과 분노가 섞인 표정으로 그를 쳐다보았다.

"이게 뭐예요, 이게?" 그녀가 쪽지를 가리키며 물었다.

그리고 이 기억에서 스쩨빤 아르까지치를 고통스럽게 한 것은, 자주 그렇긴 하지만, 사건 자체라기보다 아내의 이 말에 답한 자신의 태도였다.

그 순간 그가 보인 행동은 사람들이 어떤 너무나 수치스러운 일을 예기치 않게 들켰을 때 보이는 바로 그런 행동이었다. 그는 죄가 폭로된 후 아내 앞에 놓이게 된 그의 처지에 걸맞은 표정을 미처 준비할 수가 없었던 것이다. 그는 모욕을 느끼고 변명을 하고 자기를 정당화하고 용서를 구하고 심지어 무관심한 태도를 보이는 대신—이 모든 행동들이 그때 그가 보인 행동보다 더 나았을 텐데!—얼굴에 완전히 무의식적으로('뇌의 반사'⁹라고 생리학을 좋아하는 그는 생각했다), 완전히 무의식적으로 갑자기 습관적인, 마음 좋고 그래서 바보 같은 미소를 헤벌쭉 지었던 것이다.

자신의 그 바보 같은 미소를 그는 용서할 수 없었다. 그 미소를 보고서 돌리는 육체적 고통을 느끼는 것처럼 몸서리치며 흠칫 크게 몸을 떨고 난 뒤 그녀 특유의 성깔을 터뜨리며 잔인한 말들을 마구 쏟아놓고 방을 나갔다. 그 이후로 그녀는 남편을 보려고 하지 않았다.

'모든 게 그 바보 같은 미소 탓이야.' 스쩨빤 아르까지치는 생각했다.

'한데 도대체 어떡하지? 어떡하지?' 절망적으로 그는 혼잣말을

---

9 당시에 유행하던 이론으로, 식자층의 화젯거리였다. 이반 세체노프(1829~1905)의 저서 『뇌의 반사』(1863)의 재판이 1871년에 나왔는데, 그는 『안나 까레니나』가 쓰이던 당시 잡지 『유럽 통보』에 심리적 과정이 외부 자극의 결과라는 물질주의적 주장을 했다.

했지만 답을 찾지 못하고 있었다.

2

 스쩨빤 아르까지치는 자신에게 솔직한 사람이었다. 그는 자신을 속일 수 없었으며 자신의 행동을 후회한다고 스스로에게 확언할 수 없었다.[10] 서른네살의 남자, 잘생기고 사랑에 민감한 그가, 아이 일곱을 낳아서 둘은 죽고 다섯을 키우는 엄마이고 그보다 겨우 한살 아래인 아내를 사랑하지 않는 것을 지금 후회할 수는 없었다. 그가 후회하는 것은 다만 아내에게 좀더 잘 감추지 못했다는 사실이었다. 하지만 그는 자신의 곤란한 처지를 속속들이 느끼고 있었고 아내와 아이들과 자신을 딱하게 여겼다. 이 소식이 아내에게 그렇게까지 큰 영향을 미치리라는 것을 예상했다면 아마도 그는 자신의 죄를 아내에게 좀더 잘 감출 수 있었을 것이다. 그는 이 문제에 대해서 한번도 깊이, 분명하게 생각해본 적이 없었지만, 그가 아내에게 충실하지 않은 것을 아내는 오래전부터 알아차렸는데 모르는 척한다고 막연히 생각하고 있었다. 그는 그녀가, 지치고 늙어버린 여자이자 이미 더이상 아름답지 않은 여자, 아무런 눈길을 끌만한 것이 없는 평범한 여자, 그냥 가정의 좋은 엄마로서 마땅히 가져야 하는 감정에 따라 당연히 관대해야 한다고까지 여겼다. 그

----

10 번역의 저본인 1963년판과 달리 모스끄바에서 출판된 22권짜리 전집 중 제8권 (1981)에는 이 문장에 이어 "그는 지금 6년 전 처음으로 불륜을 저질렀을 때처럼 후회할 수 없었다"라는 문장이 더 있다. 하지만 전체 맥락으로 볼 때 이 문장이 없는 것이 더 자연스럽게 여겨진다. 그가 6년 전에 아내 모르게 혼자서 정말 많이 후회했을 것 같지 않기 때문이다.

러나 완전히 정반대의 일이 일어났다.

'아, 끔찍해! 아아, 아아, 아아! 끔찍해!' 그는 혼잣말만 되풀이했고 아무것도 생각해낼 수 없었다. '이 일이 있기 전까지 모든 게 얼마나 좋았는데. 우리가 얼마나 잘 살았는데! 그녀는 아이들과 함께하며 만족하고 행복했고, 나는 그녀가 하는 일을 조금도 간섭하지 않고 아이며 살림이며 다 그녀 맘대로 하도록 맡겼지. 사실 그 여자가 우리 집 가정교사였다는 것은 나빠. 나빠! 자기 집 여자 가정교사의 비위를 맞추며 구애했다는 것은 뭔가 시시하고 저급하지. 그러나 얼마나 멋진 가정교사였는데!(그는 *마드무아젤 롤랑*[11]의 마음을 빼앗는 검은 두 눈과 미소를 생생히 기억했다.) 그러나 그녀가 우리 집 가정교사로 있었던 동안은 나는 아무 짓도 하지 않았어. 가장 나쁜 것은 그녀가 벌써…… 이 모든 게 하필 꼭 그래야만 했나?[12] 아아! 아아! 아아! 그러나 어쩌지? 어쩌지?'

답은 없었다. 가장 복잡하고 해결 안 되는 모든 문제에 삶이 주는 보편적인 답 이외의 답은 없었다. 그 답은 일상의 일을 하며 살아야 한다는 것, 즉 자신을 잊어야 한다는 것이다. 잠을 자며 잊기는 이미 늦었다, 적어도 밤이 되기 전까지는 말이다. 이미 작은 유리병 여자들이 부르던 음악으로 돌아갈 수는 없다. 그러니 삶이라는 꿈으로 잊어야만 한다.

'가보면 알겠지.' 스쩨빤 아르까지치는 자신에게 다짐한 다음 일어서서 푸른색 비단으로 안감을 댄 회색 실내복을 걸치고, 주먹을

---

11 m-lle Roland(프랑스어). m-lle는 mademoiselle의 약자.

12 이 문장에서 그녀가 누구인지, 무슨 내용인지는 확실하지 않다. 아내가 임신하여 벌써 배가 불러 있다는 말이라면 오블론스끼는 가정교사와 아내를 번갈아 생각하고 있는 것이다.

쥐고 팔을 뻗어 공기를 자기의 넓은 가슴팍으로 모으고서 그의 통통한 몸을 가볍게 받치는 평소의 활기찬 팔자걸음으로 창가로 다가가서 커튼을 올리고 크게 종을 울렸다. 종이 울리는 소리에 당장 오랜 친구인 하인 마뜨베이가 옷과 장화와 전보를 들고 들어왔다. 마뜨베이의 뒤를 따라 이발사가 면도 도구를 들고 들어왔다.

"사무실에서 온 서류가 있나?" 스쩨빤 아르까지치는 전보를 받고 거울을 향해 앉으며 물었다.

"식탁 위에 있습니다." 마뜨베이는 물어보고 싶은 게 있는 듯 주의 깊게 주인을 바라보며 대답하고, 잠시 기다리다 눈치 빠른 미소를 지으며 덧붙였다. "삯마찻집 주인이 사람을 보내왔습니다."

스쩨빤 아르까지치는 아무 대꾸도 안 하고 거울을 통해 마뜨베이를 바라보았다. 거울 속에서 마주친 시선에서 그들은 서로의 마음을 이해하고 있다는 것을 알 수 있었다. 스쩨빤 아르까지치의 시선은 '이걸 넌 뭣 때문에 내게 이야기하는 거냐? 넌 모른단 말이냐?'라고 묻는 듯했다.

마뜨베이는 두 손을 재킷 주머니에 넣고 짝다리로 삐딱하게 서서 아무 말 않고, 보일락 말락 착하게 미소 지으면서 주인을 바라보았다.

"이번 일요일에 오라고, 그때까지는 나리나 저를 번거롭게 하지 말라고 명령했습죠." 그는 아마도 미리 준비해왔을 문장을 말했다.

스쩨빤 아르까지치는 마뜨베이가 농담을 하고 싶어하고 자기에게 주의를 기울여주기를 원하는 것을 알아챘다. 그는 전보를 뜯어서 으레 그렇듯 잘못된 글자를 추측해가며 고쳐 읽었고 이내 얼굴이 밝아졌다.

"마뜨베이, 내 여동생 안나 아르까지예브나가 내일 올 거네." 그는 길고 곱슬곱슬한 턱수염 사이의 장밋빛 길을 말끔하게 손질하고 있는 이발사의 윤기 나는 두툼한 손을 한순간 멈추게 하면서 말했다.

"다행입니다요." 마뜨베이는 이렇게 대답함으로써 자신이 주인과 마찬가지로 이 도착의 의미, 즉 스쩨빤 아르까지치가 사랑하는 여동생 안나 아르까지예브나가 남편과 아내를 화해시키는 데 영향을 줄 수 있다는 사실을 이해하고 있다는 것을 내보였다.

"혼자신가요, 부군과 함께신가요?" 마뜨베이가 물었다.

스쩨빤 아르까지치는 이발사가 윗입술 쪽을 깎고 있어 말을 할 수 없어서 손가락 하나를 들었다. 마뜨베이는 거울 속에서 고개를 끄덕였다.

"혼자시군요. 위층에 준비할깝쇼?"

"다리야 알렉산드로브나에게 어디에 준비할지 결정하라고 말하게."

"다리야 알렉산드로브나께요?" 의심쩍다는 듯 마뜨베이가 되풀이했다.

"그래, 말하게. 그리고 이 전보를 가져가서 그녀가 뭐라고 하는지 나한테 전해주게."

'시도를 해보시려는 거군.' 마뜨베이는 이렇게 이해했지만 "알겠습니다요"라고만 말했다.

마뜨베이가 삐걱삐걱 장화 소리를 내며 손에 전보를 들고 천천히 걸어서 방으로 돌아왔을 때 스쩨빤 아르까지치는 이미 세수를 다 하고 머리를 빗고서 옷을 차려입으려 하고 있었다. 이발사는 가고 없었다.

"다리야 알렉산드로브나께서는 떠날 거라고 전하시랍니다. 그분이, 즉 나리께서 원하는 대로 하시랍니다." 마뜨베이는 눈으로만 웃으며 말하고 나서 주머니에 두 손을 찔러넣고 고개를 비스듬히 기울이고서 주인을 빤히 바라보았다.

스쩨빤 아르까지치는 잠시 침묵했다. 조금 후에 마음 좋은, 약간 유감스러운 미소가 그의 아름다운 얼굴에 나타났다.

"아, 어쩌지, 마뜨베이?" 그는 고개를 흔들며 말했다.

"나리, 괜찮아요. 절로 다 잘될 겁니다." 마뜨베이가 말했다.

"절로 다 잘될 거라고?"

"예, 바로 그렇습죠."

"자넨 그렇게 생각한단 말이지? 거기 누구 있나?" 스쩨빤 아르까지치가 방문 뒤에서 여자 옷 스치는 소리를 듣고 물었다.

"접니다요." 분명하고 편안한 여자 목소리가 대답하더니 문 뒤에서 유모 마뜨료나 필리모노브나의 숙연한 기색의 얽은 얼굴이 삐죽 나왔다.

"그래, 뭔가, 마뜨료샤?" 스쩨빤 아르까지치는 그녀를 향해 문으로 걸어가며 물었다.

스쩨빤 아르까지치가 아내 앞에 전적으로 죄가 있고 그 자신도 그렇게 느끼고 있었지만 집안의 모든 사람들, 심지어 다리야 알렉산드로브나의 가장 중요한 친구인 유모까지도 그의 편이었다.

"그래, 뭔가?" 그가 우울하게 물었다.

"나리, 가셔서 다시 용서를 구하세요. 하느님이 구원하실 거예요. 무척 괴로워하셔서 보기 안됐어요. 게다가 집안 모든 게 엉망진창이 됐어요. 나리, 애들을 불쌍하게 여기셔야 해요. 나리, 용서를 구하세요. 어쩔 수 없지요. 노력 없이 되는 일이 없는……"

"그래, 하지만 받아주지 않을 거네……"

"그래도 할 일은 하셔야죠. 하느님은 자비로우시니 기도드리세요, 나리, 기도드리세요."

"자, 좋아, 해보세." 스쩨빤 아르까지치는 갑자기 얼굴을 붉히고서 말했다. "자, 그래, 옷을 입기로 하세." 그는 마뜨베이를 향해 돌아서며 단호하게 실내복 가운을 벗어던졌다.

마뜨베이는 이미 손에 다림질한 셔츠를 들고 뭔가 보이지도 않는 것을 입으로 불어내며 기다리고 있다가 눈에 띄게 만족스러운 태도로 주인의 정성스레 보살핀 몸을 셔츠로 감쌌다.

3

옷을 차려입은 스쩨빤 아르까지치는 향수를 몸에 뿌리고 셔츠 소맷단을 당겨서 매만져 단정히 한 다음 습관적인 동작으로 담배, 지갑, 성냥, 두겹 줄과 장식품들이 달린 시계를 주머니들에 꽂아넣고 손수건을 한번 털고 나서, 자신의 불행에도 불구하고 자신이 깨끗하고 향수 냄새가 나며 건강하고 육체적으로 유쾌한 상태에 있다는 것을 느끼면서, 방을 나와 걸음을 내디딜 때마다 약간씩 흔들며 떠는 발걸음으로 식당으로 갔다. 식당에는 이미 커피가 나와 있었고 커피 옆에는 관청에서 온 편지들과 서류들이 놓여 있었다.

그는 편지들을 다 읽었다. 그중 하나는 매우 불쾌한 것으로 아내의 소유지에 있는 숲을 매입하려는 상인에게서 온 것이었다. 이 숲은 팔아야만 했다. 그러나 지금으로서는 아내와 화해하기 전까지는 이 문제에 대해서 이야기할 수 없었다. 가장 불쾌한 것은 이로써 아내와의 화해라는 당면 문제에 돈 문제가 개입된다는 점이었다. 그가 이 이해관계에 지배되고 이 숲을 팔기 위해서 아내와의 화해를 구하게 되리라는 생각—이 생각은 그의 자존심을 상하게 했다.

편지들을 끝낸 후 스쩨빤 아르까지치는 관청에서 온 서류들을 앞으로 당겨 두 건#을 재빨리 획획 넘기며 훑어보고 커다란 연필로 표를 한 다음 서류들을 밀어놓고 커피를 마셨다. 커피를 마시면서 그는 아직 축축한 아침신문을 펼쳐서 읽기 시작했다.

스쩨빤 아르까지치는 자유주의 신문을 구독하고 있었다. 과격한 자유주의는 아니고 다수의 사람들이 견지하고 있는 자유주의 경향을 표방하는 신문이었다. 게다가 학문이든 예술이든 정치든 진정으로 그의 흥미를 끄는 것은 없었으나, 그는 이런 것들에 대해서 다수의 견해 및 그가 보는 신문이 견지하는 견해를 확고하게 간직하고 있었으며 다수가 견해를 바꾸면 그도 바꾸었다. 좀더 정확히 말하면, 그가 견해를 바꾸는 것이 아니라 그의 내면에서 견해들이 저절로 바뀌었다.

스쩨빤 아르까지치가 경향이나 견해를 선택한 것이 아니라 이 경향이나 견해가 절로 그에게로 다가온 것이다. 그가 모자나 코트의 모양을 선택하지 않고 다른 사람들이 입는 것을 입듯이 말이다. 그러나 공인으로 사는 그에게 견해를 가지는 것은, 대개 성숙한 나이의 인간이면 어느정도 그의 내면에서 성숙해진 사상의 영향 아래 있어야 할 필요가 있으므로, 모자를 가져야 하는 것과 마찬가지로 필요한 일이었다. 만약 그가 접촉하는 다수의 사람들이 견지하고 있는 보수주의 경향보다 자유주의 경향을 선호하는 이유가 있기라도 하다면, 그건 그가 자유주의 경향이 더 현명하다고 보기 때문이 아니라 그것이 그의 생활방식에 더 가깝기 때문이었다. 자유주의 정당은 러시아는 모든 것이 형편없다고 말했는데, 실제로 스쩨빤 아르까지치에게는 빚이 많았으며 돈이 결정적으로 부족했다. 자유주의 정당은 결혼은 낡은 제도이며 그것을 개혁해야 한다고 말했는데, 실제로 가정생활이라는 것은 스쩨빤 아르까지치에게 거의 만족을 주지 못했고 그에게 거짓과 위선을 강요했으며, 이는 그의 본성에 전적으로 어긋나는 것이었다. 자유주의 정당은 종교가 야만층 민중을 위한 고삐로서만 필요하다고 말했는데, 아니, 정확히 말하자면 암시했는데, 실제로 스쩨빤 아르까지치는 짧은 미사를 견디는 데에도 다리에 통증을 느끼지 않을 수 없었으며, 이 세상에서도 매우 즐겁게 살 수 있는데 왜 저세상에 대해 무시무시하고 고답적인 그 모든 말들을 하는지 이해하지 못했다. 게다가 유쾌한 농담을 좋아하는 스쩨빤 아르까지치는 가끔 신앙인들에게 만약 자기 조상을 자랑스러워한다면 류리끄[13]에 머물면 안 되고 최초의 조상인 원숭이를 부정해서는 안 된다고 말하여 그들을 당황시키는 것을 즐겼다. 이렇게 하여 자유주의 경향은 그의 습관이 되었고, 그는 식사 후에 머릿속에 가벼운 연기를 일으키기 때문에 시가 한대를 피우는 것을 좋아하듯이 자기 신문을 좋아했다. 그는 사설을 읽었다. 사설에는, 과격주의가 모든 보수주의적 요소들을 삼키려고 위협하며 정부가 혁명의 히드라를 제압하기 위한 조치를 취해야 한다는 아우성이 완전히 쓸데없이 드높아지고 있는데 "우리의 견해에 따르면 위험은 존재하지도 않는 혁명의 히드라에 있는 것이 아니라 진보를 방해하는 보수의 완고함에 있다"라는 등등이 설파

---

13 862년부터 슬라브인들을 통치한 러시아 최초의 왕조로, 사실상 페오도르 황제가 죽은 1598년까지 유지되었다. 1870년대에는 이들의 후예로서 대략 60개 가문이 있었고 오블론스끼 가문도 이에 속한다.

되어 있었다. 그는 다른 경제평론도 읽었다. 그것은 벤담과 밀[14]을 언급하며 경제부를 슬쩍 찌르고 있었다. 빠른 이해력이 장기인 그는 누가 누구를 무슨 일 때문에 찌르는지 공격하는 모든 바의 의미를 이해했고 이는 그에게 얼마간의 만족감을 주었다. 그러나 오늘 이 만족감은 마뜨료나 필리모노브나의 충고와 집안이 뒤죽박죽이라는 것이 머릿속에 떠올라 망쳐져버렸다. 그는 또 보이스트 백작이 듣던 바와 같이 비스바덴으로 갔다는 것[15], 더이상 흰머리란 없다는 것, 경마차를 판다는 것, 한 젊은 여성이 구직 신청을 한다는 것에 대해 읽었다. 그러나 이 모든 소식도 예전처럼 고요한, 아이러니한 만족감을 주지 못했다.

그는 신문을 다 읽고 두잔째 커피와 함께 버터 바른 깔라치빵[16]을 먹은 다음 일어서서 조끼에서 빵부스러기를 털어내고는 넓은 가슴을 활짝 펴고 기쁘게 미소 지었다. 그건 그의 마음속에 뭐라도 특별히 기분 좋은 것이 있어서가 아니었고 양호한 소화 흡수 상태가 기쁜 미소를 자아냈던 것이다.

그러나 이 기쁜 미소는 당장 그에게 모든 것을 기억나게 했고 그는 생각에 잠겼다.

두 어린애의 목소리가(스쩨빤 아르까지치는 막내아들 그리샤와 큰딸 따냐의 목소리임을 알았다) 문 뒤에서 들려왔다. 아이들은 뭔가를 들고 가다가 떨어뜨렸던 것이다.

"지붕 위에다는 승객들을 태우면 안 된다고 그랬잖아." 딸애가

----

14 영국의 경제학자 제러미 벤담(1748~1832)과 존 스튜어트 밀(1806~73).

15 실제로 당시 영향력 있는 오스트리아 정치가 프리드리히 폰 보이스트(1809~86)가 1871년 수상직에서 물러나 영국 대사로 발령을 받았으며, 이 일이 화젯거리였다. 보이스트는 런던으로 가는 길에 비스바덴을 방문했다.

16 매우 고운 밀가루로 만든, 크루아상과 비슷한 말랑말랑한 흰 빵.

영어로 소리 질렀다. "자, 주워모아!"

'모든 게 뒤죽박죽이군.' 스쩨빤 아르까지치는 잠시 생각했다. '애들끼리 막 뛰어다니는군.' 그러고 나서 문으로 다가가 아이들을 불렀다. 아이들은 상자 기차[17]를 내던지고 아버지를 향해 방으로 들어왔다.

귀염둥이 딸은 용감하게 뛰어들어와 아버지를 껴안고 웃으면서 언제나처럼 목에 매달려 그의 수염에서 나는 익숙한 향수 냄새를 기꺼워했다. 그러다가 마침내 딸애는 구부린 목 때문에 붉어진, 부드러움으로 빛나는 그의 얼굴에 키스하고 나서 손을 풀고 뒤편으로 뛰어 달아나려 했다. 그러나 아버지가 딸애를 잡았다.

"엄마는 어떠시니?" 손으로 딸의 매끈한 목, 기분 좋은 촉감을 주는 사랑스러운 목을 쓰다듬으며 그가 물었다.[18] "안녕." 그는 인사를 하는 아들에게 미소를 띠고 말했다.

그는 자신이 아들을 덜 사랑하는 것을 의식하고 있어서 항상 공평하게 대하려고 노력했다. 그러나 아들은 이것을 느끼고 아버지의 차가운 미소에 미소로 답하지 않았다.

"엄마요? 일어나셨어요." 딸애가 대답했다.

스쩨빤 아르까지치는 한숨을 쉬었다. '그러니까 또 밤을 새웠군.' 그는 생각했다.

---

17 상자로 기차놀이를 하다가 사고를 흉내 내는 것이 소설 속의 실제 기차 사고들과 연결된다. 제5부 26장(제2권 479면)에서 안나의 아들은 생일에 기차를 선물받고 제7부 19장(제3권 299면)에서 그는 급우들과 함께 몸으로 기차를 만들며 논다.

18 1981년판의 이 부분은 '딸의 매끈하고 부드러운 목'으로 번역하면 무리가 없는데 1963년판에서는 쉼표로 인하여 오블론스끼의 본능적이고 감각적인 특성이 약간 더 강하게 느껴져서 이와 같이 번역했다.

"어때? 기분이 좋으시니?"

딸은 아버지와 어머니 사이에 싸움이 있었다는 것도, 어머니가 기분이 좋을 수가 없다는 것도, 아버지가 이를 알고 있으리라는 것도, 아버지가 이에 대해 이렇게 가볍게 물으면서 모르는 척한다는 것도 알고 있었다. 그래서 딸은 아버지 때문에 얼굴을 붉혔다. 그는 즉시 이 점을 알아챘고 마찬가지로 얼굴을 붉혔다.

"몰라요." 딸애가 말했다. "엄마가 공부하라고 하지 않고 미스 굴 선생님과 할머니께 가래요."

"그럼 가렴, 내 딸내미 딴추로치까[19]. 아, 잠깐." 그는 여전히 딸애를 붙잡고 사랑스러운 팔을 쓰다듬으면서 말했다.

그는 어제 벽난로 위에 두었던 사탕과자 상자에서 딸애가 제일 좋아하는 초콜릿 캔디 한개와 젤리 캔디 한개를 골라 주었다.

"이건 그리샤 거죠?" 딸애는 초콜릿 캔디를 가리키며 물었다.

"그래, 그래라." 그는 다시 한번 딸애의 어깨를 쓰다듬은 후 딸애의 머리카락과 목에 키스하고 나서 딸애를 놓아주었다.

"마차가 준비되었습니다." 마뜨베이가 말했다. "그리고 청원하러 온 여자가 한명 있습니다." 그가 덧붙였다.

"기다린 지 한참 되었나?" 스쩨빤 아르까지치가 물었다.

"반시간쯤 되었습니다."

"당장 알리라고 내가 몇번이나 말했나!"

"커피라도 좀 마저 마실 시간은 드려야지요." 마뜨베이는 친구 같은 허물없는 어조로 말했다. 이런 어조에 화를 낼 수는 없었다.

"그럼 빨리 들어오게 하게!" 오블론스끼는 못마땅해서 얼굴을

---

19 따냐를 사랑스럽게 부르는 이름.

찡그리면서 말했다.

청원인인 깔리닌 이등대위 부인은 가능하지도 않고 말도 안 되는 일을 청원하러 왔다. 그러나 스쩨빤 아르까지치는 으레 하는 대로 그녀에게 자리를 권한 후 그녀의 말을 끊지 않고 주의 깊게 다들어주고 나서 누구에게 찾아가 어떻게 해야 할지 구체적으로 이야기해주고, 그녀에게 도움을 줄 수 있는 인사에게 크고 늘어지는 아름답고 정확한 필체로 민활하고 조리 있게 간단한 추천서까지 써주었다. 이등대위 부인을 내보내고 난 후 스쩨빤 아르까지치는 모자를 들고 뭔가 잊은 게 없나 기억해보느라 잠시 서 있었다. 잊은 것은 아무것도 없었다, 잊고 싶은 아내 외에는.

'아, 그래!' 그는 머리를 숙였고 그의 아름다운 얼굴에는 괴로운 표정이 떠올랐다. "가볼까, 말까?" 그는 중얼거렸다. 내면의 소리는 그에게 말했다, 갈 필요가 없다고, 그건 위선일 수밖에 없다고, 그들의 관계를 바로잡거나 고칠 수 있는 것은 아무것도 없다고. 그녀를 다시 매력적인 여자, 사랑을 불러일으키는 여자로 만들 수도 없고, 자신을 사랑할 수 없는 노인으로 만들 수도 없었다. 이제 허위와 거짓 이외에는 가능한 것이 없었고 허위와 거짓은 그의 본성에 정반대되는 것이었다.

"그래도 아무 때라도 하긴 해야 해. 이대로 그냥 살 수는 없으니까." 그는 자신을 북돋우며 말했다. 그는 가슴을 쫙 펴고 시가를 꺼내서 두 모금을 빤 다음 진주조개 껍데기로 만든 재떨이에 던지고 나서 빠른 걸음으로 어둑한 거실을 통과하여 다른 쪽 문을 열고 아내의 침실로 들어갔다.

4

다리야 알렉산드로브나는 재킷을 입고 한때는 숱이 많고 아름다웠으나 이제는 이미 성글어진 머리칼을 땋아 목 뒤에 핀으로 꽂아 올리고 휑하게 마른 얼굴에, 마른 얼굴 때문에 더 두드러져 보이는 커다란 두 눈에 두려움을 가득 담고 물건들이 어지러이 놓여 있는 방 한가운데 서서 작은 옷장을 열고 뭔가를 고르고 있었다. 그녀는 남편의 발소리를 듣자 문께를 바라보고 얼굴에 엄격하고 경멸스러운 표정을 지으려고 헛되이 노력하면서 멈춰서 있었다. 그녀는 자신이 남편을 두려워하고 있는 것을, 이제 그와 맞닥뜨릴 것을 두려워하고 있는 것을 느꼈다. 그녀는 이 사흘 동안 이미 열번이나 애쓰며 시도했던 일, 아이들과 자기 물건을 모두 꾸려 친정으로 보내버리는 일을 방금 전에도 해보려고 애썼으나 또다시 결행하지 못하고 있었다. 그러나 지금도 앞서 여러번 그랬던 것처럼 이렇게 살 수는 없다고, 무슨 조치를 취해야 한다고, 그를 벌하고 모욕하고 그가 그녀에게 준 아픔의 아주 작은 부분에라도 분풀이를 해야 한다고 자신에게 다짐하고 있었다. 그녀는 아직 여전히 그를 떠나리라고 말하고 있었으나 그것이 불가능한 일이라는 것을 느끼고 있었다. 그 일이 불가능한 이유는 그녀가 그를 남편으로 여기고 사랑하는 일을 멈출 수가 없기 때문이었다. 게다가 이곳 자기 집에서도 아이들 다섯을 기르는 것이 어려운 지경인데 아이들과 함께 가려는 그곳에서는 더 어려울 것이었다. 지난 사흘 동안 막내아이는 상한 고기만두를 먹고 병이 났고 어제는 다른 아이들이 거의 끼니를 걸렀다. 그녀는 떠나는 것이 불가능하다는 것을 느끼고 있었다. 그러나 자신을 속이면서 그녀는 여전히 옷들을 골랐고 떠나려는 듯 거짓 포즈를 취하고 있었다.

남편을 보고 그녀는 마치 뭔가를 찾으려는 듯이 작은 옷장 서랍 속에 손을 집어넣은 채 있다가 그가 아주 가까이 다가왔을 때에야 그를 쳐다보았다. 엄격하고 단호한 표정을 보여주려고 했지만 그녀의 얼굴은 혼란스럽고 괴로운 표정을 나타내고 있었다.

"돌리!" 그는 조용하고 나긋나긋한 목소리로 말했다. 고개를 움츠리며 애처롭고 공손한 모습을 보이려고 했지만 그는 여전히 생기 있고 건강하게 빛났다.

그녀는 재빨리 머리에서 발끝까지 생기와 건강함으로 빛나는 그의 모습을 살펴보았다. '그래, 그는 행복해하고 만족스러워하는군!' 그녀는 생각했다. '아, 그런데 난? 모든 사람들이 그것 때문에 그를 좋아하고 칭찬하는 저 혐오스러운 사람 좋은 성격! 나는 그의 저 사람 좋은 성격을 증오해.' 그녀의 두 입술이 꽉 닫혔고 창백하고 신경이 곤두선 얼굴의 오른쪽 뺨 근육이 떨렸다.

"웬일이세요?" 그녀는 그녀다운 어조가 아닌 빠르고 가라앉은 어조로 말했다.

"돌리!" 그는 떨리는 목소리로 되풀이했다. "안나가 오늘 도착한다오."

"근데 그게 나와 무슨 상관이죠? 난 그녀를 맞을 수 없어요!" 그녀가 소리 질렀다.

"그렇지만 그래도 해야지, 돌리……"

"나가요, 나가요, 나가요!" 그녀는 그를 쳐다보지 않은 채 마치 이 외침이 육체적 고통에서 우러나는 것처럼 냅다 소리 질렀다.

스쩨빤 아르까지치는 아내에 대해서 생각하며 마뜨베이의 표현대로 모든 게 절로 다 잘될 거라는 희망을 가질 수 있었을 때는 평온하게 신문을 읽고 커피를 마실 수 있었다. 그러나 지금 그녀의 고통에 찌든 괴로운 얼굴을 보고 운명에 복종하는 이 절망적인 목소리를 들으니 숨이 막히고 뭔가가 목구멍으로 치밀어오르며 두 눈에 눈물이 빛났다.

"아, 맙소사, 내가 무슨 짓을 한 거지! 돌리! 맙소사! 다만……"
그는 말을 계속할 수 없었다. 흐느낌 때문에 목이 메었다.

그녀는 옷장을 탁 닫고 그를 쳐다보았다.

"돌리, 내가 무슨 할 말이 있겠소? 그저 용서해주오, 용서해주오라는 말밖에는…… 구년이라는 세월이 단 한순간, 그 단 한순간 때문에 없어질 수 있는지 생각해보오……"

그녀는 두 눈을 내리깔고 마치 그가 어떻게라도 자신을 설득해주기를 간청하는 것처럼 그의 말을 기다리며 듣고 있었다.

"한순간의 현혹……" 그는 이 단어를 말해버린 후 말을 계속하려고 했으나 그가 이 단어를 말하자마자 그녀는 육체적 고통 때문에 그러는 듯이 두 입술을 꽉 깨물었다. 그녀의 오른쪽 뺨 근육이 다시 실룩거리기 시작했다.

"나가요, 여기서 나가요!" 그녀는 더 카랑카랑하게 소리를 지르기 시작했다. "그 되지못한 현혹과 타락에 대해서 내게 말하지 마요!"

그녀는 나가려 했으나 비틀거리다가 기대려고 소파 등받이를 잡았다. 그의 양 볼이 옆으로 벌어지고 두 입술이 부풀어오르며 두 눈에서 눈물이 흘렀다.

"돌리!" 이미 목멘 소리로 그가 말했다. "맙소사, 애들을 좀 생각해보오. 애들이 무슨 죄요, 내 죄지, 나를 벌해야지. 내 죄를 씻으라고 하구려. 그럴 수만 있다면 뭐든지 할 테요! 내 죄요. 내 죄가 얼마나 큰지 말할 수도 없소. 그렇지만 돌리, 용서해주오!"

그녀는 앉았다. 그녀의 무겁고 커다란, 흐느끼는 숨소리가 들려왔다. 그녀가 말할 수 없이 불쌍했다. 그녀는 몇번이나 말을 시작하려고 했으나 할 수 없었다. 그는 기다렸다.

"자기는 애들과 장난이나 하려고 애들을 생각하지요. 하지만 난 지금 애들이 파멸했다는 것을 잊지 않고 알고 있어요." 그녀는 지난 사흘 동안 혼자서 여러번 말했던 문장들 중에 하나임이 분명한 이 문장을 말했다.

그녀는 그에게 '자기'라고 말했고 그는 감사한 마음으로 그녀를 바라보며 그녀의 손을 잡으려고 움직였으나 그녀는 혐오감을 드러내며 그를 뿌리쳤다.

"나는 애들을 잊지 않고 있어요. 그래서 애들을 구원하기 위해서라면 이 세상에서 할 수 있는 모든 일을 할 거예요. 그러나 애들을 어떻게 구원해야 할지 모르겠네요…… 아버지로부터 애들을 멀리 데리고 가야 할지, 아니면 타락한 아버지, 그래요, 타락한 아버지와 함께 두어야 할지…… 그래, 말해봐요, 그후에…… 그 일이 있은 후에 우리가 함께 사는 게 가능하단 말예요? 그게 가능해요?" 그녀는 목소리를 높이며 되풀이해서 말했다. "남편이, 내 아이들의 아버지가 자기 아이들의 가정교사와 애정 관계를 맺은 후에……"

"하지만 그럼 도대체 어째야 하오? 어쩌란 말이오?" 그는 자신이 무슨 말을 하고 있는지도 모른 채 고개를 점점 더 아래로 숙이면서 동정 어린 목소리로 말하고 있었다. "정말 지긋지긋한 인간이네!" 그녀는 점점 더 화를 내면서 소리 지르기 시작했다. "당신 눈물은 맹물이에요. 날 한번이라도 사랑한 적이 있나요? 당신에겐 심장도 없고 품위도 없어요. 너무나 추잡하고 추악한 사람. 그래요, 완전 남이에요." 그녀는 고통과 분노와 함께 자신에게 끔찍한 이 남이라는 단어를 소리 내어 말했다.

그는 그녀를 바라보았고, 그녀의 얼굴에 나타난 분노가 그를 경악시켰고 경탄시켰다. 그는 그녀를 향한 그의 동정심이 그녀를 자극한 사실을 모르고 있었다. 그녀는 그의 속에서 사랑이 아니라 자신을 향한 동정을 보았던 것이다. '아니야, 그녀는 나를 증오해. 그녀는 용서하지 않을 거야.' 그는 생각했다.

"이건 끔찍하군! 끔찍해!" 그는 중얼거렸다.

그 순간 다른 방에서 필시 넘어진 듯 아이가 비명을 지르기 시작했다. 다리야 알렉산드로브나는 귀를 기울이더니 갑자기 얼굴빛이 부드러워졌다.

그녀는 자기가 어디에 있고 무엇을 해야 하는지 모르는 듯이 몇 초간 정신을 차리려고 애를 쓰는 것 같더니 갑자기 일어나 문으로 향했다.

'그래도 그녀는 내 아이를 사랑하는군.' 아이의 울음소리를 들은 후 그녀의 얼굴에 나타난 변화를 알아채고 그는 잠시 생각했다. '내 아이를 말이지. 그런데 어떻게 그녀가 나를 증오할 수 있을까?'

"돌리, 한마디만 들어줘." 그녀 뒤를 따라가면서 그가 중얼거렸다.

"내 뒤를 따라온다면 사람들을, 아이들을 부르겠어요! 모든 사람들에게 당신이 비열한이라는 걸 밝힐 거예요! 난 지금 떠날 테니 정부랑 여기서 사시죠." 그녀는 문을 쾅 닫고 나갔다.

스쩨빤 아르까지치는 한숨을 쉬고 나서 얼굴을 비비고 조용한 걸음걸이로 방에서 걸어나가기 시작했다. '마뜨베이가 절로 다 잘될 거라고 했지. 하지만 어떻게? 전혀 희망이 안 보이네. 아아, 아아, 정말 끔찍한 일이야! 게다가 그녀는 얼마나 천하게 소리를 지르는지!' 그는 그녀가 지르던 소리와 비열한과 정부라는 단어들을 기억하고는 스스로에게 말했다. '아마 하녀들도 들었겠지! 끔찍하게 저질이군!' 스쩨빤 아르까지치는 혼자 몇초간 멈춰섰다가 눈을 비비고 한숨을 쉰 다음, 가슴을 쫙 펴고 방에서 나갔다.

금요일이었다. 식당에서 시계 수리공인 대머리 독일인이 태엽을 감고 있었다. 스쩨빤 아르까지치는 "태엽을 감기 위해서 그 자신이 평생 태엽이 감겨 있다"라고 했던, 이 정확한 독일인 시계장이에 대한 자신의 농담을 떠올리며 씩 웃었다. 스쩨빤 아르까지치는 좋은 농담을 사랑했다. '아마도 절로 다 잘될 거다! 절로 다 잘될 거다, 그 짧은 말 괜찮네.' 그는 생각했다. '이걸 써먹어야지……'

"마뜨베이!" 그는 외쳤다. "그럼 마리야와 함께 거기 손님방에 안나 아르까지예브나를 위해 모든 것을 마련하게." 그가 나타난 마뜨베이에게 말했다.

"분부대로 합죠."

스쩨빤 아르까지치는 털가죽 외투를 입고 현관으로 나갔다.

"식사는 집에서 하실 건가요?" 배웅하며 마뜨베이가 물었다.

"되는대로 할게. 자, 여기 필요한 돈이네." 그는 지갑에서 십 루블을 꺼내주며 말했다. "충분할까?"

"충분하든 아니든 이걸로 어떻게 해봐야 한다는 게 분명하네요." 마뜨베이는 마차 문을 닫고 현관으로 뒷걸음치며 말했다.

그사이 다리야 알렉산드로브나는 아이를 달래고 나서 마차 소리로 그가 떠난 것을 알아채고는 도로 침실로 돌아왔다. 이곳은 여기서 나가자마자 당장 그녀를 에워싸는 여러가지 집안의 걱정거리들로부터 벗어날 수 있는 유일한 은신처였다. 방금 그녀가 애들 방으로 갔던 그 짧은 동안에도 벌써 영국 여자와 마뜨료나 필리모노브나가 당장 급한, 그녀만이 답할 수 있는 몇가지 질문을 했다. 산책할 때 아이들에게 뭘 입힐까요? 우유를 줘야 하나요? 다른 요리사를 데리러 보낼까요?

"아, 날 그냥 좀 내버려둬요. 그냥 좀 내버려둬요!" 그녀는 그렇게 말하고 나서 침실로 돌아와 남편과 대화했던 그 자리에 도로 앉아서 반지들이 헐거워질 만큼 뼈만 앙상한 손가락들이 달린 깡마른 두 손으로 팔짱을 끼고 좀 전에 했던 이야기 전체를 곱씹어보기 시작했다. '나갔군! 그 여자와는 무슨 수로 끝냈을까?' 그녀는 생각했다. '그가 그 여자를 만나는 건 아닐까? 왜 그에게 물어보지 않았을까? 아냐, 아냐, 함께 살 수 없어. 우리가 한집에 남는다 해도 우리는 남이야. 영원히 남이야!' 그녀는 자신에게 특별한 의미를 갖는 이 무서운 단어를 다시 되풀이했다. '아, 내가 얼마나 사랑했는데. 맙소사, 내가 얼마나 그를 사랑했는데! 내가 얼마나 사랑했는데! 그런데 지금은 내가 그를 사랑하지 않는단 말인가? 예전보다 더 많이 사랑하지 않는가? 그리고 가장 끔찍한 것은……' 그녀는 생각하기 시작했으나 자기 생각을 끝마칠 수가 없었다. 마뜨료나 필리모노브나가 문 뒤에서 고개를 내밀었기 때문이었다.

"이제 제 남동생을 불러오도록 허락해주세요. 동생은 적어도 식사 준비는 할 수 있어요. 아니면 어제처럼 여섯시까지 아이들이 먹지 못해요."

"그래, 좋아요, 곧 나가서 필요한 조치를 할게요. 그리고 신선한 우유를 사러 보냈나요?"

그리고 다리야 알렉산드로브나는 일상의 근심거리들에 빠져서 그 속으로 잠시 자신의 고통을 가라앉혔다.

5

스쩨빤 아르까지치는 학교 다닐 때 타고난 재능 덕분에 공부를 잘했으나 게으르고 장난이 심해서 졸업할 때는 성적이 바닥이었다. 하지만 습관적인 방탕한 생활과 높지 않은 관등과 많지 않은 나이에도 불구하고 그는 명망 높고 좋은 봉급을 받는 모스끄바 관청 부서 중 하나에서 국장 자리를 차지하고 있었다. 이 자리는 여동생 안나의 남편인 알렉세이 알렉산드로비치 까레닌을 통해 얻은 자리였다. 까레닌이 오블론스끼의 관청 부서가 속한 부에서 가장 중요한 자리 중 하나를 차지하고 있었던 것이다. 그러나 까레닌이 자기 처남을 이 자리에 임명하지 않았다 해도 스찌바 오블론스끼는 백명이 넘는 다른 인사들, 형제자매, 친척, 사촌, 아저씨, 아주머니를 통해 이 자리나 이와 비슷한, 아내의 충분한 재산에도 불구하고 재정 형편이 매우 악화된 그에게 필요한 육천 루블가량의 봉급을 받는 자리를 구했을 것이다.

모스끄바와 뻬쩨르부르그의 절반이 스찌바 아르까지치의 친척이나 친지였다. 그는 이 세상에서 권세 있었거나 그렇게 된 사람들 사이에서 태어났다. 정부에서 일하는 사람들, 고위직의 삼분의 일이 그의 부친의 친지들로서 그를 젖먹이 때부터 알고 있었고, 다른 삼분의 일은 그와 너나들이하는 사이였으며, 나머지 삼분의 일은 좋은 지기들이었다. 따라서 자리나 임대나 이권, 또 그와 비슷한 형태로 지상의 부를 나누는 사람들은 모두 그의 친지들로서 자기네 사람인 그를 몰라라 할 수 없는 이들이었다. 그래서 오블론스끼는 유리한 자리를 차지하기 위해 특별히 노력할 필요가 없었다. 그냥 거부하지 않고 시기하지 않고 다투지 않고 모욕하지만 않으면 되었다. 그리고 그는 타고난 사람 좋은 성격 때문에 한번도 그런 행동을 한 적이 없었다. 사람들이 그에게 필요로 하는 액수의 봉급을 받는 자리를 얻지 못하리라고 말한다면 그는 웃긴다고 생각했을 것이다. 그가 뭐 엄청난 액수를 요구하지도 않는데 말이다. 그는 동년배들이 받는 액수만큼만 원했고 그런 종류의 직무를 어느 누구 못지않게 잘해낼 수 있었다.

스쩨빤 아르까지치를 아는 모든 사람들이 그를 사랑하는 것은 그의 사람 좋고 유쾌한 성격과 의심할 바 없는 솔직함 때문만이 아니라, 그의 속에, 그의 아름답고 빛나는 외모 속에, 반짝이는 두 눈, 검은 눈썹과 머리카락, 하얀 피부에 혈색 좋은 얼굴 속에 그를 만나는 사람들에게 뭔가 육체적으로 친근하고 유쾌한 영향을 주는 것이 있기 때문이었다.

"아하! 스찌바! 오블론스끼! 그가 저기 있네!" 그를 만나면 사람들은 모두들 거의 항상 기쁜 미소를 띠며 말했다. 그와 이야기를 나눈 후 아무런 특별히 유쾌한 일이 일어나지 않는다는 것이 이따금 판명되긴 했어도 다음 날, 그다음 날도 사람들은 그를 만나면 꼭 마찬가지로 기뻐했다.

모스끄바에 있는 관청 중 하나의 국장 자리를 삼년째 지키면서 스쩨빤 아르까지치는 동료, 부하, 상관과 그와 관계하는 모든 이들의 사랑뿐만 아니라 존경도 받았다. 스쩨빤 아르까지치가 근무처에서 두루 존경을 받는 주요한 성질로는 첫째로 매우 깊은 배려심을 가지고 다른 사람들을 대하는 태도를 꼽을 수 있는데, 이는 그가 자신의 부족한 점을 인식하고 있기 때문이었고, 둘째로는 완전한 자유주의를 들 수 있는데, 이 자유주의는 그가 신문에서 읽은 그런 자유주의가 아니라 그의 핏속에 녹아 있는 자유주의로, 그는 이런 자유주의로써 모든 관등과 칭호의 사람들을 동등하고 한결같이 대했던 것이다. 셋째로, 가장 중요한 성질로서 그는 자신이 행하는 직무에 완전히 무심해서 한번도 직무에 지나치게 열중하여 실수를 범한 적이 없다는 점이었다.

스쩨빤 아르까지치는 근무처에 도착해서 예의 바른 문지기의 영접을 받고는 가방을 들고 자기 방으로 들어가 제복을 입고[20] 집무실로 들어갔다. 서기들과 직원들이 모두 일어서서 유쾌하고 예의 바르게 허리 굽혀 절했다. 스쩨빤 아르까지치는 언제나처럼 서둘러 자기 자리로 다가가며 위원들과 악수하고 자리에 앉았다. 그는 점잖음을 벗어나지 않는 딱 그 정도로만 약간의 농담과 대화를 하고 직무를 시작했다. 직무를 편안히 수행하는 데 필요한 자유로움과 소탈함과 공식적인 것 사이의 경계를 스쩨빤 아르까지치보다 더 잘 알 수 있는 능력을 가진 사람은 아무도 없었다. 비서는 스쩨빤 아르까지치 부서의 모든 사람들이 그러듯이 유쾌하고 예의 바르게 서류를 가지고 다가와 스쩨빤 아르까지치가 도입한 그 가족적-자유주의적 어조로 말했다.

"여기, 뻰자[21]주써 행정당국에서 조서를 얻어냈습니다. 여기 좀 보시렵니까?"

"결국 받아냈단 말이지?" 스쩨빤 아르까지치는 손가락으로 서류에 표를 하며 말했다. "자, 여러분……" 사무가 시작되었다.

'만약 저들이 안다면……' 그는 의미심장한 표정으로 고개를 숙이고 보고를 들으면서 생각했다. '반시간 전에 자신들의 국장이 어

---

20 러시아에서는 무관뿐만 아니라 문관도 제복을 입었다.
21 중앙 러시아의 중요한 주(州). 19세기 러시아 행정단위를 주, 군 및 시로 번역하였다.

떤 죄지은 소년이었나를!' 그러자 보고서를 읽는 동안 그의 두 눈이 웃음을 띠었다. 두시까지는 근무가 휴식 없이 계속되어야 했고 두시부터 휴식과 식사였다.

아직 두시가 채 되기 전에 사무실의 커다란 유리문이 갑자기 열리며 누군가가 들어왔다. 모든 사람들이 긴장을 풀게 되어 기뻐하며 초상화[22] 밑에서, 패[23] 뒤에서 문을 돌아다보았다. 그러나 문가에 서 있던 경비가 들어온 사람을 당장 쫓아내고 그의 등 뒤에서 유리문을 닫았다.

일거리를 다 읽은 다음 스쩨빤 아르까지치는 일어나 기지개를 켜고 나서 시간적 자유주의에 한몫하고자 사무실에서 담배를 집어 자기 방으로 갔다. 그의 두 동료, 늙은 모범 근무자 니끼쩐과 근위장교 그리네비치[24]가 그와 함께 나왔다.

"식사 후에 다 마칠 수 있을 걸세." 스쩨빤 아르까지치가 말했다.

"다 할 수 있고말고요!" 니끼쩐이 말했다.

"이 포민이라는 작자, 대단한 악당인 게 틀림없어요." 그리네비치가 그들이 조사하고 있는 일에 관계된 한 인물에 대해서 말했다.

스쩨빤 아르까지치는 그리네비치의 말에 대해, 미리 판단을 내리는 것이 부적절하다는 것을 그에게 느끼게 해주려고 얼굴을 찌푸리며 아무 대답도 하지 않았다.

"들어왔던 사람이 누군가?" 그가 경비에게 물었다.

"어떤 사람이 물어보지도 않고 기어들었습니다, 각하. 겨우 쫓아

----

22 황제의 초상화를 말한다.
23 관청의 책상 위에 두는 삼각기둥 형태의 유리로 된 물품으로, 독수리가 달리고 뾰뜨르 대제의 관리 행동지침이 쓰여 있었다.
24 근위장교는 러시아 황실의 직함이므로 니끼쩐보다 그리네비치의 사회적 신분이 높은 것을 드러낸다.

냈습니다. 각하를 찾았습니다. 관리님들이 나오시면 그때……"

"지금 어디 있나?"

"복도로 나가더니 그냥 거기서 내내 서성거렸습니다. 바로 저 사람입니다." 경비는 단단한 체격과 넓은 어깨에 곱슬곱슬한 수염을 기른 남자를 가리키며 말했다. 그는 양피로 된 중절모를 벗지 않은 채 매끈한 돌계단을 빠르고 가볍게 뛰어올라오고 있었다. 서류가방을 들고 아래로 내려가던 마른 체격의 관리 한 사람이 멈춰서서 뛰어오는 사람의 다리를 못마땅하게 바라보고 나서는 묻는 듯이 오블론스끼를 쳐다보았다.

스쩨빤 아르까지치는 계단 위에 서 있었다. 그가 뛰어올라오는 사람을 알아보았을 때 제복의 수놓은 깃으로부터 호인답게 빛나는 그의 얼굴이 더 밝게 빛났다.

"그래, 드디어 왔군! 레빈!" 그는 친구다운 장난스런 미소를 지으며 그에게로 다가오는 레빈을 보고 입을 열었다. "어떻게 이렇게 자네가 이 소굴로 나를 찾아오는 걸 꺼리지 않았단 말인가?" 스쩨빤 아르까지치가 악수로 모자라 친구에게 입을 맞추며 말했다. "오래됐나?"

"방금 도착했네. 자네를 몹시 만나고 싶었다네." 레빈은 수줍어하는 동시에 성난 듯이 불안하게 주위를 돌아보며 대답했다.

"자, 내 방으로 가세." 친구의 자기중심적이고 성마른 수줍음을 알고 있는 스쩨빤 아르까지치가 말하면서 레빈의 손을 잡고 그를 위험 사이로 데리고 가듯이 자기 뒤로 바짝 끌어당겼다.

스쩨빤 아르까지치는 그가 아는 거의 모든 사람들과, 육십세의 노인이든 이십세의 청년이든 배우든 장관이든 상인이든 장군이든 너나들이를 했고 그와 너나들이하는 사람들 중 대다수가 사회적 계층의 맨 밑바닥과 맨 꼭대기 양 끝 지점에 위치했는데, 이들은 자기들이 오블론스끼를 통해 뭔가를 공유하고 있다는 사실을 안다면 매우 놀랄 것이다. 그는 함께 샴페인을 마시는 모든 사람들과 너나들이를 했고 모든 사람들과 함께 샴페인을 마셨다. 그래서 그가 농담으로 '창피스러운 너나들이'라고 부르는 많은 친구들 중 누군가를 자기 부하들이 있는 데서 만나게 되면 그는 특유의 기민한 감각으로 부하들에게 이러한 인상의 불쾌함을 줄이는 재주가 있었다. 레빈은 창피스러운 너나들이는 아니었으나, 오블론스끼는 기민한 감각으로 레빈이 자기가 부하들 앞에서 레빈과 가까운 사이라는 것을 내보이기를 원하지 않을 수도 있다고 느꼈고, 그래서 서둘러 그를 자기 방으로 데리고 갔다.

레빈은 오블론스끼와 거의 동년배였고 샴페인 때문에만 너나들이하는 사이는 아니었다. 레빈은 그의 청춘 초엽을 함께한 친구였다. 그들은 청춘 초엽에 만난 친구들이 서로를 사랑하듯이 성격과 취향이 다름에도 불구하고 서로를 사랑했다. 그러나 그럼에도 서로 다른 종류의 활동을 선택한 사람들 사이에서 흔히 그렇듯이 비록 이성적으로 생각해서 다른 사람의 활동을 변호하긴 하지만 마음속에서는 그 활동을 경멸했다. 각자는 자기가 영위하는 삶이 유일하게 진짜 삶이고 친구가 영위하는 삶은 허깨비일 뿐이라고 여겼다. 오블론스끼는 레빈을 보면 가벼운 비웃음을 참을 수 없었다. 시골에서 뭔가를 하다가 모스끄바로 온 그를 벌써 몇번이나 만났지만 스쩨빤 아르까지치는 그게 도대체 뭔지 한번도 제대로 이해하지 못했고 또 관심도 없었다. 레빈은 항상 뭔가 흥분 상태로 서두르면서—좀 부끄러워하며, 또한 부끄러워하는 것 때문에 신경이 날카로워져서, 그리고 대부분은 사물에 대한 완전히 새로운, 예기치 못한 견해를 가지고 모스끄바로 오곤 했다. 스쩨빤 아르까지 치는 이러한 점이 우스웠고 좋았다. 꼭 마찬가지로 레빈도 마음속 으로 친구의 도시적 생활방식과, 그가 쓸데없는 짓이라고 여기는 친구의 직무를 경멸하고 우습게 여겼다. 그러나 둘의 차이는 오블 론스끼가 모든 사람들이 그러듯이 자신감을 가지고 관대하게 웃 어주었지만 레빈은 자신감 없이, 또 가끔은 화를 내며 웃었다는 점 이다.

"우린 자넬 오래전부터 기다렸네." 스쩨빤 아르까지치는 방으로 들어가자 여기 왔으니 이미 위험이 끝났다는 것을 보여주려는 듯 레빈의 손을 놓고 말했다. "자네를 보니 아주아주 기쁘네." 그가 계 속 말했다. "자, 무슨 일인가? 어찌 된 건가? 언제 도착했나?"

레빈은 오블론스끼의 두 동료의 낯선 얼굴과, 특히 그렇게도 하 얗고 기다란 손가락들이 달리고 그 끝에 그렇게도 길고 노랗고 둥 글게 휜 손톱들이 달린, 소맷부리에 그렇게도 번쩍거리는 커다란 커프스단추가 보이는 우아한 그리네비치의 두 손을 바라보더니 그 두 손이 분명 그의 모든 주의를 삼켜버려 생각의 자유를 주지 않는 듯 침묵했다. 오블론스끼는 즉시 이를 알아채고 미소 지었다.

"아, 그렇지, 소개해도 되겠나?" 그가 말했다. "필리쁘 이바니치[25] 니끼쩬, 미하일 스따니슬라비치 그리네비치, 내 동료들일세." 그러 고는 레빈을 향해 돌아서서 말했다. "지방의회[26] 의원, 지방의회의 새 인물, 한 손으로 오 뿌드[27]를 드는 체조선수, 가축 사육사이자 사

<hr>

25 이바노비치를 줄여서 말한 것.
26 1861년 농노해방 이후 1864년에 설립된 지방자치 의회. 귀족, 농민, 시민이 투표 하여 대표 의원을 뽑는다.
27 1뿌드는 약 16.38킬로그램.

냥꾼이자 내 친구인 꼰스딴찐 드미뜨리치[28] 레빈일세. 세르게이 이바니치 꼬즈니셰프의 동생이라네."

"반갑습니다." 중년 남자가 말했다.

"형님이신 세르게이 이바니치를 뵙는 영광을 누린 일이 있습니다." 그리네비치는 기다란 손톱들이 달린 섬세한 손을 내밀면서 말했다.

레빈은 미간을 찌푸리고 차갑게 악수를 하고는 바로 오블론스끼를 향해 돌아섰다. 비록 그가 러시아 전체에 알려져 있는 작가인 이부異父형을 매우 존경하지만 자신을 대할 때 꼰스딴찐 레빈이 아니라 유명한 꼬즈니셰프의 동생으로 대하는 것을 참을 수 없었던 것이다.

"아니, 난 이미 지방의회 의원이 아닐세. 모든 사람들과 다툰 이후에 더이상 집회에 나가지 않네." 그가 오블론스끼를 향해 말했다.

"그렇게도 빨리!" 오블론스끼가 미소를 지으며 말했다. "그런데 어떻게? 뭣 때문에?"

"이야기가 기네. 내 언제 한번 이야기해줌세." 레빈은 그렇게 말했으나 당장 이야기를 시작했다. "그래, 간단히 말하면, 지방의정이라는 건 없고 있을 수도 없네." 그는 마치 누군가가 그를 지금 막 모욕이라도 한 듯이 말을 시작했다. "한편으로 그건 장난감이네. 의회 놀이를 하는 거지. 그런데 난 장난감들을 갖고 놀기에는 충분히 젊지도 늙지도 않았단 말이지. 또다른 한편으로 (그는 딸꾹질을 했다) 그건 시나 군의 *패거리*[29]들이 돈이나 좀 벌어보려는 수단일 뿐이네. 예전에는 후원단체나 법원이었는데 지금은 지방의회

28 드미뜨리예비치를 줄여서 부르는 말.
29 coterie(프랑스어).

지. 뇌물의 형태가 아니라 공짜로 월급을 받는 거지." 그는 마치 그곳에 있는 사람들 중에 누가 그의 의견에 반대라도 하는 듯이 열을 올리며 말했다.

"에구! 그래, 보아하니 자넨 다시 새로운 단계, 보수적 단계에 있군그래." 스쩨빤 아르까지치가 말했다. "하지만 여기에 대해서는 나중에 얘기하세."

"그러세, 나중에. 하여간 난 자네를 좀 봐야겠네." 레빈이 그리네비치의 손을 증오스럽게 바라보며 말했다.

스쩨빤 아르까지치는 보일락 말락 미소를 지었다.

"근데 어찌 된 일인가, 유럽식 양복은 더이상 절대로 입지 않겠다더니?" 그는 프랑스 재단사가 만든 게 틀림없는 레빈의 새 양복을 훑어보면서 말했다. "그래, 음, 새로운 단계로군."

레빈은 갑자기 얼굴을 붉혔다. 그러나 성인 남자들이 하듯이 자기도 모르게 살짝 붉힌 것이 아니라 자신이 부끄러워하는 것이 우습다는 것을 느끼고 그래서 수치스러움에 거의 눈물이 돌 때까지 점점 더 얼굴이 빨개지는 소년들처럼 그렇게 붉혔다. 그 이성적이고 남성적인 얼굴이 이렇게 어린애 같은 상태에 있는 것을 보기가 너무도 어색해서 오블론스끼는 고개를 돌렸다.

"그래, 근데 대체 어디서 보지? 자네하고 정말 꼭 할 이야기가 있는데." 레빈이 말했다.

오블론스끼는 무언가 생각하는 듯했다.

"자, 그러면 레스토랑 구린으로 가서 점심[30]을 하면서 얘기 좀 하

30 당시 상류층은 아침에 커피나 버터 바른 빵을 먹고 정오경에 간단한 점심식사를 했다. 정찬은 저녁 5시와 6시 사이에 먹는데 여러 코스로 된 식사이다. 밤 9시 이후 차나 과자를 먹기도 했고 무도회가 끝난 뒤에는 잘 차린 밤참을 먹는 경우

지. 세시까지 시간이 있어."

"안 되네." 레빈이 잠시 생각하고 나서 말했다. "나 어딜 또 가야 하거든."

"그럼, 좋아, 저녁을 같이하세."

"저녁을? 난 뭐 그냥 두마디만 물어보면 되는데. 얘기는 나중에 하세."

"그래, 그럼 당장 그 두마디를 하고, 얘기는 나중에 저녁 먹으며 하세."

"두마디라는 게 근데 뭐 특별한 게 아니네." 레빈이 말했다.

그의 얼굴은 자기의 부끄러움을 이기려고 애를 쓴 나머지 갑자기 성난 표정을 띠었다.

"셰르바쯔끼가家 사람들은 어떤가? 모든 게 여전한가?" 그가 말했다.

스쩨빤 아르까지치는 레빈이 그의 처제 끼찌를 사랑하고 있는 것을 이미 오래전부터 알고 있는지라 보일락 말락 미소를 띠었다. 그의 두 눈이 유쾌하게 반짝거리기 시작했다.

"자네는 두마디로 하네만 나는 두마디로 대답할 수 없네. 왜냐면…… 잠깐 실례……"

비서가 가족적이면서도 예의 바르게 모든 비서들 특유의 자의식, 즉 일에 대한 지식에 있어서 상관보다 자기가 더 낫다는 의식을 겸손한 태도에 담아 서류를 들고 오블론스끼에게 다가와서 물어보는 식으로 어떤 곤란한 점을 설명하기 시작했다. 스쩨빤 아르까지치는 끝까지 다 듣지 않고 부드럽게 비서의 소매 위에 손을 얹

....
도 많았다.

었다.

"아니, 내가 말한 그대로 그렇게 하도록." 그는 강한 어조를 미소로 누그러뜨리면서 말하고 그 일에 대한 의견을 간단히 설명한 다음 서류를 밀어놓고 되풀이했다. "그냥 그렇게 해요, 어서. 그냥 그렇게, 자하르 니끼찌치."

비서가 당황해서 나갔다. 레빈은 비서가 들어와 의견을 구하는 동안 완전히 평정을 찾아서 두 손을 책상에 짚고 서 있었고 얼굴에는 조롱조의 관심이 보였다.

"이해를 못 하겠네, 이해를." 그가 말했다.

"뭘 이해를 못 하겠는데?" 여전히 유쾌하게 미소 지으며 담배 한 대를 꺼내면서 오블론스끼가 말했다. 그는 레빈이 또 무슨 생뚱맞은 말을 하겠지 하고 기다렸다.

"자네들이 뭘 하는지 이해를 못 하겠다고." 레빈이 양 어깨를 으쓱하며 말했다. "이따위 일을 어떻게 진지하게 할 수 있단 말인가?"

"왜?"

"그래, 할 일이 없기 때문이지."

"자넨 그렇게 생각하지만 우린 일에 치여 있네."

"서류 일. 그래, 정말 자넨 이런 일에 재능이 있으니까." 레빈이 덧붙였다.

"그러니까, 자넨 내게 뭔가 모자라는 게 있다고 생각한단 말이지?"

"그럴 수도 있지." 레빈이 말했다. "하지만 자네가 높은 자리에 있는 걸 보니 기쁘긴 하고 내 친구가 그런 큰 인물이라는 게 자랑스럽네. 그런데 자넨 내 질문에 대답하지 않았네." 그는 무지 애를 쓰며 오블론스끼의 두 눈을 똑바로 들여다보면서 덧붙였다.

"그래, 좋아, 좋아, 좀더 기다리게. 그러면 자네도 이렇게 될 걸세. 자네가 까라진군郡에 삼천 제샤찌나[31]의 땅이 있고 근육 좋고 스무살 처녀처럼 생기 있다는 건 좋은 일이네. 그래도 자네도 우리처럼 될 걸세. 그런데 자네가 묻는 거 말인데, 변한 건 없지만 자네가 그렇게 오래 나타나지 않은 건 유감이네."

"아, 무슨 일 있나?" 레빈이 크게 놀라며 물었다.

"뭐, 아무 일 없네." 오블론스끼가 대답했다. "차차 얘기하세. 근데 진짜로 무슨 일로 온 건가?"

"아, 그것도 나중에 얘기하세." 다시 귀까지 얼굴을 붉히면서 레빈이 말했다.

"그럼, 좋아. 알겠네." 스쩨빤 아르까지치가 말했다. "근데 말이지, 자네를 집으로 오라고 하면 좋겠네만 아내 건강이 썩 좋지는 않아서 말이야. 아, 이러면 되겠네. 자네가 그네들을 만나고 싶으면 그들은 필시 오늘 네시부터 다섯시까지 동물원에 있을 거네. 끼찌가 스케이트를 타거든.[32] 자네 그리로 가게. 나도 들를 테니, 함께 아무 데나 식사하러 가세."

"그거 좋네. 그럼 이따 보세."

"주의하게. 내 자넬 아는데, 잊어버리거나 갑자기 시골로 가면 안 되네!" 스쩨빤 아르까지치가 웃으면서 큰 소리로 말했다.

"안 그래, 정말."

그러고 나서 자신이 오블론스끼의 동료들에게 인사하는 것을 잊었다는 사실이 떠올랐을 때 레빈은 이미 문에 다다라 있었다. 그는 집무실을 나왔다.

"분명 에너지가 많은 분이군요." 레빈이 나간 후에 그리네비치

31 1제샤찌나는 약 1,092헥타르. 1헥타르는 1만 제곱미터, 3025평.
32 모스끄바 남서부에 있는 동물원 남쪽의 연못이 얼면 거기에서 스케이트를 탔다.

가 말했다.

"그래, 저 친구 정말 행운아지!" 스쩨빤 아르까지치는 고개를 절레절레 흔들며 말했다. "까라진군에 삼천 제샤찌나가 있고, 장래가 확 트여 있고, 저렇게 생생하니! 우리 같지 않아."

"뭐 어째서 그러십니까, 스쩨빤 아르까지치?"

"정말 진저리 나. 형편이 말이 아니야." 스쩨빤 아르까지치가 무겁게 한숨을 쉬며 말했다.

6

오블론스끼가 진짜로 무슨 일로 온 거냐고 물었을 때 레빈은 "난 자네 처제에게 청혼하러 왔네"라고 대답할 수 없어서, 오로지 그것 때문에 왔으면서도 그러지 못해서 얼굴을 붉혔고, 얼굴을 붉힌 것 때문에 스스로에게 화가 났다.

레빈 집안과 셰르바쯔끼 집안은 유서 깊은 모스끄바 귀족이어서 두 집안의 관계는 항상 가깝고 친밀했다. 이런 관계는 레빈의 대학 시절에 더욱 돈독해졌다. 그는 돌리와 끼찌의 오빠인 셰르바쯔끼 공작과 대학 입시를 함께 준비했으며 대학에 함께 입학했다. 이 시절 레빈은 자주 셰르바쯔끼 집에 갔으며 이 집안사람들을 향한 사랑에 빠졌다. 매우 이상하게 보일지 몰라도 꼰스딴찐 레빈은 바로 이 집안, 이 가족, 특히 셰르바쯔끼 집안 여성들을 향한 사랑에 빠지게 되었다. 레빈 자신은 어머니를 기억하지 못했고 누나 한 사람밖에 없어서 부모의 죽음으로 인해 자신은 겪지 못했던, 오랜 귀족 집안의 교양 있고 명예로운 분위기를 셰르바쯔끼 집에서 처음으로 알게 되었던 것이다. 이 집 가족은 모두, 특히 여성들은 어떤 베일, 시적인 장막으로 둘러싸여 있는 것처럼 보였고, 그는 이들에게서 아무런 결점을 보지 못했을 뿐만 아니라 이들을 둘러싸고 있는 이 시적인 장막 속에 존재하는 지고의 고상함과 지고의 완벽성을 상상했던 것이다. 이 세 귀족 아가씨들이 왜 하루씩 번갈아 가며 프랑스어와 영어로 말해야 하는지, 왜 정해진 시간에 대학생들이 공부하는 이층에까지 들리도록 교대로 피아노를 쳐야 하는지, 왜 프랑스 문학, 음악, 미술, 무용을 가르치러 교사들이 드나들어야 하는지, 왜 정해진 시간에 세 귀족 아가씨가 모두 공단 코트를, 돌리는 긴 코트, 나딸리는 중간 길이의 코트, 끼찌는 꽉 달라붙게 빨간 스타킹을 신은 날씬한 다리가 다 보이도록 아주 짧은 코트를 입고, *마드무아젤 리농*[33]을 동반하여 반개마차를 타고 뜨베르스까야 대로[34]로 산책하러 가는지, 왜 이들이 금실로 된 모표를 단 모자를 쓴 하인들의 호위 아래 뜨베르스까야 대로를 따라 걸어야 하는지—그는 이들의 신비스러운 세계에서 일어나는 이 모든 일, 그리고 그외에도 많은 다른 일들을 이해할 수 없었지만 거기서 행해지는 모든 일들이 멋지다는 것을 알았고, 그래서 말하자면 이 행해지고 있는 신비를 향한 사랑에 빠졌던 것이다.

  대학 시절 그는 하마터면 큰딸 돌리를 향한 사랑에 빠질 뻔했으나 그녀는 곧 오블론스끼와 결혼했다. 그후 그는 둘째 딸을 향한 사랑에 빠지기 시작했다. 그는 세 자매 중 한 여인을 향해 사랑에 빠져야 한다고 느낀 듯했으나 다만 누구를 향해 사랑에 빠져야 할지를 선택할 수 없었다. 그러나 나딸리도 사교계에 나가자마자 외교

---

33 m -lle Linon(프랑스어).
34 모스끄바 중심가의 넓은 도로. 가로수 심은 길을 따라 산책한다.

관 리보프와 결혼했다. 레빈이 대학을 졸업할 때 끼찌는 아직 어린 애였다. 아들 셰르바쯔끼 공작이 해군에 입대하여 발트해에서 익사하자 레빈과 셰르바쯔끼 집안사람들 간의 관계는 오블론스끼와의 우정에도 불구하고 점점 소원해졌다. 그러나 레빈은 시골에서 일년을 보낸 후 작년 겨울 초 모스끄바로 왔을 때 셋 중에서 실제로 누구를 향한 사랑에 빠져야 할 운명인지를 알게 되었다.

유서 깊은 집안에 가난하기는커녕 큰 부자인 서른두살의 그가 셰르바쯔끼 공작영애에게 청혼을 하는 것보다 더 쉬운 일이 어디 있을까 여겨질 것이다. 십중팔구 당장 그는 좋은 신랑감으로 인정받았을 것이다. 그러나 사랑에 빠진 레빈에게 끼찌는 모든 면에서 완벽 그 자체로서 그렇게도 초지상적인 존재였고 자신은 그렇게도 지상적인 저열한 존재였기에, 그로서는 다른 사람들과 그녀 자신이 그를 그녀에게 어울린다고 인정하리라는 생각 자체가 불가능하게 여겨졌다.

모스끄바에서 열병에 걸린 상태로 거의 매일 끼찌를 만나려고 사교 모임에 다니면서 두달을 머물고 나서 레빈은 갑자기 그것이 불가능한 일이라고 결정짓고 시골로 떠났다.

불가능한 일이라는 레빈의 확신은 일가친척들이 보기에 자신이 멋진 끼찌에게 어울리는 유리한 조건의 신랑감이 아니고 끼찌 자신도 그를 사랑할 수 없으리라는 생각에 기반한 것이었다. 일가친척들이 보기에 그는 사교계 사람들이 으레 가지고 있는 일정한 활동이나 직위가 없는데다, 그의 나이가 서른두살인 지금 그의 동창들 가운데 누구는 벌써 대령이나 시종무관이고 누구는 교수고 누구는 은행장이거나 철도청장 아니면 오블론스끼처럼 관청의 국장인 반면, 그는 그냥(그는 자신이 다른 사람들에게 그렇게 보일 수

밖에 없을 거라는 점을 매우 잘 알고 있었다) 가축을 기르고 도요
새를 쏘고 곳간이나 짓는 지주, 즉 아무 장래가 없고 사회적 관념
으로는 아무 재능이 없는 사람들이나 하는 바로 그런 일을 하는 사
람이었던 것이다.

바로 그렇게도 신비롭고 황홀한 끼찌가 자기처럼 못생긴, 무엇
보다도 아무 뛰어난 점이 없는 평범한 사람을 사랑할 수는 없을 것
이었다. 게다가 그와 끼찌의 예전의 관계는 그녀 오빠와의 우정의
결과로서 어른과 어린애의 관계였으니, 이 점이 그에게는 사랑을
막는 새로운 장애물로 여겨졌다. 그는 자기같이 못생기고 마음 좋
은 남자—그는 자신이 그렇다고 생각했다—는 친지로서 사랑받
을 수 있을 뿐, 그가 끼찌를 사랑하는 것같이 그렇게 사랑받기 위
해서는 미남에, 무엇보다도 특별한 사람이어야 할 것이라고 생각
했다.

여자들이 자주 못생긴 남자, 평범한 남자를 사랑한다는 말을 듣
긴 했으나 그는 그 말을 믿지 않았다. 자신을 놓고 판단해볼 때, 그
는 아름답고 신비스럽고 특별한 여자들만을 사랑할 수 있기 때문
이었다.

그러나 시골에서 두달을 보내면서 그는 이것이 청춘의 초엽에
느꼈던 그런 사랑의 감정이 아니라는 것, 이 감정은 그에게 한시
도 평온을 주지 않는다는 것, 그는 그녀가 그의 아내가 되는가 안
되는가 하는 문제를 해결하지 않고서는 살 수 없다는 것, 그의 절
망은 그의 상상에서 나온 것이지 그가 거절당하리라는 아무런 증
거가 없다는 것을 확신하게 되었다. 그래서 지금 그는 청혼을 하고
받아들여지면 결혼을 하리라는 단호한 결심을 하고 모스끄바로 온
것이었다. 아니라면…… 거절당하면 어떻게 될지에 대해 그는 생

각할 수 없었다.

7

　아침 기차로 모스끄바에 도착한 레빈은 이부형인 큰형 꼬즈니셰프의 집에 짐을 풀었고, 옷을 갈아입고 나서 자신이 왜 왔는지 당장 그에게 이야기하고 조언을 구하러 서재로 들어갔다. 그러나 형은 혼자가 아니었다. 하리꼬프에서 온 유명한 철학 교수와 함께 앉아 있었는데, 철학 교수가 방문한 원래의 목적은 지극히 중요한 철학적 문제를 두고 그들 사이에서 일어난 의혹을 해명하기 위해서였다. 유물론자들에게 맞서서 교수가 펼치는 뜨거운 반론들을 흥미롭게 추적하고 있던 세르게이 꼬즈니셰프는 교수의 최근 논문을 읽고 그가 유물론자들에게 너무 많이 양보하고 있다고 비판하는 반론을 편지로 써보냈다. 그러자 교수가 이 문제를 당장 토론하기 위해서 온 것이었다. 대화는 유행하는 문제에 관한 것으로, 인간의 행동에 있어서 심리현상과 생리현상 사이에 경계가 존재하는가, 존재한다면 그것이 어디에 존재하는가 하는 것이었다.
　세르게이 이바노비치는 모든 사람들에게 습관적으로 짓는 상냥하고도 차가운 미소로 동생을 맞이하고 그를 교수에게 소개하고 나서 다시 대화를 계속했다.
　좁은 이마에 안경을 쓴, 키가 작고 피부가 누런 그 사람은 인사를 하느라 잠깐 대화를 멈췄다가 레빈을 아랑곳하지 않고 다시 말을 계속했다. 레빈은 교수가 떠나기를 기대하며 앉았으나 대화의 주제에 흥미를 느끼기 시작했다.

레빈은 이런 문제를 다룬 평론들을 잡지에서 본 적이 있고, 대학
에서 자연과학을 전공한 사람으로서 그가 아는 자연과학 법칙들
의 확장으로서 이 평론들을 관심을 가지고 읽었지만, 한번도 동물
로서의 인간의 유래[35], 반사작용, 생물학, 사회학에 관한 이러한 과
학적 결론들을 최근 그가 점점 더 자주 생각하게 되는 자기 자신의
삶과 죽음의 의미에 대한 문제들과 가까이 연결해본 적이 없었다.

형과 교수의 대화를 듣는 동안 그는 이들이 과학의 문제를 내밀
한 영혼의 문제와 연결했고 몇차례는 그 문제들에 가까이 접근한
것을 알아차렸지만, 이들은 그가 보기에 가장 중요한 문제에 접근
하자마자 매번 서둘러 거기서 멀어져서 다시 세분화하고 조건을
달고 인용을 하거나 암시를 하거나 권위에 기대거나 해서, 그는 문
제가 무엇인지를 힘을 들여서야 겨우 이해했다.

"저는 그런 입장을 허락할 수 없습니다." 세르게이 이바노비치
가 항상 그렇듯 분명하고 적확한 표현과 우아한 말투로 말했다.
"저는 여하한 경우에도 외부 세계에 대한 내 관념 전체가 인상들에
서 나온다는 케이스의 주장에 동의할 수 없어요. 존재라는 기본 개
념 자체가 제게는 감각으로 얻어지는 것이 아니에요. 왜냐하면 이
개념을 매개하는 특수기관이 없기 때문이지요."

"그래요. 그러나 그들은, 그러니까 부르스트도, 크나우스트도,
쁘리빠소프도[36] 당신의 존재의식이 모든 감각의 총합에서 도출된

---

35 1871년 출판된 찰스 다윈(1809~82)의 저서 『인간의 유래와 성선택』은 앞서 언
급한 『뇌의 반사』를 쓴 세체노프에 의해 그해 바로 러시아어로 번역되었다. 똘스
또이는 다윈의 견해를 관념론적 입장에서 비판한 친구 스뜨라호프의 글을 격려
한 바 있다. 이 논의는 당시 사교계 살롱의 화젯거리였다.

36 케이스, 부르스트, 크나우스트는 독일어로 치즈, 소시지, 빵덩어리를, 쁘리빠소
프는 러시아어로 저장 식량을 연상하게 한다. 이는 똘스또이가 지어낸 우스꽝스

다고 답할 겁니다. 부르스트는 심지어 감각이 없으면 존재라는 개념도 없다고 잘라 말하지요."

"저는 거꾸로 말하고 싶습니다." 세르게이 이바노비치가 말을 시작했다……

그러나 이 지점에서 또다시 그들이 가장 중요한 부분에 접근하자마자 거기서 멀어지는 것처럼 여겨져서 레빈은 교수에게 질문을 던지기로 마음먹었다.

"그러니까 제 감각이 없어지면, 제 육체가 죽으면 이미 아무런 존재도 없다는 말인가요?" 그가 물었다.

교수는 유감스럽게, 그리고 이 중단 때문에 마치 정신적 고통을 느끼는 듯이 철학자보다는 부두 노동자에 더 가까운 이 이상한 질문자를 쳐다보았고, 대체 뭐라고 말해야 하냐고 묻는 듯이 세르게이 이바노비치에게로 눈을 돌렸다. 그러나 교수처럼 그렇게 자기 입장을 기를 쓰고 고수하며 일면적으로 말하는 것과는 한참 거리가 멀고, 교수에게 답변하면서도 동시에 이런 질문을 하게 한 그 평범하고 자연스러운 견해를 이해할 만한 넓은 자리가 머릿속에 남아 있는 세르게이 이바노비치는 씩 웃으며 말했다. "아직 우리는 이 의문을 풀 권리를 가지고 있지 않지요……"

"우리에게는 자료가 없지요." 교수가 동의하고 자신의 논증을 계속해나갔다. "정말로 만약 쁘리빠소프가 직접적으로 말한 것처럼 감각이 자신의 근거로서 인상을 가진다면 우리는 이 두 개념을 엄격하게 구분해야 한다는 점을 지적하고 싶습니다." 그가 말을 길게 늘어놓았다.

러운 이름들로, 독일 유물론 철학에 대한 똘스또이의 비판적인 태도를 드러낸다.

레빈은 그만 더이상 듣지 않고 교수가 떠나기를 기다렸다.

8

교수가 떠나자 세르게이 이바노비치가 동생에게로 몸을 돌렸다.

"네가 와서 참 기쁘다. 오래 머물 거냐? 농사는 어떠냐?"

레빈은 큰형이 농사에 거의 관심이 없으나 오로지 동생을 배려하는 뜻에서만 이런 질문을 한 것을 알고 있었고 그래서 밀의 판매와 돈 문제에 대해서만 대답했다.

레빈은 형에게 결혼하려는 의도를 밝히고 그의 조언을 구하고 싶었고 그렇게 하려고 심지어 굳게 마음먹기까지 했으나, 형을 보고, 형이 교수와 하는 대화를 듣고, 농사에 대해 질문하며 무의식적으로 보호자연하는 형의 어조를 듣고는(어머니의 영지는 분배되지 않은 상태였고 레빈이 두 사람 몫을 경영하고 있었다), 결혼하려는 결심에 대해 어쩐지 형에게 말을 꺼낼 수 없다고 느끼게 되었다. 그는 형이 자신이 원하는 것처럼 이 문제를 보지 않으리라고 느꼈던 것이다.

"그래, 지방의회는 어때?" 지방의회에 큰 관심을 가지고 큰 의미를 두고 있는 세르게이 이바노비치가 물었다.

"아, 근데, 실은 몰라요……"

"뭐? 너 의원 아니냐?"

"아니에요, 이제 의원 아니에요. 나왔어요." 레빈이 대답했다. "더이상 집회에 안 나가요."

"유감이네!" 세르게이 이바노비치는 얼굴을 찡그리며 말했다.

레빈은 자신을 정당화하느라 그의 군 의회에서 뭘 하는지 이야기하게 되었다.

"그래, 그건 항상 그래!" 세르게이 이바노비치가 말을 잘랐다. "우리 러시아인들은 항상 그래. 아마 그것도 우리의 장점일 수 있겠지. 자신의 단점을 볼 수 있는 능력 말이야. 우리는 항상 혀에 준비되어 있는 아이러니로 위안을 삼지. 한마디만 할게. 우리의 지방 행정 같은 그런 권리가 다른 유럽인들에게 주어졌다면 독일인이나 영국인은 이런 것들로 자유를 이루어냈을 거야. 근데 우리는 그냥 비웃을 뿐이지."

"하지만 어떻게 해야 하나요?" 면구스럽게 레빈이 말했다. "그게 제 마지막 시도였어요. 저도 온 정성을 기울여서 해볼 대로 다 해봤거든요. 못 하겠어요. 할 수가 없어요."

"할 수 없는 게 아니지." 세르게이 이바노비치가 말했다. "네가 그 일을 제대로 보지 못하는 거지."

"그럴지도 몰라요." 레빈이 우울하게 대답했다.

"근데, 니꼴라이가 다시 여기로 왔단다."

니꼴라이는 꼰스딴찐 레빈의 친형으로, 재산의 많은 부분을 탕진하고 매우 이상하고 나쁜 패들과 어울려 다니면서 형제들과 싸움을 해대는 파멸한 자였다.

"무슨 말이에요?" 레빈이 경악하여 소리쳤다. "어떻게 알아요?"

"쁘로꼬피가 길거리에서 그를 봤대."

"여기, 모스끄바에서요? 어디 있어요? 알아요?" 레빈은 마치 당장 갈 것처럼 의자에서 일어났다.

"네게 괜히 말했나보다." 세르게이 이바노비치가 동생이 흥분하는 것을 보고 고개를 흔들면서 말했다. "그가 어디 사는지 알아보

라고 사람을 보냈어. 그리고 내가 뜨루빈에게 갚아준 그의 어음도
보냈지. 여기 그가 보낸 답장이다."

세르게이 이바노비치는 서진書鎭 밑에서 쪽지를 꺼내 동생에게
주었다.

레빈은 형의 그렇게도 친숙한, 이상한 필체를 읽었다. "공손히
청하는 바이니 나를 가만두시오. 내가 사랑하는 형제들에게 요구
하는 것은 오직 이 한가지뿐이오. 니꼴라이 레빈."

레빈은 이를 읽고 고개를 들지 않은 채 두 손으로 쪽지를 들고
세르게이 이바노비치 앞에 서 있었다.

지금 그의 마음속에서는 이 불행한 형을 잊고 싶은 욕구와 그렇
게 하는 것이 나쁜 짓이라는 의식이 싸우고 있었다.

"그는 나를 모욕하고 싶어하는 게 틀림없다." 세르게이 이바노
비치가 말을 계속했다. "하지만 그가 나를 모욕할 수는 없지. 나도
온 마음으로 그를 돕기를 바라지만 어떻게 해야 할지 모르겠다."

"네, 네." 레빈이 되풀이해서 말했다. "잘 알아요. 그리고 큰형이
형을 그렇게 대하는 것을 높이 평가하고 있어요. 하지만 저는 형에
게 갈 거예요."

"네가 원하면 가거라. 하지만 난 그렇게 하라고 권하고 싶진 않
다." 세르게이 이바노비치가 말했다. "내 말은, 우리 관계에서 그가
너와 나를 싸움 붙일까봐 가는 걸 두려워하는 게 아니라 너를 위해
서 가지 않는 게 낫겠다는 거다. 도와줄 방법이 없거든. 하지만 네
맘대로 해라."

"아마 도울 수는 없을 거예요. 하지만 느낌이 들어요, 특히 이번
에는. 네, 그래요, 이번에는 달라요. 제 맘이 편하지 못할 거라는 느
낌이 들어요."

"글쎄, 난 그건 이해 못 하겠다." 세르게이 이바노비치가 말했다. "내가 이해하는 건 단 한가지, 그게 참을성 공부일 거라는 점이지. 나는 비열함이라고 부르는 것을 다르게, 좀더 아량 있게 보게 되었어. 니꼴라이가 지금처럼 된 다음에는 말이야. 너 니꼴라이가 무슨 짓을 했는지 알지……" 그가 덧붙였다.

"아, 정말 끔찍해요, 끔찍해요!" 레빈이 되풀이해서 말했다.

레빈은 세르게이 이바노비치의 하인으로부터 주소를 받고 당장 형에게로 가려고 채비를 했으나 생각을 고쳐서 저녁까지 방문을 미루기로 마음먹었다. 정신적 평온을 가지기 위해서는 무엇보다도 먼저 그가 모스끄바로 오면서 원래 목적한 일을 해결해야 했기에 셰르바쯔끼 집안 사정을 알아보려고 형의 집에서 바로 오블론스끼의 집무실로 갔던 것이다. 그는 오블론스끼가 말해준 대로 끼찌를 만날 수 있는 곳으로 갔다.

9

네시에 동물원 부근에 도착한 레빈은 가슴이 뛰는 것을 느끼면서 마차에서 내렸다. 입구에서 셰르바쯔끼네 유개마차[37]를 본 레빈은 필시 그녀를 그곳에서 발견할 것을 알고 보도를 따라 언덕을 향해 스케이트장으로 걸어갔다.

화창한 겨울날이었다. 입구에는 유개마차, 썰매[38], 거리마차 마부, 헌병들이 줄지어 서 있었다. 밝은 태양 아래 모자를 반짝이면서

<hr>

37 상자처럼 닫힌 보통 마차. 말 세마리나 네마리가 끈다.
38 겨울에는 눈 위로 가도록 마차에 바퀴 대신 썰매를 달게 된다.

깨끗하게 차려입은 사람들이 입구 근처와 조각한 새들이 달린 러시아식 작은 집들 사이 말끔하게 치운 보도에 북적거리고 있었다. 공원의 구불구불한 자작나무 고목들은 가지마다 하얀 눈으로 눌려 휘움하니 마치 새 예복으로 단장한 것처럼 보였다.

그는 보도를 따라 스케이트장으로 가며 혼잣말을 했다. '흥분하지 말아야 해. 진정해. 넌 무슨 생각을 하니? 왜 그러니?' 자신의 심장을 향해서 하는 말이었다. 그가 진정하려고 애를 쓰면 쓸수록 점점 더 숨을 쉬기가 어려워졌다. 아는 사람이 반기며 큰 소리로 그를 불렀으나 레빈은 심지어 그가 누군지도 알아보지 못했다. 그는 오르락내리락하는 썰매의 사슬이 쩔렁거리며 썰매 타는 소리가 요란한 가운데 즐거운 목소리가 울리는 언덕으로 다가갔다. 몇발짝 더 걸어가니 눈앞에 스케이트장이 펼쳐졌고, 그는 스케이트를 타는 모든 사람들 가운데서 당장 그녀를 알아보았다.

그는 자기의 심장을 지배하는 기쁨과 두려움으로 미루어 그녀가 그곳에 있는 것을 알았다. 그녀는 스케이트장 저쪽 끝에 서서 어떤 부인과 이야기를 하고 있었다. 그녀의 옷에도 포즈에도 아무 특별한 점이 없어 보였지만 레빈에게는 이 군중 속에서 그녀를 찾는 것이 쐐기풀 사이에서 장미를 찾는 것처럼 쉬웠다. 모든 것이 그녀로 인하여 빛나고 있었다. 그녀는 주위의 모든 것을 빛나게 하는 미소였다. '내가 정말 저리로 갈 수 있을까? 저기 얼음 위로, 그녀에게로 다가갈 수 있을까?' 그는 잠시 생각했다. 그녀가 있는 곳은 그에게 접근할 수 없는 성역聖域으로 보여서 순간 그는 떠나버릴 뻔했을 만큼 끔찍하게 두려움을 느꼈다. 그는 무척 힘을 들여서야 겨우 그녀 주위에 온갖 사람들이 다니고 있고 그도 스케이트를 타러 그리로 가도 된다고 판단하게 되었다. 태양을 오랫동안 바라보는 것을 피하듯이 그녀를 오랫동안 바라보는 것을 피하면서 그는 아래로 내려갔는데, 바라보지 않고도 태양을 알아보듯이 바라보지 않고도 그녀를 알아보았다.

매주 이날 이 시각 얼음 위에는 같은 그룹에 속하는 서로서로 아는 사람들이 모여 있었다. 기술을 뽐내는 스케이트 명수들도 있었고, 의자 뒤에서 겁내며 서투른 동작으로 배우는 사람들도 있었고, 소년들도 있었고, 건강을 위해 스케이트를 타는 노인들도 있었는데, 이 모든 사람들이 여기 그녀 곁에 있다는 이유로 레빈에게는 선택된 행운아들처럼 보였다. 스케이트를 타는 모든 사람들은 아주 아무렇지도 않게 그녀를 앞지르거나 뒤따르기도 하고 심지어 그녀와 말을 하기도, 좋은 얼음과 좋은 날씨를 누리며 전혀 그녀와 상관없이 즐거워하기도 했다.

짧은 윗도리에 통 좁은 바지를 입은 끼찌의 사촌 니꼴라이 셰르바쯔끼가 스케이트를 신은 채 벤치에 앉아 있다가 레빈을 보고 소리쳤다.

"아, 러시아 제일의 스케이트 선수! 온 지 오래됐어요? 얼음이 아주 좋아요. 스케이트를 신지 그래요."

"스케이트도 없어요." 그녀 앞에서 자기가 이렇게 용감하고 스스럼없이 행동하는 것에 스스로도 놀라워하면서, 그녀를 바라보지 않고도 내내 그녀를 감지하면서 레빈이 대답했다. 그는 태양이 그에게로 다가오는 것을 느꼈다. 그녀는 부츠 속으로 날씬한 발을 꼭 끼게 끼워넣고 겁을 내듯 스케이트를 지치며 코너로부터 그가 있는 쪽으로 다가오고 있었다. 손을 마구 휘두르며 몸이 땅에 닿을 듯 달려가는, 러시아 옷을 입은 소년 하나가 그녀를 앞질러 갔다. 그녀는 완전히 안정적으로 타지는 못했는데, 레빈을 알아보자 끈 달린 작은 토시에서 두 손을 꺼낸 채 그에게, 그리고 무서워하는 자신에게 미소를 지으면서 레빈을 바라보았다. 코너를 다 돈 다음 그녀는 다리를 쭉 펴서 한번 콩 뛰더니 곧장 셰르바쯔끼에게로 스케이트를 지치며 다가와 손으로 그를 잡고, 미소를 지으면서 레빈에게 고개를 까딱했다. 그녀는 그가 상상했던 것보다 더 아름다웠다.

그녀를 생각할 때 그는 그녀 전체를, 특히 처녀다운 균형 잡힌 어깨에 그렇게 자유롭게 풀어내린 금발 머리와 어린아이 같은 맑고 선한 표정을 한 이 작은 얼굴의 매력을 생생하게 그려볼 수 있었다. 이 어린아이 같은 얼굴 표정이 날씬한 자태의 섬세한 아름다움과 합쳐져서 이루어내는 그녀의 특별한 매력을 그는 잘 이해하고 있었지만, 언제나 예기치 못하게 그를 놀라게 하는 것은 그녀의 순하고 평온하고 솔직한 두 눈의 표정과, 특히, 그의 기억 속에 남아 있는 유년 시절의 몇 안 되는 날들에 느꼈던 것같이 그렇게 마음을 울리며 부드러운 느낌이 들게 하는 마법의 세계 속으로 레빈을 데리고 가는 그녀의 미소였다.

"오신 지 오래됐어요?" 그녀가 그에게 손을 내밀며 말했다. "고맙습니다." 그가 토시에서 떨어진 수건을 집어주자 그녀가 덧붙였다.

"저 말인가요? 얼마 안 됐어요. 어제…… 그러니까 오늘…… 도착했지요." 흥분 때문에 갑자기 그녀의 말을 알아듣지 못한 레빈이 대답했다. "방문드리려고 했습니다." 그는 말하고 나서 곧 자신이 무슨 목적으로 그녀를 찾아보려 했는지가 떠올라 당황해서 얼굴을 붉혔다. "스케이트를 타시는 줄, 그렇게 멋지게 타시는 줄 몰랐습니다."

그녀는 그가 당황하는 이유가 뭔지 알고 싶은 듯이 그를 주의 깊게 바라보았다.

"칭찬해주시니 정말 영광이네요. 스케이트를 제일 잘 타셨다는 전설이 여기 남아 있어요." 토시 위로 얇게 내려앉은 서리를 검은 장갑을 낀 작은 손으로 털면서 그녀가 말했다.

"네, 한때 열정적으로 탔었지요. 완벽에 이르고 싶었거든요."

"모든 걸 열정적으로 하시는 것 같아요." 그녀가 미소를 지으며 말했다. "어떻게 타시는지 무척 보고 싶어요. 스케이트를 신으세요. 우리 함께 타요."

'함께 타자고! 그게 정말 가능한 일인가?' 그는 그녀를 보며 속으로 생각했다.

"당장 신을게요." 그가 말했다.

그리고 스케이트를 신으러 갔다.

"여기 오랜만에 오셨네요, 나리." 스케이트장 직원이 그의 두 발을 들어올려 구두 뒤축 굽을 틀어 조이면서 말했다. "나리 이후에는 나리처럼 잘 타는 거장은 없었습죠. 이 정도면 되겠어요?" 가죽 끈을 조여 당기면서 그가 물었다.

"좋아, 좋아. 빨리 좀 하게." 얼굴에 절로 떠오르는 행복의 미소를 겨우 자제하면서 레빈이 대답했다. '그래, 이게 사는 거지. 이게 행복이야! 함께, 그녀가 말했지, 우리 함께 타요. 지금 말할까? 하지만 난 지금 행복해서, 희망만으로도 행복해서 말하기가 두려워…… 그럼 그러고 나서는? 그래도 해야 해! 해야 해, 해야 해! 약해지기 없기!'

레빈은 서서 외투를 벗고 스케이트를 갈아신는 막사 부근의 꺼칠꺼칠한 얼음 위를 이리저리 좀 뛰다가 매끈한 얼음판 위로 달려 나갔고 자유자재로 속도를 빨리하기도 하고 보폭을 좁혀 타기도 하고 방향을 바꾸기도 하면서 수월하게 스케이트를 탔다. 그는 소심하게 그녀에게 다가갔지만 그녀의 미소가 다시 그를 안심시켰다.

그녀가 그에게 손을 내밀었고, 둘은 나란히 걸음을 빨리하며 타기 시작했는데, 속도가 점점 더 빨라질수록 그녀는 그의 손을 점점 더 세게 쥐었다.

"함께 타주시면 금방 배울 것 같아요. 당신은 왠지 믿음이 가는 분이세요." 그녀가 그에게 말했다.

"당신이 저를 의지하시면 저도 저 자신을 믿을 수 있습니다." 그는 말하고 나서 바로 그렇게 말한 것에 깜짝 놀라서 얼굴을 붉혔다. 그리고 실상 그가 이 말을 입 밖에 내자마자 갑자기 태양이 구름 뒤로 들어가듯이 그녀의 얼굴에서 상냥함이 모두 사라졌는데, 이는 레빈이 알고 있는, 생각하느라 애쓰는 그녀의 얼굴 표정의 변화였다. 그녀의 매끈한 이마에 작은 주름이 하나 잡혔다.

"기분 나쁜 일 있으세요? 참, 제게 물어볼 권리는 없지만요." 그가 빨리 말했다.

"왜요? 아뇨, 아무 기분 나쁜 일 없는데요." 그녀가 차갑게 대답하고는 바로 덧붙여 말했다. "*마드무아젤 리농*을 보셨나요?"

"아뇨, 아직."

"가보세요. 당신을 정말 좋아해요."

'이건 뭐야? 내가 그녀를 화나게 했구나. 주여, 제발 도와주소서!' 잠시 생각한 후 레빈은 벤치에 앉아 있는, 백발의 머리카락을 말아 굽슬굽슬하게 만든 늙은 프랑스 여자에게로 스케이트를 타고 갔다. 그녀는 미소를 지으면서 의치를 내보이며 오랜 친구처럼 그를 맞았다.

"맞아요, 봐요, 인간은 자라나고……" 그녀가 눈짓으로 끼찌를 가리키면서 그에게 말했다. "나이를 먹어가지요. 작은 곰[39]이 벌써 큰 곰이 되었네요." 프랑스 여자는 웃으면서 그가 세 아가씨들을 영국 동화에 나오는 세마리 곰들로 부르며 농담을 했던 것을 상기시키며 말을 이었다. "기억하나요? 당신이 그렇게 말하곤 했잖아요."

결정적으로[40] 그는 이를 기억하지 못했지만, 그녀는 벌써 십년 넘게 이 농담에 대해 웃었고 이 농담을 좋아했다.

"자, 가세요, 스케이트를 타러 가세요. 우리 끼찌가 이제 제법 잘 타죠, 그렇죠?"

레빈이 다시 끼찌에게 다가갔을 때 그녀의 얼굴은 이미 그렇게 엄격하지 않았고 눈빛도 솔직하고 상냥했으나, 그에게는 이 상냥함 속에 특별한 기미, 일부러 평온하게 보이려는 기미가 들어 있는 것처럼 느껴졌다. 그래서 그는 슬퍼졌다. 자기의 늙은 가정교사에 대해, 그녀의 이상한 점들에 대해 좀 이야기하고 나서 끼찌는 그가 어떻게 지내는지 물었다.

"시골에서 겨울에 지루하지 않으신가요?" 그녀가 말했다.

"아니요, 지루하지 않아요. 아주 바쁘거든요." 그는 그녀가 겨울 초엽에 그랬던 것과 꼭 마찬가지로 이 평온한 어조로써 그를 꼼짝없이 빠져나갈 수 없게 하는 것을 느끼면서 말했다.

"오래 머무르실 예정이에요?" 끼찌가 그에게 물었다.

"모르겠어요." 무슨 말을 하는지도 모른 채 그가 말했다. 만약 또다시 그녀의 이 우정 어린 평온한 어조에 굴복하게 된다면 아무것도 해결하지 못하고 떠나야 하리라는 생각이 떠오르자 그는 이 어

---

39 tiny bear(영어).

40 이 단어가 좀 어색하게 보이는데, 이는 레빈이 청혼을 해야겠다고 결심하고 이를 꼭 해내기로 결정했다는 마음을 드러내는 것으로 보인다.

조에 맞서기로 마음속으로 결정했다.

"어떻게 모르세요?"

"몰라요. 그건 당신에게 달렸어요." 그는 말하자마자 즉시 자기가 한 이 말이 끔찍해서 소스라쳤다.

그녀는 그의 말을 못 들었는지 듣고 싶지 않았는지, 얼음에 걸렸다는 듯이 발을 두번 쿵쿵하더니 서둘러 그로부터 멀어져갔다. 그녀는 *마드무아젤 리농*에게로 다가가서 뭔가를 말하고 여자들이 스케이트를 갈아신는 막사로 갔다.

'주여! 제가 무슨 짓을 했나요! 주여! 도와주소서! 가르쳐주소서.' 레빈은 이렇게 기도하면서 동시에 세찬 동작의 욕구를 느끼고 뛰는 걸음으로 달려나가 안쪽 링과 바깥쪽 링을 몇바퀴 힘차게 돌았다.

이때 젊은 세대의 새로운 스케이트 명수들 중 한명이 담배를 입에 물고 스케이트를 신은 채 커피집에서 나와 내달리다가 크게 울리는 소리를 내면서 걸음마다 튀어오르는 동작으로 계단을 내려왔다. 그는 나는 듯이 내려온 후 심지어 두 팔을 자유로이 그대로 자세를 바꾸지도 않은 채 얼음 위를 지쳐갔다.

"아, 새로운 동작이네!" 레빈은 말하고서 당장 위로 올라가 새로운 동작을 해보려고 했다.

"무리하지 마세요. 익숙해져야 해요!" 니꼴라이 셰르바쯔끼가 그에게 소리를 질렀다.

레빈은 입구로 들어가 가능한 한 최고로 높이 올라가서 이 익숙하지 않은 동작을 하며 두 팔로 균형을 잡으면서 아래로 타고 내려왔다. 마지막 계단에 걸려서 손으로 얼음판을 짚을 뻔했지만 힘찬 동작으로 균형을 잡고 웃으면서 계속 타나갔다.

끼찌는 *마드무아젤 리농*과 막사에서 나오다가 조용히 상냥한 미소를 짓고 마치 사랑하는 오빠를 보듯이 그를 바라보며 생각했다. '멋지고 사랑스러운 사람이야.'

막사에서 나가는 끼찌와 계단에서 그녀를 기다리던 그 어머니를 보고, 빠른 동작을 하느라 얼굴이 달아오른 레빈은 멈춰서서 가만히 생각에 잠겼다. 그는 스케이트를 벗고 뒤따라가서 동물원 출구에서 그 어머니와 딸을 만났다.

"만나서 매우 기쁘네요. 우리는 항상 그러듯이 목요일에 손님을 맞이하지요." 공작부인이 말했다.

"그러니까 오늘이네요?"

"오시면 매우 기쁘겠어요." 공작부인이 쌀쌀하게 말했다.

이 쌀쌀함이 끼찌를 화나게 해서 그녀는 어머니의 차가움을 지우고 싶은 욕구를 금할 수 없었다. 그녀는 얼굴을 돌려 미소를 지으며 말했다.

"또 봬요."

이때 스쩨빤 아르까지치가 모자를 삐뚜름히 쓰고 얼굴과 두 눈을 빛내면서 기분 좋은 승리자처럼 동물원으로 들어왔다. 그러나 장모에게 다가가자 슬프고 죄지은 얼굴을 하며 돌리의 건강에 대해서 묻는 그녀의 질문에 답했다. 장모와 조용히 우울하게 이야기를 나누고 나서 그는 가슴을 쫙 펴고 레빈의 팔짱을 끼었다.

"자, 어때? 갈까?" 그가 물었다. "내내 자네 생각을 했지. 그리고 자네가 와서 아주아주 기뻐." 그는 의미 있는 눈초리로 레빈의 두 눈을 들여다보면서 말했다.

"가세, 가세." 레빈은 "또 봬요"라고 말하는 목소리가 계속 귓가에 맴돌고 이 말과 함께 보여준 미소가 계속 눈앞에 떠올라 행복해하며 말했다.

"안글리야⁴¹로 갈까, 예르미따시로 갈까?"

"난 아무래도 좋네."

"그럼 안글리야로 가지." 예르미따시보다 외상을 더 많이 졌기 때문에 안글리야를 선택한 스쩨빤 아르까지치가 말했다. 그는 그 때문에 이 호텔을 피하는 것은 좋지 않다고 생각했다. "자네 삯마차 있나? 그래, 잘됐네. 난 마차를 보냈거든."

두 친구는 가는 동안 내내 침묵했다. 레빈은 끼찌의 얼굴 표정의 변화가 무엇을 의미하는지에 대해 줄곧 생각하고 있었는데, 희망이 있다고 자신을 가졌다가도 절망으로 빠지고, 자신의 희망이 정신 나간 것임을 확실히 알다가도 "또 봬요"라는 말과 그녀의 미소가 있기 전의 그와 지금의 자신은 완전히 다른 사람이라고 느끼기도 했다.

스쩨빤 아르까지치는 가는 도중에 식사 메뉴를 짜고 있었다.

"참, 자네는 돌가자미 좋아하지?" 거의 다 왔을 때 그가 레빈에게 물었다.

"뭐?" 레빈은 되물었다. "돌가자미? 그래, 나 돌가자미 **끔찍하게**⁴² 좋아하네."

---

41 사치스러운 가구로 장식된 방들이 있는 모스끄바의 호텔. 뻬뜨롭까에 있었다. '영국'이라는 뜻이다.
42 레빈이 청혼을 앞두고 두려워하는 심적 상태를 표현하는 말로 '끔찍하다' '무섭다'라는 형용사 및 여기서 파생한 부사가 자주 쓰였다.

10

오블론스끼와 함께 호텔로 들어갔을 때 레빈은 스쩨빤 아르까지치의 얼굴과 모습 전체에 마치 드러내보이지 않으려는 광채 같은 어떤 특별한 표정이 나타나는 것을 알아채지 않을 수 없었다. 외투를 벗고 모자를 삐뚜름하게 쓰고 식당으로 들어선 오블론스끼는 제복을 입고 냅킨을 들고 그에게로 달라붙는 따따르인들에게 주문을 했다. 그는 모든 곳에서처럼 여기서도 기쁘게 그를 맞는 사람들에게 좌우로 인사하면서 뷔페 테이블로 가서 생선과 함께 보드까를 한잔 마시며 카운터 뒤에 앉은, 짙은 화장을 하고 리본과 레이스와 가발을 두르고 뒤집어쓴 프랑스 여자에게 무슨 말인가를 던졌고, 그러자 이 여자마저도 진정으로 웃음을 터뜨렸다. 그러나 레빈은 몸 전체가 남의 머리카락과 *하얀 분가루와 화장수*[43]로 이루어진 것처럼 보이는 이 프랑스 여자가 모욕으로 느껴진다는 단지 그 이유만으로 보드까를 마시지 않았다. 그는 더러운 장소를 피하듯이 서둘러 그녀를 피해갔다. 그의 마음은 온통 끼찌에 대한 기억으로 넘쳐흘렀고 그의 두 눈에서는 승리와 행복의 미소가 빛났다.

"각하, 어서 오십시오. 이리로, 여기가 조용합니다, 각하." 프록코트 뒷자락이 완전히 양쪽으로 갈라질 만큼 넓은 엉덩이를 가진, 특히 심하게 알랑거리며 달라붙는 늙은 따따르인이 말했다. 그는 스쩨빤 아르까지치에게 존경을 표하는 의미로 그의 손님인 레빈에게도 "어서 오십시오, 각하." 하고 말했다.

그는 청동 촛대가 놓인 식탁 위에 이미 덮여 있는 식탁보 위로

---

[43] poudre de riz u vinaigre de toilette('와'를 뜻하는 u는 러시아어, 그외는 프랑스어).

순식간에 한겹 더 새 식탁보를 덮고 벨벳 의자들을 밀어 권하고 난후 스쩨빤 아르까지치 앞에 서서 냅킨과 주문 수첩을 들고 주문을 기다렸다.

"각하, 따로 방을 원하신다면 골리쩐 백작이 어떤 부인과 계시는 방이 곧 비게 될 겁니다. 신선한 굴이 들어왔습니다."

"아, 굴!" 스쩨빤 아르까지치는 한참을 생각했다.

"레빈, 우리 계획을 좀 바꾸지 않겠나?" 그는 메뉴판에 손가락을 멈추고 물었다. 그의 얼굴은 진지한 망설임을 나타내고 있었다. "좋은 굴이야? 제대로 말하게!"

"플렌스부르그[44] 겁니다, 각하. 오스쩬드[45] 것은 없습니다."

"플렌스부르그 것이긴 플렌스부르그 것이란 말이지. 그래, 신선한가?"

"어제 들어왔습지요."

"그렇다면 굴부터 시작해볼까? 그러고 나서 다음 계획을 다 바꿔볼까, 응?"

"아무래도 좋아. 내가 제일 먹고 싶은 건 양배춧국하고 죽인데, 여긴 그게 없는 걸 어쩌겠나."

"까샤 아 라 뤼스[46] 말씀이십니까?" 유모가 어린애 위로 몸을 굽히듯이 레빈에게로 몸을 굽히며 따따르인이 물었다.

"아니, 농담은 그만하고, 자네가 고르는 것도 좋아. 스케이트를 탔더니 배가 고프네." 그는 오블론스끼의 얼굴에서 불만스러운 표

---

44 1866년부터 독일 영토가 된 덴마크의 해안도시 플렌스부르크(Flensburg)의 러시아어식 발음 및 표기.

45 벨기에의 해안도시 오스땅드(Ostende)의 러시아어식 발음 및 표기.

46 러시아식 죽. '러시아식'이라는 뜻의 프랑스어 'à la russe'가 러시아 문자로 표기되어 있다.

정을 알아채고 덧붙였다. "내가 자네의 선택을 높이 사지 않는다고 생각하지 말게. 기꺼이 맞추겠네."

"암, 그래야지. 누가 뭐래도 이건 삶의 쾌락 중의 하나지." 스쩨빤 아르까지치가 말했다. "그럼, 자, 이보게, 굴 이인분 주게. 아니, 모자라겠지. 삼인분으로 서른개를 주고, 알뿌리 수프를⋯⋯"

"쁘렌따니에르[47]." 따따르인이 끼어들었다. 그러나 스쩨빤 아르까지치는 분명 따따르인이 요리를 프랑스어로 부를 수 있는 만족감을 주고 싶지 않은 듯했다.

"알뿌리를 넣은 거, 알겠나? 그다음에는 걸쭉한 소스를 얹은 돌가자미, 그다음에는⋯⋯ 로스트비프. 근데 좋은 것이어야 해. 그리고 닭고기도 조금⋯⋯ 아, 그리고 과일조림도."

따따르인은 프랑스어 메뉴에 따라 요리를 부르지 않는 스쩨빤 아르까지치의 습관을 기억하고는 그의 말을 따라하지 않았지만, 모든 주문한 요리를 메뉴에 따라 다시 읽는 만족감을 누렸다. "수쁘 쁘렌따니에르[48], 뜌르보 소스 보마르셰[49], 뿔라르드 아 레스뜨라곤[50], 마세두안 데 프류이[51]⋯⋯" 그리고 그는 마치 스프링이 달린 듯이 메뉴판을 접어 치우고는 다른 메뉴를, 포도주 리스트를 스쩨빤 아르까지치 앞으로 대령했다.

"뭘 마시지?"

"자네 좋은 대로. 난 조금만 마실게, 샴페인으로." 레빈이 말했다.

---

47 'printanière'의 러시아어식 발음 및 표기. 이 프랑스 요리를 따따르인이 읽는 발음이 러시아 문자로 표기되어 있다.
48 'soupe printanière'의 러시아어식 발음 및 표기.
49 'turbot sauce Beaumarchais'의 러시아어식 발음 및 표기.
50 'poularde à l'estragon'의 러시아어식 발음 및 표기.
51 'macédoine de fruits'의 러시아어식 발음 및 표기.

"뭐? 처음부터? 그거 정말 좋지. 그러세. 자넨 하얀 딱지 좋아하나?"

"까셰 블란[52]." 따따르인이 끼어들었다.

"그럼, 굴 요리에 그걸 주게. 그러고 나서 또 보세."

"알아 모시겠습니다. 식사용 포도주로는 뭘 주문하시겠습니까?"

"음, 뉘이[53]를 주게. 아냐, 아주 고전적으로 샤블리[54]가 더 낫겠어."

"알아 모시겠습니다. 각하의 치즈를 주문하시겠습니까?"

"그러지, 빠르메잔[55]으로. 아님 자넨 다른 게 좋아?"

"아냐, 난 아무래도 좋아." 미소가 절로 떠오르는 것을 어찌하지 못하며 레빈이 말했다.

프록코트 뒷자락이 양쪽으로 갈라진 넓은 엉덩이의 따따르인 웨이터가 서둘러 가더니 오분 후에 껍데기들 위로 고개를 내민 굴을 담은 접시와 샴페인병을 손가락 사이에 끼고 날듯이 왔다.

스쩨빤 아르까지치는 빳빳하게 풀을 먹인 냅킨을 구겨서 조끼 안으로 꽂아넣고 양손을 가만히 올리더니 굴을 먹기 시작했다.

"아, 좋은 굴이야." 그는 은제 포크로 굴껍데기에서 흐물거리는 굴을 꺼내 한개씩 한개씩 삼키면서 말했다. "좋은 굴이야." 그는 촉촉하고 반짝이는 두 눈으로 레빈과 따따르인을 차례로 바라보면서 되풀이하여 말했다.

레빈은 흰 빵과 치즈가 더 편했지만 굴도 먹었다. 그러나 그는 오블론스끼가 먹는 것을 보는 것이 즐거웠다. 샴페인병을 따서 거

---

52 'cachet blanc'의 러시아어식 발음 및 표기.
53 'Nuit'의 러시아어식 발음 및 표기.
54 'Chablis'의 러시아어식 발음 및 표기.
55 'Parmesan'의 러시아어식 발음 및 표기.

품이 끓어오르는 샴페인을 위쪽으로 올라가며 살짝 벌어지는 날씬한 샴페인잔에 따르던 따따르인조차도 눈에 띄게 만족스러운 미소를 띠고 하얀 나비넥타이를 손으로 매만지면서 스쩨빤 아르까지치를 바라보았다.

"근데 자넨 굴을 아주 좋아하진 않는 게군?" 샴페인을 들이켜며 스쩨빤 아르까지치가 말했다. "아니면 걱정이 있나? 그래?"

그는 레빈이 유쾌하기를 바랐다. 그러나 레빈은 유쾌하지 않은 건 아니었지만 갑갑한 기분이 들었다. 그의 마음 상태로는 이런 호텔 레스토랑에 있는 것이, 칸마다 여자와 식사를 하는 방들 사이에, 이런 허황된 야단법석 가운데 있는 것이 어색하고 불편했고, 청동 제품, 거울, 가스등, 따따르인들로 이루어진 이런 공간, 이 모든 것들이 모욕으로 느껴졌다. 그는 자기 마음을 채우고 있는 것이 얼룩질까봐 두려웠던 것이다.

"나? 그래, 걱정도 있지. 하지만 그게 아니라도 이 모든 게 갑갑하네." 그는 말했다. "시골 사람인 내게 이 모든 게 자네 사무실에서 본 그 남자의 손톱처럼…… 얼마나 낯선지 자넨 상상도 못 할걸세……"

"그래, 불쌍한 그리네비치의 손톱에 자네가 매우 관심을 가졌던 걸 알지." 스쩨빤 아르까지치가 껄껄 웃으며 말했다.

"못 참겠더군. 내 입장이 되어, 농촌에 사는 사람의 눈으로 한번 보게. 우리 농촌에서는 손이라면 노동하기 편하게 유지하려고 노력한다네. 그래서 손톱도 깎고 소매를 걷기도 하지. 한데 여기서는 일부러 손톱을 자라는 대로 그냥 놔두고, 손으로 아무 일도 하면 안 되게끔 큰 커프스단추로 조이고 있네."

스쩨빤 아르까지치는 유쾌하게 미소 지었다.

"그래, 그건 그에게 거친 노동이 필요 없다는 표지네. 그는 머리로 일하니……"

"그럴 테지. 그래도 내겐 이 모든 게, 우리 농촌 사람들은 일하기 위해서 되도록 빨리 배를 채우려고 애쓰는데 여기 자네와 나는 되도록 오래 배가 부르지 않도록 애쓰고 그러느라 굴을 먹고…… 하는 것과 마찬가지로 낯설다네."

"자, 알 만하네." 스쩨빤 아르까지치가 끼어들었다. "그러나 여기에 바로 교육의 목적이 있는 것이지. 모든 것에서 쾌락을 만들어내는 것에 말이야."

"자, 그것이 목적이라면 나는 야만이 되고 싶네."

"자네는 지금 그대로도 야만일세."

레빈은 한숨을 푹 쉬었다. 레빈은 니꼴라이 형이 기억나서 양심에 찔리고 가슴이 아파서 얼굴을 찌푸렸으나 오블론스끼가 당장 그의 주의를 돌릴 만한 화제를 꺼냈다.

"자, 어때, 오늘 저녁 우리들에게로, 셰르바쯔끼가로 올 텐가?" 꺼칠꺼칠한 빈 굴껍데기들을 밀어놓고 치즈 접시를 바짝 잡아당기며 그는 두 눈을 의미 깊게 반짝거리면서 말했다.

"응, 꼭 가겠네." 레빈이 대답했다. "공작부인이 나를 기꺼이 초대하진 않은 것 같네만."

"무슨 말이야! 말도 안 되는 소리! 그분은 태도가 항상 그래…… 자, 여기, 이봐, 수프 가져오게! 그분 태도가 그래, *사교계의 귀부인*[56] 아닌가!" 스쩨빤 아르까지치가 말했다. "나도 가겠네. 그런데 바니나 백작부인 댁에 노래 연습하러도 가야 해. 그래, 자네가 어떻게 야

----

56 grande dame(프랑스어).

만이 아니란 말인가? 자네가 모스끄바에서 갑자기 사라진 걸 어떻게 설명할 수 있겠나? 셰르바쯔끼가 사람들이 자네에 대해 내게 줄곧 물었어. 내가 뭘 아는 게 분명하다는 듯이 말이네. 근데 내가 아는 건 오직 자네가 항상 아무도 안 하는 짓을 한다는 사실 하나뿐이지.”

“맞아.” 레빈이 천천히, 흥분한 상태로 말했다. “자네가 옳아. 난 야만이야. 그러나 내 야만성은 그때 내가 떠난 데 있는 게 아니라 내가 지금 여기로 온 데 있다네. 내가 지금 여기로 온 건……”

“오, 자넨 정말 행복한 사람이야!” 스쩨빤 아르까지치가 레빈의 두 눈을 들여다보며 끼어들었다.

“왜?”

“나는 화인(火印)을 보고 준마를 알아보듯이 눈을 보고 사랑에 빠진 자를 알아보지.”[57] 스쩨빤 아르까지치가 선언했다. “모든 것이 자네 앞에 열려 있네.”

“그럼 뭐, 자네에게는 모든 것이 뒤에 있단 말인가?”

“아니 뭐, 뒤는 아니라 해도. 하지만 자네에겐 미래가 있고 내게는 현재뿐이지. 멋있게 말하자면 그렇지.”

“무슨 일 있어?”

“음, 안 좋아. 자, 내 얘긴 하고 싶지 않아. 게다가 다 설명도 못하겠어.” 스쩨빤 아르까지치가 말했다. “그래서, 자넨 도대체 왜 모스끄바에 온 거야? 어이, 여기!” 그는 따따르인 웨이터를 큰 소리로 불렀다.

“짐작은 하지?” 스쩨빤 아르까지치에게서 깊숙하게 반짝이는

---

57 알렉산드르 뿌시낀(1799~1837)이 번역한 아나크레온의 시 중에서 네 구절을 약간 틀리게 인용했다.

두 눈을 떼지 않은 채 레빈이 응수했다.

"짐작은 하네만 내가 그것에 대해 이야기를 꺼낼 수는 없는 문제지. 이런 말만으로도 자넨 내가 제대로 아는지 아닌지 알 수 있겠지." 스쩨빤 아르까지치는 보일락 말락 미소를 띠고 레빈을 바라보며 말했다.

"그래, 대체 내게 뭐라 할 텐가?" 레빈이 떨리는 목소리로, 얼굴의 모든 근육이 떨고 있다는 것을 느끼면서 말했다. "자넨 어떻게 보나?"

스쩨빤 아르까지치는 레빈에게서 두 눈을 떼지 않은 채 천천히 샤블리가 담긴 잔을 다 비웠다.

"나?" 스쩨빤 아르까지치가 말했다. "난 그거 이외에는 아무것도 바라지 않네, 아무것도. 있을 수 있는 가장 좋은 일이야."

"한데 자네 잘못짚은 거 아냐? 자네 우리가 뭘 이야기하는지 아나?" 상대방을 두 눈으로 삼킬 듯 바라보며 레빈이 말했다. "자네는 그게 가능하다고 생각하나?"

"가능하다고 생각하네. 대체 왜 불가능해?"

"아니, 그게 가능하다고 생각하는 게 확실해? 아니, 자네가 생각하는 걸 모두 말해주게! 근데 만약, 만약에 거절당하면? 난 그러리라 확신하는데……"

"대체 왜 그런 생각을 하나?" 그가 흥분하는 것을 보고 미소를 지으면서 스쩨빤 아르까지치가 말했다.

"가끔 내겐 그렇게 여겨지네. 그렇다면 그건 내게도 그녀에게도 정말 끔찍할 거야."

"흠, 어떤 경우에도 처녀에게 끔찍할 건 전혀 없네. 모든 처녀가 청혼 자체를 자랑스러워한다네."

"맞아, 모든 처녀가 그렇지. 하지만 그녀는 아니야."

스쩨빤 아르까지치는 미소 지었다. 그는 레빈의 이러한 감정을, 레빈에게는 세상의 모든 처녀들이 두 부류로 나뉜다는 것을, 즉 한 부류는 그녀를 제외한 모든 처녀들, 모든 인간적 약점을 가진 매우 평범한 처녀들이고, 다른 한 부류는 오직 그녀, 아무런 약점도 없고 모든 인간적인 것을 초월한 그녀라는 것을 잘 알고 있었다.

"잠깐, 소스를 치게." 소스를 밀어놓는 레빈의 손을 잡으면서 그가 말했다.

레빈은 하라는 대로 소스를 쳤지만 스쩨빤 아르까지치에게 먹을 틈을 주지 않았다.

"아니, 잠깐, 잠깐." 그가 말했다. "자네, 이건 내게는 생사가 달린 문제라는 걸 알아주게. 난 아무하고도 이 문제에 대해 말한 적이 없네. 또 자네 말고는 이 문제에 대해 아무하고도 이야기할 수 없네. 자네와 난 모든 것이 다른데 말이지. 취향도 다르고, 견해도 다르고, 모든 게 다르네만, 난 자네가 날 사랑하고 이해한다는 걸 알고 있네. 이 때문에도 난 자네를 끔찍하게 좋아하네. 하지만 제발, 완전히 솔직하게 말해주게."

"난 내 생각을 말한 거네." 스쩨빤 아르까지치가 미소 지으며 말했다. "하지만 자네에게 좀더 말해주지. 내 아내는 정말 놀랄 만한 여잔데……" 스쩨빤 아르까지치는 아내와의 관계를 생각하고 한숨을 쉬고는 한순간 침묵했다가 말을 계속했다. "미래를 내다보는 눈이 있다네. 그녀는 사람들을 꿰뚫어봐. 이건 기본이고 앞으로 어떻게 될 것인지를 알아. 특히 혼인 문제에 관해서 말이야. 예를 들면 그녀는 샤홉스까야가 브렌쩰른과 결혼한다고 예언했었어. 아무도 믿으려고 하지 않았지. 근데 그렇게 됐어. 그런데 그녀가 자네

편이라네."

"그러니까 어떻게?"

"그녀는 자네를 아주 좋아하는데다가 끼찌가 꼭 자네 아내가 될 거라고 말하네."

"그녀가 그렇게 말한다고!" 레빈이 소리를 질렀다. "내가 항상 말했지. 그녀는 보배야. 자네 아내 말이야. 그럼 충분해. 이제 이 이야긴 충분하네." 그는 자리에서 일어서며 말했다.

"좋아, 하지만 좀 앉게."[58]

하지만 레빈은 앉아 있을 수가 없었다. 그는 눈물이 보일까봐 눈을 껌뻑거리며 새장같이 갑갑한 방을 힘찬 발걸음으로 두번 돌고 나서야 다시 식탁 앞에 앉았다.

"자네, 알아주게." 그가 말했다. "이건 사랑이 아니야. 난 사랑에 빠졌었지. 하지만 이건 그런 게 아냐. 이건 내 감정이 아니고 내 밖에 있는 어떤 힘이 나를 지배하는 거네. 이건 불가능한 일이라고, 알겠나, 지상에 없는 행복처럼 불가능한 일이라고 결론을 내렸기 때문에 난 떠났던 거네. 하지만 혼자서 괴로워하다가 이것 없이는 삶이 불가능하다는 걸 알았네. 그래서 해결할 필요가……"

"뭣 때문에 떠난 건데?"

"아, 잠깐, 아, 내가 얼마나 많이 생각했는지 아나! 얼마나 많은 회의를 품었던지! 들어보게, 자넨 자네가 한 말로써 내게 어떤 일을 했는지 상상도 못 할 걸세. 난 자신이 추악하게 여겨질 지경으로 행복하네. 난 모든 걸 잊었네…… 난 오늘 니꼴라이 형이…… 알겠나, 형이 여기 왔다는 걸 알았는데…… 근데 형에 대해서도 잊

---

58 번역의 저본인 1963년판과 달리 1981년판에는 이 문장에 이어 "수프가 나오고 있네"라는 문장이 더 있다.

었지. 형도 행복하다고까지 여겨진다네. 하지만 한가지 끔찍한 일
은…… 자넨 결혼했으니 이 감정을 알 테지…… 우린 나이 들었고,
과거를 가졌지. 사랑이 아니라 죄악을 경험했지. 근데 갑자기 순결
하고 무구한 존재와 가까워지는 거야. 그건 구역질 나는 일이지. 그
래서 자신이 자격이 없다고 느끼지 않을 수 없지."

"뭐, 자네에겐 죄도 별로 없구먼그래."

"아, 그래도 말이야." 레빈이 말했다. "그래도 말이야, '내 삶을 읽
으면서 소름 끼쳐 떨며 저주하고, 쓴 눈물 흘려도……'⁵⁹ 그렇다네."

"어쩌겠나, 세상이 그렇게 만들어진 걸." 스쩨빤 아르까지치가
말했다.

"내 죄에 따라 나를 사하지 마시고 은혜에 따라 나를 사해주소
서. 내가 항상 좋아하는 이 기도에서처럼 한가지 위안이 있긴 하네.
그렇게 그녀가 나를 용서해줄 수만 있다면 하고 바라는 마음이네."

11

레빈은 잔을 다 비웠고 그들은 잠시 침묵했다.

<hr />

59 뿌시낀의 시 「회상」(1828)의 끝부분. "세상 사람들의 소란한 낮이 침묵하고/도
시의 말 없는 거리 위로/밤의 반투명의 어둠과 함께/낮의 노고의 보상으로 잠이
드리워지면/고요 속에 내게로 천천히/고통스러운 각성의 시간이 찾아온다./밤
의 무위 속에서 양심의 가책은/뱀이 문 상처인 듯 더 화끈거리며 타오르고/상상
들이 들끓는다. 슬픔으로 짓눌린 영혼 속에는/우울한 사념들만이 복받쳐 응어리
진다./회상은 말없이 내 앞에/그 긴 두루마리를 펼친다./내 삶을 읽으면서/소
름 끼쳐 떨며 저주하고/괴로움에 한탄하며 쓴 눈물 흘려도/슬픈 구절들을 지우
지 않는다."

"근데 나 아직 자네에게 해야 할 말이 하나 있네. 자네 브론스끼를 아나?" 스쩨빤 아르까지치가 레빈에게 물었다.

"아니, 몰라. 왜 묻는데?"

"한병 더 주게." 스쩨빤 아르까지치가 잔을 다 채우고 나서, 말하자면 공연히 그들 곁을 맴돌고 있는 따따르인에게 말했다.

"내가 왜 브론스끼를 알아야 해?"

"자네가 왜 브론스끼를 알아야 하냐면, 자네 라이벌 중 한 사람이거든."

"브론스끼가 대체 뭔데?" 레빈이 말했다. 레빈의 얼굴은 오블론스끼가 조금 전까지 좋아했던 어린애같이 환호하는 표정에서 갑자기 성나고 불쾌한 표정으로 변했다.

"브론스끼는 끼릴 이바노비치 브론스끼 백작의 아들 중 한명인데다 뻬쩨르부르그의 금빛 청년들 가운데 가장 훌륭한 본보기 중 하나지. 난 뜨베리에서 근무할 때 그를 알았네. 신병 모집에 왔었거든. 끔찍하게 부자고, 잘생기고, 발이 넓고, 부관인데다 아주 사랑스럽고 괜찮은 젊은이네. 그냥 괜찮은 젊은이 이상이지. 여기서 알고 보니 교양이 높고 아주 똑똑하더군. 멀리 나갈 사람이야."

레빈은 얼굴을 찌푸리고 침묵했다.

"자, 근데 말씀이지, 자네가 떠나자 바로 그가 여기 나타난 거야. 그리고 내가 알기로 그는 완전히 끼찌에게 빠졌어. 자네도 알겠지만, 끼찌의 어머니가……"

"미안하네만 난 아무것도 모르네." 레빈은 우울하게 눈썹을 찌푸리면서 말했다. 당장 니꼴라이 형이 떠올랐고 형을 잊을 수 있었던 자신이 혐오스러워졌다.

"자네, 잠깐, 잠깐." 스쩨빤 아르까지치가 미소를 지으면서 그의 손을 건드리며 말했다. "난 내가 아는 걸 얘기한 거고, 다시 한번 말하네만 이 예민한 애정사에 있어서 예측 가능한 한 자네 편에 기회가 있다고 여기네."

레빈은 다시 의자에 기대앉았는데 얼굴이 창백했다.

"하지만 되도록 빨리 결정하라고 권하고 싶네." 오블론스끼가 레빈의 잔을 마저 채우려 하며 말을 이었다.

"됐네, 고맙지만 난 그만 마시겠네." 레빈이 잔을 옆으로 밀어놓았다. "취하겠어…… 근데 자넨 어떻게 지내나?" 분명 화제를 바꾸고 싶은 듯 레빈이 말했다.

"한마디만 더. 무슨 일이 있어도 문제를 되도록 빨리 해결하게. 오늘은 말 안 하는 게 좋을 거야." 스쩨빤 아르까지치가 말했다. "내일 아침에 방문해서, 고전적으로 청혼을 하게. 자네에게 행운이 있기를 비네……"

"자네 사냥하러 내내 나한테 오고 싶어하더니 어떻게 된 거야? 자, 봄에 한번 오게." 레빈이 말했다.

지금 그는 스쩨빤 아르까지치와 이 대화를 시작한 것을 온 마음으로 후회하고 있었다. 그의 '특별한' 감정이 어떤 뻬쩨르부르그 장교와의 경쟁에 대한 이야기와 스쩨빤 아르까지치의 예측과 조언으로 더럽혀졌던 것이다.

스쩨빤 아르까지치가 싱긋 웃었다. 그는 레빈의 마음속에 무슨 생각이 일어나고 있는지 이해하고 있었다.

"언제 한번 가겠네." 그가 말했다. "그래, 이 친구야, 여자들이란 말이야, 모든 일의 회전축이야. 내 문제만 해도 형편없어. 정말 형편이 말이 아니야. 이 모든 게 여자들 때문이지. 자네, 솔직하게 말해주게." 그는 시가를 꺼내들고 다른 손으로 잔을 쥐고 말을 계속했다. "조언 좀 해주게."

"하지만 무슨 조언?"

"그게 말이야, 자네가 결혼을 했고 아내를 사랑하는데 다른 여자에게 빠졌다고 가정해보게……"

"미안, 난 결코 어떻게 그럴 수 있는지 이해를 못 하겠네. 그건 내가 지금 실컷 먹고 나서 빵가게를 지나다가 깔라치빵을 훔치는 것과 같네……"

스쩨빤 아르까지치의 두 눈은 평소보다 더 반짝거렸다.

"대체 왜 이해를 못 해? 깔라치빵 냄새는 가끔 못 견딜 만큼 좋거든."

　　지상의 욕망을 누르는 건
　　신성한 일이어라
　　하지만 그러지 못한다 해도
　　나는 퍽 좋은 쾌락을 가지게 되는 셈이어라![60]

이 말을 하며 스쩨빤 아르까지치는 보일락 말락 웃고 있었다. 레빈도 싱긋 웃지 않을 수 없었다.

"그래, 농담은 그만하세." 오블론스끼가 말을 계속했다. "생각해보게. 사랑스럽고 고분고분하고 사랑을 느끼고 있는 여자, 가난하

60　Himmlisch ist's, wenn ich bezwungen
　　Meine irdische Begier;
　　Aber noch wenn's nicht gelungen,
　　Hatt ich auch recht hübsch Plaisir!(독일어)
　　이 시는 하이네의 시를 현재형으로 변형한 것이고 단어도 약간 다르다. 요한 슈트라우스의 오페라 「박쥐」(1874년 초연)에 사용되었다.

고 외로움을 타는 여자, 그녀는 모든 걸 희생했네. 모든 일이 일어난 지금, 생각해보게, 그녀를 버릴 수 있단 말인가? 가정을 깨뜨리지 않기 위해서 그녀와 헤어져야 한다고 치세. 하지만 그녀를 동정해야 하지 않나? 어떻게 좀 살게 해주고 좀 편하게 해주기는 해야 하지 않나?"

"나, 참, 미안하네. 내게 여자란 두 종류밖에 없어. 아니, 좀더 정확히 말하자면, 보통 여자들이 있고—난 마음을 끄는 타락한 여자들은 본 적이 없고 앞으로 볼 일도 없을 거야—카운터에 앉아 있던 화장한, 가발 쓴 프랑스 여자 같은 그런 폐물들이 있지. 타락한 여자들은 모두 그런 종류지."

"그럼 복음서에 나오는 여자는?"

"아이, 그만하게. 만약 예수가 그 말이 어떻게 남용될지 알았다면 그 말을 결코 하지 않았을 거네.[61] 사람들은 복음서 중에서 그 말만 기억하지. 게다가 나는 내 생각을 말하는 게 아니라 내가 느끼는 걸 말하는 거야. 나는 타락한 여자들이 혐오스럽네. 자네는 거미를 무서워하지. 난 이런 여자들이 싫네. 자네는 거미를 연구하지 않았으니 거미들의 생리를 아마 모르겠지. 나도 이 여자들을 연구하지 않아서 이들의 생리를 몰라."

"그렇게 말하기는 편하겠지. 그건 상관없는 일이라고 모든 곤란한 문제들을 왼손으로 오른쪽 어깨 뒤로 넘겨버리는 그 양반, 디킨스 소설의 신사[62]처럼 말이네. 하지만 사실을 부정하는 건 답이 아

---

61 누가복음 7:47 "이러므로 내가 네게 말하노니 그의 많은 죄가 사하여졌도다 이는 그의 사랑함이 많음이라 사함을 받은 일이 적은 자는 적게 사랑하느니라"를 참조할 수 있다. 타락한 행동을 변호하는 데 남용되었다.

62 찰스 디킨스(1812~70)의 소설 『우리 둘 다 아는 친구』의 미스터 포드스냅을 가리킨다. 똘스또이는 디킨스 소설을 매우 높이 평가했다.

니지. 어떻게 해야 하냐고, 말해주게, 어떻게 해야 하냐고. 아내는 늙어가는데 난 생명이 넘쳐. 다짜고짜 벌써 느낌이 오는데, 아무리 아내를 존중한다고 해도 사랑이라는 감정으로 사랑할 수 없다는 느낌이 드는데…… 근데 말이지, 문득 사랑의 감정이 슬며시 다시 다가오는 거지. 그러면 이미 파멸이야, 파멸!" 절망적이고 우울한 어조로 스쩨빤 아르까지치가 말했다.

레빈이 웃음을 터뜨렸다.

"그래, 파멸했어." 오블론스끼가 말을 이었다. "하지만 대체 어떻게 해야 하는가 말이야."

"깔라치빵을 훔치지 말 것."

스쩨빤 아르까지치는 껄껄 웃기 시작했다.

"오, 도덕주의자! 하지만 생각해보게. 두 여자가 있네. 한 여자는 자기 권리만 주장하는데 이 권리라는 게 자네가 줄 수 없는 사랑이야. 근데 다른 여자는 자네에게 모든 걸 희생하고 아무것도 요구하지 않네. 그럼 자넨 어떻게 하겠나? 어떻게 행동하겠냐고? 여기에 엄청난 비극이 있는 거지."

"자네가 만약 이 문제에 대해 내 솔직한 고백을 듣고 싶다면, 난 여기에 무슨 비극이 있다고 믿지 않는다고 말하겠네. 이유는 바로 이렇네. 내 생각에 사랑은, 두가지 사랑은, 플라톤이 『향연』에서 정의한 것[63] 기억하나, 이 두가지 사랑은 인간에게 시금석의 기능을 하네. 어떤 사람들은 두가지 사랑 중에서 이 사랑만을, 또 어떤 사람들은 저 사랑만을 이해하지. 플라톤적이 아닌 사랑만을 이해하는 사람들이 쓸데없이 비극에 대해 말하는 거야. 그런 사랑에는 어

---

63 육체적 사랑과 플라토닉한(플라톤적) 사랑을 말한다.

떤 비극도 있을 수 없네. '욕구를 충족시켜주셔서 머리 숙여 감사드리나이다.' 비극이라면 이게 다야. 반면 플라톤적인 사랑에는 모든 것이 맑고 깨끗하니 어떤 비극도 있을 수 없지."

이 순간 레빈은 자신의 죄와 자신이 겪었던 내적 투쟁이 생각났다. 그러자 그는 예기치 않은 말을 불쑥 덧붙였다.

"근데 말야, 아마 자네 말도 맞을 거네. 그럴 가능성이 매우 높아…… 하지만 난 모르겠네. 결정적으로 모르겠네."

"자, 보게." 스쩨빤 아르까지치가 말했다. "자넨 매우 일관성 있는 인간이야. 이건 자네의 장점이자 단점이네. 자네 자체가 일관성 있는 성격이라 모든 삶이 일관된 현상들로 이루어지기 바라지만 그런 건 없거든. 자네는 지금 공직 복무도 경멸하지. 행위가 목적에 부합하기를 바라기 때문이지. 근데 그런 건 없어. 자넨 또 한 인간의 행위가 항상 목적을 가지기를 바라고 사랑과 가정생활이 항상 동일하기를 바라지. 근데 그런 건 없어. 삶의 모든 다채로움, 모든 매혹적인 것, 모든 아름다운 것은 그림자와 빛으로 이루어져 있네."

레빈은 한숨을 한번 쉬고 나서 아무 대꾸도 하지 않았다. 그는 자신의 문제에 대해 생각하느라 오블론스끼의 말을 듣고 있지 않았다.

그러다 둘은 문득 그들이 친구이고 함께 식사를 하고 틀림없이 둘의 관계를 더 가깝게 했을 포도주를 마시고 했지만 각자 자기 생각만 하고 있고 상대방과 무관한 것을 느꼈다. 식사 후에 가깝게 느끼는 대신 더욱 멀어지는 것을 여러번 경험한 오블론스끼는 이럴 때 해야 할 일을 알고 있었다.

"계산!" 그는 큰 소리로 말하고 옆방으로 가서 당장 아는 부관을 만나 어떤 여배우와 그녀의 후원자에 대해 이야기하기 시작했다.

부관과 대화하면서 오블론스끼는 금세 마음이 가벼워지며, 항상 지적으로나 심적으로나 지나치게 긴장을 요구하는 레빈과의 대화로부터 숨을 좀 돌리게 되는 것을 느꼈다.

따따르인이 이십육 루블 몇 꼬뻬이까에 보드까값을 더한 계산서를 가지고 나타났을 때, 레빈은 다른 때라면 시골에 사는 사람으로서 그의 몫인 십사 루블이라는 액수에 경악했겠지만 지금은 그것에 신경도 안 쓰고 돈을 지불하고 나서 집으로 향했다. 옷을 갈아입고 셰르바쯔끼가로 가기 위해서. 그의 운명이 결정될 그곳으로 가기 위해서.

12

공작영애 끼찌 셰르바쯔까야는 열여덟살이었다. 그녀는 이번 겨울 처음으로 사교계에 등장했다. 사교계에서의 성공은 두 언니보다도, 공작부인이 기대했던 것보다도 더 컸다. 모스끄바 무도회에서 그녀와 춤을 춘 거의 모든 청년들이 그녀에게 연정을 품게 되었을 뿐만 아니라 벌써 진지하게 생각해야 할 신랑감도 둘이나 나타났는데, 하나는 레빈이고 하나는 브론스끼였다.

초겨울에 레빈이 나타나서 자주 방문을 해오며 끼찌에게 사랑을 느끼는 것이 분명해지자 끼찌의 부모는 딸의 미래에 대해 처음으로 서로 심각하게 이야기하기 시작했으며 부부싸움을 하게 되었다. 공작은 레빈의 편이었고, 그가 바라는 끼찌의 상대로 그보다 더 좋은 사람은 없다고 말했다. 그러나 공작부인은 여자들 특유의 문제를 빙빙 돌리는 습관대로, 끼찌는 너무 어리고 레빈은 아무런 진지한 의도를 보여주지 않으며 끼찌도 그에게 매여 있을 이유는 전혀 없다는 등등의 평계를 댔다. 하지만 중요한 것은 말하지 않았는데, 그건 그녀가 딸에게 더 좋은 상대를 기다리고 있으며 레빈을 마음에 들어하지 않고 그를 이해하지 못한다는 사실이었다. 그러던 중 레빈이 갑자기 떠나자 공작부인은 기뻤고, 득의만만해서 환호하며 남편에게 말했다. "봐요, 내가 옳았죠." 그러다가 브론스끼가 나타났을 땐 끼찌가 그냥 좋은 신랑감이 아니라 눈부신 신랑감을 만나야 한다는 자기 의견을 굳히면서 더욱더 기뻐했다.

끼찌의 어머니에게 브론스끼와 레빈은 무엇으로도 비교할 수 없는 상대였다. 그녀는 레빈이 지닌, 그녀 생각에 그의 거만함에서 나오는 별나고 뾰족한 견해도, 그가 사교계에서 어색하게 행동하는 것도, 가축을 치며 농부들과 함께 시골에서, 그녀의 개념으로는 무슨 야만 생활을 하는 것도 못마땅했고, 그가 딸에게 연정을 느끼고 한달 반이나 집에 드나들고 뭔가 기대하는 것같이 보이면서도 청혼을 하면 너무 큰 명예를 베푸는 일이라도 될까봐 두려워하는 듯 보이는 것도, 또 신붓감이 있는 집에 드나들면서 고백을 해야 한다는 것을 이해하지 못한다는 것도 몹시 못마땅했다. 그러다 갑자기 그가 고백을 하지 않은 채 떠났던 것이다. '그가 그렇게 매력적이지는 않아서 끼찌가 그를 사랑하게 되지 않은 건 잘된 일이야.' 끼찌의 어머니는 생각했다.

브론스끼는 그 어머니가 바라는 모든 것을 만족시켰다. 매우 부자고 똑똑하고 집안이 좋고 군대와 궁정에서 눈부신 경력을 쌓고 있고 마력이 있는 존재였다. 더이상 좋을 수 없는 상대였다.

브론스끼는 모든 무도회에서 눈에 띄게 끼찌의 마음을 사려 했고 함께 춤을 추었고 방문을 해왔으므로, 그의 의도에는 의심의 여지가 없었다. 하지만, 그럼에도 불구하고 그 어머니는 이번 겨울 내내 무서운 불안과 흥분 상태에 있었다.

공작부인 자신은 삼십년 전에 친척 아주머니의 중매로 결혼을 했다. 신랑에 대해서는 미리 모든 것을 알고 있었고, 그가 와서 신부를 보았고 사람들도 그를 보았다. 중매를 한 친척 아주머니는 그들이 서로 어떤 인상을 받았는지 확인해서 전했고, 인상이 좋자 그다음에 날을 정해 부모에게 청혼을 해서 받아들여졌던 것이다. 모든 게 아주 쉬웠고 그냥 되는 일이었다. 적어도 공작부인에게는 그렇게 여겨졌다. 그러나 딸을 결혼시킨다는 평범해 보이는 일이 매우 쉽지 않고 그냥 되는 일이 아니라는 것을 그녀는 딸들을 결혼시키면서 체험했다. 위로 두 딸 다리야와 나딸리야를 결혼시키면서 얼마나 두려운 일이 많았는지, 얼마나 많은 생각을 했는지, 돈은 얼마나 많이 썼는지, 남편과는 또 얼마나 많이 싸웠는지! 노공작은 모든 아버지들처럼 딸들의 명예와 순결에 특히 까다로웠다. 그는 정신 나갈 정도로 딸들에 대해서 질투했으며, 가장 예뻐하는 딸인 끼찌에 대해서는 특히 심했고, 사사건건 딸의 명예에 먹칠을 한다고 언성을 높이며 공작부인을 질책했다. 공작부인은 이미 두 딸 때문에 이런 데 익숙해져 있긴 했어도, 이번에는 공작의 까탈이 좀더 근거가 있다고 느꼈다. 그녀는 최근에는 사회 분위기가 많이 변했으며 어머니로서의 의무가 좀더 어려워지게 된 것을 알았다. 그녀는 끼찌의 동년배들 중에는 무슨 학교에도 나가고[64] 자유로이 남자들과 만나고 혼자서도 마차를 타고 거리를 다니고 하는 처녀들이

---

[64] 1860년대부터 러시아에서는 여성 교육에 대한 논의가 활발했다. 1869년 모스끄바 대학에 최초로 여성을 위한 인문학 과정이 개설되었고, 1872년에는 모스끄바에 최초로 여성을 위한 고등교육기관(인문학, 의학)이 생겼다.

상당수 있고, 많은 처녀들이 집에 들어앉아 있지 않으며, 무엇보다 중요한 사실로, 이들이 남편 고르는 것이 부모의 일이 아니라 자신들의 일이라고 굳게 믿고 있다는 것을 알고 있었다. '요즘은 예전처럼 시집가는 게 아니지.' 모든 젊은 처녀들, 심지어 나이 든 사람들도 그렇게 생각하고 말했다. 그러나 요즘에 결혼은 어떻게 시켜야 하는지에 대해서 공작부인은 어느 누구로부터도 알아낼 수 없었다. 부모가 자식의 운명을 결정하는 프랑스식은 받아들여지지 않았고, 처녀들이 완전히 자유롭게 선택하는 영국식도 역시 받아들여지지 않았으며, 러시아 사회에서 그것은 불가능한 일이었다. 러시아의 중매 관습은 뭔가 말도 안 되는 것으로 여겨졌고 모두들 이를 비웃었다. 공작부인 자신도 그랬다. 하지만 어떻게 결혼을 시켜야 하는지는 아무도 몰랐다. 어쩌다 공작부인이 이 문제에 대해 이야기하게 되면 모두들 이구동성으로 말했다. "무슨 그런 말씀을. 우리 시대에는 이제 그런 구닥다리는 버려야 해요. 젊은이들이 혼인하는 거지 부모가 하는 게 아니잖아요. 그러니까 젊은이들이 알아서 하도록 내버려둬야 해요." 하지만 딸이 없는 사람들은 그렇게 말하기 좋겠지만, 가까운 사이가 되다보면 사랑에 빠질 수 있고, 결혼하고 싶어하지 않는 남자나 남편 자격이 없는 남자와 딸이 사랑에 빠질 수 있다는 것을 공작부인은 알고 있었다. 그래서 우리 시대에는 젊은이들 스스로가 자기 운명을 주관해야 한다는 생각을 아무리 많이 주입한다 해도, 공작부인은 어떤 시대가 오면 다섯살짜리 소년에게 가장 좋은 장난감이 필경 장전된 권총이 될 거라는 말을 믿을 수 없는 것과 마찬가지로 이를 믿을 수가 없었다. 그래서 공작부인은 끼찌의 경우에는 위의 두 딸보다 더 마음을 졸였다.

지금 그녀는 브론스끼가 그냥 딸의 마음을 사려고만 행동하는 것에 머물까봐 걱정이었다. 그녀는 딸이 이미 그를 향한 사랑에 빠졌다는 것을 알아챘고, 그가 명예를 아는 인간이니만큼 그렇게 하지는 않으리라고 자신을 달래고 있었다. 하지만 동시에 요즘 같은 시대에 자유로운 교제가 처녀의 머리를 돌게 하는 것이 얼마나 쉬운가, 도대체 남자들이 이런 죄를 얼마나 가볍게 여기는가 하는 것도 알고 있었다. 지난주에 끼찌는 어머니에게 브론스끼와 마주르까를 추면서 나눈 대화를 전했다. 이 대화는 공작부인을 안심시키는 면이 있었다. 그러나 완전히 안심이 되는 것은 아니었다. 브론스끼는 끼찌에게, 그들 두 형제는 모든 문제에 있어서 어머니의 의견에 따르는 데 습관이 되어 있어서 그녀와 상의하지 않고는 어떤 중요한 것도 결정하지 않는다고, "그래서 전 지금 특별한 행복을 기다리듯 어머니가 뻬쩨르부르그에서 오시길 기다리고 있지요"라고 말했다.

끼찌는 이 말에 특별한 의미를 두지 않고 이야기했다. 하지만 그 어머니는 이를 달리 이해했다. 그녀는 오늘내일 중으로 노부인이 올 것이고, 노부인이 아들의 선택을 기뻐하리라 생각했다. 하지만 브론스끼가 어머니에게 모욕이 될까봐 두려워서 청혼을 하지 않는다는 건 이상했다. 그래도 이 결혼 자체를 무척 원하고 또 무엇보다도 불안한 마음을 진정하고 싶었으므로 그녀는 그렇게 믿기로 했다. 남편을 떠나려 하는 큰딸 돌리의 불행을 보는 것이 지금 무척 쓰디쓰긴 했지만 앞으로 결정될 막내딸의 운명에 대한 걱정이 그녀의 모든 감정을 삼켜버렸다. 그런데 오늘 레빈이 나타나서 새로운 걱정이 또 늘어났다. 한때 레빈에게 감정을 품었던 딸이―그렇게 보였는데―과도한 지조로 인하여 브론스끼를 거절하는 건 아닐까 걱정되었고, 레빈이 와서 이미 다 된 일을 엉망으로 만들고 미루게 할까봐 걱정되었다.

"뭐야, 오래전에 왔대니?" 집에 도착했을 때 공작부인은 레빈에 대해 물었다.

"오늘 왔대요, *마망*⁶⁵."

"한가지만 말하고 싶구나." 공작부인이 입을 열자 끼찌는 그녀의 진지하고 흥분으로 생생해진 얼굴에서 무슨 말이 나올지를 예감했다.

"엄마." 그녀는 불현듯 얼굴을 붉히고 공작부인 쪽으로 빠르게 몸을 돌리며 말했다. "제발, 제발 아무 말도 마세요. 알아요, 다 알아요."

그녀는 어머니와 같은 것을 원했지만, 어머니가 그것을 원하는 동기는 그녀에게 모욕감을 주었다.

"내가 말하고 싶은 건 단지, 한 사람에게 희망을 주고 나서……"

"엄마, 사랑하는 엄마, 제발, 말하지 마세요. 그런 얘길 하는 게 정말 겁나요."

"안 할게, 안 할게." 딸의 두 눈에 맺힌 눈물을 보고 어머니가 말했다. "그래도 말이다, 딸아, 너 나한테 비밀 없기로 약속했어. 그럴 거지?"

"절대로, 엄마, 어떤 비밀도 없을 거예요." 얼굴을 붉히고 어머니의 얼굴을 똑바로 보면서 끼찌가 대답했다. "하지만 지금 전 아무 할 얘기가 없어요. 전…… 전…… 제가 그럴 리가…… 뭘 어떻게 말해야 할지 모르겠어요…… 모르겠어요……"

'아냐, 이런 얼굴로 거짓을 말할 애가 아니야.' 딸의 흥분과 행복

....
65 maman(프랑스어). '엄마' 또는 '어머니'로 번역될 수 있다. 이 소설 전체에서 상류층 자제들은 자주 이렇게 프랑스어 호칭을 쓴다.

에 대해 미소를 지으며 어머니는 생각했다. 공작부인은 딸이, 이 불쌍한 어린것이, 지금 마음속에 일어나고 있는 생각을 얼마나 크고 중요하게 여길까 하는 생각에 미소를 지었던 것이다.

13

저녁을 먹은 후 밤이 될 때까지 끼찌는 청년이 결전을 앞두고 겪는 것과 비슷한 감정을 겪었다. 심장은 세차게 뛰었고 생각은 갈피를 잡을 수 없었다.

오늘 저녁, 그들 둘이 처음으로 만나는 순간이 분명 그녀의 운명에 결정적 순간이 되리라고 느꼈다. 그녀는 끊임없이 그들 둘을, 때로는 따로따로, 때로는 함께 머릿속에 그려보았다. 지나간 일을 돌이켜보며 그녀는 만족스럽고 사랑스럽게 레빈과 자기의 관계를 회상했다. 어릴 적 기억, 죽은 오빠와 레빈의 우정이 그와의 관계에 특별한 시적 매력을 더했다. 그녀가 확신하는, 그녀를 향한 그의 사랑이 뿌듯하고 기뻤다. 레빈과 있었던 일을 기억하기는 쉬웠다. 그러나 브론스끼에 대한 기억에는, 그가 상당히 사교적이고 침착한 사람인데도 불구하고 뭔가 거북한 구석이 있었다. 뭔가 진실되지 않은 것이, 그에게 있는 것이 아니라―그는 매우 솔직했고 진정이었지―그녀 자신에게 있었다. 반면 레빈과 함께면 그녀는 완전히 자연스럽고 분명할 수 있었다. 하지만 그 대신 브론스끼와의 미래를 생각하면 당장 번쩍번쩍 빛나는 행복한 전망이 눈앞에 떠올랐다. 레빈과의 미래는 안개 낀 것처럼 보였지만.

야회복으로 갈아입으러 이층으로 올라가서 거울을 보며 그녀는 자신이 인생의 아름다운 날들 중 어느 하루 속에 있다는 것을, 그리고 자신이 가진 모든 힘을 스스로 완전히 자유자재로 쓸 수 있다는 것을 기쁜 마음으로 알아차렸는데, 이는 눈앞에 두고 있는 일에 꼭 필요한 것이었다. 그녀는 자신이 외적으로 평온하고 동작이 자유롭고 우아함을 띠는 것을 느꼈다.

일곱시 반에 그녀가 거실로 들어가자마자 하인이 알렸다. "꼰스딴찐 드미뜨리치 레빈이 오셨습니다." 공작부인은 아직 자기 방에 있었고 공작은 나오지 않았다. '할 수 없지.' 끼찌는 생각했다. 모든 피가 심장으로 솟구쳤다. 그녀는 거울을 보고 자기 얼굴이 너무 창백한 것에 깜짝 놀랐다.

지금 그녀는 그가 혼자 있는 그녀를 만나 청혼하기 위해서 일찍 왔다는 것을 분명히 깨달았다. 그리고 이제야 처음으로 일 전체가 완전히 다른 각도에서, 새로운 각도에서 보였다. 이제 와서야 그녀는 이 문제가 그녀가 누구와 행복해지려는가, 그녀가 누구를 사랑하는가 하는 문제이고, 그녀 혼자만의 문제가 아니라 이 순간 그녀가 사랑하는 사람을 모욕해야 하는 문제라는 것을 이해하게 되었다. 그것도 잔혹하게 모욕해야 한다는 것을…… 무슨 이유로? 그가, 소중한 그가, 그녀를 사랑하고 그녀를 향한 사랑에 빠져 있다는 이유로. 하지만 어쩔 수 없지. 해야 하는 대로 제대로 행동해야 해.

'맙소사, 그걸 설마 내 입으로 말해야 한단 말이야?' 그녀는 생각했다. '그럼 무슨 말을 해야 하지? 사랑하지 않는다고? 그건 거짓이 될 거야. 도대체 무슨 말을 하지? 다른 사람을 사랑한다고 말할까? 아냐, 그건 안 돼. 난 도망갈 테야, 도망갈 테야.'

그의 발소리가 들렸을 때 그녀는 거의 문가에 와 있었다. '아냐, 정정당당하지 못해. 뭐가 무서워서? 아무 나쁜 짓도 한 게 없는데.

진실을 말할 테야. 그와 함께면 거북할 게 없는걸. 그이구나.' 그녀
는 자기를 향해 빛나는 두 눈을, 힘에 넘치는 조심스러운 그의 모
습 전체를 바라보며 속으로 말했다. 마치 용서를 구하는 것처럼 똑
바로 그의 얼굴을 바라보면서 그녀가 손을 내밀었다.

"시간을 맞추지 못하고 너무 일찍 온 것 같네요." 빈 거실을 보며
그가 말했다. 아무도 고백을 방해하지 않았으면 하는 희망이 실제
로 이루어진 것을 알자 그의 얼굴이 어두워졌다.

"오, 아니에요." 끼찌가 말하고 탁자 앞에 앉았다.

"하지만 전 당신 혼자만을 만나기를 바라기도 했지요."

용기를 잃지 않기 위해서 앉지도 않고 그녀를 바라보지도 않은
채 그가 말을 시작했다.

"엄마가 곧 나오실 거예요. 어제 무척 피곤하셨어요. 어젠……"

입술이 무슨 말을 하는지도 모르면서, 애원하고 위무하는 시선
을 그로부터 떼지도 못한 채 그녀가 말했다.

그가 그녀를 바라보았다. 그녀는 얼굴을 붉히고 침묵했다.

"제가 얼마나 머물지 모른다고 말씀드렸죠, 그건 당신에게 달렸
다고……"

그녀는 점점 더 고개를 숙였다, 다가오는 것에 어떻게 답해야 하
는지 스스로도 모르는 채.

"그건 당신에게 달렸다고." 그가 되풀이해서 말했다. "전 말하고
싶었습니다…… 전 말하고 싶었습니다…… 제가 그것 때문에 왔다
고…… 그것…… 당신이 제 아내가 되는 것!" 뭐라고 말하는지 자
기도 모른 채 입 밖에 낸 말이었다. 하지만 그는 가장 겁나는 것이
말해졌다는 것을 감지하고 말을 멈췄고 그녀를 바라보았다.

그녀는 그를 볼 수 없었고 숨 쉬기가 힘들었다. 그녀는 환희를

느꼈다. 그녀의 마음은 행복으로 넘쳤다. 그녀는 그의 사랑 고백이 이렇게 강한 인상을 불러일으킬지 전혀 예상치 못했다. 하지만 이는 한순간일 뿐이었다. 그녀는 브론스끼를 떠올렸다. 그녀는 밝고 솔직한 눈을 들어 레빈의 절망적인 얼굴을 보고는 서둘러 말했다.

"그건 불가능한 일이에요…… 용서하세요……"

일분 전만 해도 그녀는 얼마나 그에게 가까웠고, 얼마나 그의 인생에서 중요했던가! 지금은 얼마나 낯설고 멀어졌는가!

"달리 될 수는 없었군요." 그녀를 보지 않고 그가 말했다.

그는 작별 인사를 하고 나가려 했다.

14

그런데 바로 이때 공작부인이 나왔다. 그들 둘만 있는 것과 둘의 정신없는 얼굴을 보고 그녀의 얼굴에는 겁먹은 표정이 나타났다. 레빈은 그녀에게 절을 하고 아무 말도 하지 않았다. 끼찌는 눈을 내리깔고 잠자코 있었다. '오, 다행이다. 거절했구나.' 그 어머니는 생각했고, 그녀의 얼굴은 목요일마다 손님을 맞는 상투적인 미소로 빛났다. 그녀는 앉아서 레빈에게 시골 생활에 대해 이것저것 묻기 시작했다. 그는 몰래 빠져나가려고 손님들이 오기를 기대하며 다시 앉았다.

오분 후에 지난겨울 결혼한 끼찌의 친구 노르츠똔 백작부인이 들어왔다.

그녀는 마르고 누르스름하게 병색이 도는 피부에 반짝이는 검은 눈을 한, 쇠약하고 신경질적인 여자였다. 그녀는 끼찌를 사랑했고, 결혼한 여자들이 처녀들에게 가지는 사랑이 항상 그렇듯이 이 사랑은 자기가 생각하는 이상적인 남자와 끼찌가 결혼하는 것을 바라는 것으로, 그러니까 브론스끼와 결혼하는 것을 바라는 것으로 표현되었다. 그녀가 초겨울에 이 집에서 자주 마주쳤던 레빈은 그녀에게 항상 불편한 존재였다. 그와 마주칠 때마다 그를 조롱해 보려는 것이 그녀가 항상 하는 일이자 즐기는 일이었다.

"내가 바보라서 나와 하던 지적인 대화를 중단해주든 나에게로 내려와주든 간에 나는 그가 자신의 위대함의 고지에서 나를 바라 보면 좋아요. 나는 그가 내려와주는 게 아주 좋아요. 그가 나를 참 을 수 없어하면 아주 기뻐요." 그녀는 그에 대해 말하곤 했다.

그녀의 말이 맞았는데, 실제로 레빈은 그녀를 참을 수 없어했고, 그건 그녀가 자신의 신경과민과 투박하고 일상적인 모든 것에 대 한 세련된 경멸과 무관심을 자랑스러워하고 그럼으로써 자신을 어 떤 가치 있는 존재로 여기는 것을 그가 경멸했기 때문이다.

노르츠똔과 레빈 사이에는 겉으로는 친한 것처럼 보이면서도 서로를 진지하게 대할 수 없고 서로 모욕해도 모욕을 느낄 수 없을 정도까지 서로를 경멸하는, 사교계에서 드물지 않게 볼 수 있는 관 계가 형성되어 있었다.

노르츠똔 백작부인은 당장 레빈에게 덤벼들었다.

"아, 꼰스딴찐 드미뜨리치! 우리의 타락한 바빌론으로 다시 오 셨군요." 그녀가 조막만 한 손을 내밀며, 초겨울에 레빈이 어쩌다 모스끄바가 바빌론이라고 한 말을 상기시키면서 말했다. "뭐예요? 바빌론이 나아진 건가요, 아니면 당신이 타락한 건가요?" 그녀는 조롱조로 미소를 짓고 끼찌를 돌아다보면서 말을 덧붙였다.

"백작부인, 제 말을 그렇게 기억해주시다니 매우 영광입니다."

정신을 막 가다듬은 레빈이 노르츠똔 백작부인과 늘 하던 대로 조롱과 적대의 관계로 들어가면서 즉각 받아쳤다. "정말로 제 말이 당신에게 매우 강한 영향을 끼치는군요."

"아, 물론이죠! 전 죄다 적어두거든요. 그래, 어때, 끼찌? 또 스케이트 탔어?"

그녀는 끼찌와 이야기하기 시작했다. 지금 일어서는 게 아무리 어색하게 보일지라도 이 어색한 일을 하는 것이 레빈에겐 저녁 모임 내내 남아서 가끔 그에게 시선을 던지다가 그의 시선을 피하는 끼찌를 보는 것보다는 그래도 쉬운 일일 것이었다. 그는 일어나려 했다. 하지만 그가 침묵하고 있는 것을 알아챈 공작부인이 그를 향했다.

"오랫동안 모스끄바에 머물 건가요? 지방의회 일을 하시는 모양이니 오래 있을 순 없겠군요."

"아닙니다, 공작부인. 저는 더이상 지방의회 일을 안 합니다." 그가 말했다. "며칠 예정으로 왔습니다."

'무슨 특별한 일이 있나봐.' 그의 엄격하고 진지한 얼굴을 쳐다보며 노르츠똔 백작부인은 생각했다. '왠지 제대로 반격하지 않네. 그래도 끌어내야지. 끼찌 앞에서 그를 바보로 만드는 게 끔찍하게 좋아. 그렇게 해야지.'

"꼰스딴찐 드미뜨리치." 그녀가 그에게 말했다. "제발 이게 뭘 의미하는지 설명 좀 해보세요. 당신은 모든 걸 아시니까. 우리 영지 깔루가에서 모든 농부들과 아낙들이 있는 대로 다 마셔버리고 우리에겐 전혀 지불하지 않고 있어요. 이게 뭘 의미하나요? 항상 농부들을 그렇게 칭찬하셨잖아요."

이때 한 귀부인이 방으로 들어왔고, 레빈은 일어섰다.

"용서하세요, 백작부인. 하지만 전 전혀 모르는 일이라 아무것도 말씀드릴 수 없네요." 그는 말하고 나서 귀부인을 뒤따라 들어오는 장교를 살펴보았다.

'브론스끼가 틀림없군.' 레빈은 생각하고, 그런지 알아보기 위해서 끼찌를 바라보았다. 그녀도 이미 브론스끼에게 한번 시선을 던진 후 레빈을 돌아보았다. 저절로 빛나는 두 눈의 이 시선만으로 레빈은 그녀가 그에게 말로 한 것이나 마찬가지로 분명하게, 그녀가 이 사람을 사랑하고 있다는 것을 알았다. 그런데 도대체 이 사람은 어떤 사람일까?

이제 레빈은 좋건 싫건 간에 남을 수밖에 없었다. 그는 그녀가 사랑하는 사람이 어떤 사람인가를 알아야 할 필요가 있었던 것이다.

어떤 종류의 일에서건 자기의 행운아 적수를 만나면 그의 모든 좋은 면을 즉시 부정하고 나쁜 면만을 보는 사람들이 있는가 하면, 반대로 그 행운아 적수에게서 가장 먼저 자기를 이기게 한 장점들을 찾아내기를 원하고 가슴 저미는 고통을 느끼면서도 좋은 점만을 보려는 사람들이 있다. 레빈은 후자에 속했다. 그러나 그가 브론스끼의 장점과 매력을 찾는 것은 쉬운 일이었다. 그건 즉시 그의 눈에 들어왔다. 브론스끼는 중키에 다부진 체격, 갈색 피부의 사내로, 선한 아름다움이 넘치는 지극히 태연하고 굳건한 얼굴을 하고 있었다. 그의 얼굴과 자태는 짧게 자른 검은 머리칼과 방금 면도한 턱에서부터 갓 바느질한 듯 품이 넉넉한 새 제복에 이르기까지 모든 것이 자연스러운 동시에 우아했다. 들어오던 귀부인에게 앞서 가시라고 양보한 브론스끼는 공작부인에게 다가갔고 그다음에 끼찌에게 다가갔다.

그녀에게 다가갈 때 그의 아름다운 두 눈이 특히 부드럽게 반짝이기 시작했다. 그는 행복해하고 겸손해하면서도 승리감에 찬(레빈에게는 그렇게 보였다) 미소를 보일락 말락 지으면서, 앉아 있는 그녀 위로 허리를 굽혀 경의를 표하며 조심스레 크진 않으나 넓적한 손을 내밀었다.

그는 모두와 인사하고 몇마디 주고받은 후, 그에게서 눈을 떼지 않는 레빈을 한번도 쳐다보지 않은 채 의자에 앉았다.

"소개해드릴게요." 공작부인이 레빈을 가리키며 말했다. "꼰스딴찐 드미뜨리치 레빈이시고, 알렉세이 끼릴로비치 브론스끼 백작이세요."

브론스끼는 일어나서 친근하게 레빈의 눈을 들여다보며 악수를 나누었다.

"이번 겨울에 아마 함께 식사를 한 적이 있는 것 같네요." 특유의 자연스럽고 솔직한 미소를 지으면서 그가 말했다. "한데 갑자기 시골로 떠나셨지요."

"꼰스딴찐 드미뜨리치는 도시와 우리 도시 사람들을 경멸하고 증오해요." 노르츠똔 백작부인이 말했다.

"정말로 제 말이 당신에게 매우 강한 영향을 끼치는 게 틀림없네요." 레빈은 말하고는 자신이 이미 이 말을 했다는 것을 기억하고서 얼굴을 붉혔다.

브론스끼는 레빈과 노르츠똔 백작부인을 번갈아 바라보고 싱긋 웃었다.

"근데 항상 시골에 계시나요?" 그가 물었다. "제 생각에 겨울엔 지루하실 것 같은데요?"

"일이 있으면 지루하지 않고, 또 혼자 있어도 지루하지 않아요." 레빈이 퉁명스럽게 말했다.

"저는 시골을 사랑합니다." 레빈의 어조를 알고도 모르는 척하면서 브론스끼가 말했다.

"하지만 백작님, 시골에서 내내 사는 데는 동의하지 마시기를." 노르츠똔 백작부인이 말했다.

"모르겠어요. 저는 오랫동안 있어본 적이 없거든요. 저는 이상한 감정을 경험한 적이 있어요." 그는 말을 계속했다. "어머니와 니스에서 겨울을 보냈을 때처럼 시골을, 짚신과 농부들의 러시아 시골을 그렇게 그리워한 적이 없었어요. 니스 자체가, 아시겠지만 지루한 도시지요. 그래요, 나뽈리도 소렌또도 그저 잠시 있을 때는 좋지요. 바로 그런 곳에서 러시아가, 정확히 말하면 러시아 시골이 특히 생생하게 떠오르는 것이죠. 그 도시들이 마치……"

그는 끼찌와 레빈에게로 번갈아 특유의 침착하고 친근한 시선을 던지며 말했는데, 머리에 떠오르는 대로 아무렇게나 말하는 게 분명했다.

그는 노르츠똔 백작부인이 뭔가를 말하려는 것을 눈치채고 끝까지 말하지 않고 중단한 채 주의 깊게 그녀의 말을 듣기 시작했다.

대화는 한순간도 멈추지 않아서 노공작부인은 화제가 떨어졌을 때 쓰려던 '고전적 교육과 현실적 교육'과 '병역의 의무'라는 두가지 비장의 무거운 무기를 꺼낼 필요가 없었고, 노르츠똔 백작부인 또한 레빈을 조롱할 필요도 없었다.

레빈은 공통의 대화에 끼어들고 싶었지만 그럴 수가 없었다. 매 순간 그는 속으로 '이제 가야지'라고 말하면서도 무엇인가를 기다리는 듯 가지 않았다.

대화는 돌아가는 책상과 영혼에 대한 이야기로 넘어갔는데, 심령론을 믿는 노르츠똔 백작부인은 그녀가 본 기적들에 대해 말하

기 시작했다.[66]

"아, 백작부인, 꼭 좀 저에게, 제발 저에게 그것들을 좀 보여주세요. 모든 곳에서 그런 걸 찾아보지만 전 한번도 그런 예외적인 것을 못 보았거든요." 브론스끼가 웃음을 띠고 말했다.

"좋아요, 돌아오는 토요일에 보러 가요." 노르츠똔 백작부인이 대답했다. "한데 꼰스딴쩐 드미뜨리치, 당신도 심령론을 믿으시나요?" 그녀가 레빈에게 물었다.

"왜 저에게 물으시나요? 제 대답을 아시면서."

"하지만 견해를 듣고 싶어서요."

"제 견해는 단지……" 레빈이 대답했다. "이 돌아가는 책상이 증명하는 건 소위 교육받은 계층이 농부보다 낮다고 할 수 없다는 것이라는 겁니다. 농부들은 악마의 눈을 믿지요. 신들림을, 마술을 믿어요. 그런데 우리는……"

"뭐예요, 안 믿으세요?"

"믿을 수가 없습니다, 백작부인."

"하지만 제가 직접 봤다면요?"

"농부 아낙들도 직접 집귀신을 봤다고 그러지요."

"그러니까 제가 거짓말을 한다는 말씀이세요?"

그러더니 그녀는 불쾌하게 웃기 시작했다.

"그건 아니야, 마샤. 꼰스딴쩐 드미뜨리치는 그 자신이 믿을 수 없다고 말하는 거야." 끼찌는 레빈을 위해 얼굴을 붉히며 말했고, 이를 알아채고 좀더 신경이 곤두선 레빈은 대답을 하려 했으나, 당

----

66 심령론은 19세기 중반 미국에서 건너와 유럽을 휩쓸었다. 러시아에서는 심령에 의해 책상이 움직인다든가 자동으로 글씨가 쓰인다든가 하는 게임이 살롱에서 유행했다.

장 브론스끼가 특유의 솔직하고 유쾌한 미소를 지으면서 하마터면 불편해지려는 대화를 도우러 나섰다.

"가능성을 조금도 인정하지 않으시나요?" 그가 물었다. "왜요? 우리는 우리가 모르는 전기의 존재를 인정하지요. 왜 우리가 아직 모르는 새로운 힘이 있을 수 없지요?"

"전기가 발견되었을 때는……" 레빈이 성급하게 끼어들었다. "현상이 발견되었을 뿐입니다. 그것이 어디서 생겨났는지, 무엇을 생산할 수 있는지 알려지지 않았지요. 우리가 그것을 사용하게 되기까지는 수세기가 걸렸지요. 하지만 반대로 심령주의자들은 책상이 그들에게 글을 써 보이고 영혼이 그들에게 다가온다는 데서 출발하지요. 그러고서 벌써 이것이 알려지지 않은 힘이라고 말합니다."

누구의 말을 들을 때나 항상 그렇듯이 브론스끼는 주의 깊게 레빈의 말을 들었는데, 그의 말에 분명 흥미를 느끼는 것 같았다.

"맞습니다. 하지만 심령주의자들은 지금은 우리가 이게 무슨 힘인지 아직 모르지만 그 힘이 존재하며, 그 힘이 어떤 조건에서 작동한다고 말합니다. 이 힘이 무엇으로 이루어진 것인지는 학자들이 밝혀내야겠지요. 아니, 전 왜 이것이 새로운 힘일 수 없는지 모르겠네요. 만약 이 힘이……"

"아, 그건……" 다시 레빈이 끼어들었다. "전기의 경우 양모에 나뭇진을 문지르면 매번 알려진 현상이 일어나지요. 하지만 여기서는 매번 일어나지 않으니 그건 자연현상이 아닌 것이지요."

필시 대화가 거실에는 어울리지 않게 너무 진지하다고 느낀 브론스끼는 대꾸를 하지 않았고, 화제를 바꿔보려고 유쾌하게 싱긋 웃고서 숙녀들에게로 향했다.

"백작부인, 지금 실험해봅시다." 그가 말을 시작했으나, 레빈은 자기가 생각하는 것을 끝까지 이야기하고 싶어했다.

"제 생각에는……" 그가 계속했다. "심령주의자들이 자기들의 기적을 무슨 새로운 힘으로 설명하려는 이 시도가 가장 큰 오류입니다. 그들은 바로 영혼의 힘에 대해 말하면서 영혼의 힘을 물질적으로 실험하려 드니까요."

모두들 그가 언제 끝나나 기다리고 있었고 그도 이걸 느꼈다.

"제 생각에 당신은 빼어난 영매가 되실 거예요." 노르츠똔 백작부인이 말했다. "당신 안에는 뭔가 열광적인 것이 있어요."

레빈은 입을 열었고 뭔가를 말하려고 했으나 얼굴을 붉히고 아무 말도 하지 않았다.

"공작영애, 당장 책상을 실험해봅시다. 어서요." 브론스끼가 말했다. "공작부인, 허락하실 거지요?"

그리고 브론스끼는 눈으로 책상을 찾으면서 일어섰다.

끼찌는 책상을 가지러 가려고 일어섰고, 레빈 곁을 지나갈 때 그와 두 눈이 마주쳤다. 그녀는 마음 가득히 그를 불쌍하게 여겼는데, 그의 불행이 그녀로 인한 것이었기에 더욱 그랬다. '저를 용서할 수 있으면 용서해주세요.' 그녀의 시선이 말했다. '전 이렇게 행복해요.'

'모든 사람을 증오해요, 당신도, 나 자신도.' 그의 시선이 대답했고, 그는 모자를 집었다. 하지만 그는 떠날 운명이 아니었다. 사람들이 막 책상 주위에 자리를 잡으려 하고 레빈은 떠나려 하던 바로 그때, 노공작이 들어와서 숙녀들과 인사한 다음 바로 레빈에게 향했다.

"아!" 그는 기쁘게 입을 열었다. "온 지 오래됐나? 자네가 여기 있는 줄도 몰랐네. 당신을 만나니 매우 기쁘네."

노공작은 레빈을 때로는 '자네', 때로는 '당신'이라고 불렀다. 그는 레빈을 껴안고 그와 이야기했는데, 일어서서 침착하게 공작이 자기에게 향할 것을 기다리는 브론스끼를 알은체하지 않았다.

끼찌는 일이 이렇게 된 후 레빈에게는 아버지의 친절이 고통스럽게 여겨질 것이라고 느꼈다. 또한 그녀는 마침내 아버지가 차갑게 브론스끼의 인사에 답하는 것을, 브론스끼가 어떻게 그리고 무엇 때문에 노공작이 자기에게 적의를 품을 수 있는지 이해하려 애쓰면서도 이해하지 못한 채 의아해하면서 우의를 품고 아버지를 바라보는 것을 보았다. 그녀는 얼굴을 붉혔다.

"공작님, 우리에게 꼰스딴찐 드미뜨리치를 넘겨주세요." 노르츠똔 백작부인이 말했다. "우리는 실험을 하려고 합니다."

"무슨 실험? 책상 돌리기? 흠, 용서하시오, 신사 숙녀 여러분. 하지만 내 생각에는 반지놀이[67]가 더 즐거울 거요." 노공작은 브론스끼를 바라보며 그가 이것을 하자고 했으리라고 추측했다. "반지놀이에는 그래도 의미가 있으니까."

브론스끼는 의아해하며 특유의 굳건한 눈초리로 공작을 바라보았고, 빙긋 웃고 나서 당장 노르츠똔 백작부인과 다음 주에 계획된 대무도회에 대해 말하기 시작했다.

"바라건대 오실 거죠?" 그는 끼찌를 향했다.

노공작이 자신으로부터 몸을 돌리자마자 레빈은 눈에 띄지 않게 방을 나왔는데, 이 야회에서 그가 지니고 나온 마지막 인상은 무도회에 대한 브론스끼의 질문에 대답하는 끼찌의 미소를 머금은 행복한 얼굴이었다.

---

67 주현절에 처녀들이 모여 물이 가득 찬 접시에 각자 반지를 넣었다가 모두 함께 노래를 부르면서 차례로 자기 반지를 꺼내는데, 이때 불리는 노래로 그 처녀의 미래를 점치는 풍습이다(뿌시낀의 『예브게니 오네긴』 제5장 8연).

15

야회가 끝났을 때 끼찌는 어머니에게 레빈과의 대화에 대해서 이야기했는데, 레빈에게 느끼는 모든 동정심에도 불구하고 **청혼**을 받았다는 것을 생각하면 기뻤다. 자신이 제대로 행동했다는 점에 있어서는 의심의 여지가 없었다. 하지만 침대에서 그녀는 오래도록 잠들 수 없었다. 하나의 인상이 그녀를 놓아주지 않고 뒤쫓았다. 그것은 레빈의 얼굴, 찌푸린 눈썹과, 아버지의 말을 들으며 그 눈썹 아래로부터 그녀와 브론스끼를 암울하고 우울하게 선한 두 눈으로 바라보던 그의 얼굴이었다. 그러자 그가 너무 불쌍해서 눈물이 솟았다. 그러나 곧 그녀는 그를 누구와 대체했는가에 대해서 생각했다. 그녀는 그 남성적이고 굳건한 얼굴, 그 고귀한 태생의 침착함과 모든 일에서 모든 사람을 향해 빛나는 친절함을 생생하게 떠올렸다. 자기가 사랑하는 사람이 자기를 사랑하는 것을 떠올리자 그녀의 마음은 다시 기쁨을 느꼈고, 그녀는 행복의 미소를 머금고 베개 위로 누웠다. '안됐어, 안됐어. 하지만 어떻게 해? 그건 내 잘못이 아니야.' 그녀는 혼잣말을 했다. 하지만 내면의 소리는 그녀에게 다른 말을 하고 있었다. 레빈을 끌어들인 것을 후회하는지, 그를 거절한 것을 후회하는지 그녀는 알지 못했다. 하지만 행복 속으로 회의의 독이 퍼졌다. '주여, 지켜주소서! 주여, 지켜주소서! 주여, 지켜주소서!' 그녀는 잠이 들 때까지 혼자서 계속 말하고 또 말했다.

그 시각, 아래층 공작의 작은 서재에서는 부모 사이에 사랑하는 딸 때문에 자주 되풀이되는 언쟁이 또 일어나고 있었다.

"뭐? 퍽도 잘한 짓이군!" 공작이 손을 마구 내젓다가 금세 품이 넓은 잠옷을 다시 여미면서 소리 질렀다. "그러니까 당신은 자존심도 없고 존엄도 없어. 그런 천하고 바보 같은 혼담은 딸을 모욕하고 망치는 거요!"

"기가 막혀라. 뭐예요, 여보세요, 공작님, 도대체 내가 뭘 어쨌다는 거예요?" 공작부인이 울먹거리며 말했다.

딸과 이야기한 후 만족감과 행복감에 젖은 그녀는 습관대로 밤 인사를 하려고 공작에게로 갔는데, 남편에게 레빈이 청혼했고 끼찌가 거절했다는 것을 이야기할 의도는 없었지만, 브론스끼와의 일이 완전히 마무리된 것으로 보이며 그의 어머니가 오기만 하면 결정되리라는 것을 암시했다. 그런데 이 말이 떨어지자마자 공작이 갑자기 불같이 화를 내며 상스러운 소리를 냅다 질러댔던 것이다.

"뭘 어쨌냐고? 자, 이게 당신이 한 일이오. 첫째, 당신은 신랑감을 꼬여들이고 있소. 모스끄바 전체가 다 이야기할 거요. 그리고 그건 맞는 얘기지. 이왕 야회를 열 거면 모두를 다 부르시오, 골라낸 신랑감들만 부르지 말고. 그 마마보이 수평아리(공작은 모스끄바 청년들을 그렇게 불렀다)들을 다 부르란 말이오. 악사도 부르고 아주 춤을 추게라도 해야지. 오늘같이 신랑감만 꼬여들이지 말고. 정말 보기가 더럽네, 더러워. 그래, 계획대로 됐군. 애 머리를 돌게 만들었으니. 레빈이 천배 낫지. 그자는 뻬쩨르부르그 겉멋쟁이오. 기계로 찍어낸 것 같은 놈들, 다 똑같은 놈들, 다 쓰레기들. 황실 혈통이면 뭐 해? 내 딸에겐 전혀 쓸데없는 일이지!"

"아니, 도대체 내가 뭘 어쨌다는 거예요?"

"그게 아니면……" 공작은 분노로 고함을 쳤다.

"난 알아요. 당신 말을 듣다간……" 공작부인이 말을 막았다. "딸애를 영영 시집 못 보내요. 그러면 우린 시골로 떠나야 해요."

"떠나는 게 더 낫지."

"잠깐만요. 내가 뭐 얼러맞추기라도 했나요? 난 전혀 얼러맞춘 적이 없어요. 근데 그 청년이, 아주 괜찮은 청년이 사랑에 빠졌고, 우리 애도 그런 것 같고……"

"그래, 당신에겐 그렇게 보인단 말이지! 그럼 그애가 정말 사랑에 빠졌는데 그 상대가 내가 생각하는 바처럼 결혼을 조금도 생각 안 한다면 어쩌겠소? 오! 눈 뜨고는 못 볼 꼴이지! '아, 심령론, 아, 니스, 아, 무도회……'" 공작은 자신이 흉내 내는 아내의 모습을 머릿속으로 그리며 비웃듯이 한마디 한마디 할 때마다 인사하듯 무릎을 구부렸다. "이렇게 해서 까쩬까[68]의 불행을 만들어낼 거고, 실제로 그애도 머리가 돌게 될 거고……"

"대체 당신은 왜 그렇게 생각해요?"

"그렇게 생각하는 게 아니라 아는 거요. 우리는 여편네들과는 다른 눈을 가지고 있소. 내가 보는 건, 레빈은 진지한 의도를 가진 사람이고, 그 주둥이만 되바라진 삼류 작가놈은 즐기기만 하려는 메추라기라는 거요……"

"자, 당신 머리가 먼저 돌겠네요……"

"그럼 다셴까 일을 기억해보시오."

"그래, 좋아요, 좋아. 그만 얘기해요." 공작부인은 돌리의 불행을 떠올리고 그를 제지했다.

"그것도 좋지. 잘 자시오!"

그러고서 부부는 서로에게 성호를 긋고 키스를 했지만 각자가 자기 의견에 머물러 있다는 것을 느끼면서 헤어졌다.

---

68 아버지는 막내딸의 애칭을 끼쩌라고 영국식으로 부르지 않고 까쩬까라고 러시아식으로 부른다. 그는 돌리도 다셴까라고 부른다.

공작부인은 처음에는 오늘 야회가 끼찌의 운명을 결정했고 브론스끼의 의도에는 의심의 여지가 있을 리 없다고 굳게 확신했으나 공작의 말을 듣고 보니 혼란스러웠다. 자기 방으로 돌아와서, 그녀는 끼찌와 꼭 마찬가지로 알 수 없는 미래 앞에 공포를 느끼며 마음속으로 여러차례 되풀이하여 말했다. '주여, 지켜주소서. 주여, 지켜주소서. 주여, 지켜주소서!'

16

브론스끼는 가정생활이라는 걸 전혀 알지 못했다. 그의 어머니는 젊었을 때는 사교계의 눈부신 여성이었고 결혼 생활 중에는, 그리고 특히나 과부가 된 후에는 사교계가 다 아는 여러 로맨스의 주인공이었다. 그는 아버지를 거의 기억하지 못했으며 육군사관학교[69]에서 성장기를 보냈다.

매우 젊고 눈부신 장교로서 학교를 졸업하고 나서 그는 곧 부유한 뻬쩨르부르그 무관들이 으레 가는 길에 빠져들었다. 그는 뻬쩨르부르그 사교계에도 가끔 드나들었지만 애정사에 있어서 그의 관심은 모두 사교계 밖에 있었다. 화려하고 거친 뻬쩨르부르그 생활 이후 그는 처음으로 모스끄바에서, 자기를 사랑하게 된 사교계의 사랑스럽고 순결한 처녀와 가까이 지낸다는 매력적인 일을 경험했다. 끼찌와의 관계에서 어떤 잘못된 점이 있을 수 있으리라는 생각은 그의 머릿속으로 들어온 적이 없었다. 그는 무도회마다 주로

---

69 78면에서 오블론스끼가 Jeunesse dorée(프랑스어)를 직역하여 "금빛 청년"이라고 부르는 부유한 귀족 자제들을 위한 군사교육기관.

끼찌와 춤을 추었고 그녀 집에 드나들었다. 그는 그녀와 사교계에서 으레 하는 이야기들, 갖가지 시시한 이야기들을 나누었지만 저도 모르게 그 시시한 이야기들에 그녀에게만 느껴지도록 특별한 의미를 덧붙였다. 그녀에게 모든 사람들이 있는 자리에서 할 수 없는 이야기는 하지 않았지만 그는 그녀가 점점 더 자신에 의해 좌지우지되는 것을 느꼈고, 이것을 느끼면 느낄수록 기분이 좋았으며 그녀를 향한 감정도 더욱 부드러워졌다. 그는 끼찌를 대하는 자신의 행동방식이 특별한 이름을 갖고 있다는 것을, 이것이 바로 결혼할 의사 없이 귀족 영애를 유혹하는 것이고 그처럼 눈부신 젊은이들 사이에서 흔히 볼 수 있는 나쁜 행동의 하나라는 것을 알지 못했다. 그에겐 자신이 처음으로 이 만족감을 주는 일을 발견한 것처럼 보였으며, 그는 자신이 발견한 이 일을 즐겼다.

그가 만약 이날 저녁 그녀의 부모가 나눈 이야기를 들었더라면, 그들 가족의 관점에서 보아 그와 결혼을 하지 않으면 끼찌가 불행해질 거라는 것을 알았더라면, 그는 매우 놀라며 이를 믿으려 하지 않았을 것이다. 그는 자신에게, 무엇보다도 그녀에게 이렇게 크고 멋진 만족감을 주는 일이 나쁠 수 있으리라는 것을 믿을 수 없었다. 자신이 결혼을 해야 한다는 것은 더더욱 믿을 수 없었다.

결혼이란 그에게 한번도 가능한 일로 생각된 적이 없었다. 그는 가정생활을 좋아하지 않았을 뿐만 아니라 그가 살고 있는 독신 세계의 통상적 관점에서는 가족, 특히 남편이란 뭔가 낯선 것, 적대적인 것, 무엇보다도 우스꽝스러운 것이었다. 하지만 브론스끼는 끼찌의 부모가 무슨 이야기를 나눌지 의문조차 가지지 못했음에도 불구하고, 이날 저녁 셰르바쯔끼 저택에서 나오면서 그와 끼찌 사이에 존재하는 그 비밀스러운 마음의 연결이 오늘 야회에서 더욱 강해져서 뭔가를 해야 하리라고 느꼈다. 그러나 그는 무슨 일을 할 수 있고 무슨 일을 해야 하는지 생각해낼 수 없었다.

'그것도 멋져.' 그는 셰르바쯔끼 저택에서 돌아오면서, 항상 그랬듯이 순결함과 신선함의 편안한 느낌—이것은 그가 야회 내내 담배를 피우지 않았기 때문이기도 했다—을 품고서, 자기를 향한 그녀의 사랑 앞에 새로운 감동을 품고서 생각했다. '그것도 멋져. 나도 그녀도 아무 말도 안 했는데 시선과 어조로만 하는 무언의 대화 속에서 서로를 잘 이해해서 오늘은 그 어느 때보다도 더 확실하게 그녀가 내게 나를 사랑한다고 말한 거지. 얼마나 사랑스럽고 자연스러운지! 그리고 가장 중요한 것은 믿음이 간다는 거야. 나 자신이 더 좋은 사람이고 더 깨끗한 사람인 것같이 느껴져. 내게 심장이 있고 내 안에 많은 좋은 점들이 있다고 느껴져. 사랑에 빠진 그 사랑스러운 두 눈! 그녀가 **그것도** 아주라고 말했을 때……'

'근데 이게 뭐란 말인가? 흠, 아무것도 아냐. 내게 좋고 그녀에게 좋은 거지 뭐.' 그는 이런 생각을 하며 동시에 오늘 저녁을 어디서 끝마칠까 생각해보았다.

그는 머릿속으로 자신이 갈 만한 장소들을 그려보았다. '클럽? 베지끄[70] 한판 하고 이그나또프와 샴페인이나 마실까? 아냐, 안 갈래. *꽃의 궁전*[71]? 거기 오블론스끼가 있을 텐데, 프랑스 노래나 좀 듣고 *깡깡*[72]이나 볼까? 아냐, 지겨워. 나 스스로가 좀더 나은 사람이 되는 것 때문에 내가 셰르바쯔끼가 사람들을 좋아하는 거야. 숙

---

70 17세기에 유행했던 프랑스 카드게임으로, 1870년대에 다시 유행했다.

71 Château de fleurs(프랑스어). 프랑스식 극장 까페로 모스끄바의 유흥업소.

72 cancan(프랑스어). 19세기 중엽 빠리를 중심으로 퍼진 4분의 2박자의 빠른 템포의 무용.

소로 가야겠어.'

그는 곧장 호텔 뒤소의 자기 방으로 가서 저녁을 시켰고, 옷을 벗고 머리를 베개에 대자마자 항상 그렇듯이 깊고 편안한 잠에 빠졌다.

17

다음 날 오전 열한시에 브론스끼는 뻬쩨르부르그행 기차역[73]으로 어머니를 맞으러 나갔다. 큰 계단의 층계에서 첫번째로 마주친 얼굴은 같은 기차로 오는 여동생을 기다리는 오블론스끼였다.

"아! 백작 각하!" 오블론스끼가 소리쳤다. "누구 때문에 오셨나?"

"어머니 때문에." 오블론스끼를 만나는 모든 사람들처럼 브론스끼도 미소를 띠고 악수를 하며 대답하고 함께 계단을 마저 올라갔다. "오늘 뻬쩨르부르그에서 오신다네."

"어제 자넬 두시까지 기다렸네. 셰르바쯔끼가에서 나와서 어디로 갔나?"

"숙소로." 브론스끼가 대답했다. "사실 어제 셰르바쯔끼가에서 나온 후 아주 기분이 좋아서 아무 데도 가고 싶지 않았네."

"나는 화인을 보고 준마를 알아보듯이 눈을 보고 사랑에 빠진 자를 알아보지." 스쩨빤 아르까지치가 전에 레빈에게 한 것과 똑같은 말로 선언했다.

브론스끼는 이를 부인하지 않는다는 표정으로 빙긋 웃었지만

---

73 뻬쩨르부르그-모스끄바 노선은 1851년부터 있었다. 1870년대 당시 열다섯시간이 걸렸다고 한다.

곧 화제를 바꿨다.

"근데 자네는 누굴 만나는 건가?" 그가 물었다.

"나? 예쁜 여자." 오블론스끼가 말했다.

"그렇군!"

"*좋지 못한 생각을 하는 자 창피당할진저*[74]! 여동생 안나라네."

"아, 까레닌 부인 말인가?" 브론스끼가 말했다.

"자네 그애를 아는가?"

"아는 것 같네. 아니, 아닐지도…… 정말 기억을 못 하겠군." 까레닌이라는 이름에서 뭔가 경직되고 지루한 것을 어렴풋하게 떠올리면서 브론스끼가 산만하게 대답했다.

"하지만 내 유명한 매제, 알렉세이 알렉산드로비치는 필시 알 테지. 온 세상이 다 아는 사람이니까."

"말하자면 평판을 들었고 본 적이 있는 거지. 그는 똑똑하고, 학식 높고, 뭔가 경건하고…… 하지만 알다시피, 그건 내…… *내 분야가 아니지*[75]." 브론스끼가 말했다.

"그래, 그는 매우 비범한 사람이지. 약간 보수주의자지만 아주 훌륭한 사람이네." 스쩨빤 아르까지치가 가볍게 말했다. "아주 훌륭한 사람."

"그래, 그게 그에게 더 유리한 말이겠군." 브론스끼가 웃으면서 말했다. "아, 자네 여기 있었군." 그는 문가에 서 있던, 어머니의 키가 큰 늙은 하인을 향해 몸을 돌렸다. "이리 들어오게."

최근에 브론스끼는 스쩨빤 아르까지치에게서 모든 사람들이 느끼는 유쾌함 이외에도, 그가 끼찌와 연결되어 있기 때문에 그와 더

---

74 Honni soit qui mal y pense(프랑스어).
75 not in my line(영어).

밀착되어 있는 것을 느꼈다.

"자, 일요일에 디바와 함께하는 밤참 어때?[76]" 브론스끼는 미소를 짓고 그의 팔짱을 끼며 말했다.

"꼭 하세. 내가 명단을 만들겠네. 아, 자네 어제 내 친구 레빈과 안면을 텄나?" 스쩨빤 아르까지치가 물었다.

"물론이지. 하지만 무엇 때문인지 그는 금세 가버렸다네."

"그는 아주 훌륭한 사람이야." 오블론스끼가 말을 이었다. "그렇지 않나?"

"잘 모르겠네." 브론스끼가 대답했다. "왜 모스끄바 사람들은 다, 물론 나와 이야기하는 사람들은 빼고……" 그는 농담조로 말을 끼워넣었다. "뭔가 험한 데가 있는 건지. 무엇 때문인지 그들은 항상 뒷다리를 치켜든 말처럼 덤비는 자세로 뭔가 느끼게 해주고 싶은 듯이 화를 내거든……"

"그래, 정말 그런 점이 있네……" 스쩨빤 아르까지치가 유쾌하게 웃으면서 말했다.

"어때, 곧 도착인가?" 브론스끼가 역무원을 향해 말했다.

"기차가 들어오고 있습니다." 역무원이 말했다.

기차가 가까이 들어옴에 따라 역에는 짐꾼들이 뛰어다니고 헌병들과 역무원들이 나타나고 마중 나온 사람들이 들어오고 하는 부산한 움직임이 점점 더 완연해졌다. 기차가 내뿜는 얼어붙은 증기 사이로 무른 펠트 장화[77]를 신고 짧은 털가죽 외투를 입은 일꾼들이 여러 방향으로 구부러진 선로들을 건너가는 것이 보였다. 멀

---

76 오페라 여주인공(디바)과 함께 식사하는 것은 일종의 호의로 베푸는 행사이다.
77 러시아의 전통적 겨울 장화로 매우 추울 때 눈 위를 걸을 때 신는데 방수가 되지 않는다.

리 있는 선로에서 증기기관차의 경적과 뭔가 무거운 것이 이동하는 소리가 들렸다.

"아냐." 브론스끼에게 끼찌와 연관하여 레빈이 가지고 있는 의도를 매우 이야기하고 싶었던 스쩨빤 아르까지치가 말했다. "아냐, 자넨 나의 레빈을 제대로 평가하지 않은 거네. 그는 신경이 매우 예민한 사람이어서 불편할 때가 있는 건 사실이지. 하지만 그 대신 종종 아주 사랑스럽네. 그는 본래 성격이 아주 정의롭고 솔직한 데다 황금 같은 심장을 가졌네. 하지만 어제는 특별한 이유가 있었지." 어제 친구에 대해 느낀 진정한 공감을 완전히 잊고 지금은 똑같은 감정을 브론스끼에게만 느끼는 스쩨빤 아르까지치가 의미심장한 미소를 띠고 말을 이었다. "그래, 그가 특별히 행복했거나 특별히 불행했을 수 있는 이유가 있었네."

브론스끼는 멈춰서서 곧바로 물었다.

"그러니까 대체 뭔가? 어제 그가 자네 *처제*[78]에게 청혼이라도 했다는 건가?"

"아마도." 스쩨빤 아르까지치가 말했다. "어제 뭔가 그럴 것처럼 보였지. 그래, 만약 그가 일찍 갔고 안 좋은 상태였다면, 그건 그러니까…… 그렇게 오래전부터 사랑해왔는데. 내가 봐도 참 안됐네."

"그랬군! 하지만 나는 그녀가 좀더 나은 상대를 기대할 수 있다고 생각하네." 브론스끼가 말했다. 그는 가슴을 펴고 다시 걷기 시작했다. "하지만 난 그를 몰라." 그가 덧붙였다. "그래, 곤란한 상황이군! 바로 이런 점 때문에 대다수는 클라라[79]를 사귀는 걸 선

<hr>

78 belle-soeur(프랑스어).

79 당시 러시아에서 돈으로 살 수 있는 거리 여자의 흔한 이름으로 알려져 있었던 것 같다. 이런 여자들은 독일 출신으로 독일의 오스트제에 인접한 러시아 지방

호하지. 그 경우에는 돈이 모자랄 때만 실패하지만 이런 경우에는 자신의 가치가 저울질당하니 말이야. 그건 그렇고, 저기 기차가 오는군."

정말로 저 멀리서 증기기관차가 기적을 울리고 있었다. 몇분 뒤 플랫폼이 진동했고, 차가운 온도 때문에 아래로 내려앉는 증기를 헐떡헐떡 내뿜으며, 가운데 바퀴에 달린 지렛대가 천천히 일정한 간격을 두고 앞뒤로 움직이는 기관차가 들어왔다. 온몸을 친친 싸맨 위로 서리가 덮인 기관사가 연신 허리를 굽히며 인사를 했다. 그다음으로 짐들과 날카롭게 짖어대는 개가 실려 있는 차량이 지나갔다. 이윽고 정차 지점으로 객차들이 떨면서 다가왔다.

떡 벌어진 체격의 차장이 호루라기를 불면서 뛰어내렸고 그 뒤를 이어 성급한 승객들이 하나씩 내리기 시작했다. 근위장교가 몸을 곧추세우고 엄격하게 주위를 둘러보며 내렸고, 가방을 손에 든 부산스러운 상인이 유쾌하게 웃으면서 내렸고, 큰 자루를 어깨에 둘러멘 농부가 내렸다.

브론스끼는 오블론스끼 곁에 서서 객차들과 내리는 사람들을 쳐다보며 어머니를 완전히 잊고 있었다. 끼찌에 대해서 방금 알게 된 사실이 그를 설레게 했고 기쁘게 했던 것이다. 그의 가슴은 저도 모르게 펴졌으며 두 눈은 빛났다. 그는 자신이 승리자라고 느꼈다.

"브론스까야 백작부인께서 이 차에 계십니다." 떡 벌어진 체격의 차장이 브론스끼에게 다가오며 말했다.

차장의 말을 듣자 문득 어머니와, 곧 어머니와 만나게 될 일이 브론스끼의 머릿속에 떠올랐다. 그가 속해 사는 집단의 관념과 그

에서 온 경우가 많았던 것으로 보인다.

가 받은 교육에 비추어 어머니와의 관계는 고도의 복종과 공경 이
외의 관계를 상상할 수 없었음에도 불구하고 그는 마음속으로 어
머니를 존경하지 않았으며, 스스로 의식하진 않았지만 어머니를
사랑하지 않았다. 그리고 그가 마음속으로 그녀를 덜 존경하고 덜
사랑할수록, 외적으로는 더욱더 복종과 공경의 관계에 있었다.

18

브론스끼는 차장을 따라 객차 안으로 들어가다가 찻간 입구에
서 밖으로 나오는 한 귀부인에게 길을 비켜주느라 멈춰섰다.[80] 사교
계에 드나드는 인물이 으레 가지는 감으로써 그는 이 귀부인의 외
관만 보고 벌써 그녀가 상류 사교계에 속한다고 규정했다. 그는 용
서를 구하고 객차 안으로 들어가려다가 그녀를 다시 한번 바라봐

---

80 모스끄바-뻬쩨르부르그 기차의 객차는 플랫폼에서 계단을 올라가서 문을 열고
들어가면 좁은 복도로 이어지며, 복도를 따라 칸들이 있고 각 칸에는 여섯개의
좌석이 있다. 각각의 칸으로 들어가는 문은 따로 없다. 객차와 객차 사이에는 바
람을 막는 시설이 없어서 객차로 들어가는 문을 열면 바람이 승객들에게로 들이
친다. 제7부에 나오는 오비랄롭까로 가는 간선의 경우에는 복도가 없고 플랫폼
에서 높은 계단을 올라가 직접 문을 열고 칸막이 안의 좌석들로 들어가게 되어
있는 것으로 보인다.
    블라지미르 나보꼬프는 미국 대학에서 강의할 당시 강의록에서 모스끄바-뻬
쩨르부르그 기차의 객차 내부를 그림으로 묘사했을 뿐만 아니라, 제1부 18장에
서 브론스끼가 어머니가 있는 객차 안으로 차장을 뒤따라 들어갈 때 '계단을 올
라가서' 칸으로 들어가는 입구에 있는 연결통로(vestibule)에 잠깐 멈춰서서 그곳
에서 나오는 안나 까레니나에게 먼저 가라고 길을 비켜주다가 그녀를 처음 보는
것으로 영어로 번역해 소개했다. 그는 똘스또이의 러시아어 원문에는 없는 '계
단을 올라가서'와 '연결통로'를 넣어서 당시 그의 강의를 수강하던 미국 대학생
들에게 그 부분을 공간적으로 명확하게 해주려고 애썼던 것이다.

야 할 것 같은 느낌이 들었다. 그건 그녀의 뛰어난 아름다움이나 그녀의 자태 전체에 드러나는 기품이나 자연스러운 우아함 때문이 아니라, 그녀가 곁을 지나갈 때 그 아름다운 얼굴 표정 속에 뭔가 특별히 사랑스럽고 부드러운 것이 있었기 때문이었다. 그가 뒤를 돌아다보았을 때 그녀도 고개를 돌렸다. 짙은 속눈썹 때문에 검어 보이는 반짝이는 회색빛 두 눈이 그를 알아보는 듯이 다정하고 주의 깊게 그의 얼굴에 얼어붙은 듯 머물렀다가 곧 누군가를 찾는 듯이 다가오는 무리를 향해 옮아갔다. 이 짧은 시선에서 브론스끼는 억눌린 생명감, 그녀의 얼굴에서 넘실거리며 뛰놀고 있는, 반짝이는 두 눈과 붉은 입술을 휘움하게 만드는 보일락 말락 하는 미소 사이에서 그만 터져나오고 마는 생명감을 알아차릴 수 있었다. 과잉된 그 무엇은 그녀의 존재를 가득 채우고 넘쳐흐르는 듯, 그녀의 의지와 상관없이 시선의 반짝임이나 미소 속에 나타났다. 그녀는 의도적으로 두 눈 속의 빛을 죽였지만, 그 빛은 그녀의 의지에 반하여 보일락 말락 하는 미소 속에서 반짝였다.

브론스끼는 객차 안으로 들어갔다. 검은 눈에 머리카락을 곱슬곱슬하게 말아올린 바짝 마른 노파인 그의 어머니는 눈을 가늘게 뜨고 아들을 보며 얇은 입술로 살짝 미소 짓고서 의자에서 일어나 하녀에게 작은 주머니가방을 넘겨주고는 작고 마른 손을 아들에게 내밀어 아들의 머리를 들어올려 그 얼굴에 입을 맞추었다.

"전보 받았니? 건강하지? 다행이구나."

"여행 편안하셨어요?" 그녀 곁에 앉아서 문에서 들려오는 여자의 목소리에 저도 모르게 귀를 기울이면서 아들이 말했다. 그는 이 목소리의 주인공이 그가 입구에서 마주친 그 부인이라는 것을 알았다.

"그래도 전 동의할 수 없어요." 부인의 목소리가 말하고 있었다.

"부인, 그건 뻬쩨르부르그식 견해네요."

"뻬쩨르부르그식이 아니라 그냥 여자의 견해예요." 그녀가 대꾸했다.

"자, 그럼, 손에 입 맞추게 해주십시오."

"또 봬요, 이반 뻬뜨로비치. 오빠가 있나 보시고 오빠를 제게로 보내주세요." 바로 문가에서 그녀가 말하고 다시 찻간으로 들어왔다.

"어때요? 오빠를 찾았어요?" 부인을 향하며 브론스까야 백작부인이 말했다.

브론스끼에게 이 여자가 까레닌 부인이라는 생각이 퍼뜩 떠올랐다.

"오빠가 여기 계십니다." 그는 일어나며 말했다. "용서하세요. 알아보지 못했네요. 그저 아주 잠깐 만나 뵈었으니 아마 절 기억하시지 못할 겁니다." 브론스끼가 허리 굽혀 인사하며 말했다.

"오, 아니에요." 그녀가 말했다. "제가 알아봤어야 해요. 어머님과 여행하는 동안 내내 당신 이야기만 해서 마치 아는 분 같네요." 드디어 밖으로 나오기를 청하는 생명감을 미소 속에 허락하면서 그녀가 말했다. "근데 어째 제 오빠는 없네요."

"알료샤, 그를 좀 불러보렴." 노백작부인이 말했다.

브론스끼는 플랫폼에 나가서 소리를 질렀다.

"오블론스끼! 여기!"

그러나 까레닌 부인은 오빠가 미처 다 오기도 전에 그를 보자마자 단호하고 가벼운 발걸음으로 객차에서 나갔다. 그리고 오빠가 다가서자마자 왼팔로 오빠의 목을 안고 재빨리 끌어당겨 세게 입을 맞추는 단호하고 우아한 몸놀림으로 브론스끼를 감탄시켰다.

브론스끼는 눈을 떼지 못하고 그녀를 바라보면서 스스로도 이유를 모르는 채 미소를 띠었다. 그러나 어머니가 그를 기다리고 있다는 생각이 들자 다시 객차로 들어왔다.

"정말 무척 사랑스럽지 않니?" 백작부인은 까레닌 부인에 대해 말했다. "그 남편이 나하고 앉도록 했는데, 무척 기뻤단다. 내내 이야기를 했어. 근데 너는, 말하자면…… *이상적 사랑에 매달린다고.*
더 좋지, 얘야, 더 좋아[81]."

"뭘 암시하시는 건지 모르겠네요, *마망.*" 아들이 차갑게 말했다. "자, 가시지요, *마망.*"

까레닌 부인은 백작부인과 작별 인사를 하려고 다시 객차로 들어왔다.

"자, 이제 백작부인께서는 아드님을 만나셨고 저는 오빠를 만났네요." 그녀가 유쾌하게 말했다. "제 이야기도 모두 바닥났고요. 더 이상 할 이야기가 없을 것 같아요."

"무슨 소리, 아니에요." 백작부인은 그녀의 손을 잡으며 말했다. "당신과 함께라면 온 세상을 돌아다녀도 지루하지 않을 것 같아요. 당신은 이야기를 나누든 아무 말 안 하든 함께 있으면 마냥 편안하게 느껴지는 사랑스러운 여성들 중 한 사람이에요. 아, 제발, 아들 생각은 마요. 영원히 헤어지지 않을 수는 없잖아요."

까레니나는 지극히 곧은 자세로 까딱 않고 서 있었다. 그녀의 두 눈이 웃고 있었다.

"안나 아르까지예브나에게는 여덟살 된 아들이 있는데, 한번도 아들과 떨어져본 적이 없어서 애를 두고 온 걸 내내 괴로워하는 것

---

81 vous filez le parfait amour. Tant mieux, mon cher, tant mieux(프랑스어).

같아." 백작부인이 아들에게 설명했다.

"맞아요. 백작부인과 내내 이야기를 했어요. 저는 제 아들 이야기를 하고 백작부인께서는 부인 아들 이야기를 하셨지요." 까레니나가 말했고, 다시 미소가 그녀의 얼굴을 빛냈다. 그 사랑스러운 미소는 그를 향한 것이었다.

"필시 그거 무척 지루했겠네요." 그는 그녀가 자신에게 던진 애교의 공을 재빨리 받아치며 말했다. 하지만 그녀는 이런 어조로 이야기를 계속하고 싶지 않은 듯 늙은 백작부인을 향했다.

"정말 감사드립니다. 전 어제가 어떻게 지나갔는지도 모르겠어요. 또 뵙겠습니다, 백작부인."

"잘 가요, 내 친구." 백작부인이 대답했다. "자, 예쁜 얼굴에 입맞추게 해줘요. 난 그냥 노인네식으로, 직선적으로 말할게요. 당신을 사랑하게 됐어요."

이 말이 얼마나 형식적이었든 간에 까레니나는 마음 깊이 이 말을 믿고 기뻐하는 것처럼 보였다. 그녀는 얼굴을 붉히면서 살짝 몸을 굽혀 자기 얼굴을 백작부인의 입술에 대고는 다시 몸을 곧추세우고 입술과 눈 사이에서 뛰노는 그 미소를 지으면서 브론스끼에게 손을 내밀었다. 그가 자신에게 내밀어진 작은 손을 잡자 그녀는 용감하고 힘있게 그의 손을 쥐고 흔들었는데, 그는 뭔가 특별한 이 악수, 이 힘있는 악수가 기뻤다. 그녀는 꽤 통통한 몸을 기이할 만큼 가볍게 움직이며 빠른 발걸음으로 밖으로 나갔다.

"정말 사랑스러워." 노부인이 말했다.

아들도 똑같은 생각을 하고 있었다. 그는 그녀의 우아한 자태가 사라질 때까지 눈으로 그녀의 뒤를 좇으며 얼굴에 미소를 머금고 있었다. 창밖에서 그녀가 오빠에게 다가가 서로 손을 잡고 분명 그와는, 브론스끼와는 아무 상관 없는 일에 대해 생기에 차서 이야기하기 시작하는 것에 안타까운 느낌이 들었다.

"그래, 어때요, *마망*, 건강하시죠?" 어머니를 향해 그가 되풀이했다.

"다 좋아, 아주 좋아. 알렉산드르는 아주 사랑스러웠고 *마리*도 아주 예뻐졌어. 걘 아주 재미있는 애야."

그러고 나서 다시 그녀가 가장 흥미로워하는 것에 대해, 그녀가 뻬쩨르부르그에 갔던 이유인 손자의 세례식과, 황제가 큰아들에게 내린 특별한 은총에 대해 이야기하기 시작했다.

"저기 라브렌찌가 왔네요." 창밖을 보고 브론스끼가 말했다. "괜찮으시면 이제 나가시죠."

백작부인과 함께 온 늙은 집사가 모든 게 준비됐다고 알리러 객차에 나타났고 백작부인도 나가려고 일어났다.

"가시죠. 이제 사람이 거의 없어요." 브론스끼가 말했다.

하녀가 짐 하나와 강아지를 들었고 집사와 짐꾼이 다른 짐들을 들었다. 브론스끼는 어머니에게 팔짱을 끼었다. 그들이 객차에서 나왔을 때 갑자기 놀란 얼굴을 한 몇몇 사람들이 그들을 지나쳐 뛰어갔다. 예사롭지 않은 색깔의 모자를 쓴 역장도 뛰어갔다. 뭔가 예사롭지 않은 일이 일어난 게 분명했다. 사람들이 기차 뒤쪽으로 뛰고 있었다.

"뭐? 뭐? 어디? 기차로 몸을 던졌어! 깔아뭉갰어!" 지나가는 사람들 사이에서 들리는 소리였다.

스쩨빤 아르까지치와 여동생은 팔짱을 끼고 가다가 역시 깜짝 놀란 얼굴을 하고 다시 돌아와 사람들을 피해서 객차 입구에 멈춰 섰다.

부인들은 객차 안으로 들어갔고 브론스끼와 스쩨빤 아르까지치는 이 불행한 사건을 구체적으로 알아보려고 사람들을 뒤따라갔다.

취해 있어서 그랬는지 강추위 때문에 온몸을 너무 꼭꼭 감싸서 그랬는지, 선로지기가 기차가 뒤로 움직이는 것을 알아채지 못해서 기차에 깔렸다.

브론스끼와 오블론스끼가 돌아오기 전에 부인들은 집사로부터 자세한 내막을 들었다.

오블론스끼와 브론스끼 두 사람은 끔찍하게 뭉개진 시체를 보았다. 오블론스끼가 눈에 띄게 괴로워했다. 그는 얼굴을 찌푸렸고 울 것처럼 보였다.

"아, 끔찍했어! 아, 안나, 네가 봤더라면! 아, 끔찍했어!" 그가 말했다.

브론스끼는 침묵했는데, 그의 아름다운 얼굴은 진지했으나 완전히 침착했다.

"아, 백작부인, 부인께서 그 광경을 보셨더라면." 스쩨빤 아르까지치가 말했다. "그의 아내도 여기 있어요. 그 여자, 끔찍해서 못 보겠어요…… 시체 위로 몸을 던졌어요. 그 남자 혼자서 아주 많은 가족을 다 먹여살렸대요. 정말 끔찍해요!"

"그녀를 위해서 무슨 일이라도 할 수 없을까요?" 까레니나가 흥분해서 속삭이듯이 말했다.

브론스끼는 그녀를 바라보고 나서 당장 객차에서 나갔다.

"곧 돌아올게요, *마망*." 문가에서 몸을 돌리며 그가 덧붙였다.

몇분 후 그가 돌아왔을 때 스쩨빤 아르까지치는 이미 백작부인과 새 여가수에 대해서 이야기하고 있었지만, 백작부인은 아들을 기다리며 초조하게 문을 바라보고 있었다.

"이제 가시죠." 브론스끼가 들어오며 말했다.

그들은 함께 나왔다. 브론스끼는 어머니와 나란히 앞에서 걸어 갔다. 뒤에서는 까레니나가 오빠와 나란히 걸어왔다. 브론스끼를 뒤쫓아와서 따라잡은 역장이 출구에서 그에게 다가왔다.

"제 조수에게 이백 루블을 주셨는데요, 그 돈을 누구에게 주시는 건지 지정해주시겠습니까?"

"미망인이오." 브론스끼가 어깨를 으쓱하며 말했다. "그런 걸 뭘 묻는지 이해가 안 되오."

"자네가 줬다고?" 뒤에서 오블론스끼가 큰 소리로 말하고 나서 동생의 손을 꼭 쥐고 덧붙였다. "아주 좋은 일이야, 아주 좋은 일이 야! 훌륭한 사람 아니냐? 존경합니다, 백작부인!"

그리고 그와 여동생은 하녀를 찾느라고 멈춰섰다.

그들이 나왔을 때 브론스끼의 마차는 이미 떠나고 없었다. 나오 는 사람들이 아직도 그 사건에 대해서 이야기를 주고받고 있었다.

"정말 끔찍한 죽음이오!" 지나가는 어떤 신사가 말했다. "두 토막 이 났다오."

"제 생각은 반대예요. 가장 쉬운, 순간적인 죽음이지요." 다른 사 람이 지적했다.

"어떻게 이렇게 아무런 조처를 취하지 않을까?" 또다른 사람이 말했다.

까레니나는 마차에 앉았고, 스쩨빤 아르까지치는 그녀의 입술이 떨리고 있고 그녀가 눈물을 참고 있는 것을 보고 놀랐다.

"왜 그러니, 안나?" 수백 사젠[82]을 달렸을 때 그가 물었다.

---

82 1사젠은 약 2.13미터.

"나쁜 전조예요." 그녀가 말했다.

"무슨 말도 안 되는 얘기니!" 스쩨빤 아르까지치가 말했다. "네가 왔어. 그게 중요한 일이야. 내가 너한테 얼마나 큰 희망을 걸고 있는지 상상도 못 할 거다."

"브론스끼를 오래전부터 알았어요?" 그녀가 물었다.

"응. 근데 있지, 우린 그가 끼찌와 결혼하기를 바라고 있단다."

"그래요?" 낮은 목소리로 그녀가 말했다. "자, 이제 오빠네 이야기를 하죠." 뭔가 쓸데없고 방해가 되는 것을 물리적으로 떨쳐버리려는 듯이 머리를 흔들면서 그녀가 덧붙였다. "오빠 일에 대해 이야기해요. 오빠 편지를 받고 이렇게 왔으니까요."

"그래, 네게 모든 희망을 걸고 있다." 스쩨빤 아르까지치가 말했다.

"자, 내게 다 이야기해요."

스쩨빤 아르까지치는 이야기하기 시작했다.

집에 다다르자 오블론스끼는 동생을 내려준 뒤 한숨을 한번 푹 쉬고 그녀의 손을 꼭 쥐고 나서 관청으로 떠났다.

19

안나가 방으로 들어갔을 때 돌리는 작은 거실에 앉아서 벌써 아버지와 닮아 보이는 금발의 통통한 사내아이에게 프랑스어 읽기 연습을 시키고 있었다. 사내아이는 떨어져나가려는 윗도리 단추를 손에 쥐고 돌리며 읽고 있었다. 어머니는 몇번이나 손을 치웠으나 통통한 작은 손이 다시 단추를 쥐었다. 어머니는 단추를 떼어서 주머니에 집어넣었다.

"손 좀 가만둬, 그리샤"라고 말하고 나서 그녀는 속상한 일이 있을 때마다 붙잡고 앉는 오래된 일감인 이불을, 이번에도 손가락을 뻗쳐 자꾸만 다시 코를 세며 신경질적으로 잡았다. 어제 시누이가 오든지 말든지 아무 상관 없다고 전했음에도 불구하고 그녀는 도착에 대비하여 모든 걸 준비했고, 흥분 속에서 시누이를 기다리고 있었다.

돌리는 고통에 짓눌려 완전히 삼켜진 상태였다. 그러나 시누이 안나가 뻬쩨르부르그에서 가장 중요한 인물들 중 한 사람의 아내이고 뻬쩨르부르그 *사교계의 귀부인*이라는 것을 기억했다. 이런 사정 때문에도 그녀는 남편에게 말한 것을 이행할 수 없었다. 즉, 시누이가 온다는 것을 잊을 수 없었던 것이다. '그래, 아무튼 안나는 아무 죄가 없지.' 그녀는 생각했다. '난 그녀에 대해서 가장 좋은 것밖에 아는 게 없어. 나한테 항상 애정과 우정만을 보여주었지.' 사실 그녀가 뻬쩨르부르그의 까레닌가*를 방문했을 때 받은 인상 중 기억 속에 남아 있는 것은 그들의 집 자체가 마음에 들지 않았다는 것이었다. 그들의 가정생활은 모든 면에서 어딘지 위선적인 데가 있었다. '하지만 내가 왜 그녀를 맞이하지 않아야 해? 그저 나를 위로할 생각만 하지 말았으면 좋겠는데!' 돌리는 생각했다. '온갖 위로, 온갖 경고, 온갖 기독교적 용서, 이 모든 것들을 이미 천번 만번 생각했어. 근데 이 모든 게 아무 소용 없어.'

종일 돌리는 아이들하고만 함께 있었다. 자기의 고통에 대해서 말하고 싶지 않아서였고, 이 고통을 품은 채 다른 것에 대해서 이야기할 수 없어서였다. 그녀는 결국 이러나저러나 안나에게 모든 것을 이야기하게 될 것을 알았고, 속을 다 털어놓으리라는 생각에 기쁘기도 했고 자기가 받은 모욕에 대해서 그의 여동생과 이야기하고 준비된 상투적인 문구의 경고와 위로의 말을 들을 수밖에 없다는 사실에 화가 나기도 했다.

종종 있는 일이지만, 그녀는 시계를 쳐다보며 매 순간 기다리고 있었으나 막상 손님이 도착한 바로 그 순간을 놓쳐 초인종 소리를 듣지 못했다.

옷자락 스치는 소리와 가벼운 발소리가 이미 문가에서 들렸을 때에야 그녀는 돌아보았다. 고통으로 지친 그녀의 얼굴에 자기도 모르게 기쁨이 아니라 놀람의 표정이 나타났다. 그녀는 일어나서 시누이를 껴안았다.

"어머, 벌써 도착했어요?" 그녀가 입을 맞추며 말했다.

"돌리, 보게 돼서 정말 기뻐요!"

"저도 기뻐요." 돌리가 힘없이 미소 지으며 안나의 얼굴 표정에서 그녀가 아는지 모르는지 알아내려고 애쓰면서 말했다. '아는 게 틀림없어.' 안나의 얼굴에서 동정의 빛을 알아채고 그녀는 생각했다. "자, 지낼 방으로 데려다줄게요." 고백해야 할 순간을 가능한 한 늦추려고 하면서 그녀가 말을 이었다.

"이애가 그리샤죠? 세상에, 얼마나 컸는지 몰라!" 안나는 말하고 아이에게 입을 맞추고 나서 돌리에게서 눈을 떼지 않은 채 멈춰서서 얼굴을 붉혔다. "아뇨, 제발 여기 그냥 있게 해줘요."

그녀는 머플러와 모자를 벗다가, 전체가 곱슬거리는 검은 머리 타래에 모자가 걸리자 머리를 흔들어 머리카락을 빼냈다.

"아, 행복하고 건강한 모습이 환하게 빛나네요!" 거의 질투를 느끼며 돌리가 말했다.

"저요? 그렇죠, 뭐." 안나가 말했다. "세상에, 따냐! 우리 세료자랑 동갑이지." 뛰어들어오는 여자아이를 향하며 그녀가 덧붙였다.

그녀는 아이의 손을 잡고 입을 맞추었다. "정말 귀여운 애야, 정말 귀여워! 애들을 다 보여줘요."

그녀는 애들의 이름을 하나씩 다 말했고 그들 모두의 이름만이 아니라 몇년 몇월에 태어났는지, 성격은 어떤지, 어떤 병을 앓았는지까지 다 기억했다. 돌리는 이 점을 높이 사지 않을 수 없었다.

"그래요, 그럼 애들에게로 가요." 그녀가 말했다. "바샤는 지금 자고 있어서 유감이네요."

애들을 둘러보고 나서 그들은 커피를 앞에 놓고 거실에 앉았다. 이미 둘뿐이었다. 안나는 쟁반을 잡아 밀어놓았다.

"돌리." 그녀가 말했다. "오빠가 이야기했어요."

돌리는 차갑게 안나를 건너다보았다. 그녀는 지금 거짓 동정의 문구를 기대하고 있었다. 하지만 안나는 그런 말은 한마디도 하지 않았다.

"돌리, 사랑하는 돌리 언니!" 그녀가 말했다. "난 오빠 편에서 말하고 싶지도, 언니를 위로하고 싶지도 않아요. 그렇게 못 해요. 하지만 돌리 언니, 정말 유감이에요. 온 마음 가득 정말 유감이에요."

그녀의 빛나는 두 눈의 짙은 속눈썹에서 갑자기 눈물이 비쳤다. 그녀는 새언니에게 좀더 가까이 옮겨앉아 자기의 힘있는 작은 손으로 그녀의 손을 잡았다. 돌리는 피하지 않았지만, 그녀의 얼굴은 쌀쌀한 표정 그대로였다. 그녀가 말했다.

"날 위로할 수는 없어요. 그 일이 있은 후 모든 게 다 망가졌어요. 다 끝장나버렸어요!"

이 말을 하자마자 그녀의 얼굴 표정이 갑자기 허물어졌다. 안나는 돌리의 메마르고 앙상한 손을 들어 거기에 입을 맞추었다.

"하지만 돌리 언니, 어떻게 해야 하지요? 어떻게 해야 하지요?

이 끔찍한 상황에서 행동을 잘하려면 어떻게 해야 하는지, 그걸 생각해야 해요."

"모든 게 끝났어요. 이제 더이상 할 일이 없어요." 돌리가 말했다. "가장 나쁜 건, 알지요, 내가 그를 버릴 수가 없다는 거예요. 아이들도요. 난 묶여 있어요. 한데 그와 살 수는 없어요. 그를 보는 게 고통스러워요."

"돌리, 착한 언니, 오빠가 말해주긴 했지만 언니에게 직접 듣고 싶어요. 제게 다 말해요."

돌리는 그녀를 미심쩍은 듯이 바라보았다.

거짓이 아닌 진정한 관심과 사랑이 안나의 얼굴에 보였다.

"그래요." 갑자기 그녀가 말했다. "하지만 처음부터 이야기할게요. 내가 어떻게 결혼했는지 알죠? 나는 *마망*의 교육으로 순결했을 뿐만 아니라 어리석었어요. 난 아무것도 몰랐죠. 내가 알기로, 남편들은 아내에게 예전의 생활을 이야기한다고들 하데요. 하지만 스찌바는……" 그녀는 고쳐 말했다. "스쩨빤 아르까지치는 내게 아무 말도 안 했어요. 믿지 못하겠지만 난 지금까지 내가 그가 아는 유일한 여자라고 생각했어요. 그렇게 팔년을 살았지요. 생각해봐요, 난 불륜 따위를 의심해본 적도 없을 뿐만 아니라 그건 불가능한 일이라고 생각했어요. 근데 지금, 생각해봐요, 그런 생각으로 살던 사람이 갑자기 이토록 끔찍한 일, 이토록 흉한 일을 알게 된 걸…… 내 처지를 이해해줘요. 자신이 행복하다고 완전히 확신하고 있다가 갑자기……" 돌리는 흐느낌을 참으면서 계속 말했다. "편지를…… 그가 자기 정부, 내 가정교사에게 보낸 편지를 손에 넣게 되다니. 아니, 이건 너무 끔찍해요!" 그녀는 서둘러 수건을 꺼내서 얼굴을 덮었다. "나도 순간적으로 혹하는 건 이해해요." 잠시 침묵하고 나서 그녀가 말을 이었다. "그러나 머리로 잘 계산해서 나를 교활하게 속이고…… 그것도 누구와 그랬나요? 그 여자와 함께하면서 동시에 내 남편 노릇을 계속하는 거…… 이건 끔찍해요! 이해할 수 없을 거예요……"

"오, 아니에요, 이해해요!" 그녀의 손을 꼭 쥐며 안나가 말했다.

"그가 끔찍한 내 처지를 다 이해한다고 생각해요?" 돌리가 말을 계속했다. "전혀 못 하지요! 그는 행복해하고 만족스러워해요."

"오, 아니에요!" 안나가 재빨리 말을 막았다. "오빠는 정말 안됐어요. 오빠는 죽도록 후회하고 있어요."

"그가 후회를 할 수나 있는 사람인가요?" 돌리가 시누이의 얼굴을 주의 깊게 들여다보면서 말을 막았다.

"네, 저는 오빠를 알아요. 정말 안돼서 차마 못 보겠어요. 우리 둘 다 오빠를 알지요. 오빠는 사람이 좋아요. 하지만 자존심이 높아요. 그런데 지금은 바닥이에요. 제 가슴을 울리는 가장 중요한 사실은 (여기서 안나는 돌리의 가슴을 울리게 할 가장 중요한 것을 추측해냈다), 오빠가 두가지 이유로 괴로워한다는 거예요. 첫째는 아이들 보기가 창피하다는 것, 그리고 언니를 사랑하면서…… 그래요, 세상에서 가장 사랑하면서……" 그녀는 반박하려는 돌리를 서둘러 막았다. "언니를 아프게 하고 숨통을 막았다는 것 때문이죠. '아니, 아니, 날 용서하지 않을 거야.' 오빠는 내내 그렇게 말해요."

돌리는 생각에 잠겨 시누이를 비껴 다른 곳을 보며 그녀의 말을 들었다.

"그래요, 난 이해해요. 그의 처지는 끔찍해요. 죄지은 사람이 죄 없는 사람보다 더 어렵죠." 그녀가 말했다. "모든 불행이 자기 죄라고 느낀다면 말이죠. 하지만 어떻게 용서해요? 그 여자 이후에 어떻게 내가 다시 그의 아내일 수 있어요? 이제 그와 사는 건 고통이 될 거예요. 그건 바로 그를 향한 과거의 사랑을 사랑하는 게 되니까요……"

흐느낌이 그녀의 말을 끊었다.

그러나 마치 일부러 그러는 것처럼 그녀는 약해질 때마다 매번 또다시 그녀를 화나게 하는 것에 대해 이야기하기 시작했다.

"그녀는 젊어요. 그녀는 아름다워요." 그녀가 말을 계속했다. "안나, 누가 내 젊음, 내 아름다움을 앗아갔는지 알아요? 그와 그의 아이들이에요. 그에게 봉사했어요. 이렇게 봉사하느라 내 모든 것이 다 없어졌지요. 지금은 물론 그에겐 신선한 것, 천한 것이 더 좋겠지요. 아마 그들끼리 내 얘기를 했을 것이고, 아니면 더 나쁘게는, 나에 관해서 침묵했는지도 모르지요. 알겠어요?" 다시 그녀의 두 눈이 증오로 불탔다. "이런 일이 있은 후에도 그와 나는 말을 나누게 되겠지요…… 대체 어떻게 내가 그를 믿을 수 있어요? 절대로 못 믿어요. 아뇨, 모든 게 이미 끝났어요. 일과 노고를 위로하고 보상해주는 모든 것이 사라졌어요. 믿을 수 있나요? 나는 방금 그리샤를 가르쳤지요. 예전엔 그게 기쁨이었죠. 지금은 고통이에요. 믿어져요? 내가 왜 애를 쓰고 이 고생을 해요? 애들이 무슨 소용이야? 갑자기 내 마음이 뒤집어지고 사랑과 살가움 대신 그에게 분노만, 그래요, 분노만 느끼는 게 끔찍해요. 그를 죽이고 싶고 또……"

"착한 돌리 언니, 이해해요. 하지만 자신을 괴롭히지 마세요. 지금 너무 큰 모욕을 당하고 신경이 날카로워져서 많은 걸 제대로 보지 못하는 거예요."

돌리가 조용해졌다. 둘은 이분 정도 침묵했다.

"어떻게 해야 할지, 생각해봐요, 안나, 도와줘요. 내내 이리저리 생각해봤지만 도통 모르겠으니."

안나는 아무것도 생각해낼 수 없었지만 올케의 한마디 한마디, 얼굴 표정 하나하나에 심장이 울렸다.

"한가지만 말할게요." 안나가 말을 시작했다. "전 오빠의 동생이에요. 오빠의 성격을 알아요. 모든 것을, 모든 것을 잊어버리는(안나는 이마 앞에다 제스처를 취했다) 그런 능력을, 완전히 마음이 홀려버리는 능력, 하지만 그 대신 완전히 후회하는 능력을 말이에요. 오빠는 자기가 어떻게 그런 일을 저지를 수 있었는지 지금 믿지도 이해하지도 못해요."

"아니, 그는 이해해요. 그는 이해했어요!" 돌리가 말을 막았다. "하지만, 난…… 안나는 날 잊고 있어요…… 내 마음이 가벼워질 수 있단 말이에요?"

"잠깐, 사실 오빠 말만 듣고는 언니 처지를 미처 다 이해할 수 없었어요. 전 오빠와 오빠 가족이 부서졌다는 사실만 보았지요. 오빠가 안됐다고 생각했어요. 하지만 지금 언니 얘기를 듣고 보니 여자로서 다른 게 보이네요. 이 고통을 보니 얼마나 언니가 안됐는지 몰라요! 하지만 돌리 언니, 착한 돌리 언니, 언니의 고통을 완전히 다 이해하면서도 단 한가지 제가 모르겠는 점이 있어요. 제가 모르겠는 건…… 제가 모르겠는 건 언니 마음속에 아직 오빠에 대한 사랑이 얼마나 남아 있느냐 하는 점이에요. 그를 용서할 만큼 있는지는 언니만 알지요. 있다면 그를 용서해요!"

"안 돼요." 돌리가 말을 시작했다. 그러나 안나가 그녀의 손에 다시 한번 입을 맞추며 말을 막았다.

"언니보다 제가 사교계를 더 많이 알지요." 그녀가 말했다. "스찌바 같은 남자들이 이 일을 어떻게 보는지를 알아요. 언니는 오빠가 그 여자와 언니 얘기를 한다고 하지만 그건 그렇지 않아요. 그런 남자들은 불륜을 저지르긴 하지만 그들에게 집과 아내는 성물이에요. 그런 여자들은 뭔가 경멸받는 처지라 가족을 방해할 수 없는 거죠. 그들은 가족과 이런 일 사이에 확실하게 금을 그어요. 저도 이런 걸 이해를 못 하겠지만 사실이 그래요."

"그래요. 그래도 그 여자와 키스했고……"

"돌리 언니, 잠깐만요. 착한 돌리 언니, 전 오빠가 언니한테 반했을 때 어땠는지 알아요. 기억나요. 저한테 와서 울면서 언니가 자신에게 어떤 아름다운 시이고 어떤 높은 존재인지 이야기했지요. 그리고 전 알아요. 오빠는 언니와 살면 살수록 언니가 더욱더 높게 여겨지는 거예요. 우리는 오빠가 말끝마다 '돌리, 경이로운 여자'라고 하는 걸 듣고 웃곤 했지요. 언니는 오빠에게 항상 신성한 존재였고 지금도 그래요. 그 일은 오빠의 마음이 유혹당한 건 아니었고……"

"하지만 만약 그렇게 유혹당하는 일이 되풀이된다면요?"

"제가 아는 한 그런 일은 없을 거예요……"

"하지만 아가씨라면 용서할 수 있겠어요?"

"모르겠어요. 판단을 못 하겠어요…… 아뇨, 할 수 있어요." 안나가 잠시 생각하고 나서 말했다. 그리고 그런 상황을 생각하고 마음속으로 저울에 달아보며 덧붙였다. "아뇨, 할 수 있어요. 할 수 있어요, 할 수 있어요. 그래요, 전 용서할 거예요. 전 그전과 똑같은 여자는 아니겠지요. 그래요, 하지만 용서할 거예요. 그것도 전혀 아무 일도 일어나지 않았던 것처럼 그렇게 용서할 거예요."

"그래요, 물론……" 돌리가 재빨리 안나의 말을 끊고 마치 여러 번 생각한 것을 말하듯이 말을 이었다. "그러지 않는다면 그건 용서가 아니겠지요. 용서를 하려면 완전히, 완전히 해야죠. 자, 가요.

아가씨 방으로 데려다줄게요." 그녀가 일어나며 말했다. 가는 도중에 그녀는 안나를 끌어안았다. "내 소중한 안나, 아가씨가 와서 얼마나 기쁜지 몰라요. 마음이 편해졌어요. 훨씬 편해졌어요."

20

이날 하루 종일 안나는 집에, 즉 오블론스끼 집에 머물렀고, 벌써 몇몇 친지들이 안나가 도착한 것을 알고 이날 바로 그녀를 만나러 왔지만 그녀는 아무도 만나주지 않았다. 안나는 아침 내내 돌리와 아이들과 함께 있었고 오빠에게 꼭 집에서 식사를 하라고 쪽지를 보내기만 했을 뿐이었다. 그녀는 "오세요, 신은 자비로우시니"라고 써보냈다.

오블론스끼는 집에서 식사했다. 대화는 일반적인 것이었지만 아내는 남편에게 '여보'라고 불렀는데, 그전에는 없던 일이었다. 남편과 아내 사이는 여전히 서먹서먹했지만 이미 헤어진다는 이야기는 없었으며 스쩨빤 아르까지치도 해명하고 화해할 가능성을 보았다.

식사 후에 바로 끼찌가 왔다. 그녀는 안나 아르까지예브나를 알긴 했지만 아주 조금 아는 정도였고, 지금 언니에게로 오면서 모든 사람들이 그토록 칭송하는 이 뻬쩨르부르그 사교계의 귀부인이 자기를 어떻게 맞아줄지 걱정도 없지 않았다. 하지만 그녀는 안나의 마음에 들었다. 그녀도 바로 이 점을 알아차렸다. 안나가 그녀의 아름다움과 젊음을 좋아하는 것은 분명했다. 하지만 정신을 차리기도 전에 끼찌는 이미 안나의 영향을 받고 있었을 뿐만 아니라, 젊은 처녀들이 자기보다 나이가 위인 기혼녀들에게 반할 수 있는 최

대한으로 그녀에게 반했다. 안나는 다른 사교계 부인들과 전혀 닮아 보이지 않았고, 여덟살 된 아들을 둔 엄마 같다기보다는, 끼찌를 놀라게 하고 끼찌의 마음을 끄는 그 심각하지는 않지만 가끔 우울한 두 눈의 표정만 아니라면, 날렵한 움직임과 신선함, 그리고 얼굴에 박혀 있는 생명감, 미소 속으로 혹은 시선 속으로 막 뚫고 나오려는 그 생명감 때문에 오히려 스무살짜리 처녀 같아 보였다. 끼찌는 안나가 전혀 꾸밈이 없고 아무것도 감추지 않지만 그녀 속에 자기로서는 도달할 수 없는 어떤 더 높은 세계, 복잡하고도 시적인 관심사들의 세계가 있는 것을 느꼈다.

식사 후에 돌리가 자기 방으로 가자 안나는 재빨리 일어나서 시가를 피우고 있는 오빠에게 다가갔다.

"스찌바." 유쾌하게 눈을 깜박거리며 그에게 성호를 그어주고는 눈으로 문을 가리키면서 그녀가 말했다. "가봐요. 신의 가호가 있기를."

그는 그녀의 말을 알아듣고 시가를 내던지고 문 뒤로 사라졌다.

스쩨빤 아르까지치가 나가자 그녀는 아이들에게 둘러싸여 앉아 있던 소파로 돌아왔다. 엄마가 고모를 사랑한다는 걸 알아서 그랬는지, 아니면 그전에 그들 스스로 고모에게 특별히 마음이 이끌리는 어떤 것이 있다고 느껴서 그랬는지는 몰라도, 위로 큰 아이 둘, 이어서 손아래 아이들도—아이들이 종종 그러듯이—식사를 할 때까지 새로 온 고모에게 달라붙어서 떠나지 않았다. 그들끼리 누가 더 고모에게 가까이 앉아서 그녀에게 닿고 그녀의 작은 손을 쥐고 입 맞추고 반지를 가지고 장난을 하는지 또는 옷단이라도 만지는지 하는 게임 비슷한 것을 하고 있었다.

"자, 자, 아까처럼 앉자." 안나 아르까지예브나가 자기 자리에 앉으면서 말했다.

그리샤가 그녀의 팔 아래로 고개를 들이밀어 그녀의 옷에 머리를 대면서 자랑스럽고 행복한 표정을 빛냈다.

"그래, 이제 언제 무도회죠?" 그녀는 끼찌를 향했다.

"다음 주예요. 멋진 무도회예요. 가면 항상 즐거운 그런 무도회 중 하나지요."

"근데 항상 즐거운 그런 무도회도 있나요?" 부드러운 조롱조로 안나가 말했다.

"이상하지만 있어요. 보브리셰프가※ 무도회는 항상 즐겁고요, 니끼쩐가 무도회도 그렇죠. 하지만 메시꼬프가 무도회는 항상 지루해요. 못 느끼셨어요?"

"아뇨, 예쁜 아가씨, 더이상 제겐 즐거운 무도회 같은 건 없어요." 안나가 말했다. 끼찌는 그녀의 눈 속에서 자신에게는 닫혀 있는 그 특별한 세계를 보았다. "제겐 덜 힘들고 덜 지루한 무도회가 있을 뿐이에요……"

"어떻게 부인께서 무도회에서 지루해하실 수가 있어요?"

"왜 제가 무도회에서 지루해할 수가 없단 말이에요?" 안나가 물었다.

끼찌는 안나가 무슨 대답이 나올지 알고 있다는 것을 알아차렸다.

"항상 제일 멋지시니까요."

안나는 얼굴을 붉힐 줄 알았다. 그녀가 얼굴을 붉히고 말했다.

"첫째, 전혀 그렇지 않고요. 둘째, 그렇다 한들 제게 무슨 소용이에요?"

"이번 무도회에 가실 건가요?" 끼찌가 물었다.

"안 갈 수는 없을 거라고 생각해요. 자, 가져가렴." 안나는 자신의 하얗고 끝이 가느다란 손가락으로부터 쉬이 빠지는 반지를 잡아당기는 따냐에게 말했다.

"오신다면 전 정말 기쁘겠어요. 무도회에서 꼭 뵙고 싶어요."

"가야 한다면 적어도 당신에게 흡족한 일을 한다는 생각으로 나 자신을 위로할 수 있겠네요…… 그리샤, 잡아당기지 마, 제발. 그러지 않아도 다 헝클어졌어." 그녀는 그리샤가 만지며 장난하던 곱슬곱슬한 머리 타래를 매만지면서 말했다.

"라일락빛 드레스를 입으신 걸 상상해요."

"왜 꼭 라일락빛이어야 하죠?" 미소를 띠고 안나가 물었다. "자, 얘들아, 가요, 가. 들리지? 미스 굴이 차 마시라고 부르네." 아이들을 떼어내어 식당으로 보내려 하며 그녀가 말했다.

"근데 전 알아요, 왜 끼찌가 저를 무도회로 불러내는지. 끼찌는 이 무도회에서 많은 걸 기대하고 있어요. 그래서 모든 사람들이 다 있었으면, 모두가 참석했으면 하고 바라는 거지요."

"어떻게 아세요? 맞아요."

"오! 그 시절이 얼마나 좋은지." 안나가 말을 계속했다. "난 스위스 산 위의 안개와 비슷한 푸른 안개를 기억하고 알지요. 막 유년 시절이 끝나고 그 넓은, 행복하고 즐거운 영역으로부터 길이 점점 좁아지면서 즐거워하기도 하고 겁을 내기도 하며 방들이 이어진 긴 복도 같은 길로 들어서야 하는 그때, 비록 그 길이 밝고 멋져 보이기는 하지만…… 그 복받은 시기에 모든 것을 덮고 있는 그 안개를 말이에요. 그 길을 지나지 않은 사람이 누가 있나요?"

끼찌는 말없이 미소를 짓고 있었다. '대체 그녀는 그 길을 어떻게 지나왔을까? 그녀의 사랑 이야기도 다 알았으면.' 끼찌는 그녀의 남편 알렉세이 알렉산드로비치의 전혀 시적이지 않은 외모를 떠올리며 생각했다.

"나도 좀 알아요. 스쩨바가 얘기했어요. 축하해요. 그가 무척 마음에 들어요." 안나가 계속 말했다. "기차역에서 브론스끼를 만났어요."

"아, 그가 거기 갔나요?" 끼찌가 얼굴을 붉히며 물었다. "스쩨바가 대체 뭐라고 했는데요?"

"스쩨바가 다 이야기해줬어요. 저도 무척 기쁠 거예요. 어제 브론스끼의 어머님과 함께 타고 왔어요." 안나가 계속 말했다. "그 어머님은 한시도 멈추지 않고 아들 얘기만 하셨어요. 그는 그 어머님이 제일 예뻐하는 자식이에요. 어머니들이 편애하는 경향이 있는 건 알지만, 하지만⋯⋯"

"어머님이 대체 무슨 이야기를 하셨어요?"

"아, 여러가지요! 내가 아는 건 그가 어머님이 제일 예뻐하는 자식이라는 것이지만, 그래도 그가 기사라는 건 보여요. 뭐, 예를 들어 그가 전재산을 형에게 주려 했다거나, 어렸을 적에 뭔가 비범한 일을 했다고, 물속에서 여자를 구했다고 말씀하셨어요. 한마디로 영웅이지요." 안나는 미소를 지으면서 그가 역에서 낸 이백 루블을 떠올리며 말했다.

하지만 그녀는 이 이백 루블에 대해서는 이야기하지 않았다. 왠지 그것을 기억하는 것이 마음이 불편했다. 그녀는 이 일 속에 자신과 관계된 무언가가, 그러나 있어서는 안 되는 무언가가 있는 것을 느꼈다.

"노부인께서 방문해달라고 간곡하게 청하셨어요⋯⋯" 안나가 말을 계속했다. "저도 노부인을 뵙는 게 기쁘니 내일 가볼까봐요. 자, 다행이네요. 스쩨바가 돌리 방에 오래 있네요." 그녀가 말을 돌리면서, 끼찌가 보기에는 뭔가 불만스러운 듯이 일어나며 덧붙였다.

"아니, 나 먼저! 아니야, 나!" 차를 다 마신 아이들이 안나 고모를 향해 달려오며 소리 높이 외쳤다.

"모두 한꺼번에!" 안나는 말하고 하하 웃으며 그들을 마주해 달려가서 몰려들어 환호성을 지르는 아이들 무리 전체를 안아 쓰러뜨렸다.

21

어른들이 차를 마시는 시간이 되자 돌리가 자기 방에서 나왔다. 스쩨빤 아르까지치는 나오지 않았다. 그는 틀림없이 뒤쪽 통로로 해서 아내 방에서 나간 모양이었다.

"위층이 추울까봐 걱정이네요." 돌리가 안나를 향해 말했다. "아래층으로 옮기게 하고 싶어요. 그럼 우리가 더 가까이 있을 수 있지요."

"아, 제발 제 걱정은 마세요." 화해를 했는지 아닌지 알아내려고 돌리의 얼굴을 들여다보며 안나가 말했다.

"여기가 더 밝을 거예요." 올케가 대답했다.

"있죠, 전 언제 어디서나 잘 자요."

"무슨 일인데?" 스쩨빤 아르까지치가 서재에서 나와 아내를 향해 물었다.

끼찌와 안나는 그의 어조로 미루어 화해가 이루어졌다는 것을 당장 알아차렸다.

"안나를 아래층으로 내려오도록 하려고요. 근데 커튼을 바꿔달아야 해요. 아무도 할 수 있는 사람이 없으니 내가 직접 해야죠." 돌리가 그에게 대답했다.

'완전히 화해한 건가? 알 수가 없네.' 안나는 그녀의 차갑고 담담한 어조를 들으며 생각했다.

"아, 그만, 돌리, 제발 어려운 일은 다 그만둬요." 남편이 말했다. "자, 원하면 내가 다 할게……"

'그래, 필시 화해한 모양이야.' 안나는 생각했다.

"당신이 어떻게 다 할지 난 알아요." 돌리가 대답했다. "마뜨베이에게 할 수도 없는 일을 하라고 말할 거고, 당신은 가버리고 그는 모든 걸 엉망으로 만들겠지요." 이 말을 할 때 습관적인 조롱조의 미소가 돌리의 입술 끝을 주름지게 했다.

'완전히, 완전히 화해했군, 완전히.' 안나는 생각했다. '다행이야!' 안나는 자기가 화해의 계기가 된 것이 기뻐서 돌리에게 다가가서 입을 맞추었다.

"전혀 그렇지 않소. 당신은 왜 나와 마뜨베이를 무시하는 거요?" 스쩨빤 아르까지치가 보일락 말락 미소를 지으며 아내를 향해서 말했다.

항상 그렇듯이 저녁 내내 돌리는 남편을 약간 조롱조로 대했고, 스쩨빤 아르까지치는 만족해했고 유쾌했다. 하지만 용서받아서 자기 죄를 잊었다는 것을 내비치지 않을 만큼만 그랬다.

아홉시 반에 차를 마시며 나누는, 특히 기쁘고 기분 좋은 오블론스끼 가족의 대화는 가장 평범해 보이는 한 사건에 의해 깨어졌는데, 이 평범한 사건은 왠지 모두에게 이상하게 여겨졌다. 공통적으로 아는 뻬쩨르부르그 지인들에 대해 이야기하고 있을 때 안나가 서둘러 일어났다.

"그 여자 사진이 내 방 앨범에 있어요." 그녀가 말했다. "그 김에 나의 세료자도 보여줄게요." 그녀는 어머니다운 자랑스러운 미소를 지으면서 덧붙였다.

보통 아들에게 잘 자라는 인사를 하거나 무도회에 가기 전에 종종 직접 아이를 재우는 열시가 가까워지자 그녀는 아들에게서 이다지도 멀리 있다는 것이 슬퍼졌고, 그래서 사람들이 무슨 이야기를 하든 관심이 없이 생각은 계속 곱슬머리 세료자에게로 돌아갔다. 그녀는 아들의 사진을 보고 싶어졌고 아들에 대해 이야기하고 싶어졌다. 그녀는 아들 이야기를 할 수 있는 핑계가 생기자마자 일어나서 특유의 가볍고 단호한 걸음걸이로 앨범을 가지러 갔다. 위층 그녀의 방으로 가는 계단은 커다란 정면 계단의 따뜻한 층계참에서 올라가게 되어 있었다.

그녀가 거실에서 나오는 순간 현관에서 초인종이 울렸다.

"이 시간에 누구지?" 돌리가 말했다.

"나를 데리러 오기에는 이르고 누가 오기에는 늦은 시간인데요." 끼찌가 말했다.

"필시 서류를 가지고 온 게지." 스쩨빤 아르까지치가 덧붙였다. 안나가 계단을 지날 때, 하인이 방문객에 대해 알리려고 올라오고 있었고 방문객 자신은 등불 옆에 서 있었다. 안나는 계단 아래를 내려다보고 당장 그가 브론스끼인 것을 알아보았고 갑자기 이상한 만족감과 동시에 어떤 공포감이 심장 속에 일었다. 그는 군용외투를 벗지 않고 서서 뭔가를 주머니에서 꺼내고 있었다. 그녀가 계단 중앙에 이르렀을 때 그는 눈을 들어 그녀를 바라보았는데, 그의 얼굴엔 뭔가 수치스럽고 겁먹은 표정이 흘렀다. 그녀는 고개를 살짝 숙이고 지나갔는데, 등뒤로 그에게 안으로 들어오라고 청하는 스쩨빤 아르까지치의 큰 목소리와 거절하는 브론스끼의 부드럽고 침착한 작은 목소리가 들려왔다.

안나가 앨범을 가지고 돌아왔을 때 그는 이미 가고 없었다. 스쩨빤 아르까지치는 브론스끼가 내일 그들이 외국에서 온 유명인사를 대접하기로 한 저녁 정찬에 대해 알아보려 들렀다고 전했다.

"막무가내로 안 들어오려고 했어. 좀 이상하게 구네." 스쩨빤 아르까지치가 덧붙였다.

끼찌는 얼굴을 붉혔다. 그녀는 자기만이 왜 그가 왔는지, 왜 들어오지 않는지 안다고 생각했다. '그는 우리 집에 갔었겠지.' 그녀는 생각했다. '거기서 나를 못 만나자 내가 여기 있다고 생각한 거야. 그러나 너무 늦었다고 생각했고 안나도 있고 해서 들어오지 않았겠지.'

모두들 아무 말 없이 서로서로 시선을 교환하고는 안나의 앨범을 보기 시작했다. 어떤 사람이 계획된 저녁 정찬의 구체적 사항들을 알아보려고 친지에게 찾아왔다가 집에 들어오지 않았다는 데에는 아무런 특별할 것도 이상할 것도 없었지만, 이 사건은 왠지 모두에게 이상하게 여겨졌다. 이 일은 누구보다도 안나에게 가장 이상하고 불길하게 보였다.

22

큰 화분들과 머리에 금가루를 뿌리고 빨간 윗도리를 입은 하인들을 빼곡히 세워놓은, 불빛이 흐르는 커다란 계단으로 끼찌와 어머니가 들어섰을 때는 무도회가 막 시작한 뒤였다. 마치 벌집 안에서 들려오듯이, 움직이며 사각거리는 옷자락 소리가 홀들로부터 규칙적으로 들려왔다. 그들이 층계참의 화분들 사이에 있는 거울 앞에서 머리와 옷매무새를 고치는 동안 첫번째 왈츠를 시작하는 오케스트라 현악기들의 조심스러우면서도 분명한 화음이 무도회장으로부터 들려왔다. 다른 거울에서 회색 옆머리를 매만진 늙은 문관이 향수 냄새를 풍기면서 계단에서 그들과 부딪쳤는데, 그는 자기가 모르는 처녀인 끼찌의 아름다움을 분명 찬탄하면서 옆으로 비켜섰다. 셰르바쯔끼 노공작이 마마보이 수평아리라고 부르는 사교계 청년들 중 하나인 수염이 없는 젊은 청년은 지나칠 만큼 깊게 파인 조끼를 입고 걸어가다가 하얀 넥타이를 가지런히 하고 그들에게 허리 굽혀 절을 했고, 지나갔다가 다시 돌아와 끼찌에게 까드리유를 청했다. 첫번째 까드리유는 이미 브론스끼에게 약속했기 때문에 그녀는 이 청년에게 두번째 까드리유를 약속해야 했다. 막 장갑 단추를 끼우던 한 장교는 문가로 비켜섰고 수염을 쓰다듬으면서 장밋빛 끼찌를 즐겨 감상했다.

끼찌는 옷차림과 머리 등 모든 무도회 준비에 많은 노력과 신경을 써야 했지만, 지금 장밋빛 속치마 위에 복잡한 장식이 달린 속이 비치는 시폰 드레스를 입고 무도회장에 들어서는 그녀는 이런 장미 장식, 자수 레이스, 옷차림의 모든 세세한 부분이 그녀나 집안 하인들에게 아무 수고도 끼치지 않은 것처럼, 마치 그녀가 이 시폰 드레스를 입고, 자수 레이스를 달고, 이 잎이 두개 달린 장미 한송이를 꽂은 높이 올린 머리를 한 채 태어난 것처럼 자유롭고 자연스러웠다. 노공작부인이 홀 입구에서 허리에 두른 리본을 고쳐주려 했을 때 끼찌는 살짝 몸을 비켰다. 그녀는 자신의 매무새 모든 것이 있는 그대로 아름답고 우아한 것이 틀림없고 아무것도 고칠 필요가 없다고 느끼고 있었던 것이다.

끼찌는 인생의 가장 행복한 어느날 한가운데 있었다. 드레스는 끼는 데가 없었고 자수 레이스 깃은 처지지 않았으며 장미 장식은 눌리거나 떨어져나간 데가 없었다. 높고 휘어진 굽의 장밋빛 무도화는 조이지 않았으며 오히려 작은 두 발에 가뿐하게 잘 맞았다. 금발로 만든 촘촘한 장식용 가발은 자기 머리칼인 양 작은 머리 위에 잘 붙어 있었다. 팔의 선을 그대로 살리며 감싸고 있는 긴 장갑의 단추 세개는 풀어지지 않고 모두 잘 끼워져 있었다. 메달이 달린 검은 벨벳 리본은 목에 사랑스레 둘려 있었다. 이 벨벳은 정말 보배였다. 집에서 거울을 봤을 때 끼찌는 이 벨벳 리본이 말을 하는 것처럼 느껴졌다. 지금 무도회에서 다시 거울로 이 벨벳 리본을 보면서 끼찌는 방긋 웃었다. 드러낸 어깨와 팔에서는 그녀가 특히 좋아하는 대리석 같은 차가운 느낌이 났다. 두 눈은 빛났고, 붉은 입술은 자신의 매력을 의식하여 미소를 짓지 않을 수 없었다. 홀로 들어서자마자 시폰, 리본, 자수, 꽃을 두르고 춤 신청을 기다리고 있는 귀부인 무리(끼찌는 한번도 이 무리 속에 서 있었던 적이 없었다)에 미처 도달하기도 전에 이미 몇몇 사람이 왈츠 신청을 했는데, 최고로 멋진 기사이자 무도회 위계의 맨 꼭대기에 위치하며 무도회를 지휘하고 무도회 의식을 주관하는 마스터인 아름답고 풍채 좋은 기혼남 예고루시까 꼬르순스끼도 춤을 청했다. 그는 첫번째 왈츠를 끝까지 함께 춘 바나나 백작부인을 막 떠나 자기 휘하를, 즉 춤추기 시작한 몇몇 쌍을 둘러보고 나서, 홀로 들어오는 끼찌를 보고는 무도회 주도자만이 할 수 있는 특별히 느슨하고 자유로운, 서둘지 않는 걸음으로 그녀에게 다가와서 허리 굽혀 절한 후 그녀가 원하는지 묻지도 않은 채 그녀의 가는 허리에 팔을 둘렀다. 그녀는 누구에게 부채를 맡겨야 할까 둘러보았고 안주인이 미소를 지으며 그것을 받았다.

"제때 오셔서 정말 좋네요." 그녀의 허리를 안으면서 그가 말했다. "그러지 않으면 그건 예의가 아니지요."

그녀는 몸을 굽히고 왼손을 그의 어깨에 얹었다. 장밋빛 무도화를 신은 작은 두 발이 음악에 맞춰 가볍고 리드미컬하게 미끄러운 마루 위를 움직여나가기 시작했다.

"당신과 함께 왈츠를 추는 건 쉬는 것처럼 편안하네요." 그는 왈츠 초입의 빠르지 않은 스텝을 시작하며 그녀에게 말했다. "정말 멋져요. 이런 가벼움과 *정확성*[83]이라니." 그는 거의 모든 가까운 지인들에게 하는 말을 그녀에게 했다.

그녀는 그의 칭찬에 미소를 지으며 그의 어깨 너머로 홀을 이리 저리 둘러보았다. 그녀는 참석한 모든 얼굴들을 하나의 마술적 인상으로 뭉쳐버리고 마는 무도회에 처음 나온 처녀도 아니었고, 무도회마다 닳도록 다녀서 모든 얼굴을 다 알고 지겨움을 느끼는 처녀도 아니었다. 그 중간에 있는 그녀는 흥분을 느끼는 동시에 관찰을 할 수 있을 정도로 자신을 가눌 줄 알았다. 그녀는 홀의 왼쪽 구석에 모여 있는 사교계의 정상급 인물들을 보았다. 거기에는 지나치게 몸을 드러낸 미인, 꼬르순스끼의 아내 리디가 있었고, 정상급 인물이 모이는 곳에는 언제나 나타나는 끄리빈이 대머리를 반짝이고 있었다. 청년들은 그리로 다가갈 생각을 못 하고 바라만 보고 있었다. 거기서 그녀는 눈으로 스쩨바를 찾아냈고, 그다음에 검은

<hr />

[83] précision (프랑스어).

벨벳 드레스를 입고 있는 안나의 멋진 자태와 머리를 알아보았다. 그리고 그도 거기 있었다. 끼찌는 레빈을 거절한 그날 저녁부터 그를 보지 못했다. 끼찌는 날카롭고 밝은 눈으로 당장 그를 알아보았고 심지어 그가 자기를 보고 있다는 것까지 알아차렸다.

"어때요, 한바퀴 더 출까요? 피곤한 건 아니죠?" 꼬르순스끼가 약간 숨 가빠하면서 말했다.

"아니요, 고맙습니다."

"어디로 모셔다드릴까요?"

"까레닌 부인이 저기 계시는 것 같아요…… 그녀에게 데려다주세요."

"명령하신 곳으로 모시죠."

그리고 꼬르순스끼는 왈츠 스텝을 밟으면서 홀의 왼쪽 구석으로 춤추며 갔다. 그는 "*빠르동, 메담, 빠르동, 빠르동, 메담*[84]"하는 말을 연발하면서 레이스와 시폰과 리본의 바다 가운데서 몸을 잘 가누어 이 모두를 한치도 건드리지 않았는데, 자기 파트너를 힘주어 돌리자 비치는 스타킹을 신은 끼찌의 섬세한 두 발이 드러나고 긴 치맛자락이 부채처럼 펼쳐져 끄리빈의 무릎을 덮었다. 꼬르순스끼는 절을 하고 넓은 가슴을 쫙 펴고는 그녀를 안나 아르까지예브나에게 데려다주기 위해 손을 내밀었다. 끼찌는 얼굴을 살짝 붉히고 끄리빈의 무릎에서 치맛자락을 내린 후 약간 현기증을 느끼면서 안나를 찾으며 둘러보았다. 안나는 끼찌가 그렇게 원했던 라일락 빛 드레스가 아니라 가슴이 깊게 파인 검은 벨벳 드레스를 입었고 오래된 상아로 조각한 듯한 그녀의 둥그스름한 어깨와 가슴, 그리

---

84 Pardon, mesdames, pardon, pardon, mesdames(프랑스어). '실례합니다, 숙녀분들, 실례합니다, 실례합니다, 숙녀분들'이라는 뜻.

고 섬세한 작은 손이 달린 통통한 두 팔을 드러내고 있었다. 드레스 전체에는 베네찌아산 레이스가 달려 있었다. 가발을 달지 않은 검은 머리에는 청보랏빛 팬지꽃으로 된 작은 꽃줄을 둘렀고 똑같은 꽃줄이 하얀 레이스 사이 검은 벨벳 허리띠 위에도 있었다. 머리 모양은 눈에 띄는 것이 아니었다. 눈에 띄는 것은 목덜미와 양미간으로 흘러내려 제멋대로 곱슬거리며 그녀를 돋보이게 하는 짧은 컬들이었다. 조각한 듯 탄탄한 목에는 진주 목걸이가 걸려 있었다.

끼찌는 매일 안나를 보면서 그녀에게 매혹당했고 꼭 라일락빛 드레스를 입은 그녀를 상상했었다. 그러나 지금 그녀가 검은 드레스를 입은 것을 보자 자신이 그녀의 매력을 다 이해한 것이 아니었음을 느꼈다. 지금 보는 그녀는 완전히 새로운, 예기치 못한 여인이었다. 이제 그녀는 안나가 라일락빛 드레스를 입을 수 없다는 것을, 그녀의 매력은 항상 옷차림을 뛰어넘는 데 있다는 것을, 그녀의 옷차림은 결코 눈에 들어올 수 없다는 것을 이해했다. 지금 그녀가 입은 화려한 레이스로 장식된 검은 드레스도 눈에 들어오지 않았다. 그건 그냥 틀이었고, 그녀만이 보였다. 아무렇지도 않게 자연스럽고 우아한 동시에 유쾌하고 생명력 넘치는 그녀만이.

그녀는 언제나 그렇듯이 몸을 완전히 곧추세우고 꼿꼿하게 서 있었다. 끼찌가 무리에 다가갔을 때 그녀는 집주인에게로 고개를 살짝 돌리고 이야기하고 있었다.

"아니요, 전 돌을 던지지 않겠어요." 그녀는 그에게 뭔가에 대해 대답했다. "제가 잘 알지는 못하지만요." 그녀는 어깨를 으쓱하며 말을 잇다가 당장 보호자의 사랑스러운 미소를 머금고 끼찌를 향했다. 그녀는 여자 특유의 재빠른 눈길로 옷차림을 살펴본 후에 거의 눈에 띄지 않게, 그러나 끼찌는 알 수 있게 옷차림과 아름다움을 칭찬하며 머리를 끄덕였다. "홀에 들어오는데도 춤을 추며 들어오네요." 그녀가 덧붙였다.

"이 숙녀는 저의 가장 믿을 만한 조력자 중 한분이시죠." 꼬르순스끼가 처음 보는 안나 아르까지예브나에게 절을 하며 말했다. "공작영애는 무도회를 더 즐겁고 멋지게 만드는 데 도움을 주십니다. 안나 아르까지예브나, 왈츠 한바퀴 추시겠습니까?" 그가 몸을 굽히면서 말했다.

"아는 사이세요?" 집주인이 물었다.

"우리가 모르는 사람이 있나요? 저와 아내는 하얀 늑대들이지요. 모두가 우릴 알아요." 꼬르순스끼가 대답했다. "왈츠 한바퀴 추시지요, 안나 아르까지예브나."

"안 춰도 된다면 저는 춤을 추지 않아요." 그녀가 말했다.

"하지만 오늘밤은 안 돼요." 꼬르순스끼가 대답했다.

이때 브론스끼가 다가왔다.

"자, 오늘밤은 춤을 안 추면 안 된다면, 그럼 함께 추시죠." 그녀는 브론스끼가 절을 하는 것을 보지 않은 채 말하고는 서둘러 꼬르순스끼의 어깨에 팔을 얹었다.

'왜 그녀는 그를 못마땅해하는 걸까?' 안나가 고의로 브론스끼의 절에 답하지 않은 것을 알아차리고 끼찌는 잠시 생각했다. 브론스끼는 끼찌에게 다가가 첫번째 까드리유를 상기시켰고, 요즘 그녀를 만나지 못해 유감스럽다고 말했다.

끼찌는 왈츠를 추고 있는 안나를 감상하듯 바라보며 그의 말을 들었다. 그녀는 그가 왈츠를 청할 것을 기대했으나 그는 청하지 않았다. 그녀가 의아해하며 그를 쳐다보자 그는 얼굴을 붉히고 서둘러 왈츠를 청했다. 그러나 그가 그녀의 가는 허리를 안고 첫발을 내딛자 갑자기 음악이 멈췄다. 끼찌는 자신으로부터 그렇게 가까운 거리에 있는 그의 얼굴을 바라보았다. 그후 오랫동안, 몇년이 지난 후에도, 이때 사랑이 가득하여 그녀가 바라보았던, 그녀에게 답하지 않았던 그의 시선이 고통스러운 수치로써 그녀의 심장을 찢곤 했다.

"빠르동, 빠르동! 왈츠, 왈츠!" 꼬르순스끼가 홀의 다른 편에서 외치고는 첫번째로 마주친 아가씨와 먼저 춤을 추기 시작했다.

23

브론스끼는 끼찌와 왈츠를 몇차례 추었다. 왈츠가 끝난 후 끼찌는 어머니에게 다가갔지만 벌써 브론스끼가 첫번째 까드리유를 추자고 와서 노르쯔똔 부인과 겨우 몇마디밖에 나눌 새가 없었다. 까드리유를 추는 동안에는 아무런 중요한 말이 없었다. 브론스끼가 마흔살 된 어린애들이라고 재미있게 묘사한 꼬르순스끼 부부에 관한 대화, 미래의 일반인 극장[85]에 관한 대화만 드문드문 이어졌다. 단 한번 그녀의 마음을 생생하게 건드린 대화가 있었는데, 그것은 그가 레빈이 여기 있냐고 묻고 그가 무척 마음에 들었다고 덧붙였을 때였다. 그러나 끼찌는 까드리유에서 많은 것을 기대하지는 않았다. 그녀는 심장이 얼어붙는 것을 느끼면서 마주르까를 기다리

----

85 1870년대까지 모스끄바와 뻬쩨르부르그에 있는 극장들은 모두 황립이었다. 1872년 박람회에서 일반인을 위한 연극 공연이 크게 성공한 후 극장 관계자들은 일반인을 위해 적절한 입장료를 받는 극장을 설립하려고 애썼는데, 1898년에야 모스끄바 예술극장이 세워졌다.

고 있었다. 그녀는 마주르까를 추는 동안 모든 것이 결정되리라고 여겼다. 그가 까드리유를 추는 동안 마주르까를 청하지 않은 것은 그녀를 불안하게 하지 않았다. 그녀는 예전의 무도회에서처럼 그와 마주르까를 추게 될 것을 확신했기 때문에, 추기로 했다고 말하며 다섯 사람의 신청을 거절했다. 마지막 까드리유까지 끼찌에게는 무도회 전체가 기쁜 꽃들과 음향과 움직임으로 이루어진 마법의 꿈이었다. 그녀는 너무 피곤하게 느껴질 때만 춤을 추지 않고 쉬겠다고 양해를 구했다. 그러나 그녀는 거절할 수 없었던 매우 지루한 어느 청년과 마지막 까드리유를 추면서 브론스끼와 안나의 쌍을 *마주하게*[86] 되었다. 그녀는 안나와 무도회 내내 함께 있었지만, 지금 갑자기 안나가 완전히 새롭고 예기치 못한 모습으로 보였다. 안나는 스스로가 불러일으킨 찬탄의 술에 취해 있었다. 끼찌는 이러한 감정을 알고 있었고 이러한 감정이 어떻게 나타나는지도 알고 있었는데, 지금 안나에게서 그런 것들을 보았다. 두 눈 속 떨리는 불꽃이 이는 반짝임과 자기도 모르게 입술을 휘게 하는 행복과 흥분의 미소, 그리고 동작의 시원시원한 우아함과 정확함과 가벼움을.

'누굴까?' 끼찌는 자문했다. '모든 사람일까, 한 사람일까?' 그리고 그녀는 자신과 춤을 추며 대화하다가 실마리를 놓쳐서 알아듣지 못해 힘들어하는 청년을 도와주지 않은 채, 겉으로는 춤추는 사람들에게 큰 *원형*[87]이나 *사슬형*[88]으로 하라고 명령하는 꼬르순스끼의 쾌활하고 커다란 외침에 따르는 척하면서 관찰했다. 그녀의 심

---

86 vis-à-vis(프랑스어).
87 grand rond(프랑스어).
88 chaîne(프랑스어).

장은 점점 더 죄어들었다. '아냐, 모든 사람들의 찬탄이 그녀를 취하게 하는 게 아냐. 한 사람의 찬탄이 그렇게 하는 거야. 그런데 그 한 사람은 누굴까? 설마 그일까?' 그가 안나와 이야기할 때마다 매번 그녀의 눈 속에서 기쁨의 불꽃이 일었고 행복의 미소가 그녀의 빨간 입술을 휘게 했다. 그녀는 이 기쁨의 표지들을 나타내지 않으려고 자신을 제어하려 하는 듯했으나 그것들은 저절로 얼굴에 나타났다. '하지만 그는 어떨까?' 끼찌는 그를 바라보고 경악했다. 안나의 얼굴이라는 거울에서 끼찌에게 그렇게나 분명히 보이는 것이 그대로 그에게서도 보였다. 그의 항상 침착하고 굳건한 매너와 태연하고 침착한 얼굴 표정은 어디로 사라졌을까? 아니, 그는 지금 매번 그녀를 향할 때마다 마치 그녀 앞에 쓰러질 것처럼 고개를 숙였고 그의 시선에는 순종과 두려움의 표정만이 나타났다. 그의 시선은 매번 말하는 듯 보였다. '난 당신을 모욕하고 싶지 않아요. 하지만 나 자신을 구제하고 싶은데 어떻게 해야 할지 모르겠어요'라고. 그의 얼굴에는 그녀가 예전에 한번도 보지 못했던 표정이 나타나 있었다.

그들 둘은 서로 공통적으로 아는 사람들에 대해서 이야기했고 정말로 사소한 일에 대해서 대화하고 있었지만 끼찌는 그들이 말하는 모든 단어가 그들과 그녀 자신의 운명을 결정하는 것처럼 보였다. 그리고 이상한 것은, 그들 두 사람이 실제로 이반 이바노비치가 자기식으로 프랑스어를 하는 게 얼마나 우스운지에 대해서, 옐레츠까야가 더 좋은 상대를 만날 수 있으리라는 것에 대해서 이야기를 나누었음에도 이 모든 말들이 그들에게 의미가 있었고, 그들도 끼찌가 느낀 것과 똑같은 것을 느꼈다는 점이었다. 무도회 전체, 온 세상, 모든 것이 끼찌의 마음속에서 안개로 덮여버렸다. 오로지 그녀가 받아온 엄격한 교육이 그녀를 지탱하여 해야 하는 대로 하도록, 춤추고 질문에 대답하고 말하고 미소 짓도록 했다. 그러나 마주르카가 시작되기 전, 벌써 의자들을 치우고 몇몇 쌍들이 작은 홀에서 큰 홀로 들어갔을 때, 끼찌에게 절망과 공포의 순간이 밀려왔다. 그녀는 다섯 사람을 거절했고 이제 마주르카를 추지 못할 터였다. 심지어 신청을 받으리라는 기대도 할 수 없었다. 그 이유는 바로 그녀가 사교계에서 너무나 커다란 성공을 거두고 있어서 아무도 그녀가 아직까지 신청을 받지 못했으리라는 생각을 할 수 없었기 때문이었다. 어머니에게 아프다고 말하고 집으로 가야 했다. 하지만 그럴 힘이 없었다. 그녀는 패배한 것을 느꼈다.

그녀는 작은 거실 구석 깊숙이 들어가 안락의자로 몸을 던졌다. 공기처럼 가벼운 시폰 드레스 자락이 그녀의 날씬한 몸 주위로 구름처럼 펼쳐졌다. 사랑스러운 처녀의 맨살을 드러낸 날씬한 팔 하나는 힘없이 아래로 늘어져 장밋빛 무도복 주름 사이에 파묻혀 있었다. 그녀는 다른 손에 부채를 쥐고 빠르고 짧은 동작으로 연방 불같이 달궈진 얼굴을 부채질하고 있었다. 하지만 방금 풀밭에 내려앉았다 곧 날아오르려 무지갯빛 날개를 펼치려고 하는 나비 같은 그녀의 모습과 정반대로, 무서운 절망이 그녀의 심장을 죄었다.

'아마 내가 잘못 생각하는지도 몰라. 아마 그게 아니었지 않을까?'

그녀는 그녀가 보았던 모든 것을 다시 떠올려보았다.

"끼찌, 이게 대체 무슨 일이야?" 노르츠똔 백작부인이 양탄자 위로 소리 없이 다가와 말했다. "이건 이해가 안 돼."

끼찌의 아랫입술이 떨렸다. 그녀는 급하게 일어났다.

"끼찌, 마주르카 안 춰?"

"아니, 아니." 눈물 때문에 떨리는 목소리로 끼찌가 말했다.

"내가 있는 데서 그가 그녀에게 마주르까를 신청하던데." 그와 그녀가 누구인지 끼찌가 이해한다는 것을 아는 노르츠똔 백작부인이 말했다. "'셰르바쯔끼 공작영애와 추는 거 아니에요?'라고 그녀가 말하던데."

"아, 아무래도 상관없어!" 끼찌가 대답했다.

그녀 자신 외에는 아무도 그녀의 처지를 이해할 수 없었다. 아무도 어제 그녀가 아마도 그녀가 사랑하는 남자를, 다른 남자를 믿었기 때문에 거절했다는 것을 알지 못했다.

노르츠똔 백작부인은 그녀와 마주르까를 추었던 꼬르순스끼를 찾아 끼찌에게 춤을 신청하라고 명했다.

끼찌는 맨 앞에서 추었다. 다행히도 꼬르순스끼가 휘하를 관장하느라 내내 뛰어다녔으므로 말을 할 필요가 없었다. 브론스끼와 안나는 거의 바로 맞은편에 자리했다. 그녀는 꿰뚫는 눈으로 그들을 보았고, 춤추는 쌍들 속에서 그들과 부딪쳤을 때 가까이에서도 보았다. 그리고 점점 더 자신의 불행을 확신했다. 그녀는 그들이 이 사람들 가득한 홀에서 둘만 있다고 느끼는 것을 보았다. 항상 그렇게 굳건하고 독립심 강하던 브론스끼의 얼굴에 놀랍게도 얼빠진 순종의 표정이 나타나 있었다. 마치 영리한 개가 죄를 졌을 때 보이는 표정과 비슷했다.

안나가 미소를 지으면 그 미소가 그에게 옮아갔다. 그녀가 생각에 잠기면 그도 진지해졌다. 어떤 초자연적인 힘이 끼찌의 눈을 안나의 얼굴로 끌어당겼다. 단순한 검은 드레스를 입은 그녀는 매혹적이었다. 팔찌를 낀 그녀의 통통한 두 팔도 매혹적이었다. 진주 목걸이가 걸린 탄탄한 목도 매혹적이었고, 약간 풀어진 물결치는 머리카락도 매혹적이었고, 작은 두 발과 두 손의 우아하고 가벼운 동작도 매혹적이었고, 생명감이 흐르는 그 아름다운 얼굴도 매혹적이었다. 하지만 그녀의 매혹에는 뭔가 끔찍하고 잔혹한 데가 있었다.

끼찌는 그녀의 모습에 이전보다 더 많이 감탄했으나 더 많이 괴로웠다. 끼찌는 짓밟힌 자신을 느꼈고, 이는 얼굴에 나타났다. 마주르까를 추다가 그녀와 부딪친 브론스끼는 그녀를 곧바로 알아보지 못했다. 그만큼 그녀는 변해 있었다.

"멋진 무도회네요!" 아무 말이나 하기 위해 그가 그녀에게 말했다.

"네." 그녀가 대답했다.

마주르까 중간에 안나가 꼬르순스끼가 새로이 고안한 복잡한 동작을 되풀이하느라 원 가운데로 나와서 두 남자를 잡고 한 부인과 끼찌를 불러냈다. 끼찌는 다가가면서 겁을 먹고 그녀를 바라보았다. 안나는 눈을 가늘게 뜨며 그녀를 바라보고 그녀의 손을 쥐면서 미소를 지었다. 하지만 자신의 미소에 절망과 의아함만이 가득한 얼굴로 답하는 끼찌를 보더니 몸을 돌려서 다른 여자와 쾌활하게 이야기하기 시작했다.

'그래, 그녀 안에는 뭔가 낯설고 악마 같고 매혹적인 것이 있어.' 끼찌는 혼잣말을 했다.

안나는 밤참에 남아 있으려 하지 않았지만 주인이 그녀에게 청하기 시작했다.

"됐어요, 안나 아르까지예브나." 꼬르순스끼가 그녀의 드러난 팔을 자기 연미복 소매 아래로 잡아당기면서 말하기 시작했다. "꼬띠용에 제가 정말 멋진 아이디어를 생각해냈어요! *보석 같은*[89] 아

---

89 Un bijou(프랑스어).

이디어죠!"

그리고 그는 그녀를 이끌면서 조금씩 움직이기 시작했다. 집주인은 격려하듯이 미소 짓고 있었다.

"아뇨, 전 남지 않겠어요." 안나가 미소를 띠며 대답했다. 하지만 미소에도 불구하고 꼬르순스끼나 집주인이나 그 대답의 단호한 어조로 보아 그녀가 남지 않으리라는 것을 알았다.

"아뇨, 전 지금도 뻬쩨르부르그에서 겨울 내내 추었던 것보다 더 많은 춤을 모스끄바에 와서 이 한 무도회에서 추었어요." 안나는 그녀 옆에 서 있는 브론스끼를 쳐다보면서 말했다. "길 떠나기 전에 쉬어야 해요."

"내일 떠나시는 게 확실한가요?" 브론스끼가 물었다.

"네, 그렇게 생각하고 있어요." 안나는 그가 한 질문의 대담함에 놀란 듯이 대답했다. 그러나 이 말을 할 때 그녀의 두 눈에 이는, 제어하지 못한 떨리는 불꽃과 미소가 그를 불타게 했다.

안나 아르까지예브나는 밤참에 남지 않고 떠나갔다.

24

'그래, 내 속에는 뭔가 사람들이 싫어하고 꺼림칙하게 여기는 게 있어.' 레빈은 셰르바쯔끼가에서 나와서 형을 찾아보려고 걸어가면서 생각했다. '나는 다른 사람들과 어울리지 않아. 사람들은 내가 자존심이 높다고 그러지. 아니야, 내게는 자존심도 없어. 내가 자존심이 높다면 그런 상황으로 가지도 않았을 거야.' 그는 행복하고 친절하고 똑똑하고 침착한, 아마 자신이 처한 것 같은 상황에 빠지지 않을 브론스끼를 머릿속에 그렸다. '그래, 그녀는 그를 선택해야 했어. 그렇게 해야 했지. 누구에게도, 무엇에도 불평할 것 없어. 내 죄야. 무슨 권리로 그녀가 나와 인생을 나누고 싶어하리라고 생각했나? 내가 누군데? 내가 뭔데? 아무에게도 아무짝에도 쓸데없는 보잘것없는 인간이지.' 그리고 그는 니꼴라이 형을 기억하고 이 기억 속에 기꺼이 머물렀다. '형이 옳은 건 아닐까? 이 세상 모든 것이 어리석고 지긋지긋하다는 게? 우리가 과연 니꼴라이 형에 대해 공정하게 판단하고 있고 또 판단했나? 다 떨어진 털가죽 외투를 입고 술 취해 다니는 걸 본 쁘로꼬피의 눈에는 물론 형은 경멸한 만한 인간이지. 하지만 내가 아는 형은 달라. 난 형의 마음을 알거든. 우리는 서로 비슷해. 근데 난 형을 찾으러 가는 대신 식사하러 갔고 또 이리로 왔지.' 레빈은 등불로 다가가서 지갑에 넣었던 주소를 읽고는 마차를 불러세웠다. 형에게 가는 긴 시간 동안 레빈은 생생하게 니꼴라이 형이 이제까지 살아오는 동안에 일으킨 그가 아는 모든 사건들을 상기했다. 형이 대학을 다닐 때, 그리고 졸업하고 나서도 일년 정도는 친지들이 놀렸는데도 불구하고 수도승처럼 살면서 모든 종교의식, 미사, 금식을 지키며 모든 쾌락을, 특히 여자를 피한 것을 기억했다. 그후 그는 갑자기 걷잡을 수 없이 무너지면서 가장 혐오스러운 사람들과 가까워지고 가장 엄청난 방탕의 길로 들어섰다. 그다음에 레빈은 형이 교육하겠다며 시골에서 데려온 소년을 분노가 폭발하여 몹시 때려서 불구가 되었고, 그래서 그 책임을 묻는 형사소송이 시작된 사건을 상기했다. 또 형이 사기도박꾼에게 돈을 잃고 어음을 주고는 그가 자기를 속였음을 증명하려고 고소한 사건을 상기했다(세르게이 이바노비치가 지불한 돈이 바로 이 돈이었다). 그다음에는 형이 특히 술을 진탕 마시느라 밤을 새던 일을 기억했다. 또한 자기 형이 자기에게 어머니 영지의 몫을 지불하지 않은 듯이 형 세르게이 이바노비치를 고소한 창피한 사건, 그리고 마지막으로 서부 부대로 가서 상관을 때린 것으로 법정에 선 사건을 상기했다…… 이 모든 사건이 끔찍하게 혐오스러운 것이었지만, 레빈에게는 니꼴라이 레빈을 모르고 그의 모든 이야기를 모르고 그의 심장을 모르는 사람들이 틀림없이 그렇게 생각할 정도로 혐오스럽지는 않았다.

레빈은 니꼴라이 형이 신심이 깊고 금식을 하고 수도승처럼 지내고 미사를 열심히 드리던 시절에, 형이 종교에서 도움을 찾고 자기의 열정적인 성정을 제어하려고 했을 때, 아무도 형을 지지하지 않았을 뿐만 아니라 모든 사람들이, 레빈 자신조차도 형을 비웃었던 것을 상기했다. 사람들은 형을 조롱하고 노아[90]라고, 수도승이라고 불러댔다. 하지만 형이 무너져 폭발해버리자 아무도 형을 돕지 않았고, 모두가 경악과 극도의 혐오를 보이며 형에게서 등을 돌렸다.

레빈은 니꼴라이 형이 살면서 여러가지 형편없는 짓을 했음에도 불구하고 형의 마음속이, 마음속 가장 깊은 곳이 형을 경멸하는 사람들보다 더 많이 그릇되었다고 느끼지 않았다. 형이 제어할 수 없는 성정과 어딘가 억눌린 정신을 타고난 것은 형의 죄가 아니었다. 그러나 형은 항상 선량한 사람이 되고 싶어했다. '형에게 모두 다 털어놓고 형도 다 털어놓도록 하고, 내가 형을 사랑하고 그래서 형을 이해한다는 것을 보여줄 거야.' 레빈은 열시 넘어 주소에 적힌 호텔로 들어서며 결심했다.

---

90 성경에 나오는 인류 제2의 시조.

"위층 십이호와 십삼호입니다." 문지기가 레빈의 물음에 답했다.

"계신가?"

"그럴 겁니다."

십이호의 문은 반쯤 열려 있었는데, 질 나쁘고 약한 담배의 짙은 연기가 새어나오고 있는 것이 빛줄기 속에 보였고 레빈이 모르는 목소리가 들려왔다. 하지만 레빈은 형이 있는 것을 알았다. 기침 소리가 들려왔던 것이다.

그가 문으로 들어설 때 모르는 목소리가 말하고 있었다.

"모든 건 일이 얼마나 이성적이고 의식적으로 행해지는가에 달려 있지요."

꼰스딴찐 레빈이 문 안쪽을 들여다보니 커다란 털모자를 쓰고 등에 주름이 잡히고 깃을 세운 긴 노동복을 입은 젊은이가 말을 하고 있었고, 얼굴이 얽은 젊은 여자가 소매도 깃도 없는 모직 원피스를 입고 소파에 앉아 있었다. 형은 보이지 않았다. 형이 이런 낯선 사람들 사이에서 살고 있다고 생각하니 꼰스딴찐의 심장이 아프게 죄어들었다. 아무도 그가 온 기척을 알아채지 못했다. 꼰스딴찐은 신을 벗은 후 긴 노동복을 입은 남자의 말에 귀를 기울였다. 그는 어떤 사업에 대해 말하고 있었다.

"제기랄, 특권계급 따위." 형이 기침을 하면서 말하는 소리가 들렸다. "마샤! 우리 밤참 먹을 거 좀 구해줘. 포도주도 남은 거 있으면 내오고, 아니면 가지러 가!"

여자는 일어나서 칸막이 뒤로 나오다 레빈을 보았다.

"어떤 나리가 왔어요, 니꼴라이 드미뜨리치." 그녀가 말했다.

"누구한테?" 니꼴라이 레빈이 불퉁하게 말했다.

"나예요." 꼰스딴찐 레빈이 빛이 있는 곳으로 나오며 대답했다.

"나라니?" 더 부루퉁해진 니꼴라이의 목소리가 울렸다. 그가 일어나다가 뭔가에 걸린 듯한 소리가 들렸고, 레빈은 문가에서 마르고 새우처럼 구부러진 등에 누런 두 눈을 한, 낯익지만 여전히 놀랍게도 거칠고 병적인 형의 모습을 눈앞에 보았다.

그는 레빈이 마지막으로 보았던 삼년 전보다 더 말라 있었다. 그는 짧은 정장용 코트를 걸치고 있었다. 두 손과 굵직한 골격이 더 커다랗게 보였다. 머리카락은 더 듬성해졌고, 빳빳한 수염이 입술에 걸려 있었으며, 여전한 두 눈이 이상하고 순진한 표정을 띠고 들어온 사람을 바라보고 있었다.

"아, 꼬스쨔!" 그가 동생을 알아보고 갑자기 외쳤고 두 눈은 기쁨으로 빛났다. 그러나 바로 그 순간 그는 젊은 남자를 돌아보며 머리와 목으로 꼰스딴찐이 그리도 잘 아는, 마치 넥타이가 너무 조이는 듯한 발작적인 몸짓을 했다. 그러자 좀 전과는 완전히 다른 거칠고 고통스럽고 잔인한 표정이 깡마른 얼굴 위에 담겼다.

"난 당신에게도, 세르게이 이바니치에게도 썼소, 나는 당신들을 모르며 알고 싶지도 않다고. 왜 이러는 거요? 대체 뭐가 필요한 거요?"

그는 꼰스딴찐이 상상했던 것과는 완전히 다른 사람이었다. 그의 성격 중에서 가장 까다롭고 몹쓸 특징, 즉 그를 상대하는 것을 정말로 어렵게 하는 그 특징을 꼰스딴찐 레빈은 잊고 있었다. 지금 그의 얼굴을 보니, 특히 고개를 발작적으로 돌리는 몸짓을 보니 그 모든 것이 떠올랐다.

"형을 뭐 꼭 볼 필요가 있었던 건 아니에요." 레빈이 소심하게 대답했다. "그냥 형을 보러 왔어요."

동생의 소심함은 분명 니꼴라이를 마음 약하게 한 것 같았다. 그는 입술을 부르르 떨었다.

"아, 넌 어떠냐?" 그가 말했다. "자, 들어와 앉아. 밤참 먹을래? 마샤, 삼인분 가져와. 아니, 잠깐 기다려. 이 사람 누군지 아니?" 그는 긴 노동복을 입은 남자를 가리키며 동생을 향했다. "끄리츠끼 씨야. 끼예프 시절부터 친구지. 매우 훌륭한 인물이야. 경찰이 쫓고 있는데, 물론 사기꾼이 아니기 때문이지.[91]"

그리고 그는 습관대로 방에 있는 모든 사람을 둘러보았다. 문가에 서 있던 여자가 나가려는 것을 보고 그는 소리를 질렀다. "잠깐 기다리라고 내가 말했잖아." 그는 다시 한번 모든 사람을 둘러보면서 꼰스딴찐이 잘 아는 그 형편없는 어불성설의 말투로 끄리츠끼에 대해 이야기하기 시작했다. 그가 어떻게 가난한 대학생들을 위한 원조회와 일요학교 일을 주도하다가 대학에서 쫓겨났는지, 그 다음에 어떻게 민중학교 교사로 들어갔는지, 어떻게 거기서도 역시 쫓겨났고, 무엇 때문에 어떤 판결을 받았는지를.

"끼예프 대학 출신이십니까?" 꼰스딴찐 레빈은 한참 지속되는 침묵을 깨고자 끄리츠끼에게 말을 건넸다.

"그렇소, 끼예프 대학에 다녔소." 얼굴을 찌푸리고 퉁명스럽게 끄리츠끼가 말했다.

"아, 그리고 이 여자는……" 니꼴라이 레빈이 여자를 가리키며 끼어들었다. "내 인생의 동반자, 마리야 니꼴라예브나. 사창가에서 데리고 나왔지." 그는 이 말을 하면서 목을 부르르 떨었다. "하지만 나는 이 여자를 사랑하고 존경하며, 나를 알고 지내기를 원하는 모

---

91 나로드니끼 운동에 참가한 대학생들은 경찰의 추적을 받았다. 나로드니끼 운동은 1860~70년대에 일어난 청년운동으로, 민중 속으로 들어가서 농민들을 계몽하고 의식을 고취하려고 했다.

든 사람들에게……" 그는 얼굴을 찌푸리면서 목소리를 높여 덧붙였다. "이 여자를 사랑하고 존경하기를 요청하지. 그녀는 어쨌든 내 아내야, 어쨌든. 자, 이제 네가 어떤 사람과 있는지 알겠지. 모욕적이라고 생각한다면, 자, 나가. 저 문이야."

그리고 다시 그의 두 눈이 묻는 듯이 모든 사람을 둘러보았다.

"내가 뭣 때문에 모욕을 느껴요? 이해가 안 되네요."

"그럼, 마샤, 밤참 가져오라고 해. 삼인분, 보드까와 포도주…… 아니, 잠깐 기다려…… 아니, 필요 없어…… 가."

25

"자, 봐." 니꼴라이 레빈은 이마에 주름을 잡고 몸을 떨면서 힘들게 말을 계속했다. 그는 분명 무슨 말을 하고 어떻게 행동해야 할지 정신을 못 차리는 것 같았다. "자, 보이지……" 그는 방구석에 놓여 있는, 밧줄로 묶은 네모난 철물들을 가리켰다. "보이지? 이건 우리가 하려는 새로운 사업의 시작이야. 이 사업은 생산 아르뗄[92]이야……"

꼰스딴찐은 거의 듣고 있지 않았다. 결핵에 걸려 병색이 짙은 형의 얼굴을 들여다보며 점점 더 불쌍한 생각이 들어서 형이 아르뗄에 관해서 하는 이야기를 차마 들을 수가 없었다. 그는 이 아르뗄이란 것이 형이 자기경멸로부터 스스로를 구제하려는 닻에 불과하

....
92 아르뗄(조합)은 당시 병사, 노동자, 수공업자 등이 모여 함께 기거하며 공동으로 가계를 관리하던 단체로, 시골에서 올라온 농부들에게는 농민공동체처럼 생존에 필수적이었다.

다는 것을 알았다. 니꼴라이 레빈은 말을 계속했다.

"너 알지, 자본이 노동자를 억압하고 있어. 우리나라의 노동자, 농민은 노동의 모든 짐을 지고 있지만 아무리 노동을 해도 자신의 짐승 같은 처지에서 빠져나올 수가 없도록 되어 있어. 자신의 상황을 개선하고 여가를 얻고 그 결과로 교육을 획득할 수 있게 해주는 노동 수익 전부, 잉여가치 전부를 우리나라 자본가들에게 착취당하고 있지. 노동자들이 일을 많이 하면 할수록 상인들과 지주들이 돈을 많이 벌게끔 사회가 만들어져 있어서 노동자들은 항상 짐승으로 남게 돼. 그러니 이런 질서는 바꿔야 해." 그는 말을 마치고 묻는 듯이 동생을 바라보았다.

"네, 물론이에요." 꼰스딴찐은 형의 튀어나온 광대뼈 아래 두 뺨에 나타난 홍조를 보며 말했다.

"그래서 우리는 지금 자물쇠 생산 아르뗄을 만들려는 거야. 모든 생산도, 이윤도, 그리고 가장 중요한 생산도구도 모든 것이 공유되지."

"아르뗄을 어디에 세울 건데요?" 꼰스딴찐 레빈이 물었다.

"까잔의 보즈드료마 마을에."

"왜 시골에 세워요? 내가 보기에 시골에는 그렇지 않아도 일이 많아요. 뭣 때문에 자물쇠 생산 아르뗄이 시골에 있어야 하지요?"

"왜냐하면 농민들은 지금도 예전과 마찬가지로 노예들이기 때문이고, 게다가 너나 세르게이 이바니치가 그들을 그런 노예 상태에서 벗어나게 하려는 것을 불편해하기 때문이지." 반대하는 말에 신경이 곤두선 니꼴라이 레빈이 말했다.

꼰스딴찐 레빈은 그 순간 어둡고 더러운 방을 둘러보면서 한숨을 쉬었다. 이 한숨이 더더욱 니꼴라이를 자극한 것 같았다.

"너나 세르게이 이바니치의 귀족적 견해를 알아. 존재하는 악을 변호하기 위해서 그가 자신의 모든 지력을 사용하고 있다는 것을 알아."

"아니, 근데 뭣 때문에 형은 세르게이 이바니치 형 얘기를 하는 거예요?" 레빈이 미소를 지으며 말했다.

"왜 세르게이 이바니치 얘기를 하냐고? 이유가 있지!" 세르게이 이바노비치의 이름이 거론되자 갑자기 니꼴라이 레빈이 소리를 질렀다. "이유가 있지…… 그래, 뭘 말할까? 한가지만 하자면…… 근데 너 왜 나한테 왔니? 넌 이런 걸 무시하잖아. 좋아, 네 맘대로 해. 하지만 나가!" 그는 의자에서 일어나 소리를 질렀다. "그래, 나가, 나가라고!"

"난 전혀 무시하지 않아요." 꼰스딴찐 레빈이 겁먹은 듯 말했다. "난 반박하지조차 않을 거예요."

이때 마리야 니꼴라예브나가 돌아왔다. 니꼴라이 레빈은 성난 얼굴로 그녀를 보았다. 그녀는 서둘러 그에게로 다가가서 뭔가를 속삭였다.

"내 건강이 안 좋아. 신경이 곤두서버렸어." 진정하고 나서 힘겹게 숨을 쉬면서 니꼴라이 레빈이 말했다. "근데 네가 세르게이 이바노비치와 그의 논문에 대해서 말하다니. 그건 엉터리 거짓말에다 자기기만이야. 정의를 모르는 사람이 정의에 대해서 뭘 쏠 수 있어? 당신은 그의 논문을 읽어봤소?" 그는 책상 앞으로 가서 다시 앉으며 책상의 반을 차지하고 널려 있는 담배들을 치워 자리를 마련하면서 끄리츠끼에게 말했다.

"안 읽어봤소." 이 화제에 끼어들기를 원하지 않는 것이 분명한 끄리츠끼가 침울하게 말했다.

"왜요?" 니꼴라이 레빈의 곤두선 신경은 이제 끄리츠끼를 향했다.

"왜냐하면 그런 것에 시간을 허비하는 것이 유익한 일이라고 생각지 않기 때문이오."

"잠깐, 하지만 어떻게 그것이 시간을 허비하는 일이라는 걸 알았소? 그 논문은 많은 사람들에게는 이해 불가능이오. 그러니까 그들 위에 있지. 하지만 나한테는 얘기가 다르지. 나는 그의 생각을 꿰뚫고 있어서 왜 그게 약한지 아오."

모두가 입을 다물었다. 끄리츠끼가 천천히 일어나서 모자를 쥐었다.

"밤참 안 하려오? 그럼 잘 가시오. 내일 자물쇠공과 오시오."

끄리츠끼가 나가자마자 니꼴라이 레빈은 빙긋 웃고 윙크를 했다.

"역시 시시해." 그가 말했다. "하지만 내 생각에······"

그러나 그 순간 문에서 끄리츠끼가 그를 불렀다.

"왜 또?" 그는 말하고 복도로 나갔다. 마리야 니꼴라예브나와 단둘이 남은 레빈이 그녀를 향했다.

"형과 오래전부터 같이 있었나요?" 그가 그녀에게 물었다.

"네, 벌써 이년째예요. 건강이 무척 나빠지셨어요. 술을 많이 드세요." 그녀가 말했다.

"어떻게 마시는데요?"

"보드까를 드세요. 해로운데도."

"많이 마시나요?" 레빈이 속삭이듯 물었다.

"네." 그녀는 겁먹은 듯 니꼴라이 레빈이 나타난 문 쪽을 돌아보면서 말했다.

"무슨 얘기 하는 거야?" 얼굴을 찌푸리고 놀란 눈을 둘에게 이리저리 굴리면서 그가 물었다.

"아무것도 아니에요." 꼰스딴찐이 당황하며 대답했다.

"말하기 싫다면 좋을 대로 해. 다만 네가 그 여자와 할 말은 없어. 그 여잔 창녀고 넌 귀족 나리고." 목을 경련하듯 부르르 떨며 그가 말했다.

"이제 알겠군, 너는 모든 걸 이해하고 판단하고 내 방탕에 대해 연민을 가진단 말이지." 그는 다시 소리를 지르며 말하기 시작했다.

"니꼴라이 드미뜨리치, 니꼴라이 드미뜨리치." 다시 마리야 니꼴라예브나가 그에게로 가까이 가서 속삭였다.

"그래, 좋아, 좋아! 근데 밤참은 어떻게 됐어? 아, 저기 오네." 쟁반을 들고 오는 급사를 보고 그가 말했다. "여기로, 여기로 놔!" 그는 성난 목소리로 말하더니 당장 보드까를 들고 잔에 부어 게걸스럽게 잔을 비웠다. "잔을 비워라. 그럴 거지?" 그는 즉시 유쾌해져서 동생을 향해 말했다. "자, 세르게이 이바노비치 얘기는 나중에 하자. 널 보니 여전히 기쁘다. 뭐니 뭐니 해도 우린 남이 아니니까. 자, 잔을 다 비워라. 그래, 뭘 하는지 말해봐." 그는 빵조각을 게걸스레 씹으면서 말을 이었다. "어떻게 지내니?"

"예전처럼 시골에서 혼자 살고 농사일을 꾸려가죠." 먹고 마시는 형의 게걸스러움을 보고 깜짝 놀라서 못 본 척하려고 애쓰면서 꼰스딴찐이 대답했다.

"결혼은 왜 안 하니?"

"꼭 해야 할 필요가 없어서요." 얼굴을 확 붉히며 꼰스딴찐이 대답했다.

"어째서? 나야 끝장난 인생이지만 말이야! 인생 다 망쳤으니까. 전에도 말했다만 또 말하는데 말이지, 내게 필요했던 그때 내 몫을 받았다면 내 인생 전체가 달라졌을 거다."

꼰스딴찐 드미뜨리치는 화제를 돌리려고 서둘러 말했다.

"형의 바뉴시까가 내 뽀끄롭스꼬예에서 서무 보는 거 알아요?"

니꼴라이는 목을 경련하듯 부르르 떨면서 생각에 잠겼다.

"그래, 뽀끄롭스꼬예는 어때? 집은 여전해? 자작나무들은? 우리 교실은? 정원사 필리쁘는 아직 살아 있니? 정자하고 벤치가 기억 난다! 그래, 아무것도 바꾸지 않도록 조심해. 그리고 되도록 빨리 결혼하고, 있던 그대로 꾸려가. 그러면, 그리고 네 아내가 좋은 사람이면 그때 너한테 갈게."

"아니, 지금 당장 와요." 레빈이 말했다. "우리 둘이 얼마든지 잘 꾸려갈 텐데요!"

"거기서 세르게이 이바니치를 보게 되지 않으리라는 걸 알면 갈게."

"보게 되지 않을 거예요. 전 완전히 독립적으로 살아요."

"그래, 하지만 네가 무슨 말을 하든 간에 어쨌든 넌 나와 그, 둘 중 한 사람을 선택해야 해." 그가 동생의 눈을 소심하게 바라보면서 말했다. 이 소심함이 꼰스딴찐의 가슴을 쳤다.

"이 문제에 있어서 내 속마음을 다 듣겠다면 말하는데요, 형과 세르게이 이바니치 형의 싸움에서 난 누구 편도 들지 않아요. 둘 다 정당하지 않아요. 형은 외면적으로 볼 때 정당하지 않고 세르게이 이바니치 형은 내면적으로 볼 때 더 많이 정당하지 않아요."

"아, 아! 너 그거 알고 있었니? 너 그거 알고 있었어?" 니꼴라이가 기쁘게 외쳤다.

"하지만 나 개인적으로는, 형이 알고 싶다면 말인데, 형과의 우애가 더 소중해요. 왜냐면……"

"왜? 왜?"

꼰스딴찐은 니꼴라이가 불행하고 그래서 그에게 우애가 더 필요하기 때문에 더 소중하다고 말할 수는 없었다. 그러나 니꼴라이는 그가 말하고자 했던 바로 그 점을 이해했고 그래서 얼굴을 찌푸리며 다시 보드까병을 잡았다.

"이제 그만하세요, 니꼴라이 드미뜨리치!" 마리야 니꼴라예브나가 맨살이 드러난 부석한 팔을 술잔으로 뻗으며 말했다.

"뇌! 귀찮게 하지 마! 때린다!" 그가 소리 질렀다.

마리야 니꼴라예브나가 유순하고 선량한 미소를 지었다. 이는 니꼴라이에게도 옮아갔다. 그녀가 보드까병을 잡았다.

"넌 저 여자가 아무것도 이해하지 못한다고 생각하지?" 니꼴라이가 말했다. "저 여자는 이 모든 걸 우리 누구보다 더 잘 알지. 그녀 안에는 뭔가 착하고 사랑스러운 게 있지 않니?"

"당신은 한번도 모스끄바에 온 적이 없나요?" 꼰스딴찐은 뭐라도 말해야겠기에 그녀에게 물었다.

"존칭 쓰지 마, 무서워해. 사창가를 떠나려다가 재판을 받았을 때 지방판사가 그렇게 부른 적 말고는 아무도 그렇게 부른 적이 없거든. 맙소사, 이 말도 안 되는 세상!" 갑자기 그가 고함을 질렀다. "이 새 제도들, 지방판사고 지방의회고 하는 이 말도 안 되는 것들!"

그는 새로운 제도와 충돌한 이야기를 늘어놓기 시작했다.

꼰스딴찐 레빈은 그의 말에 귀를 기울였다. 그 자신이 새로운 제도에 대한 반대 의견에 동조했고 또 종종 입 밖에 내어 말하기도 했지만, 지금 형의 입으로 그 말을 들으니 불쾌했다.

"저세상에서는 모든 걸 이해하게 되겠지요." 그는 농담조로 말했다.

"저세상? 오, 난 저세상을 좋아하지 않아! 좋아하지 않아." 그는 겁먹은 거친 두 눈을 동생의 얼굴에 고정하고 말했다. "너 나 할 것 없이 다 사악하고 혼란스러운 이 모든 것으로부터 떠나는 게 좋아 보이기는 해. 하지만 난 죽는 게 무서워. 죽는 게 끔찍하게 무서워." 그는 몸을 흠칫 떨었다. "그래, 뭐 좀 마셔라. 샴페인 마시고 싶니? 아니면 우리 어디 가자. 집시들에게 가자! 나 집시와 러시아 노래들이 아주 좋아졌어."

그의 혀가 꼬이기 시작했고, 그는 이 말 저 말 두서없이 늘어놓기 시작했다. 꼰스딴찐은 마샤[93]의 도움을 받아 아무 데도 가지 않도록 그를 설득했고 완전히 취한 그를 침대에 눕혔다.

마샤는 필요한 일이 있으면 꼰스딴찐에게 편지를 쓸 것과 동생에게로 가서 살도록 니꼴라이 레빈을 설득할 것을 약속했다.

26

아침에 모스끄바를 떠난 꼰스딴찐 레빈은 저녁 무렵 집에 도착했다. 그는 돌아오는 길에 객차에서 같이 앉은 사람들과 정치에 대해, 새 철도에 대해 이야기를 나누었는데, 모스끄바에서와 마찬가지로 개념들이 혼란스러워 답답했고 자신이 불만스러웠고 뭔가 수치스러웠다. 그러나 그가 객차에서 나와 역에서 깃을 세운 까프딴을 입은 한쪽 눈이 먼 마부 이그나뜨를 보았을 때, 역사 창문에서 나오는 희미한 불빛 아래서 양탄자를 깐 자기 썰매마차와, 재갈과 술이 달린 마구를 갖춘, 꼬리를 자른 자기 말들을 보았을 때, 짐을

<hr>

93 까쩨리나를 끼쪼로, 다리야를 돌리로 부르는 것처럼 마리야의 애칭이다.

신는 동안 마부 이그나뜨가 마을의 새 소식들, 고용인이 새로 왔고 빠바가 송아지를 낳았다는 소식들을 전하는 것을 들었을 때, 차츰 혼란이 걷히고 수치심도 불만도 사라지는 것을 느꼈다. 이그나뜨와 말들을 보기만 했는데도 그렇게 느끼기 시작했다. 이제 그를 위해 가져온 털가죽 외투를 입고 온몸을 꼭꼭 감싸고 썰매에 앉아 시골에서 해야 할 일을 생각하며, 예전에는 승마용이었던, 실컷 부려먹었는데도 아직도 잘 달리는 돈 지방산種 곁말를 보며 달려가는 동안 그는 자신에게 있었던 일을 완전히 다르게 이해하게 되었다. 그는 자기 자신을 느꼈고, 다른 사람이 되고 싶지 않았다. 지금 그는 예전보다 더 나아지고 싶을 뿐이었다. 첫째로, 이날부터 그는 결혼이 가져다줄 특별한 행복을 더이상 바라지 않기로, 그래서 현재 상태를 그렇게 경시하지 않기로 결심했다. 둘째로, 청혼을 하려고 했을 때의 그 기억하기도 고통스러운 혐오스러운 열정으로 인해 마음이 미혹되는 일이 이제 더이상 없도록 하기로 결심했다. 그 다음으로 그는 니꼴라이 형을 기억하고, 이제 결코 그를 잊지 않을 것이며, 시야에서 놓치는 일이 없도록 항상 그를 염려하고, 그에게 좋지 않은 일이 일어났을 때 항상 도움을 주리라 다짐했다. 그리고 이런 일이 곧 있게 되리라는 것을 감지했다. 그다음에 그는 형이 이야기할 때는 그렇게 가볍게 여겼던 공산주의에 대해 생각해보았다. 경제적 조건을 재편하는 것은 말도 안 되는 일이라고 여기기는 했지만 그는 항상 농민들의 가난에 비해 자신의 이득이 부당하다고 느꼈는데, 이제 그는 완전히 정당하고자 했다. 비록 예전에도 일을 많이 하고 사치스럽지 않게 살았지만 지금부터는 더 많이 일하고 더더욱 사치는 허락하지 않으리라 다짐했다. 이 모든 것들이 퍽 쉽게 할 수 있는 일로 여겨져서 오는 동안 내내 그는 매우 기분 좋은 상상에 잠겨 있었다. 새로운, 더 나은 삶에 대한 기운찬 희망을 품고 그는 밤 여덟시 넘어 집에 다다랐다.

예전의 유모이자 지금은 가정부 역할을 하고 있는 아가피야 미하일로브나의 방 창문으로부터 앞마당 눈 위로 불빛이 떨어지고 있었다. 그녀는 아직 자지 않고 있었다. 그녀가 깨운 꾸지마는 잠이 덜 깬 채 맨발로 현관으로 나왔다. 사냥개 라스까 역시 꾸지마의 발에 밟힐 뻔하면서도 마구 뛰어나와 짖어대고 그의 무릎에 몸을 비비면서 심지어 뒷다리로 몸을 세워 앞발을 그의 가슴에 대고 싶어했지만 감히 그러지는 못하고 버둥거렸다.

"아, 빨리도 돌아오셨구먼요, 나리." 아가피야 미하일로브나가 말했다.

"집이 그리웠어, 아가피야 미하일로브나. 손님으로 가는 건 좋지만 집은 더 좋지." 그는 답하고 서재로 들어갔다.

서재는 가져온 촛불로 서서히 밝아졌다. 낯익은 물건들이 눈에 들어왔다. 사슴뿔, 책장, 오래전부터 수선이 필요한 통풍구가 달린 벽난로 전면, 아버지가 쓰던 소파, 큰 책상, 책상 위에 펼쳐져 있는 책, 부서진 재떨이, 그의 필적이 있는 공책. 이 모든 것을 보자 집에 오는 동안 내내 상상했던, 그 새로운 삶을 만들어낼 가능성에 대해 일순 회의가 느껴졌다. 이 모든 삶의 흔적들이 그를 포위하고 말하고 있었다. '넌 결코 우리들로부터 도망갈 수 없고 다른 사람이 될 수도 없어. 넌 예전과 똑같은 사람으로 남을 거야. 회의하고, 영원히 자신에게 불만을 품고, 고쳐보겠다고 쓸데없는 노력을 하고, 또다시 넘어지고, 이루어지지도 않고 가능하지도 않은 행복을 영원히 기다리면서 말이야.'

그러나 이는 그의 물건들이 하는 말이었고, 마음속에서는 또다른 목소리가 지나간 것에 굴복할 필요가 없고, 자신은 모든 걸 할 수 있다고 말하고 있었다. 이 목소리를 들으면서 그는 아령 두개가 놓여 있는 구석으로 다가가서 스스로에게 기운을 북돋우고자 그것들을 체조 동작으로 들어올렸다. 문 뒤에서 삐걱거리는 발소리가 들려왔다. 그는 얼른 아령을 내려놓았다.

영지 관리인이 들어와 다행히도 모든 게 잘되어간다고 말하면서 하지만 새 건조장의 메밀이 좀 탔다고 보고했다. 이 소식이 레빈의 신경을 자극했다. 완공된 새 건조장은 부분적으로는 레빈이 고안한 것이었다. 관리인은 항상 이 건조장에 반대했고 지금 속으로 쾌재를 부르며 메밀이 탔다고 보고하는 것이었다. 그러나 레빈은 메밀이 탔으면 그 이유는 오직 그가 수백번 명한 대로 조처를 취하지 않은 데 있다고 굳게 믿었다. 그는 언짢아서 관리인을 질책했다. 그러나 중요한 기쁜 소식이 있었다. 암소 전시회에서 산 가장 좋고 값비싼 빠바가 송아지를 낳은 것이었다.

"꾸지마, 털가죽 외투를 가져와. 자네는 사람들에게 등불을 가져오라 하게. 가서 봐야겠네." 그가 관리인에게 말했다.

비싼 암소들을 두는 외양간은 집 바로 뒤에 있었다. 그는 라일락 옆의 눈더미를 지나 마당을 가로질러 외양간으로 다가갔다. 그가 얼어붙은 문을 열었을 때 분뇨의 따뜻한 김 냄새가 풍겼다. 암소들은 익숙하지 않은 등불 빛에 놀라서 신선한 짚 위에서 몸을 흔들고 있었다. 네덜란드산 암소의 미끈하고 넓은 검은 얼룩무늬 등이 어른거렸다. 황소 베르꾸뜨는 코뚜레를 하고 누워 있다가 그들이 곁을 지나갈 때 일어서려 하더니 생각을 바꾸어 그저 두번쯤 콧김만 내뿜었다. 하마처럼 몸집이 거대한 붉은빛 미녀 빠바는 돌아서서 들어오는 사람들로부터 송아지를 막으며 킁킁 송아지 냄새를 맡왔다.

레빈은 그 칸으로 들어가 휘청거리는 긴 다리로 서 있는 붉은빛 얼룩이 있는 송아지를 들어올렸다. 흥분한 빠바는 거친 울음소리를 내려 하다가 레빈이 송아지를 돌려주자 진정하고는 깊은 숨을 내쉬며 꺼칠꺼칠한 혀로 송아지를 핥기 시작했다. 송아지는 어미를 찾아 어미의 살 쪽을 코로 밀치면서 꼬리를 말았다.

"그래, 여기를 비춰라. 표도르, 등불을 이리로 대." 레빈이 송아지를 살펴보며 말했다. "어미를 닮았군! 털색만 공연히 아비를 닮았어. 아주 예뻐. 늘씬해. 바실리 표도로비치, 예쁘지?" 그는 송아지 때문에 기뻐서 메밀 일에 대해서는 완전히 누그러져서 관리인을 향해 말했다.

"누굴 닮았는데 미울 수가 있나요? 근데 떠나신 다음 날 고용인 세묜이 돌아왔지요. 그에게 훈계 좀 하셔야겠어요, 꼰스딴찐 드미뜨리치." 관리인이 말했다. "전에 제가 기계에 대해서 보고드렸더랬지요."

이 문제 하나가 레빈을 크고 복잡한 농지경영의 모든 세부 사항들로 끌어들였다. 그는 외양간에서 나와 곧장 사무실로 가서 관리인과 고용인 세묜과 이야기하고 나서 집으로 돌아와 이층 거실로 들어갔다.

27

집은 크고 고풍스러웠다. 레빈은 혼자 살면서도 집 전체에 난방을 했다. 그는 이것이 어리석다는 것을 알았고 심지어 나쁜 일이며 지금의 새로운 계획에 반한다는 것을 알았지만, 이 집은 레빈에게 전세계였다. 이 세계는 그의 아버지와 어머니가 살았고 또한 죽은 장소였다. 그들의 삶은 레빈에게 모든 완벽함의 이상이었고, 그는 아내와 가족과 함께 그 삶을 다시 이루기를 꿈꾸어왔다.

레빈은 어머니를 거의 기억하지 못했다. 어머니의 표상은 그에게 신성한 기억이었고, 그는 미래의 아내도 어머니처럼 멋지고 신성한 여성적 이상형의 재현이어야 한다고 상상했다.

그는 여자에 대한 사랑을 결혼 없이 생각할 수 없었을 뿐만 아니라, 머릿속에 먼저 가족을 그리고 그다음에 가족을 만들어줄 여자를 그렸다. 그래서 그의 결혼관은 결혼이 여러 사회적 활동 중 하나인 그의 친지들 대다수의 결혼관과 달랐다. 결혼은 레빈에게 인생의 모든 행복이 달려 있는 가장 중요한 과제였다. 그런데 이제 이것을 거부해야 했다!

그는 항상 차를 마시던 작은 거실로 들어가 자기 안락의자에 책을 들고 앉았는데, 아가피야 미하일로브나가 차를 가져다주며 으레 그러듯 "저 좀 앉을게요, 나리" 하며 창가에 앉았을 때, 무척 이상한 일이긴 해도 자신이 그 꿈과 헤어질 수 없으며 그것 없이 살아갈 수 없다는 것을 느끼게 되었다. 그녀하고든 다른 여자하고든 결혼은 할 것이다. 그는 책을 읽으면서 읽은 내용에 대해 생각하기도 했고 쉴 새 없이 떠드는 아가피야 미하일로브나의 말을 듣기 위해 잠깐씩 생각을 멈추기도 했다. 동시에 가계 경영과 미래 가정생활의 이런저런 그림이 아무런 맥락 없이 머릿속에 펼쳐졌다. 그는 뭔가가 마음속 깊이 뿌리를 내리고 자리 잡아 버티고 있는 것을 느꼈다.

그는 쁘로호르가 하느님을 잊고, 레빈이 말을 사라고 선물한 돈으로 밤낮으로 술을 마시고 아내를 죽도록 팼다는 아가피야 미하일로브나의 이야기를 들으면서 책을 읽었고, 읽으면서 떠올랐던 생각 전체를 되새겨보았다. 읽은 책은 틴들이 쓴 열에 관한 책[94]이었다. 그는 실험의 기민함에 대한 틴들의 자기만족과 철학적 견해의 결여에 대해 자신이 비판했던 것이 기억났다. 그러다 갑자기 기쁜 생각이 머릿속으로 흘러들어왔다. '이년 후면 네덜란드 암소 두 마리가 생기지. 빠바도 아직 살아 있을 수 있어. 베르꾸뜨로부터 생긴 암송아지도 열두마리는 될 테고. 거기에 이 끝내주는 본보기 세 종자를 섞어놓으면―멋지다!' 그는 다시 책을 잡았다.

'그래, 좋아, 전기와 열은 동일한 것이야. 하지만 문제 해결을 위해서 방정식으로 전자의 양을 후자의 양으로 대체할 수 있을까? 아니야. 그럼 뭐지? 자연의 모든 힘들의 연결은 그냥 본능으로 느껴지지…… 빠바의 암송아지도 역시 빨강 얼룩무늬가 될 거고, 이 세 종자가 섞인 모든 가축 무리를 생각하면…… 특히 기분이 좋아. 굉장해! 아내와 손님들과 가축을 보러 나가면…… 꼬스쨔와 저는 이 암송아지를 어린애처럼 돌봐요, 하고 아내가 말하겠지. 아니, 어떻게 이런 게 그렇게 흥미롭나요? 손님이 말할 거야. 그가 흥미로워하는 건 저도 흥미로워요, 하고 아내가 말하겠지. 하지만 그 아내가 누구일까?' 모스끄바에서 있었던 일이 떠올랐다…… '그래, 어쩌란 말인가? 내 죄는 아니야. 하지만 이제 모든 것이 새롭게 진행되겠지. 현실이 허락하지 않은 것은, 과거가 허락하지 않은 것은 헛것이지. 더 잘 살기 위해서, 훨씬 더 잘 살기 위해서 노력해야 해……'

---

94 영국의 물리학자 존 틴들이 1863년에 출간한 책으로, 열을 운동의 한 종류로 생각했다. 1864년 러시아어로 번역되었고, 똘스또이는 1872년에 읽을 당시 매우 흥미를 느꼈다고 한다.

그는 고개를 조금 들고 생각에 잠겼다. 늙은 라스까는 아직 그의 도착의 기쁨을 완전히 삭이지 못하고 마당에 뛰어나가 짖다가 꼬리를 흔들며 밤공기 냄새를 풍기면서 돌아와 그에게 다가와서 머리를 그의 팔 아래로 디밀고 원망스러운 듯이 낑낑거리며 어루만져달라고 요구했다.

"말을 못할 뿐이지……" 아가피야 미하일로브나가 말했다. "개가…… 주인이 돌아왔는데 적적해하는 걸 이해하는 거예요."

"대체 내가 왜 적적해하는데?"

"제가 모르는 줄 아나요, 나리? 전 이제 나리들을 이해할 만한 나이지요. 어려서부터 나리들 사이에서 자랐는데요. 괜찮아요, 나리. 건강하고 양심 깨끗하면 됐지요."

레빈은 그녀가 그의 생각을 이해하는 것에 놀라며 그녀에게서 시선을 떼지 못했다.

"뭐, 차 좀 더 드려요?" 그녀는 말하고 찻잔을 들고 나갔다.

라스까는 내내 머리를 그의 팔 아래에 들이밀고 있었다. 그가 쓰다듬자 곧 그의 발치에 머리를 눕히고 뒷발을 뻗더니 몸을 동그랗게 만들었다. 그리고 지금 모든 것이 좋고 편안하다는 듯이 입을 약간 벌리고 입맛을 다시고는 세월에 닳은 이빨들 주위로 침이 묻은 입술을 축 늘어뜨리고 편안한 휴식에 빠져 조용해졌다. 레빈은 이 마지막 동작들을 주의 깊게 살폈다.

'그래, 나도 그래!' 그는 자신에게 말했다. '그래, 나도 그래! 괜찮아…… 모든 게 좋아.'

28

무도회 다음 날 아침 일찍이 안나 아르까지예브나는 남편에게 그날 바로 모스끄바에서 떠난다는 전보를 보냈다.

"아니에요, 가야 해요, 가야 해요." 그녀는 자기 의도가 달라진 것을 마치 헤아릴 수 없이 많은 할 일들이 떠오른 것 같은 어조로 올케에게 설명했다. "아니에요, 오늘이 더 좋아요!"

스쩨빤 아르까지치는 집에서 식사를 하지 않았지만 일곱시에 누이동생을 바래다줄 것을 약속했다.

끼찌도 머리가 아프다는 쪽지만 보내고 오지 않았다. 돌리와 안나만이 아이들과 영국인 가정교사와 식사를 했다. 아이들은 변덕이 심해서 그랬는지, 아니면 매우 민감해서 이날의 안나가 그들이 그렇게 좋아한 그날의 그녀와는 완전히 다르고 그들에게 관심이 없는 것을 느껴서 그랬는지, 어쨌든 갑자기 고모와 노는 것과 고모를 사랑하는 것을 그만두었고 그녀가 떠난다는 것에도 전혀 관심이 없었다. 안나는 아침 내내 떠날 준비로 바빴다. 그녀는 모스끄바의 친지들에게 편지를 썼고 계산서를 정리했으며 짐을 꾸렸다. 돌리에게는 그녀의 마음이 평온하지 않고 걱정이 있는 것처럼 보였다. 이는 돌리도 자기 경험에 미루어 잘 아는 상태로, 다 이유가 있어서 비롯되며 대개 자기 자신에게서 불만족스러운 것을 발견하고는 그것을 덮으려 하는 상태였다. 식사 후에 안나가 옷을 차려입으러 자기 방으로 가자 돌리는 뒤따라갔다.

"오늘 무척 이상하네요!" 돌리가 그녀에게 말했다.

"저요? 그렇게 보여요? 이상한 게 아니라 바보 같아요. 가끔 그래요. 울고 싶어요. 바보 같지만, 괜찮아질 거예요." 안나는 빠르게 말하고 나서 상기된 얼굴을 수면용 모자와 아마포 손수건을 넣은, 장난감같이 깜찍한 주머니가방을 향해 숙였다. 그녀의 눈은 특히나 빛났고 쉴 새 없이 눈물이 돌았다.

"뻬쩨르부르그를 떠나기가 그렇게 싫었는데 이젠 여기서 가기가 싫네요."

"여기 와서 좋은 일을 했지요." 돌리가 그녀를 주의 깊게 바라보며 말했다.

안나는 눈물로 젖은 눈으로 그녀를 보았다.

"돌리 언니, 그런 말 마요. 전 아무것도 한 게 없고 할 수 있는 것도 아무것도 없었어요. 가끔 전 의아해해요, 왜 사람들이 저를 망치려고 공모를 하는지. 제가 뭘 했고, 뭘 할 수 있었나요? 언니 마음속에 용서할 만한 사랑이 있었던 거죠⋯⋯"

"아가씨 없인 아무것도 못 했을 거예요! 얼마나 행복한 여자예요, 안나는!" 돌리가 말했다. "머릿속 전체가 환하고 좋으니."

"영국 사람들이 말하듯이, 모든 사람의 마음속엔 자기 *비밀*[95]이 있어요."

"아가씨에게 무슨 *비밀*이 있나요? 모든 게 환한걸요."

"있어요!" 안나가 갑자기 말했다. 그리고 예기치 않은 눈물에 이어서 교활하고 비웃는 듯한 미소가 그 입술을 주름지게 했다.

"그래, 그렇다면 재미있는 *비밀*이겠네요, 어두운 게 아니고." 돌리가 미소를 지으며 말했다.

"아니, 어두운 거예요. 제가 왜 내일 안 가고 오늘 가는지 알아요? 저를 짓누르는 이 고백, 언니에게 할게요." 안나가 결심한 듯이 안

---

95 skeletons(영어). 여기서는 지하실에 오래 감춰둔 해골 같은 '비밀'이라는 뜻.

락의자로 몸을 던지고 돌리의 눈을 똑바로 들여다보면서 말했다.

그런데 돌리는 놀랍게도 안나가 귀까지, 검은 곱슬머리를 내려뜨린 목까지 얼굴 전체가 새빨개진 것을 보았다.

"그래요." 안나가 말을 이었다. "끼찌가 왜 오늘 식사하러 오지 않았는지 언니는 알아요? 그녀는 절 질투해요. 제가 망쳐버렸어요…… 이번 무도회가 그녀에게 기쁨이 아니라 고통이 된 원인이 저예요. 아뇨, 정말, 정말, 제 죄는 아니에요. 아니면 약간만 제 죄라고 해야 해요." 그녀는 가냘픈 목소리로 '약간만'이라는 단어를 늘이면서 말했다.

"오, 아가씨는 스찌바와 얼마나 비슷하게 말하는지요!" 돌리가 웃으면서 말했다.

안나는 모욕을 느꼈다.

"오, 아뇨, 아뇨! 전 스찌바가 아니에요." 그녀는 얼굴을 찌푸리며 말했다. "전 저 자신에 대해 단 한순간도 의심한 적이 없기에 언니에게 말하는 거예요." 안나가 말했다.

그러나 그녀는 이 말을 하는 순간 스스로 이 말이 정당하지 않다고 느꼈다. 그녀는 자신을 의심할 뿐만 아니라 브론스끼를 생각하면 흥분을 느꼈으며 오직 더이상 그와 마주치지 않기 위해서 원했던 것보다 더 일찍 떠나는 것이었다.

"그래요, 스찌바가 그러는데 그와 마주르까를 추었고 그가……"

"얼마나 웃기게 되어버렸는지 상상도 못 할 거예요. 그저 둘 사이를 맺어주려 하다가 갑자기 완전히 다르게 되어버렸어요. 아마도 제 의도와 정반대로……"

그녀는 얼굴을 붉히고 말을 멈추었다.

"오, 그들은 그걸 곧바로 느끼게 되지요!" 돌리가 말했다.

"하지만 그가 무슨 심각한 생각을 조금이라도 했다면 저는 절망을 느낄 거예요." 안나가 말을 막고 말했다. "그래도 이 모든 것이 잊힐 거고 끼찌도 절 미워하지 않게 될 거예요."

"그리고 말예요, 안나, 솔직히 말하면, 난 끼찌를 위해서 이 결혼을 원하지 않아요. 그가, 브론스끼가 아가씨를 하루 만에 사랑할 수 있다면 이 결혼은 무산되는 편이 더 나아요."

"아, 맙소사, 얼마나 바보 같은 일인지!" 안나가 말했다. 그리고 자신의 머릿속 생각이 말로 표현되는 것을 들으면서 다시 만족감의 짙은 홍조가 그녀의 얼굴에 떠올랐다. "자, 제가 그렇게 사랑하는 끼찌의 마음속에 저를 적으로 만들어놓고 이제 떠나네요. 아, 얼마나 사랑스러운 처녀인지요! 하지만 언니가 다 제대로 돌려놓을 거지요? 돌리 언니, 그렇지요?"

돌리는 거의 미소를 참을 수 없을 지경이었다. 그녀는 안나를 사랑하고 있었지만 그녀에게 약점이 있다는 것을 알게 되어 기분 좋았다.

"적이라뇨? 그럴 리 없어요."

"제가 언니네 사람들 모두를 사랑하는 것처럼 언니네 사람들도 절 사랑하기를 얼마나 원했는지요. 하지만 전 이제 더 많이 사랑하게 되었어요." 그녀는 두 눈에 눈물이 그렁그렁한 채 말했다. "아, 저 오늘 정말 바보 같네요!"

그녀는 손수건으로 얼굴을 닦고 옷을 입기 시작했다.

스쩨빤 아르까지치는 출발 바로 직전에야 유쾌하게 상기된 얼굴로 포도주와 시가 냄새를 풍기며 도착했다.

안나의 감상적인 상태는 돌리에게도 전달되었고, 그래서 마지막으로 시누이를 포옹할 때 그녀가 속삭였다.

"안나, 기억해요, 나한테 해준 일을 내가 결코 잊지 않을 거란 걸요. 그리고 내가 제일 좋은 친구처럼 아가씨를 사랑했고 앞으로도 항상 사랑할 거라는 것도 기억해요!"

"제가 한 게 뭐가 있다고 그러는지 이해가 안 되네요." 안나가 그녀에게 입 맞추며 눈물을 감추면서 말했다.

"아가씨는 나를 이해했고 이해하고 있지요. 잘 가요, 내 보배!"

29

'아, 이제 모든 게 끝났구나. 다행이다!' 이는 세번째 종소리[96]가 울릴 때까지 객차 안에서 길을 막고 섰던 오빠와 마지막 작별 인사를 하고 나서 안나 아르까지예브나의 머릿속에 처음으로 떠오른 생각이었다. 그녀는 안누시까와 나란히 좌석에 앉아 어둑한 침대차를 둘러보았다. '다행이다. 내일이면 세료자와 알렉세이 알렉산드로비치를 보게 될 거고, 편안한 내 일상이 예전처럼 궤도를 따라 진행되겠지.'

이날 하루 종일 짐을 챙기면서 느꼈던 염려스러운 기분이 남아있긴 했지만 그녀는 만족감을 느끼며 분명하게 여행 자세로 들어갔다. 그녀는 작고 잰 두 손으로 빨간 주머니가방을 여닫아 작은 쿠션을 꺼내 무릎 위에 놓은 다음 정확하게 다리를 감싸고[97] 차분하게 앉았다. 아픈 귀부인은 벌써 잠을 자려고 누웠다. 다른 두 부인

---

96 첫번째 종소리는 기차가 떠나기 15분 전에, 두번째 종소리는 5분 전에, 세번째 종소리는 떠나기 직전에 울렸다.
97 찻간에 구비되어 있는 담요로 감싼 것으로 보인다.

은 그녀와 이야기를 하기 시작했는데, 뚱뚱한 노파는 다리를 감싸고 앉아서 난로에 대해 불평을 했다. 안나는 부인들에게 몇마디 대꾸를 했지만 대화가 흥미로울 것 같지 않아 안누시까에게 작은 등불을 가져오라고 해서 안락의자 손잡이에 매달아놓고 손가방에서 종이칼[98]과 영국 소설을 꺼냈다. 처음에는 잘 읽히지가 않았다. 우선 사람들의 말소리와 왕래가 방해가 되었다. 그러다가 기차가 움직이기 시작하자 기차 소리에 귀를 기울이지 않을 수 없었고, 그후에는 왼쪽 창문을 때리며 유리창에 들러붙는 눈, 온몸을 꼭꼭 감싸고 몸 한쪽만 눈으로 뒤덮인 채 지나가는 차장의 모습, 그리고 지금 바깥에 무섭게 눈보라가 치고 있다는 이야기들이 그녀의 주의를 산만하게 했다. 그후로도 계속해서 모든 것이 똑같았다. 똑같이 부딪히며 덜컹거리는 소리, 똑같이 창문으로 몰아치는 눈, 똑같이 증기가 빠른 속도로 추위 속으로 뿜어져나가는 소리, 어스름한 빛 속에서 똑같이 어른거리는 똑같은 얼굴들, 똑같은 목소리들. 이

---

98 당시에는 책이 출간될 때 책장이 두장씩 붙어 있었기 때문에 책장 자르는 칼로 잘라가며 읽어야 했다.

나보꼬프의 러시아 문학 강의록에 들어 있는 영어 번역에는 안나의 종이칼이 상아(ivory)로 되어 있는데, 그는 제1부에 붙인 한 주석에서 브론스끼의 단단한 이도 상앗빛(ivory)으로 표현했다. 이 칼이 상아로 되어 있는 경우가 많고 이도 상앗빛이기는 하지만 나보꼬프가 안나의 종이칼과 브론스끼의 이를 같은 단어로 수식하여 이 둘을 소설 전체에서 의미적으로 연결해 읽었고 그렇게 읽을 수 있도록 유도했다는 점이 흥미롭다. 이는 이 소설 전체에서 사용된 단어들 하나하나가 서로 촘촘하게 얽혀 있다는 점에 다시금 주목하게 한다. 1964년에 초판을 내고 1975년에 개정판이 나온 그의 『예브게니 오네긴』 번역 및 주석서처럼 『안나 까레니나』 전체도 그가 계획했던 대로 그의 번역 및 주석서가 나올 수 있었다면 참 좋았을 것이다. 나보꼬프가 자신의 완역본에 안나의 종이칼이 상아로 되어 있다고 번역했을지는 알 수 없지만 주석에서는 이 둘의 연관관계를 분명히 밝혔을 것 같다.

제 안나는 책을 읽어나갔고 읽은 것을 이해하기 시작했다. 안누시까는 무릎에 놓인 작고 빨간 주머니가방을 넓적한 두 손으로 쥐고 졸고 있었다. 두 손에는 장갑을 끼고 있었는데 한짝은 해져 있었다. 안나 아르까지예브나는 읽었고 이해했지만 읽는다는 것이, 즉 다른 사람들의 삶의 반영을 좇는다는 것이 갑갑했다. 너무나 직접 살고 싶어졌다. 소설의 여주인공이 환자를 돌보는 것을 읽으면 소리 없는 발걸음으로 환자의 방에서 돌아다니고 싶어졌고, 의회의 의원이 연설하는 것을 읽으면 직접 연설을 하고 싶어졌으며, 레이디 메리가 말을 타고 짐승떼를 몰아대고 시누이를 자극하고 용감성으로 모두를 놀라게 하면 자기도 그렇게 하고 싶어졌다. 하지만 그녀가 할 수 있는 일은 없었고, 그래서 그녀는 작은 손으로 매끈한 작은 칼을 놀리면서 점점 더 열심히 읽었다.

소설의 남자 주인공은 이미 영국적 행복과 남작 칭호와 영지를 얻기 시작했고, 안나는 그와 함께 이 영지로 가고 싶었다. 그런데 갑자기 그녀는 그가 부끄러워할 게 틀림없고 그녀에게도 이것이 부끄럽다는 느낌이 들었다. 하지만, 대체 왜 그가 부끄러워한단 말인가? '대체 나는 또 왜 부끄러워하지?' 그녀는 모욕당한 듯한 놀라움을 느끼면서 스스로에게 물었다. 그녀는 책을 내려놓고 안락의자 등받이로 몸을 젖히고서 두 손으로 종이칼을 꽉 쥐었다. 부끄러울 것은 아무것도 없었다. 그녀는 모스끄바에서 있었던 모든 일을 기억 속에서 차례차례 되짚어보았다. 모든 것이 괜찮았고 좋았다. 그녀는 무도회를 떠올렸고, 브론스끼를 떠올렸고, 사랑에 빠진 그의 순종적인 얼굴을 떠올렸고, 그와의 모든 관계를 떠올렸다. 부끄러울 것은 아무것도 없었다. 그런데 기억의 바로 이 지점에서 부끄러운 감정이 강해졌다. 그녀가 브론스끼를 떠올릴 때 마치 어떤 내면의 목소리가 '따뜻해. 너무 따뜻해. 뜨거워'라고 말한 듯이. '그래, 이게 뭘까?' 그녀는 안락의자에서 고쳐앉으며 자신에게 단호하게 말했다. '이게 뭘 의미하는 걸까? 내가 이걸 똑바로 들여다보는 걸 두려워하는 걸까? 그래, 이게 뭘까? 나와 그 풋내기 장교 사이에 그냥 아는 관계가 아니라 어떤 다른 관계가 존재하고, 존재할 수 있단 말인가?' 그녀는 경멸하듯 웃음을 터뜨리고 다시 책을 잡았으나 이미 더 이상 읽은 것을 이해할 수 없었다. 그녀는 종이칼로 유리창에 금을 긋고 그 매끈하고 차가운 표면에 뺨을 댔다가 갑자기 그녀를 압도하는 희열 때문에 큰 소리로 웃음을 터뜨릴 뻔했다. 그녀는 자신의 신경이 바이올린 줄처럼 나사로 조여져 점점 더 팽팽해지는 것을 느꼈다. 그녀는 두 눈이 점점 더 커지는 것을, 손가락 발가락이 예민하게 움찔거리는 것을, 내면에서 뭔가가 자신을 숨 막히게 하는 것을, 모든 형상과 소리가 이 흔들리는 어스름 속에서 이상할 만큼 선명하게 다가와 그녀에게 놀라움을 주는 것을 느꼈다. 객차가 앞으로 가는 것인지, 뒤로 가는 것인지, 그냥 서 있는 것인지 분간할 수 없는 순간들이 계속 이어졌다. 옆에 있는 사람이 안누시까인가, 다른 여자인가? '저기 손잡이에 걸린 게 털가죽 외투인가, 털짐승인가? 여기 나는 누구인가? 나인가, 다른 여자인가?' 그녀는 이 망각 속에 몸을 맡기는 것이 무서웠다. 그러나 뭔가가 그녀를 이 망각 속으로 이끌어서, 그녀는 이끌리는 대로 망각 속에 몸을 맡기고 가만히 있을 수 있었다. 그녀는 정신을 차리려고 일어나서 담요를 젖혔고 더운 드레스에서 케이프를 벗겨냈다. 일순 그녀는 정신을 차렸고, 단추 한개가 떨어진 긴 중국식 외투를 입고 들어온 깡마른 농부가 화부인 것을, 그가 온도계를 보는 것을, 그리고 바람과 눈이 그의 등 뒤에 있는 문으로부터 휘몰아쳐 들어오는 것을 알아차렸다. 하지만 곧 다시 모든 것이 뒤죽박죽되었다…… 허리가 긴 이 농부는 벽에서 뭔가를 갉고 있었다. 노파가 객차 전체 길이를 차지할 만큼 발을 내뻗더니 객차를 검은 구름으로 가득 채웠다. 그후 누군가를 토막 내는 듯한 무섭게 삐걱거리는 소리와 두들기는 소리가 나기 시작했다. 그리고 빨간 불이 눈을 부시게 하더니 모든 것이 하나의 벽으로 덮여버렸다. 안나는 아래로 떨어졌다고 느꼈다. 하지만 이 모든 것이 무섭지 않았고 유쾌했다. 온몸을 친친 싸매고 눈으로 뒤덮인 사람이 그녀의 귀에다 뭔가 소리쳤다. 그녀는 일어나서 정신을 차렸다. 그녀는 이제 역에 다다랐으며, 이 사람이 차장이라는 것을 알았다. 그녀는 안누시까에게 벗어놓았던 케이프와 스카프를 달라고 해서 그것들을 두르고 문 쪽으로 향했다.

"나가시려고요?" 안누시까가 물었다.

"숨을 좀 쉬고 싶어. 여기는 무척 덥구나."

그리고 그녀는 문을 열었다. 눈보라와 바람이 그녀에게 정면으로 불어닥쳐 문을 열기가 쉽지 않았다. 이것도 그녀에게는 유쾌하게 여겨졌다. 그녀는 문을 열고 나왔다. 바람은 그녀가 나오기만을 기다렸다는 듯이 기쁘게 휘파람을 불었고 그녀를 잡아서 날려보내려 했지만, 그녀는 손으로 차가운 난간 기둥을 잡고 옷을 여미며 플랫폼으로 내려와 객차 뒤쪽으로 걸어갔다. 바람이 기차 난간에는 강하게 불었으나 객차 뒤쪽 플랫폼에는 잠잠했다. 그녀는 쾌감을 느끼며 가슴 가득히 눈 섞인 공기, 얼음같이 찬 공기를 들이마셨다. 그리고 객차 옆에 서서 플랫폼과 불이 밝혀진 역을 둘러보았다.

무서운 눈보라가 역의 뒤쪽 구석으로부터 기둥들을 따라 불어와서 객차 바퀴 사이에서 세찬 휘파람 소리를 냈다. 객차도 기둥도 사람도, 보이는 것은 모두 한쪽 면이 눈으로 덮여 있었고 점점 더 많은 눈으로 덮이기 시작했다. 눈보라는 일순간 멈추었다가 다시 격렬하게 몰아쳐서 맞서기가 어려워 보였다. 그러는 사이 몇몇 사람들은 유쾌하게 이야기하면서 플랫폼 바닥을 삐걱거리게 하고 커다란 문들을 쉴 새 없이 열었다 닫았다 하며 이리저리 뛰어다니고 있었다. 사람의 휘움한 그림자가 그녀의 발 아래서 미끄러지면서 지나갔고 선로를 두드리는 망치 소리가 들렸다. "지금 전보를 줘!" 눈보라 치는 어둠 속에서 다른 편으로부터 성난 목소리가 들렸다. "어서 이리로! 이십팔번." 이런저런 고함을 치는 여러 목소리가 들리고 온몸을 칭칭 싸매고 눈에 덮인 사람들이 이리저리 뛰어다녔다. 두 신사가 불이 붙은 담배를 입술에 문 채로 그녀 곁을 지나갔다. 그녀가 다시 한번 깊이 숨을 들이쉬어 심호흡을 하고 나서 토시에서 손을 꺼내 난간을 잡고 객차로 막 들어가려고 하는데, 장교 외투를 입은 어떤 사람이 흔들거리는 등불을 막으며 그녀 옆에 섰다. 그녀는 쳐다보는 순간 브론스끼의 얼굴을 알아보았다. 그는 모자챙에 손을 대고 그녀에게 고개를 숙이며 필요한 일이 없느냐고, 해줄 수 있는 일이 없느냐고 물었다. 그녀는 아무 대답도 하지 않고 상당히 오랫동안 그를 들여다보았고, 그가 서 있는 곳의 그늘에도 불구하고 그의 얼굴과 눈의 표정을 보았다. 아니, 본 것처럼 여겨졌다. 그것은 어제 그녀에게 그렇게 강한 영향을 준, 바로 그 존경을 표하는 매혹된 표정이었다. 최근 며칠 동안, 그리고 방금도 그녀는 브론스끼가 어디서나 만나게 되는 전혀 다를 바 없이 똑같은 젊은이들 중 하나일 뿐이고 결코 그에 대한 생각조차 하는 일이 없으리라고 수없이 다짐했지만, 지금 그를 만나자마자 첫 순간에 기쁨과 자랑스러움의 감정이 그녀를 휩쌌다. 왜 여기 있느냐고 물을 필요도 없었다. 마치 그가 그녀가 있는 곳에 있기 위해 여기 있다고 말한 것처럼, 그녀는 그것을 확실히 알고 있었다.

"여행 가시는 줄 몰랐네요. 어째서 떠나시는 거죠?" 난간을 막 붙잡으려던 손을 내리고 그녀가 말했다. 억제할 수 없는 기쁨과 생명감이 그녀의 얼굴에 빛났다.

"어째서 떠나느냐고요?" 그녀의 두 눈을 똑바로 들여다보면서 그가 되풀이했다. "당신이 있는 곳에 있기 위해서 간다는 것을 아시잖습니까." 그가 말했다. "전 그럴 수밖에 없습니다."

그 순간, 방해물을 이겼는지 바람이 객차들의 지붕에서 눈을 쓸어내렸고 떨어져나온 쇳조각을 잎새 하나 휘날리듯 불어날렸다. 앞에서는 증기기관차의 진한 기적 소리가 우는 듯 음울하게 신음 소리를 냈다. 눈보라의 무서운 기세 전체가 이제 그녀에게는 더욱더 멋지게 보였다. 그는 그녀의 마음이 바라던, 그러나 그녀의 이성이 두려워하던 바로 그것을 말했다. 그녀는 아무 대답도 하지 않고 그는 그녀의 얼굴에서 투쟁을 보았다.

"제 말이 불편하셨다면 용서하십시오." 그가 공손하게 말했다.

그는 예의 바르게 경의를 표하며 말했지만 매우 굳건하고 흔들림 없는 어조여서 그녀는 한동안 아무 대답도 할 수 없었다.

"그렇게 말하면 못써요. 그리고 부탁이에요. 당신이 좋은 사람이라면, 말씀하신 걸 잊으세요. 제가 잊듯이 말이에요." 마침내 그녀가 말했다.

"당신의 말 한마디 한마디를, 당신의 몸짓 하나하나를 전 결코 잊지 않을 겁니다. 잊을 수도 없습니다……"

"그만하세요, 그만!" 그가 탐욕스럽게 들여다보고 있는 자신의 얼굴에 엄격한 표정을 지으려고 헛되이 애쓰면서 그녀가 목소리를 높였다. 그리고 차가운 난간을 손으로 잡으며 계단을 올라가 빠르게 객차 복도로 들어섰다. 그러나 이 작은 복도에서 그녀는 멈춰서서 방금 있었던 일을 머릿속으로 그려보았다. 그녀는 자신과 그가 한 말을 기억하지 않고도 이 짧은 순간이 무섭도록 그들을 가깝게 만든 것을 느낌으로 알았다.

이로 인해 그녀는 깜짝 놀랐지만 행복했다. 그녀는 몇초간 서 있다가 객차 안으로 들어가서 제자리에 앉았다. 처음에 그녀를 괴롭혔던 긴장 상태가 다시 계속되었을 뿐만 아니라 더 강해져서 그녀 속에서 뭔가 너무도 팽팽한 것이 매 순간 곧 폭발할 것 같은 강도가 되었다. 그녀는 밤새도록 잠을 이루지 못했다. 그러나 이 긴장과 그녀의 머릿속을 채우고 있는 상상 속에는 아무런 불쾌하고 어두운 구석이 없었다. 반대로 뭔가 기쁘고 뜨겁고 일깨우는 것이 있었다. 아침 무렵 안나는 의자에 앉은 채 잠이 들었고, 깨어났을 때는 벌써 환하고 밝았으며, 기차는 뻬쩨르부르그에 들어서고 있었다. 당장 집과 남편과 아들에 대한 생각과 오늘과 다가올 날들에 해야 할 일에 대한 걱정이 그녀를 에워쌌다.

뻬쩨르부르그에 기차가 멈추고 그녀가 밖으로 나왔을 때 그녀의 주의를 끈 최초의 얼굴은 남편의 얼굴이었다. '아, 맙소사! 왜 귀가 저 모양이지?' 그녀는 그의 차갑고 체면 차리는 모습과 특히 지금 그녀를 놀라게 하는, 둥근 모자챙을 받치고 있는 두 귀를 보면서 생각했다. 그녀를 본 그는 입술을 꼭 다물고 습관적인 조롱조의 미소를 지으며 크고 피곤한 두 눈으로 똑바로 마주 보면서 그녀를 향해 다가왔다. 그녀가 그의 집요하고 피곤한 시선과 마주쳤을 때, 마치 그녀가 그가 다른 사람으로 보였으면 하고 기대했다는 듯이 어떤 불쾌한 감정이 그녀의 심장을 갑갑하게 했다. 특히 그녀를 놀라게 한 것은 남편을 보았을 때 그녀가 느낀 자신에 대한 불만이었다. 이 감정은 오래된 것으로 그녀도 잘 아는 것이었는데, 이는 그녀가 남편과의 관계에서 느끼는 위선의 상태에 대한 감정과 비슷한 것이었다. 예전에 그녀는 이 감정을 알아차리지 못했지만 그러나 지금은 확실하고 아프게 인식하고 있었다.

"자, 보시다시피, 사랑스러운 남편이 결혼한 지 일년밖에 안 된 사랑스러운 신랑처럼 그대를 보려는 욕망에 불타고 있다오."

그는 특유의 느릿하고 가느다란 목소리와 그녀에게 이야기할 때 거의 항상 사용하는 어조로, 그런 말을 실제로 하는 사람을 조롱하는 듯한 어조로 말했다.

"세료자는 건강해요?" 그녀가 물었다.

"그래, 이게 내 열렬함에 대한 보상의 전부란 말이오?" 그가 말했다. "건강하오, 건강해……"

31

브론스끼는 밤새도록 잠을 청하려는 시도조차 하지 않았다. 그는 시선을 정면에 똑바로 고정하기도 하고 들어오고 나가는 사람들을 바라보기도 하면서 의자에 앉아 있었는데, 예전에도 그는 흔들림 없는 침착한 시선으로 그를 모르는 사람들을 놀라고 불안하게 했지만 지금은 더욱더 거만하고 유아독존적으로 보였다. 그는 물건을 보듯 사람들을 보았다. 그의 맞은편에 앉은, 지방법원에서 일하는 신경이 예민한 젊은이는 이런 시선 때문에 그를 증오하고 있었다. 젊은이는 그에게 자기가 물건이 아니라 사람이라는 것을 느끼게 하려고 그가 있는 데서 담배를 피우기도 하고, 그에게 이야기를 하기도 하고, 그를 밀치기까지 했으나 브론스끼는 여전히 그를 등불을 바라보듯이 바라보았고, 젊은이는 자기를 이토록 사람으로 인정하지 않는 것에 눌려서 자제력을 잃어가는 것을 느끼며 얼굴을 찌푸렸다.

브론스끼에게는 아무것도, 아무도 보이지 않았다. 그는 자신이 황제라고 느꼈는데, 그건 그가 안나에게 인상을 심어주었다고 믿어서가 아니라──그는 아직 이를 믿지 못했다──그녀가 그에게 남긴 인상이 그에게 행복과 자존심을 안겨주었기 때문이었다.

이 모든 것이 어떤 결과를 낳을지 그는 몰랐고 생각조차 하지 않았다. 그는 이제껏 아무렇게나 이리저리 흩뿌렸던 힘들이 하나로 모여 무서운 에너지로 하나의 성스러운 목적으로 향하는 것을 느꼈다. 그리고 그는 이로써 행복했다. 그가 알고 있는 것은 단지 자신이 그녀에게 그녀가 있는 곳에 간다고 진실을 말했다는 것, 자신이 삶의 모든 행복을, 삶의 유일한 의미를 지금 그녀를 보고 그녀의 말을 들으려는 데서 찾는다는 것뿐이었다. 볼로고예역[99]에서 생수를 마시려고 객차 밖으로 나왔을 때 그는 안나를 보았고, 그에게서 저도 모르게 나온 첫번째 말은 그가 생각하고 있었던 바로 그것이었다. 그리고 그는 그녀에게 그 말을 해서, 그녀가 지금 그것을

---

99 모스끄바와 뻬쩨르부르그 중간쯤에 있는 역으로 정차 시간이 길었다.

알고 있고 그것에 대해서 생각하는 것이 기뻤다. 그는 밤새도록 자지 않았다. 객차로 돌아와서도 그는 자신이 본 그녀의 몸짓 하나하나, 말 한마디 한마디를 되새겨보기를 멈추지 않았고, 상상 속에서 미래의 가능한 그림들이 기쁨으로 숨이 막히도록 휙휙 지나갔다.

뻬쩨르부르그에 도착해 객차에서 나왔을 때 그는 밤을 지새운 후임에도 마치 냉수욕을 하고 난 것처럼 생기 넘치고 신선한 기분을 느꼈다. 그는 자기 객차 부근에서 그녀가 나오기를 기다리고 있었다. '다시 한번 볼 거야.' 그는 저도 모르게 미소를 지으며 혼잣말을 했다. '그녀의 걸음걸이, 그녀의 얼굴을 볼 거야. 무언가 말하며 고개를 돌리고 쳐다보겠지. 아마 미소를 짓겠지.' 그러나 그녀를 보기 전에, 역장이 군중 사이로 공손하게 호위해 오는 그녀의 남편을 보았다. '아, 그래! 남편!' 이제야 처음으로 브론스끼는 남편이 그녀와 연결된 인물이라는 것을 확실하게 이해했다. 그는 그녀에게 남편이 있다는 것을 알고 있었지만 그의 존재를 믿지 않았는데, 그를, 그의 머리, 어깨, 검은 바지를 입은 다리를 보고 나서야, 특히 이 남편이 소유의 감정을 가지고 편하게 그녀의 손을 잡는 것을 보고 나서야 그의 존재를 믿게 되었다.

뻬쩨르부르그풍의 신선한 얼굴과 엄격하고 자신감 넘치는 풍채를 지닌, 둥근 모자를 쓰고 등이 약간 굽은 알렉세이 알렉산드로비치를 보고 나서 그는 남편의 존재를 믿게 되었고, 불쾌한 감정을 느꼈다. 이 감정은 갈증에 목이 타다 샘에 다다랐는데 거기에서 이미 물을 마시고 샘을 더럽혀놓은 개나 양 또는 돼지를 발견한 사람이 느끼는 감정과 비슷했다. 엉덩이 전체와 둔한 두 다리로 뒤뚱거리는 그의 걸음걸이가 특히 브론스끼에게 모욕을 느끼게 했다. 그는 자기만이 그녀를 사랑할 확실한 권리가 있다고 인정했던 것이다. 그러나 그녀는 여전히 그대로였다. 그녀를 보는 것은 여전히 그에게 육체를 생기롭게 하고 영혼을 일깨우고 행복으로 가득 차게 하는 영향을 미쳤다. 그는 이등칸으로부터 자신에게로 달려오는 독일인 하인에게 짐을 가지고 가라고 명하고 자신은 그녀에게로 다가갔다. 그는 부부의 첫 만남을 보았고, 사랑하는 사람의 통찰력으로 그녀가 남편과 이야기할 때 약간 답답하게 느끼는 것을 알아차렸다. '아냐, 그녀는 그를 사랑하지 않고 사랑할 수도 없어.' 그는 스스로 결론을 내렸다.

그가 뒤에서 안나 아르까지예브나에게로 다가가고 있을 때, 그녀가 자신이 다가오는 것을 느끼고 몸을 뒤로 돌리려다가 자신을 보고는 다시 남편에게로 몸을 돌리는 것을 보고 그는 기뻤다.

"안녕히 주무셨습니까?" 그는 그녀와 남편에게 동시에 허리를 굽히면서 알렉세이 알렉산드로비치가 이 인사를 자기를 향한 것으로 받아들이거나 말거나, 그를 알아보거나 말거나 좋을 대로 하라는 듯한 태도로 인사했다.

"고마워요. 무척 잘 잤어요." 그녀가 대답했다.

그녀의 얼굴은 피곤해 보였다. 그녀의 얼굴에는 어떤 때는 미소로, 어떤 때는 눈으로 밀고 나와 빛나던 그 뛰노는 생명감이 없었다. 하지만 한순간, 그를 보는 그녀의 두 눈에서 뭔가가 희미하게 빛났고, 이 불이 당장 꺼지기는 했지만 그는 이 순간이 있어서 행복했다. 그녀는 남편이 브론스끼를 아는지 알아보려고 남편을 쳐다보았다. 알렉세이 알렉산드로비치는 그가 누군지 무심히 떠올려보면서 불만스럽게 그를 쳐다보았다. 여기서 브론스끼의 침착함과 자신감은 돌에 부딪친 낫처럼 알렉세이 알렉산드로비치의 차가운 자신감에 부딪쳤다.

"브론스끼 백작이에요." 안나가 말했다.

"아! 만난 적이 있는 것 같군요." 알렉세이 알렉산드로비치가 손을 내밀며 무관심하게 말했다. "갈 때는 어머니와 가더니 올 때는 아들과 오는구려." 그는 단어 하나하나에 일 루블을 내듯이 정확하게 발음하면서 말했다. "아마도 휴가에서 돌아오는 길인 모양이지요?" 이렇게 말하고 그는 대답을 기다리지 않고 농담조로 아내를 향해 말했다. "어떻소, 모스끄바에서 떠나올 때 눈물깨나 쏟았소?"

아내에게 하는 이 말로써 그는 브론스끼에게 아내와 둘만 있기를 바란다는 뜻을 전했고 그에게서 몸을 돌리며 모자에 손을 댔다. 그러나 브론스끼는 안나 아르까지예브나를 향했다.

"댁을 방문할 영광이 있기를 바랍니다." 그가 말했다.

알렉세이 알렉산드로비치는 피곤한 눈으로 브론스끼를 쳐다보았다.

"매우 좋습니다." 그가 차갑게 말했다. "우린 월요일마다 손님을 맞이합니다." 그는 브론스끼에게 작별을 고하고 나서 아내에게 말했다. "당신을 만나 내 다정함을 보여줄 수 있게 말 그대로 반시간이 있어서 얼마나 좋은지 모르오." 똑같은 농담조였다.

"당신은 나더러 몹시 귀중하게 여겨달라고 자신의 다정함을 너무 강조하네요." 그녀는 그들 뒤에서 걸어오는 브론스끼의 발소리에 저도 모르게 귀를 기울이며 똑같이 농담조로 말했다. 그녀는 '하지만 나하고 무슨 상관이야?' 하고 생각하며 세료자가 자기 없이 어떻게 시간을 보냈느냐고 남편에게 묻기 시작했다.

"오, 훌륭했지! 마리에뜨 말이, 그애는 아주 잘 지냈고…… 당신을 약 올려야겠는데…… 당신 남편만큼 당신을 그리워하지는 않았소. 하지만 다시 한번 고맙소[100], 여보. 당신이 내게 하루를 선물했소. 사랑하는 우리 사모바르[101]는 기뻐서 어쩔 줄 모를 거요(그는 유명한 백작부인 리지야 이바노브나를 모든 것에 흥분하고 화를 낸다고 사모바르라고 불렀다). 당신 얘기를 물었소. 알아두오. 내가 조언해도 된다면, 지금 그녀에게로 가보는 게 좋을 거요. 그녀는 하여튼 모든 일에 가슴 아파하니까. 지금은 자기 일이 많은데도 오블론스끼 부부의 화해에 전념하고 있다오."

리지야 이바노브나 백작부인은 남편의 친지이자 뻬쩨르부르그 사교계에서 안나가 남편 때문에 제일 가까이 연결되어 있는 모임의 중심인물이었다.

"그래서 내가 편지를 썼는데요."

"하지만 그녀는 모든 걸 자세히 알아야 하니까. 피곤하지 않으면 가보구려, 여보. 꼰드라찌가 마차를 내올 거요. 나는 위원회에 가야겠소. 이제 혼자 식사를 하지 않아도 되겠군." 알렉세이 알렉산드로비치는 이미 더이상 농담조가 아니었다. "당신은 모를 거야, 내가 얼마나 습관이 들었는지……"

그리고 그는 오랫동안 그녀의 손을 꼭 쥐고 특별한 미소를 지으면서 그녀를 마차에 앉혀주었다.

32

집에서 처음으로 안나를 반긴 얼굴은 아들이었다. 아이는 가정교사가 소리를 질렀음에도 불구하고 미칠 듯이 기뻐하며 "엄마, 엄

---

100 merci(프랑스어).
101 러시아에서 차를 끓일 때 쓰는 주전자.

마!"하고 소리를 지르면서 그녀를 향해 계단을 따라 뛰어내려왔다. 그녀에게 달려온 아이는 그녀의 목에 매달렸다.

"내가 엄마라고 했잖아요!" 아이는 가정교사에게 소리쳤다. "난 알았다고요!"

아들도 남편과 마찬가지로 안나에게 실망 비슷한 감정을 불러일으켰다. 그녀는 현실의 아들보다 더 멋진 아들을 상상하고 있었다. 그녀는 있는 그대로의 아들을 보고 기뻐하기 위해서 현실로 내려와야 했다. 하지만 있는 그대로의 아들도 귀여웠다. 금발의 곱슬머리, 푸른 눈, 팽팽한 스타킹을 신은 통통하고 균형 잡힌 다리. 아들의 솔직하고 믿음과 사랑이 가득한 시선을 보고 순진한 목소리를 들었을 때, 그녀는 아들이 곁에 있다는 사실과 아들의 포옹을 지각하며 거의 육체적 기쁨과 도덕적 평안까지 느꼈다. 안나는 돌리의 아이들이 보낸 선물을 꺼내주고, 모스끄바에는 따냐라는 소녀가 있고 이 따냐는 읽을 줄 알며 벌써 다른 애들을 가르치기까지 한다고 이야기했다.

"뭐예요, 내가 그애보다 못해요?" 세료자가 물었다.

"엄마한테는 우리 아들이 세상에서 제일이지."

"나도 알아요." 세료자가 미소를 지으면서 말했다.

안나가 채 커피를 마시기도 전에 리지야 이바노브나 백작부인이 방문했다는 전갈이 들어왔다. 리지야 이바노브나 백작부인은 병색이 도는 누런 얼굴에 아름답고 사려 깊은 검은 눈이 돋보이는, 키가 크고 통통한 여자였다. 안나는 그녀를 좋아했지만, 지금은 마치 처음으로 그녀의 여러가지 결점을 본 듯이 그녀를 보았다.

"자, 내 친구, 올리브 가지[102]를 가져왔나요?" 리지야 이바노브나 백작부인은 방에 들어서자마자 물었다.

"네, 모두 정리됐어요. 하지만 우리가 생각했던 것만큼 심각한 일은 아니었어요." 안나가 대답했다. "대체로 제 올케[103]가 너무 단호한 편이어서요."

하지만 자기와 관련 없는 모든 것에 관심을 가지는 리지야 이바노브나 백작부인은 자신의 흥미를 끄는 것에는 결코 귀를 기울이지 않는 습관이 있었다. 그녀는 안나의 말을 막았다.

"그래요, 세상에는 많은 고난과 악이 있어요. 요새 제가 아주 괴로워요."

"아, 왜요?" 안나가 웃음을 참으면서 물었다.

"전 이제 정의를 위해서 싸우다 공연히 창을 부러뜨리는 데 지치기 시작했고 가끔은 완전히 기진맥진해요. 자매회[104](이는 박애주의적이고 종교적이고 애국적인 단체였다) 일이 잘될 뻔했는데 그 신사 양반들 때문에 아무것도 못 하게 됐어요." 리지야 이바노브나 백작부인은 조롱하듯이 운명에 복종하는 투로 덧붙였다. "그들은 아이디어에 덤벼들어 그것을 망쳐놓고 그런 다음에 매우 비본질적이고 무가치한 토의를 해요. 당신 남편을 포함해 두세 사람들만 이 일의 의미를 완전히 이해하지, 다른 사람들은 그저 의미를 퇴색시키기만 하지요. 어제 쁘라브진이 편지를 보내왔는데……"

쁘라브진은 해외에서 활동하는 유명한 범슬라브주의자였다.[105]

---

102 승리의 월계관을 의미하는 듯하다.

103 belle-soeur(프랑스어).

104 귀족 부인들이 벌인 사회사업의 일종으로 미성년 창녀들을 위한 보호소를 마련하는 일을 맡은 단체.

105 범슬라브주의 운동은 당시 체코, 슬로바키아, 세르비아, 불가리아 등 여러 나라에 살고 있던 슬라브족을 단결시키려는 운동이었다. 슬라브인의 국가인 러시아의 황제는 모든 슬라브인의 황제로 존경받았다. 1860년대에는 러시아에서도 이

리지야 이바노브나 백작부인은 그가 보낸 편지의 내용을 이야기했다.

그러고 나서 백작부인은 교회통합 활동에 반대하는 음모와 간계에 대해서 이야기한 다음, 이날 또 어떤 회의와 슬라브주의 위원회에 참석해야 한다고 서둘러 갔다.

'이 모든 게 전과 똑같아. 하지만 내가 왜 전에는 이걸 눈치채지 못했을까?' 안나는 혼잣말을 했다. '아니면 그녀가 오늘 유독 신경이 예민한가? 근데 사실 참 우스워. 그녀의 목적은 선행이고 그녀는 기독교도인데 항상 화를 내고 적들이 많으니 말이야. 항상 기독교와 선행 때문에 적들이 많다니 말이야.'

리지야 이바노브나 백작부인 다음으로 의사 부인인 친구가 와서 그간 도시에서 있었던 모든 뉴스를 말해주었다. 그녀도 정찬에 오겠다고 약속하고 나서 세시에 떠났다. 알렉세이 알렉산드로비치는 관청에 있었다. 혼자 남은 안나는 정찬 전까지의 시간을 아들이 식사하는 데 함께 있어주고(보통 아들은 따로 먹었다) 자기 물건을 제자리에 정리하고 책상 위에 쌓여 있는 엽서와 편지 들을 읽고 답하면서 보냈다.

여행하는 동안 느꼈던 까닭 모를 부끄러움과 흥분은 완전히 사라졌다. 습관적인 생활의 조건 속에서 그녀는 다시 자신이 굳건하고 나무랄 데 없음을 느꼈다.

그녀는 어제 자신의 상황을 떠올리며 놀라워했다. '대체 뭐였을까? 아무것도 아니야. 브론스끼는 쉽게 끝낼 수 있는 바보 같은 얘기를 했어. 나는 해야 하는 대로 대답했고. 남편에게 그것에 대해

운동이 일어나 다수의 지식인층이 큰 관심을 보였다.

말할 필요는 없고 말해서도 안 돼. 그것에 대해 말한다는 것은 곧 아무것도 아닌 일에 의미를 부여하는 것이야.' 그녀는 뻬쩨르부르 그에서 남편의 젊은 부하가 그녀에게 거의 고백하다시피 한 것을 남편에게 이야기했을 때 알렉세이 알렉산드로비치가, 사교계에 있는 한 어떤 여인도 그런 일을 당할 수 있지만 자신은 그녀가 재치 있게 행동하리라고 전적으로 믿으며, 자기가 질투를 해서 자신이든 그녀든 품위를 손상하는 일은 결코 일어나지 않으리라고 말한 것을 기억했다. '그러니까 말할 이유는 없겠지? 그래, 다행이야. 그리고 말할 만한 것도 없고.' 그녀는 스스로에게 말했다.

33

알렉세이 알렉산드로비치는 네시에 관청에서 돌아왔지만 자주 그렇듯이 그녀 방에 들어갈 시간이 없었다. 그는 기다리고 있는 청원인들을 만나고 비서가 가져온 서류들에 서명하기 위해 서재로 들어갔다. 사람들이 식사를 하러 왔다.(언제나 세명 정도가 까레닌 집에서 식사를 했다.) 알렉세이 알렉산드로비치의 사촌 노파, 부서장 부부, 그리고 알렉세이 알렉산드로비치의 추천으로 근무하는 한 젊은이였다. 안나는 그들을 맞으러 거실로 나왔다. 다섯시 정각에, 뾰뜨르 일세의 청동 시계가 종을 다섯번 다 치기도 전에 알렉세이 알렉산드로비치는 하얀 넥타이를 매고 별이 두개 달린 프록코트를 입고 나왔다. 식사 직후에 바로 나가야 하기 때문이었다. 알렉세이 알렉산드로비치의 생활은 분 단위로 나뉘어 일로 채워져 있었다. 그리고 매일 자신 앞에 놓여 있는 일을 수행하기 위해서 그는 매우 엄격한 정확성을 지키고 있었다. '서두르지도 말고 쉬지도 말고.' 이것이 그의 좌우명이었다. 그는 식당 홀로 들어가 모든 사람들과 인사를 나누고 아내에게 미소를 지으며 서둘러 앉았다.

"그래, 내 고독이 끝났소. 혼자서 식사하는 것이 얼마나 거북한지(그는 거북하다는 단어를 강조했다) 당신은 못 믿을 거요."

식사를 하는 동안 그는 아내와 모스끄바에서 있었던 일들에 대해 잠시 이야기했고 조롱조의 미소를 띠며 스쩨빤 아르까지치에 대해 물었다. 그러나 주로 공통 화제에 대해 대화가 진행되었다. 뻬쩨르부르그의 공무와 사회적 활동에 관한 것이었다. 식사 후에 그는 반시간을 손님들과 보내고 나서 다시 미소를 지으며 아내의 손을 쥔 후 밖으로 나와서 의회로 떠났다. 이번에 안나는 그녀가 도착한 걸 알고 저녁 초대를 한 뻿시 뜨베르스까야 공작부인에게도, 오늘 특별석이 마련되어 있는 극장에도 가지 않았다. 그녀가 가지 않은 이유는 무엇보다도 다 되었으리라고 생각했던 옷이 준비되지 않았기 때문이었다. 손님들이 간 후에 옷치레에 정신을 쏟다가 그녀는 무척 속이 상했다. 그리 비싼 돈을 들이지 않고도 옷을 잘 입는 데 명수인 그녀는 모스끄바로 떠나기 전에 의상실에 옷 세벌을 고치라고 맡겼다. 옷들은 고친 것을 알아볼 수 없도록 고쳐져서 이미 사흘 전에 준비되었어야 했다. 하지만 두벌은 아예 고쳐지지도 않았고 한벌은 안나가 원하는 대로 되지 않았던 것이다. 의상실 여자는 해명하러 와서 그렇게 하는 것이 더 좋다고 강조했다. 안나는 나중에 떠올렸을 때 양심에 찔릴 정도로 매우 화를 냈다. 그녀는 마음을 완전히 가라앉히기 위해서 아이방으로 가서 저녁 내내 아들과 시간을 보냈고, 손수 아들을 침대에 눕히고 성호를 그어주고 이불을 덮어주었다. 그녀는 아무 데도 가지 않고 이날 저녁을 잘 보낸 것이 기뻤다. 가볍고 평온한 기분이 들어서, 기차 여행 동안 그렇게 의미 있게 여겨졌던 일이 사교계 생활에서 흔히 있는 사소한 사건 중 하나일 뿐이고 누구 앞에서도, 자신 앞에서도 아무 부끄러워할 것이 없다는 것을 확실히 깨달았다. 안나는 영국 소설을 들고 벽난로 옆에 앉아서 남편을 기다렸다. 아홉시 반 정각에 그가 초인종을 울리고 방으로 들어왔다.

"자, 드디어 당신이네요!" 그에게 팔을 뻗으며 그녀가 말했다.

그는 그녀의 손에 키스하며 다가앉았다.

"내 생각에 당신 여행은 대체로 성공적이었던 것 같소." 그가 말했다.

"네, 무척요." 그녀는 대답하고 브론스까야 백작부인과 여행한 것, 도착한 것, 기차역에서 일어난 사건 등 모든 것을 처음부터 이야기하기 시작했다. 그러고는 처음에는 오빠에게, 나중에는 돌리에게 동정을 느낀 것을 말했다.

"비록 그가 당신 오빠지만 난 그런 인간을 용서할 수 있다고 여기지 않소." 알렉세이 알렉산드로비치가 엄격하게 말했다.

안나는 싱긋 웃었다. 그녀는 그가 이 말을 한 이유가 바로 친척 관계가 자신이 진정한 의견을 말하는 것을 막지 못한다는 것을 보이기 위해서라는 점을 이해했다. 그녀는 남편의 이러한 특징을 알고 있었고 이런 점을 좋아했다.

"만사가 순조롭게 끝나고 당신이 돌아와서 기쁘오." 그는 말을 이었다. "자, 거기선 내가 의회에서 통과시킨 새로운 조례에 대해 뭐라고 합디까?"

안나는 이 조례에 대해 아무것도 들은 바가 없어서, 그에게 그렇게 중요한 것을 자신이 그렇게 쉽게 잊을 수 있었다는 것이 양심에 찔렀다.

"여기서는 반대로, 굉장히 떠들썩했소." 그는 자기만족적인 미소를 띠며 말했다.

그녀는 알렉세이 알렉산드로비치가 이 일에 대해서 기분 좋은 뭔가를 알리고 싶어하는 것을 알고 이것저것 질문을 하여 이야기를 하도록 만들었다. 그는 똑같은 자기만족적인 미소를 띠며 이 조례가 통과되자 우레와 같은 박수를 받은 것을 이야기했다.

"나는 무척, 무척 기뻤소. 이는 드디어 우리나라에서 이 문제에 대해 이성적이고 굳건한 견해가 수립되기 시작했다는 것을 증명하는 것이니 말이오."

크림과 빵과 함께 두잔째 차를 다 마시고 나서 알렉세이 알렉산드로비치는 일어나 자기 서재로 향했다.

"아, 당신은 아무 데도 안 갔구려. 필시 지루했겠지?" 그가 말했다.

"오, 아니에요!" 그를 뒤따라 일어나 홀을 통해 서재까지 그와 함께 가면서 그녀가 말했다. "지금 읽는 게 뭐예요?" 그녀가 물었다.

"지금 릴 공작[106]의 『지옥의 시』[107]를 읽고 있소." 그가 대답했다. "무척 훌륭한 책이오."

안나는 사람들이 사랑하는 이들의 약점을 보고 짓는 그런 미소를 짓고, 그의 팔짱을 끼고 그를 서재 문까지 바래다주었다. 그녀는 그에게 필수가 된 저녁 책 읽기의 습관을 알고 있었다. 그녀는 그가 그의 모든 시간을 삼키는 공무에도 불구하고 지식계에서 훌륭하고 영향력 있는 책을 읽는 것이 자신의 의무라고 생각하는 것을

---

[106] Duc de Lille(프랑스어). 똘스또이와 동시대의 프랑스 작가 르꽁뜨 드 릴 (1818~94)을 상기시킨다.

[107] Poésie des enfers(프랑스어). 똘스또이가 만들어낸 작품명이다.

알고 있었다. 그녀는 또한 실제로 그의 흥미를 끄는 것은 정치, 철학, 종교에 관한 책이라는 것도, 예술에 관한 것은 그의 본성에 완전히 낯설지만 그럼에도 불구하고, 또는 오히려 그래서 알렉세이 알렉산드로비치가 이 분야에서 떠들썩하게 논란이 되는 책을 놓치지 않는 것을 자신의 의무로 생각하는 것도 알고 있었다. 그녀는 알렉세이 알렉산드로비치가 정치, 철학, 종교 분야에서는 회의를 품거나 더 찾아보기도 하지만 예술이나 문학, 특히 그가 전혀 이해를 못 하는 음악에 관한 문제에 있어서는 가장 확실하고 굳건한 견해를 가지고 있는 것을 알고 있었다. 그는 셰익스피어, 라파엘로, 베토벤에 대해, 그가 매우 명확한 논리로 구분하고 있는 시와 음악의 새로운 유파들의 의미에 대해 이야기하기를 좋아했다.

"자, 신의 가호가 있기를." 벌써 안락의자에 등불과 물병이 준비되어 있는 서재 앞에서 그녀가 말했다. "난 모스끄바에 편지를 쓸래요."

그는 그녀의 손을 잡고 다시 키스했다.

'어쨌든 그는 좋은 사람이야. 바르고, 착하고, 자기 분야에서 뛰어난 사람이야.' 자기 방으로 돌아오면서, 그녀는 속으로 마치 그를 비판하면서 사랑할 수는 없다고 이야기하는 누군가로부터 그를 방어하듯이 말했다. '하지만 그의 귀는 왜 그렇게 이상하게 삐져나왔을까! 혹 그가 이발을 했나?'

정각 열두시, 안나가 돌리에게 편지를 쓰면서 아직 책상에 앉아 있을 때 실내화를 끄는 정확한 발소리가 들렸고, 세수를 하고 머리를 빗은 알렉세이 알렉산드로비치가 겨드랑이에 책을 끼고 그녀에게 다가왔다.

"잘 시간, 잘 시간이오." 그는 특별한 미소를 지으면서 침실로 들어갔다.

'그는 무슨 권리로 그를 그렇게 보았을까?' 브론스끼가 알렉세
이 알렉산드로비치를 보던 시선을 기억하며 안나는 생각했다.

그녀는 옷을 벗고 침실로 들어갔지만 그녀의 얼굴에는 모스끄
바에 있을 때 그녀의 눈과 미소로부터 절로 솟구치던 그 생명감이
없었을 뿐만 아니라, 오히려 지금은 그녀 안에 있던 불꽃이 다 꺼
졌거나 어딘가 멀리로 숨어버린 것처럼 보였다.

34

뻬쩨르부르그를 떠나올 때 브론스끼는 모르스까야가街[108]에 있
는 자신의 큰 아파트를 친구이자 좋아하는 동료인 뻬뜨리쯔끼에게
맡겨놓았었다.

뻬뜨리쯔끼는 젊은 중위로, 가문이 특별히 좋은 것도 아니고 부
자도 아니었으며, 근무처나 야회를 막론하고 어디서나 항상 취해
있었고 여러가지 우스꽝스럽고 깨끗하지 못한 이야기 때문에 자주
헌병대로 끌려가는 처지였지만, 동료들이나 상관으로부터 사랑받
는 사람이었다. 열두시쯤 기차역에서 자기 아파트에 도착한 브론
스끼는 입구에 눈에 익은 삯마차가 서 있는 것을 보았다. 초인종을
울리자 문 너머에서 남자들의 웃음소리와 재잘거리는 여자 목소
리, 그리고 뻬뜨리쯔끼가 "악당들 중 한명이면 들여보내지 마!" 하
고 외치는 소리가 들려왔다. 브론스끼는 하인에게 그가 왔다고 알

---

108 뻬쩨르부르그 중심에 위치하며 최신 유행 상점들과 고급 저택들이 있는 거리.

리지 말라고 하고서 가만히 첫번째 방으로 들어갔다. 뻬뜨리쯔끼의 여자친구인 실똔 남작부인이 보랏빛 새틴 드레스와 금발의 화장한 얼굴을 빛내면서 카나리아처럼 온 방을 빠리식 조잘거림으로 채우며 둥근 탁자 앞에 앉아 커피를 끓이고 있었다. 아마도 근무지에서 왔는지 뻬뜨리쯔끼는 외투를 입은 채로, 까메롭스끼는 제복을 완전히 갖추고 그녀를 둘러싸고 앉아 있었다.

"브라보! 브론스끼!" 의자에서 튀어오르듯 쿵쿵 울리는 소리를 내며 뻬뜨리쯔끼가 소리를 질렀다. "주인이 직접 납셨어! 남작부인, 새 커피를 내려줘요. 이거 뜻밖인데! 자네 서재의 장식물에 만족하기 바라네." 남작부인을 가리키며 그가 말했다. "서로 아는 사이지?"

"알다마다!" 브론스끼가 유쾌하게 웃으면서 남작부인의 작은 손을 잡으며 말했다. "물론! 오랜 친구지요."

"여행에서 돌아오셨군요." 남작부인이 말했다. "그럼 전 갈게요. 아, 방해되면 당장 갈게요."

"계신 곳이 집이죠, 남작부인." 브론스끼가 말했다. "안녕하신가, 까메롭스끼." 까메롭스끼와 차갑게 악수하며 그가 덧붙였다.

"봐요, 당신은 한번도 저런 상냥한 말을 할 줄 모르지요." 뻬뜨리쯔끼에게로 몸을 돌리며 남작부인이 말했다.

"아니, 왜? 식사 후엔 나도 못 하지는 않지요."

"식사 후에 하는 건 아무 공적도 아닌 법! 자, 제가 커피를 드릴테니 씻고 짐을 푸세요." 남작부인은 다시 앉아서 조심스레 새 커피 끓이는 기계를 돌리면서 말했다. "삐에르, 커피 좀 줘요." 그녀가 뻬뜨리쯔끼를 삐에르라고 부름으로써 그와의 관계를 드러내면서 말했다. "더 넣을래요."

"망쳐요."

"아니요, 망치지 않아요! 자, 당신 아내는요?" 남작부인이 갑자기 브론스끼와 동료의 대화를 자르며 말했다. "우리가 여기서 당신을 결혼시켰잖아요. 아내를 데려왔나요?"

"아뇨, 남작부인. 전 집시로 태어났으니 집시로 죽을 겁니다."

"더 좋지요, 더 좋지요. 자, 악수해요."

그러고 나서 남작부인은 브론스끼를 놓아주지 않은 채 농담을 섞어가면서 미래의 생활에 대한 자신의 최근 계획을 이야기하고 조언을 구했다.

"그는 여전히 이혼을 해주려고 하지 않아요! 자, 어쩌면 좋죠? (그는 그녀의 남편을 말하는 것이었다.) 지금 절차를 밟으려고 해요. 제게 어떻게 조언하시겠어요? 까메롭스끼, 커피 좀 봐줘요. 꺼졌네. 보시다시피 제가 이렇게 일이 많아요! 전 제 소유의 재산이 필요하기 때문에 이혼 절차를 원하는 거예요. 제가 그에게 충실하지 않은 것 같다는 그런 바보 같은 말을 이해하세요?" 그녀가 경멸조로 말했다. "그렇게 해서 그는 제 영지를 이용하려는 거예요."

브론스끼는 예쁜 여자의 이 쾌활한 재잘거림을 만족스럽게 들으며 맞장구를 치기도 하고 반농담조로 조언을 하기도 하면서 대체로 이런 종류의 여자들을 대할 때 습관적으로 나오는 태도를 취했다. 그에게 뻬쩨르부르그 사교계의 모든 사람들은 완전히 대조적인 두 부류로 나뉘어 있었다. 하나는 저열한 부류로, 시시하고 바보 같고 무엇보다도 우스꽝스러운 종자들, 즉 결혼한 남편은 외도를 해서는 안 되고, 처녀는 순결해야 하고, 여자들은 부끄러워해야 하고, 남자들은 남자답고 자기 제어를 잘하고 굳건해야 하고, 사람은 자녀를 키우고 스스로 생활을 꾸려가고 빚을 갚아야 한다고 생각하는 사람들이었다. 이 사람들은 구식이고 우스꽝스러운 부류였다. 그러나 다른 부류는 그들 모두가 속해 있는 진정한 인간들로, 무엇보다도 우아하고 아름답고 관대하고 용감하고 유쾌해야 하고, 얼굴 붉히는 일 없이 온갖 정열에 몸을 바쳐야 하고, 다른 모든 사람들을 비웃을 줄 아는 사람들이었다.

브론스끼는 집에 들어선 순간 처음에는 모스끄바에서 지니고 온, 완전히 다른 세계에서 받은 인상들 때문에 아연했지만, 곧바로 익숙한 신발에 발을 집어넣은 것처럼 자신의 유쾌하고 편안한 세계로 들어갔다.

커피는 전혀 내려지지 않고 모든 사람들에게 튀고 끓어넘쳐 딱 필요한 결과를 일으켰다. 즉, 소동과 웃음의 빌미가 되고 값비싼 양탄자와 남작부인의 드레스를 더럽혔던 것이다.

"자, 이제 안녕히 계세요. 제가 가야만 당신이 씻으실 테니까요. 제 양심에 비추어 제대로 된 사람의 가장 큰 범죄는 불결이에요. 그러니까 당신의 조언은 그의 목에 칼을 대란 말씀이신가요?"

"꼭 그래야 합니다. 그것도 당신의 작은 손을 그의 입술에 되도록 가까이 두는 방식으로요. 그가 당신 손에 키스를 하게 되면 만사 제대로 끝나는 거예요." 브론스끼가 대답했다.

"자, 그럼, 프랑스 극장[109]에서 만나요!" 그러고서 그녀는 드레스 끄는 소리를 내며 사라졌다.

까메롭스끼 역시 일어났고, 브론스끼는 그가 떠나는 것을 기다리지도 않고 그에게 손을 내밀어 악수한 후 화장실로 갔다. 그가 씻는 동안 뻬뜨리쯔끼는 그에게 그가 떠난 후에 자기 처지가 얼마나

---

[109] 1870년 뻬쩨르부르그에 가볍고 코믹한 프랑스 희가극(오페라부프)을 공연하는 프랑스 극장이 문을 열었다. 자끄 오펜바흐의 '부프-빠리지앵'(Bouffes-Parisiens)을 모방한 작품을 많이 공연하였다.

바뀌었는지 짤막하게 이야기했다. 돈이 한푼도 없고, 아버지는 그에게 돈을 주지도 않을 거고 빚도 안 갚아줄 거라고 말했다고. 양복점에서는 그를 감옥에 처넣으려 하고, 다른 사람도 마찬가지로 그를 꼭 처넣겠다고 위협하고 있으며, 연대장은 이런 스캔들이 가라앉지 않는다면 퇴역시키겠다고 말했다고. 남작부인에게 넌더리가 났는데 특히 항상 돈을 주려고 해서 그렇고, 또 브론스끼에게 보여줄 어떤 여자가 있는데, 엄숙한 동양 스타일의 기적 같은, 보석 같은 여자라고. "알지, 노예 리베카 같은 장르[110]"라고 그는 말했다. 또한 어제 베르꼬셰프와 싸웠는데, 베르꼬셰프가 입회인을 보내려 하지만 물론 아무 일도 없을 거라고. 대체로 모든 일이 끝내주며 말할 수 없이 유쾌하다고. 그러고 나서 뻬뜨리쯔끼는 친구가 그의 처지를 상세히 파고들어갈 틈을 주지 않고 모든 흥미로운 뉴스들을 풀어놓았다. 브론스끼는 이토록 익숙한, 삼년째 사는 그의 아파트에서 이토록 익숙한 뻬뜨리쯔끼의 이야기를 들으면서 습관적이고 걱정 없는 뻬쩨르부르그 생활로 돌아왔다는 편안한 감정을 느꼈다.

"말도 안 돼!" 혈색 좋은 건강한 목에 물을 끼었다가 세면기의 페달을 놓고 그가 소리쳤다. "말도 안 돼!" 로라가 페르쩬고프를 버리고 밀레예프와 만난다는 소식을 듣고 그는 이렇게 소리쳤다. "그는 그래도 여전히 바보고 만족스러워하지? 자, 부줄루꼬프는 어때?"

"아, 부줄루꼬프에게 일이 있었어―끝내주게 멋진 얘기야!" 뻬뜨리쯔끼가 소리쳤다. "그는 무도회에 열정을 쏟잖아. 궁정무도회라면 한번도 빠지지 않지. 그가 대무도회에 새 군모를 쓰고 갔어.

---

110 genre(프랑스어). 월터 스콧(1771~1832)의 소설 『아이반호』에 나오는 여주인공 리베카 같은 부류의 여성이라는 뜻.

새 군모 봤어? 아주 좋아, 더 가볍고. 근데 그가 서 있기만 하는 거야…… 아니, 들어봐."

"듣고 있어." 털이 보송보송한 수건으로 몸을 닦으며 브론스끼가 대답했다.

"그가 재수가 없었는지, 대공비가 어떤 대사와 함께 지나가다가 새 군모에 대해 이야기를 하게 되었어. 그러다가 대공비는 새 군모를 보여주고 싶어졌지…… 보니 우리의 비둘기 새끼가 거기 서 있는 거야. (뻬뜨리쯔끼는 부줄루꼬프가 어떻게 군모를 들고 서 있었는지 연기했다.) 대공비가 군모를 보여달라고 청했지. 근데 그가 안 주는 거야. 뭐야! 사람들이 눈짓을 하고 고개를 끄떡이고 얼굴을 찌푸리고 그랬지. 주라고. 그런데도 안 주는 거야. 꼼짝 않는 거야. 상상해봐…… 군모를 벗기려고 할 지경인데도…… 안 주는 거야! 결국 벗어서 대공비에게 건넸지. '이게 새 군모예요.' 대공비가 말했어. 그러고는 군모를 뒤집었더니, 상상해봐, 거기서 우르르! 배 한개하고 사탕이, 이 파운드는 되는 사탕이! 그가 그걸 모았던 거지. 귀여운 비둘기 새끼!"

브론스끼는 우스워서 데굴데굴 굴렀다. 한참 후에 이미 다른 이야기를 하다가도 그는 군모를 떠올릴 때마다 건강하고 단단한 이를 드러내고 웃음을 터뜨리며 배를 움켜쥐었다.

모든 뉴스를 다 듣고 나서 브론스끼는 하인의 도움을 받아 제복을 입고 귀대 보고를 하러 갔다. 보고를 마친 후에는 형을, 그다음에는 벳시를 만나보고, 그런 다음 몇군데를 더 방문하려고 마음먹었다. 까레니나를 만날 수 있는 사교계로 나가기 위해서였다. 뻬쩨르부르그에서는 언제나 그렇듯이, 그는 밤늦게까지 돌아오지 않을 생각으로 집을 나섰다.

제2부

1

겨울이 끝날 무렵 셰르바쯔끼가에서는 끼찌의 건강 상태를 점검하고 쇠약해져가는 기력을 회복시키기 위해서 무슨 조치를 취해야 할지를 결정하는 협의진단이 있었다. 그녀는 병이 들었는데 봄이 다가오자 건강 상태는 더욱 나빠졌다. 주치의는 간유를 처방했고, 그다음에 철분, 그다음에 질산은을 처방했지만 이것도 저것도 또다른 것도 아무 도움을 주지 못했고, 그가 봄부터 외국으로 나가라고 권고하자 셰르바쯔끼가에서는 다른 명망 높은 의사를 초빙했다. 그닥 나이 많지 않은데다 매우 미남인 명망 높은 의사는 환자를 진찰하기를 청했다. 그는 특별한 만족감을 가지고—그렇게 보였다—처녀의 부끄러움은 야만의 잔재일 뿐이고 그다지 나이 많지 않은 남자가 옷을 벗은 젊은 처녀를 더듬어 진찰하는 것보다 더 자연스러운 것은 없다고 주장했다. 그가 이 일을 자연스러운 것으로 생각한 것은 매일 이러한 일을 하면서도 스스로 여기기에 아무런 몹쓸 것을 느끼거나 생각하지 않았기 때문이었고, 그래서 처녀의 부끄러움을 야만의 잔재일 뿐 아니라 자신에 대한 모욕으로 간주했던 것이다.

모든 의사들이 같은 학교에서 같은 책으로 배웠고 같은 분야의 전문가임에도 불구하고, 몇몇 사람들은 이 명망 높은 의사가 몹쓸 의사라고 말했음에도 불구하고, 공작부인의 집과 그녀 주위에서는 웬일인지 이 명망 높은 의사 단 한 사람만이 뭔가 특별한 것을 알고 있고 끼찌를 구할 수 있다고 여겼기 때문에 그의 말에 따르는 수밖에 없었다. 수치심으로 당혹스러워하며 아연실색한 환자를 주의 깊게 청진기로 진찰하고 손으로 이리저리 두드려보고 나서 명망 높은 의사는 두 손을 정성 들여 닦은 후 거실에 서서 공작과 이야기했다. 공작은 의사의 말을 들으면서 기침을 하고 눈살을 찌푸렸다. 나이 든 사람으로서 바보도 아니고 환자도 아닌 그는 의학을 믿지 않았고 속으로 이 모든 코미디에 대해서 화를 내고 있었는데, 그것은 더욱이 그가 끼찌의 병의 원인을 완전히 이해하는 거의 유일한 사람이었기 때문이었다. '정말 되게 쓸데없이 짖어대는 개로군.' 그는 속으로 사냥용어 사전에나 나오는 이 호칭을 명망 높은 의사에게 적용하면서 딸의 병증에 대한 그의 수다를 듣고 있었다. 반면 의사는 이 늙은 지주 양반에 대한 경멸이 겉으로 드러날까 힘겹게 자제하면서 애써 그의 저열한 이해 수준으로 자신을 낮추었다. 그는 이 노인과는 아무 할 말이 없다는 것과 이 집의 우두머리가 어머니라는 것을 이해했다. 그래서 그는 이 집의 우두머리인 그녀 앞에서 자신의 깨알 같은 전문지식을 흩뿌리기로 작정했다. 이

때 공작부인이 주치의와 함께 거실로 들어왔다. 공작은 자신이 이 모든 코미디를 우습게 본다는 것을 눈치채지 않게 하려고 애쓰면서 물러갔다. 공작부인은 당혹스러워 어쩔 줄 몰라했다. 그녀는 자기가 끼찌 앞에 죄가 있다고 느끼고 있었다.

"자, 박사님, 우리의 운명을 결정해주세요." 공작부인이 말했다. "다 이야기해주세요." 그녀는 '희망이 있나요?'라고 묻고 싶었지만 입술이 떨리기 시작해서 이 질문을 입 밖에 낼 수 없었다. "자, 어때요, 박사님?"

"공작부인, 이제 동료와 의견을 교환한 후 제 의견을 말씀드릴 수 있는 영광을 가지고자 합니다."

"그럼 두분만 계시겠습니까?"

"편한 대로 하십시오."

공작부인은 한숨을 쉬고 나서 밖으로 나갔다.

의사들만 남았을 때 주치의는 결핵 초기 증상이 있지만…… 운운하면서 조심스럽게 자기 의견을 말했다. 명망 높은 의사는 그의 말에 귀를 기울이면서 도중에 자기의 커다란 금시계를 보았다.

"그러니까……" 그가 말했다. "하지만……"

주치의는 말하던 중간에 공손하게 말을 멈추었다.

"아시다시피 결핵 초기라고 단정할 수는 없습니다. 공동이 나타날 때까지는 아무것도 단정적인 것은 없지요. 하지만 의심할 수는 있습니다. 그리고 증상도 있어요. 식사를 잘 못 하고, 신경이 예민하고 등등이지요. 문제는 바로 결핵이 의심되는 경우 영양 섭취를 강화하려면 어떻게 해야 하느냐 하는 거지요."

"하지만 아시다시피 여기엔 항상 심적이고 정신적인 원인이 있습니다." 보일락 말락 미소를 지으면서 주치의가 감히 끼어들었다.

"네, 물론이지요." 명망 높은 의사는 다시 한번 시계를 보면서 대답했다. "미안합니다만, 어떤가요? 야우자 다리가 이제 놓였나요? 아니면 아직 돌아가야 하나요?" 그가 물었다. "아, 놓였군요. 자, 그럼 제가 이십분 내에 갈 수 있겠군요. 그러니까 우리 이야기의 결론은 이렇게 놓였군요.[1] 영양 섭취 강화와 신경 안정. 하나가 다른 것과 연결되어 양쪽에 다 영향을 주도록 해야지요."

"하지만 외국으로 나가는 건요?" 주치의가 물었다.

"저는 외국 여행이라면 반대하는 사람입니다. 보세요, 우리가 확신할 수는 없지만 결핵 초기라면 외국으로 나가는 것은 도움이 되지 못합니다. 영양 섭취를 강화하면서 몸에 해롭지 않은 방법이 필요하지요."

그리고 명망 높은 의사는 소젠[2] 광천수 치료 계획을 이야기했다. 그 치료법을 지정하는 주된 이유는 그것이 몸에 해로울 리 없다는 데 있는 것이 분명했다.

주치의는 주의를 기울여 공손하게 끝까지 들었다.

"하지만 외국으로 나가는 것의 유리한 점으로서 습관을 바꾸고 기억들을 불러일으키는 상황에서 멀어지는 것을 들고 싶습니다. 그리고 어머니도 원하시고요." 그가 말했다.

"아! 자, 그런 경우라면 뭐 어때요, 나가게 하죠. 다만 독일의 돌팔이 의사들이 해를 입히지 않도록 해야지요…… 자, 그럼 나가게 하죠."

---

1 야우자 다리는 야우자강(江)에 놓인 다리로, 모스끄바 중심가로 연결되었다. 1804년에 처음 놓였는데 이 소설의 시간배경인 1870년대에 아마 보수를 했는지도 모르겠다. 의사는 다리가 놓였으니 빨리 돌아갈 수 있다는 생각만 하면서 '우리의 결론이 놓였다'고 말한다.
2 독일의 온천이 있는 휴양도시. 독일어 Soden의 러시아어식 발음이다.

그는 다시 시계를 보았다.

"오, 벌써 시간이 이렇게 되었네요." 그리고 그는 문을 향했다.

명망 높은 의사는 공작부인에게 다시 한번 환자를 봐야겠다고 말했다(예의감각이 이런 생각을 하도록 했다).

"뭐라고요? 다시 한번 진찰한다고요!" 그 어머니가 경악하며 말했다.

"오, 아닙니다. 몇가지 개별적인 사항들만 다시 보려고 합니다, 공작부인."

"그렇다면 가시지요."

어머니는 의사를 데리고 거실에 있는 끼찌에게로 갔다. 수척해지고 수치심으로 상기된 채 눈을 이상하게 번득거리며 끼찌가 방 한가운데 서 있었다. 의사가 들어왔을 때 그녀는 얼굴을 확 붉혔고 두 눈에는 눈물이 고였다. 그녀에겐 자신의 병이나 치료가 전부 정말 바보 같고 우스운 일로 보였다. 자신을 치료한다는 것이 깨어진 화병조각을 맞추는 것만큼이나 우스워 보였다. 그녀의 심장이 깨어졌다. 그런데 어떻게 그들은 그녀를 알약이나 가루약으로 치료한단 말인가? 그러나 어머니를 모욕할 수는 없었다. 특히 어머니가 죄의식을 느끼고 있기 때문에 더욱 그러했다.

"힘들겠지만 좀 앉아주십시오, 아가씨." 명망 높은 의사가 말했다.

그는 미소를 짓고 그녀 맞은편에 앉아서 맥을 짚으며 또다시 지겨운 질문들을 하기 시작했다. 그녀는 그에게 대답을 하다가 갑자기 화를 내면서 일어났다.

"용서하세요, 박사님. 하지만 이건 정말 아무 소용이 없어요. 제게 세번씩이나 똑같은 질문을 하고 계세요."

명망 높은 의사는 그것을 모욕으로 느끼지 않았다.

"병적 흥분 상태입니다." 끼찌가 나가자 그는 공작부인에게 말했다. "그렇지 않아도 진찰을 끝냈습니다……"

그리고 의사는 공작부인 앞에서 마치 예외적으로 똑똑한 여자 앞에서 말하듯이 학문적으로 공작영애의 상태를 규정하고 마지막으로 필요 없는 그 광천수를 어떤 방법으로 마셔야 하는지 지시했다. 외국으로 나가야 하는가 하는 문제에 대해서는 마치 어려운 문제를 풀어야 하는 듯이 깊은 생각에 잠겼다. 마침내, 나가도 되지만 사기꾼들을 믿지 말고 모든 문제에 있어서 자기와 의논하라는 해결책이 진술되었다.

의사가 떠나자 뭔가 유쾌한 일이 일어난 듯했다. 딸에게로 돌아온 어머니는 유쾌해져 있었고 끼찌는 자신도 유쾌해진 척했다. 그녀는 요즈음 종종, 거의 항상 어떤 척을 할 수밖에 없었다.

"전 정말 괜찮아요, *마망*. 하지만 가고 싶으시면 가기로 해요!" 그녀는 이렇게 말하고 앞둔 여행에 관심이 있다는 것을 보이려고 애쓰면서 여행 준비에 대해서 말하기 시작했다.

2

의사가 가자 곧 돌리가 도착했다. 그녀는 이날 협의진단이 있으리라는 것을 알고 있었고, 그래서 아이를 낳고 일어난 지 얼마 안되었는데도 불구하고(그녀는 겨울 끝 무렵에 딸을 낳았다[3]), 자기

---

3 젖먹이는 아직 2~3주밖에 안 된 것 같다.

에게도 여러가지 근심 걱정이 있었는데도 불구하고, 젖먹이와 병이 난 딸아이를 남겨두고 이제 결정될 끼찌의 운명을 알기 위해 들렀던 것이다.

"자, 어떻게 됐어요?" 그녀가 거실로 들어오며 모자도 벗지 않은 채 물었다. "다들 유쾌하네요. 분명 좋은 거죠?"

그들은 의사가 이야기한 것을 그녀에게 전하려고 시도했으나 의사가 매우 정연하고 길게 이야기했음에도 불구하고 아무래도 그가 말한 것을 전달해줄 수가 없다는 것이 판명되었다. 관심거리는 다만 외국으로 나가기로 결정되었다는 사실이었다.

돌리는 저도 모르게 한숨을 쉬었다. 그녀의 가장 좋은 친구인 여동생이 떠나갈 것이었다. 그녀의 삶은 유쾌하지 않았다. 화해 이후 스쩨빤 아르까지치와의 관계는 굴욕적이었다. 안나가 해준 땜질은 견고하지 않은 것으로 판명되었고, 가족의 결합은 똑같은 그 자리가 다시 부서졌다. 결정적인 것은 아무것도 없었지만 스쩨빤 아르까지치는 거의 항상 집에 없었고, 돈도 역시 거의 항상 없었고, 그가 이리저리 바람을 피울 거라는 의심이 항상 그녀를 괴롭혔다. 그녀는 질투의 괴로움을 다시 겪는 것이 두려워서 이런 의심들을 떨쳐버렸다. 한번 겪고 난 후에는 이미 질투의 첫번째 폭발 같은 것은 다시 돌아오지 못했고, 심지어 설사 바람을 피운 것이 밝혀졌다 하더라도 이미 그녀에게 처음처럼 그렇게 영향을 줄 수는 없었을 것이다. 그런 일이 밝혀진다 해도 이제는 그저 그녀의 일상생활을 제대로 못 하게 할 뿐일 것이어서, 그녀는 그를 경멸하고, 자신이 그렇게 약하다는 사실 때문에 가장 많이는 자신을 경멸하면서 스스로를 속이는 것을 허락했다. 게다가 대가족의 걱정거리들이 끊임없이 그녀를 괴롭혔다. 젖먹이에게 제대로 젖을 먹여야 해서 걱정, 유모가 나가서 걱정, 지금처럼 아이 하나가 병이 나도 걱정······ 걱정거리는 끊임이 없었던 것이다.

"어떠니, 너희 집은?" 어머니가 물었다.

"아, *마망*, 어머니도 걱정하실 게 많은데요. 릴리가 병이 났어요. 성홍열일까봐 걱정이에요. 일이 어떻게 됐는지 궁금해서 이렇게 외출했지만 만약 성홍열이면 그저 집에 박혀 있어야 해요. 제발 아니기를 바라지만요."

노공작이 의사가 떠난 후에 서재에서 나와서 돌리에게 뺨을 갖다대고 그녀와 좀 이야기하고 나서 아내를 향했다.

"그래, 어떻게 결정했소? 가는 거요? 그럼 나는 어떻게 했으면 좋겠소?"

"알렉산드르, 당신은 남는 게 좋겠다고 생각해요." 아내가 말했다.

"*마망*, 아빠는 왜 우리와 같이 갈 수 없어요?" 끼찌가 말했다. "아빠도 유쾌하실 거고 우리도 그럴 텐데요."

노공작은 일어나서 끼찌의 머리를 쓰다듬었다. 그녀는 얼굴을 들고 애써 미소를 지으면서 그를 바라보았다. 그녀는 항상 아버지가 자신에 대해서 거의 말을 하지 않지만 가족 중에서 누구보다도 자신을 잘 이해하고 있다고 생각했다. 그녀는 아버지의 귀염둥이 막내인 자신에 대한 사랑이 그를 통찰력 있게 만드는 것이라고 여겼다. 지금 그녀의 시선이 그의 푸르고 선량한 두 눈, 주의 깊게 그녀를 바라보는 두 눈과 부딪쳤을 때, 그녀는 그가 그녀를 꿰뚫어보고 있고 그녀 안에서 일어나는 좋지 않은 모든 것들을 이해하고 있다고 여겼다. 그녀는 얼굴을 붉히면서 입맞춤해줄 것을 기대하며 그에게 몸을 뻗었지만 그는 다만 그녀의 머리를 쓰다듬으며 말했다.

"에이, 바보 같은 가발! 진짜 딸한테는 닿을 수도 없고 죽어 나자 빠진 여편네들 머리카락이나 쓰다듬다니. 그래, 어떠냐, 예쁜 돌리야?" 그는 큰딸을 향했다. "네 염소는 뭘 좀 하긴 하니?"

"아무것도 안 해요, 아빠." 돌리가 남편을 말하는 것을 알아차리고 대답했다. "내내 돌아다니고 전 거의 못 봐요." 그녀는 조롱조의 미소를 띠며 덧붙이지 않을 수 없었다.

"뭐야, 아직도 숲을 팔러 시골로 안 떠났니?"

"네, 늘 가려고 하기는 해요."

"자, 그렇군!" 공작이 말했다. "그러니까 내가 가야 한다는 말씀? 알아서 모시겠습니다요." 그는 앉으면서 아내를 향해 말했다. "아, 그런데 너 말이다, 까쨔." 그는 막내딸을 향해 덧붙였다. "언젠가 아주 멋진 날, 깨어나서 자신에게 말해보렴. 그래, 난 완전히 건강하고 유쾌하다고, 아빠랑 다시 추운 날에 아침 일찍 산책을 나갈 거라고. 그럴 거지, 응?"

아버지가 한 말은 무척 평범한 것 같았지만 끼찌는 이 말을 듣고 범행을 들킨 범죄자처럼 당황했고 정신을 못 차렸다.

'그래, 아빠는 다 알고 다 이해하고, 나보고 수치스럽지만 수치를 극복해야 한다고 이런 말을 하는 거야.' 그녀는 뭐라고 대답할 용기를 낼 수 없었다. 그녀는 뭔가 말하려고 하는가 싶더니 갑자기 울음을 터뜨리고 방에서 나갔다.

"당신은 무슨 농담을 그렇게 해요!" 공작부인이 남편을 공격하기 시작했다. "당신은 항상……" 그녀는 질책의 말을 시작했다. 공작은 꽤 오랫동안 공작부인이 야단하는 말을 들으며 잠자코 있었지만 그의 얼굴은 점점 더 찌푸려졌다.

"저애가 정말 안됐어요. 불쌍한 것, 정말 안됐어요. 당신은 저애가 뭣 때문에 저렇게 되었는지, 조금만 암시를 해도 얼마나 아파하는지 느끼지 못해요. 아, 사람을 얼마나 잘못 볼 수 있는지!" 그녀가 말했다. 그녀의 어조 변화로 미루어 돌리와 공작은 그녀가 브론스끼에 대해 말하고 있다는 것을 알았다. "난 그런 못되고 천한 인간들을 막는 법이 없다는 걸 이해하지 못하겠어요."

"아, 듣기 싫소!" 공작이 음울하게 말하고 안락의자에서 일어나 나가려는 듯하다가 갑자기 문에서 멈춰섰다. "법은 있지. 당신 말이야, 당신이 나를 부추긴다면 나도 말하겠는데, 모든 일에 책임이 있는 사람은 당신이야. 당신, 오로지 당신이라고. 그런 애송이 녀석들을 막는 법은 항상 있었고 지금도 있지. 물론이지. 해서는 안 되는 일만 아니라면 내가 비록 노인이지만 그를 결투선에 세울 거야.⁴ 그 겉멋쟁이를 말이야. 그래, 그래, 이제 와서 치료 잘해봐. 그 사기꾼들을 불러들이라고."

공작은 아직 할 말이 많은 것 같았지만 공작부인은 그의 어조를 듣자마자 중요한 문제에 있어서는 항상 그러듯이 잠잠해졌고 후회를 했다.

"알렉상드르, 알렉상드르⁵." 그녀는 속삭이는 소리로 말하고 흐느껴 울기 시작했다.

---

4 이 소설에는 인물들이 결투하는 장면이 들어 있지 않으나 여러차례 언급된다. 19세기 러시아에서 결투는 명예와 관련된 개념으로, 서유럽에서처럼 법적으로 금지되었지만 귀족사회에서는 여전히 행해졌다. 결투는 자신이나 가족의 명예가 손상되었을 때 신청하고 엄격한 절차에 따라 진행되었다. 그 저변에는 오욕을 자신의 피나 상대방의 피로써 씻는다는 생각이 깔려 있다. 나중에 브론스끼는 까레닌이 자신에게 결투를 신청할 것이라고 예상하나 결투를 두려워하는 까레닌은 그렇게 하지 않는다. 안나가 딸을 낳고 앓을 때 까레닌의 관대함에 상처를 입고 안나를 잃을지 모른다는 혼란한 감정 속에서 브론스끼는 자신을 향해 총을 쏘는데, 피를 흘리고 난 후 그는 수치심이 없어지고 자존심을 지키게 된다.
5 Alexandre, Alexandre(프랑스어).

그녀가 울음을 터뜨리자마자 공작도 잠잠해졌다. 그는 그녀에게 다가갔다.

"자, 괜찮아질 거요, 괜찮아질 거요! 당신이 힘들어하는 거 내 아오. 어쩌겠소? 큰 불행은 없소. 하느님은 자비로우시니…… 감사드리시오……" 그는 이미 자기가 무슨 말을 하는지도 모른 채 말을 하고 나서 자기 손에 닿는 공작부인의 눈물 젖은 키스에 답하고는 방에서 나갔다.

끼찌가 눈물을 흘리며 방을 나가자마자 돌리는 당장 특유의 어머니로서의 습관, 가정을 돌보는 습관을 통해 여기에 여자가 해야 할 일이 있다는 것을 알아차렸고 그 일을 할 채비를 했다. 그녀는 모자를 벗고 나서, 마음속으로 소매를 걷어붙이고 행동을 개시했다. 어머니가 아버지를 공격하는 동안 그녀는 딸로서 예의가 허락하는 한 어머니의 말을 막느라고 애썼고, 공작이 폭발했을 때는 잠자코 있었다. 그녀는 어머니 때문에 수치를 느꼈고, 아버지의 선량함이 이내 되돌아오자 아버지에 대해 사랑을 느꼈다. 그러나 아버지가 나가자 그녀는 가장 필요하고 중요한 일, 즉 끼찌에게로 가서 그녀를 진정시키는 일을 하려고 마음먹었다.

"*마망*, 오래전부터 말씀드리려고 했어요. 레빈이 여기에 마지막으로 방문했을 때 끼찌에게 청혼하려고 했다는 거 아세요? 그가 스찌바에게 말했대요."

"무슨 소리니? 이해가 안 되네……"

"그러니까 아마 끼찌가 그를 거절했겠죠? 이야기 안 해요?"

"아니, 그애는 이 사람에 대해서도 저 사람에 대해서도 아무 이야기도 안 했어. 그애는 자존심이 너무 세. 하지만 모든 게 그 사람 때문에……"

"그래요, 그애가 레빈을 거절했다면, 그런데 그 사람이 없었다면 그를 거절하지 않았을 거라고 생각해보세요. 전 알아요…… 그러고 나서 그 사람은 그렇게 끔찍하게 그애를 배반했지요."

공작부인은 자신이 딸 앞에 얼마나 죄가 많은가를 생각하는 것이 너무나 무서웠다. 그래서 그녀는 화를 냈다.

"아, 나는 이제 아무것도 이해가 안 돼! 요즘은 다들 제 맘대로 살려 하고 어머니들은 아무 말 못 해. 그러고는 나중에 가서……"

"*마망*, 제가 그애에게 가볼게요."

"가렴. 내가 뭐 못 가게 했니?" 어머니가 말했다.

3

끼찌의 작은 서재, 예쁘장하고 연한 장미색을 띠는, *작센 도자기 인형들*[6]이 놓여 있는 자그마한 방, 불과 두달 전 싱싱하고 장밋빛이고 명랑했던 끼찌와 똑같은 자그마한 방으로 들어갔을 때, 돌리는 작년에 그들이 함께 그렇게도 유쾌하게 사랑을 담아 이 방을 꾸몄던 것을 기억했다. 문에서 가장 가까운 자리에 있는 낮은 의자에 앉아 집요하게 양탄자 구석에 두 눈을 고정하고 있는 끼찌를 보자 그녀의 가슴이 얼어붙었다. 끼찌는 언니를 쳐다보았는데, 차갑고 험상궂기까지 한 얼굴 표정은 변하지 않았다.

"난 이제 집에 가면 틀어박혀 있어야 해. 너도 나한테 오기 어려울 테고." 다리야 알렉산드로브나는 그녀 옆에 앉으면서 말했다.

---

6 vieux saxe(프랑스어).

"너와 이야기 좀 하고 싶어."

"뭐에 대해서?" 겁을 집어먹고 고개를 든 끼찌가 급히 물었다.

"네 고통이 아니면 뭐겠니?"

"고통 같은 거 없어."

"괜찮아, 끼찌. 설마 내가 모를 거라고 생각해? 다 알아. 날 믿어. 그건 아주 작은 일이야…… 우리 모두 그걸 지나왔지."

끼찌는 침묵했다. 그녀의 얼굴은 굳어 있었다.

"그는 네가 괴로워할 가치가 없는 사람이야." 다리야 알렉산드로브나는 곧장 핵심으로 들어가면서 말을 이었다.

"그래, 그가 나를 경멸했으니까." 끼찌가 찢어지는 듯한 목소리로 말했다. "말하지 마! 제발, 말하지 마!"

"누가 그런 말을 했어? 아무도 그런 말 한 적 없어. 난 믿어, 그가 네게 반했고 너를 사랑했다고. 하지만……"

"아, 제일 끔찍한 게 그런 동정이야!" 끼찌가 갑자기 화를 내며 소리를 질렀다. 그녀는 의자에서 몸을 돌리고, 얼굴을 붉히고 이 손 저 손으로 허리띠 조임쇠를 잡고서 빠른 속도로 손가락을 계속 움직였다. 돌리는 동생이 화가 날 때 손으로 뭘 잡는 습관이 있다는 것을 알고 있었다. 또한 끼찌가 화가 나면 제정신을 잃고 불필요하고 불쾌한 말을 마구 쏟아내는 것을 알고 있었고, 그래서 그녀를 진정시키려고 했지만 이미 늦었다.

"뭔데, 뭔데, 내게 뭘 느끼게 하고 싶은 건데?" 끼찌가 빠른 속도로 말했다. "내가 나를 알고 싶어하지도 않는 사람에게 반했고 그를 사랑해서 죽어간다는 거? 언니가 그런 말을 하다니…… 동정을 하겠다고 생각하다니! 그런 동정과 위선은 필요 없어."

"끼찌, 너 부당하게 구는구나."

"왜 나를 괴롭히는 거야?"

"있잖아, 나는, 나는 말이지, 그 반대로…… 오, 너 화났구나……"

하지만 화가 치민 끼찌에게는 그녀의 말이 들리지 않았다.

"나는 무슨 일이 있어도 끄떡없고 위로받을 필요도 없어. 난 나를 사랑하지 않는 사람을 사랑하는 일을 결코 자신에게 허락하지 않을 만큼은 자존심이 강하거든."

"그래, 말 안 할게…… 하지만 내게 사실을 말해봐." 다리야 알렉산드로브나가 끼찌의 손을 잡으면서 말했다. "말해봐. 레빈이 네게 말했어?"

레빈을 언급한 것이 끼찌의 마지막 자제력을 앗아간 것처럼 보였다. 그녀는 의자에서 튀어오르듯 일어나 허리띠 조임쇠를 방바닥에 내던지고 두 손을 빠르게 마구 움직이며 말하기 시작했다.

"여기에 왜 또 레빈까지 들먹거려? 나를 이렇게 괴롭히는 의도가 뭐야? 내가 이미 말했고 또 되풀이해서 말하는데, 나는 자존심이 강해서 결코, **결코** 다른 여자를 사랑해서 나를 배반한 사람에게 돌아가기 위해 언니 같은 짓은 안 해. 난 그걸 이해할 수 없어, 이해 못 해! 언니는 할 수 있지만 난 못 해!"

이 말을 하고 나서 끼찌는 언니를 쳐다보았는데, 돌리가 슬프게 고개를 떨어뜨리고 잠자코 있는 것을 보고, 방에서 나가려던 그녀는 그러는 대신 문가에 앉아 손수건으로 얼굴을 가리고 고개를 떨어뜨렸다.

이분쯤 침묵이 계속되었다. 돌리는 자신에 대해 생각하고 있었다. 그녀가 항상 느끼고 있던 자신의 그 굴욕적인 처지를 동생이 환기하자 특히 아프고 쓰라렸다. 그녀는 동생이 이렇게 잔인하리라고 예상치 못했고 동생에게 화가 났다. 하지만 갑자기 옷자락 소리와 함께 억눌렀던 흐느낌을 터뜨리는 소리가 들렸고 누군가의 두 손이 아래로부터 그녀의 목을 껴안았다. 끼찌가 무릎을 꿇고 그녀 앞에 있었다.

"돌리 언니, 난 이토록, 이토록 불행해!" 죄책감을 느끼며 그녀가 말했다.

눈물로 덮인 아름다운 얼굴이 다리야 알렉산드로브나의 치마폭에 감춰졌다.

마치 눈물이 자매의 상호관계라는 기계가 성공적으로 작동하는 데 필수적인 윤활유라도 되는 듯, 자매는 눈물을 흘린 뒤에는 그들의 관심사에 대해서 이야기하지 않고 평범한 일에 대해서 이야기했다. 하지만 둘은 서로를 이해했다. 남편의 불성실과 언니의 굴욕적인 처지에 대해 속에 있던 말을 한 것이 불쌍한 언니를 심장 깊숙이 놀라게 했다는 것을, 하지만 언니가 자신을 용서했다는 것을 끼찌는 이해했다. 돌리는 돌리대로 알고 싶던 것을 모두 알게 되었다. 그녀는 추측했던 대로 끼찌의 고통, 치유될 수 없는 고통이 바로 레빈이 청혼을 했는데 거절했고 브론스끼가 배반한 데 있다는 것, 그리고 그녀가 레빈을 사랑하고 브론스끼를 증오할 태세가 되어 있다는 것을 확신했다. 끼찌는 이에 대해 아무 말도 하지 않았고 다만 자신의 마음 상태에 대해서만 이야기했다.

"아무 고통도 없어." 진정하고 나서 그녀가 말했다. "하지만 내겐 모든 게 추악하고 혐오스럽고 야비해. 무엇보다 나 자신이 그렇다는 걸 언니가 이해할까. 내가 모든 것에 대해서 얼마나 추악한 생각을 하는지 언니는 상상도 못 할 거야."

"그래, 네가 무슨 추악한 생각을 할 수 있단 말이니?" 돌리가 미소를 지으면서 물었다.

"극도로 추악하고 야비한 생각들을 해. 말해줄 수도 없어. 이건 비애도 권태도 아니고 훨씬 더 나쁜 거야. 마치 내 안에 있던 좋은 것이 모두 사라지고 제일 나쁜 것만 남은 것 같아. 그래, 어떻게 얘기해야 할까?" 그녀는 믿을 수 없다는 듯한 언니의 눈을 보고 계속 말했다. "아빠가 내게 뭔가를 이야기하려고 하면…… 내가 그저 결혼해야 한다고만 생각하시는 것으로 보여. 엄마가 나를 무도회에 데려가면, 나를 되도록 빨리 결혼시켜서 해방되고 싶기 때문에 그러는 것으로만 보여. 이게 사실이 아니라는 걸 나도 알아. 그런데도 이런 생각을 떨쳐버릴 수가 없어. 소위 신랑감이라는 자들을 볼 수가 없어. 그들이 나를 자로 재는 것 같아. 예전에는 무도회 드레스를 입고 어디를 가더라도 그냥 만족스러웠어. 나 자신을 좋아했어. 지금은 수치스럽고 어색해. 어쩔 수가 없어! 의사도 그렇고…… 이제는……"

끼찌는 머뭇거렸다. 이런 변화가 왔을 때부터 줄곧 스쩨빤 아르까지치가 못 견딜 만큼 불쾌하며 매우 야비하고 흉측한 상상 없이는 그를 볼 수가 없다고 말할 수는 없었다.

"그래, 맞아. 내겐 모든 것이 극도로 야비하고 추악하게만 보여." 그녀가 말을 이었다. "이게 내 병이야. 아마 지나가겠지……"

"그렇게 생각하지 마……"

"그렇게 안 돼. 애들과 있는 것만 좋아. 언니네 집에서 말이야."

"네가 올 수 없어서 안됐다."

"아니, 갈 거야. 난 성홍열을 앓았거든. *마망*에게 허락을 얻어낼 거야."

끼찌는 자기 생각을 고집해서 언니네로 갔고, 아이들이 정말로 성홍열을 앓게 되자 내내 아이들을 돌보았다. 자매는 여섯명의 아이들을 무사히 건사했지만 끼찌의 건강은 나아지지도 회복되지도 않았다. 셰르바쯔끼가는 사순절 금욕주간에 외국으로 떠났다.[7]

4

뻬쩨르부르그 상류사회는 사실상 하나다. 모두가 서로 알고 있고 심지어 서로 왕래하기까지 한다. 하지만 이 커다란 사회 속에 작은 사회들이 들어 있다. 안나 아르까지예브나 까레니나는 서로 다른 세개의 작은 사회에 친구들이 있었고 긴밀한 유대를 맺고 있었다. 그중 하나가 남편의 관직에 연관된 공무상의 모임이었는데, 이는 사회적 환경 속에서 극히 다양하고 변덕스러운 방식으로 이어졌다 흩어졌다 하는 그의 관청 동료들과 부하들로 구성되어 있었다. 지금 안나는 초기에 이 사람들에게 거의 경건한 숭배심을 느꼈던 것을 어렵사리 기억할 수 있었다. 그녀는 이들 모두를 잘 알고 있었다. 소도시에 있는 사람들이 서로서로 알듯이 그녀는 누구에게 어떤 습관과 약점이 있는지, 누구 장화의 어떤 짝이 발이 죄는지 알고 있었고, 그들 서로 간의 관계와 그들과 주요 핵심인사 간의 관계를 알고 있었으며, 누가 누구 편이고 그것이 어떻게, 무엇으로 유지되는지, 누가 누구와 무엇 때문에 같은 편이고 다른 편인지를 알고 있었다. 하지만 관료적이고 남성적인 관심사로 이루어진 이 그룹은, 리지야 이바노브나 백작부인의 훈계에도 불구하고 한번도 안나의 흥미를 끌 수 없었으며 그녀는 이 그룹을 피했다.

<hr />

7 아마도 4월 초순이나 중순 무렵일 것이다.

안나와 가까운 다른 그룹은 바로 알렉세이 알렉산드로비치에게 출세를 위한 이력을 만들어준 그룹이었다. 이 그룹의 중심인물은 리지야 이바노브나 백작부인이었다. 이 그룹은 늙고 아름답지 않지만 덕성 있는 경건한 여자들과 현명하고 학식 높고 명예를 존중하는 남자들의 모임이었다. 이 그룹에 속하는 똑똑한 사람 중 하나는 이 그룹을 '뻬쩨르부르그 사회의 양심'이라고 불렀다. 알렉세이 알렉산드로비치는 이 모임을 매우 소중히 여겼고, 모든 사람과 잘 지낼 줄 아는 안나도 뻬쩨르부르그 생활 초기에 이 그룹에서 친구들을 발견했다. 그러나 모스끄바에서 돌아온 지금 그녀는 이 그룹을 참을 수 없었다. 그녀도, 그들 모두도 위선적으로 행동하는 것처럼 여겨져서 이 모임에 있으면 지겹고 거북했고, 그래서 그녀는 리지야 이바노브나 백작부인을 되도록 방문하지 않았다.

마지막으로 그녀가 관계하는 세번째 그룹은 진짜 사교계였다. 이는 무도회와 만찬과 멋진 의상의 사교계, 구성원들이 스스로 경멸한다고 생각하는 드미몽드[8]로 추락하지 않기 위해서 한 손으로 궁정을 붙잡고 있는 사교계였다. 하지만 그들의 취향은 드미몽드의 취향과 유사한 정도를 넘어 동일한 지경이었다. 그녀는 사촌의 아내인 벳시 뜨베르스까야 공작부인을 통해서 이 세계와 연결되어 있었다. 공작부인의 수입은 십이만 루블이었다. 그녀는 안나가 처음 사교계에 등장했을 때부터 그녀를 좋아했고 따라다니며 친하게 굴었으며, 리지야 이바노브나 백작부인의 그룹을 비웃으면서 자기 그룹으로 끌어들이려고 했다.

"나도 늙어서 추해지면 그렇게 될 거예요." 벳시가 말했다. "하

지만 당신에게는, 젊고 예쁜 여자에게는 그 양로원으로 들어가는 게 아직 일러요."

안나는 처음에는 뜨베르스까야 공작부인의 이 사교계를 되도록 피했다. 그건 그녀가 쓸 수 있는 비용보다 훨씬 돈이 많이 들기 때문이었다. 게다가 그녀는 정신적으로 전자의 그룹을 선호하고 있었다. 하지만 모스끄바 여행을 다녀온 후에 완전히 바뀌었다. 그녀는 도덕적인 친구들을 피해 대사교계로 다녔다. 거기서 그녀는 브론스끼를 만났으며 만날 때마다 설레는 기쁨을 느꼈다. 그녀는 특히 벳시의 집에서 자주 브론스끼를 만났다. 벳시는 결혼 전 성이 브론스까야로서 그의 사촌이었다. 브론스끼는 안나를 만날 수 있는 곳이면 어디든지 나타났고 가능할 때마다 항상 사랑을 고백했다. 그녀는 아무런 빌미도 주지 않았지만, 매번 그를 만날 때면 그녀의 마음속에서는 그를 객차 안에서 처음 보았을 때 그녀를 휩싼 그 생명감이 뛰놀았다. 그녀 자신도 그를 볼 때 자신의 두 눈에 기쁨이 반짝이고 입술이 올라가며 미소를 짓게 된다는 걸 느끼고 있었고, 그녀는 이 기쁨의 표현을 꺼뜨릴 수가 없었다.

처음에 안나는 그가 자기를 쫓아다닐 생각을 하는 것 때문에 자기가 그에게 불만을 품고 있다고 진정으로 믿었다. 하지만 모스끄바에서 돌아온 지 얼마 안 되어, 그를 만나리라고 생각한 야회에 그가 없었을 때 자신을 휩싸는 슬픔으로써 그녀는 분명히 알게 되었다. 자신이 스스로를 속이고 있다는 것을, 그가 쫓아다니는 것이 기쁠 뿐만 아니라 자기 삶의 관심 전부를 이루고 있다는 것을.

유명한 오페라 여가수가 두번째 무대를 가진다고 대사교계 전체가 극장에 모였다. 첫 줄 일등석 안락의자에 앉은 브론스끼는 사촌

누이를 보고 막간을 기다리지 않고 그녀가 있는 특별석으로 갔다.

"왜 만찬에 안 왔어요?" 그녀가 그에게 말했다. "사랑하는 사람들의 이 통찰력은 놀라워요." 그녀는 미소를 지으며 그만이 들을 수 있도록 덧붙여 말했다. "그녀는 안 왔어요. 하지만 오페라가 끝난 뒤에 오세요."

브론스끼는 묻는 듯이 그녀를 바라보았다. 그녀가 고개를 끄덕였다. 그는 미소로써 감사를 표하며 그녀 옆에 앉았다.

"당신이 예전에 비웃으며 했던 말들이 기억나네요!" 이 열정이 진행되는 것을 계속 관찰하는 데서 특별한 만족을 찾는 벳시 공작부인이 말을 이었다. "그 모든 게 어떻게 되었나요! 당신은 사로잡혔어요, 귀여운 남자."

"나는 오로지 사로잡히기만을 원해요." 브론스끼가 특유의 침착하고 친절한 미소를 지으면서 대답했다. "애석한 게 있다면, 사실을 말하자면 너무나 조금만 사로잡혔다는 거지요. 희망을 잃기 시작했어요."

"대체 무슨 희망을 가질 수 있단 말인가요?" 벳시가 친구를 편들 듯 모욕을 느끼면서 말했다. "우리 서로의 입장을 이해하기로 하지요[9]……" 하지만 그녀의 두 눈 속에는 그가 무슨 희망을 가질 수 있는가를 매우 잘, 그가 이해하는 것과 똑같이 매우 잘 이해하고 있다는 것을 말해주는 불꽃들이 빠르게 지나갔다.

"아무런 희망도." 브론스끼가 웃으면서 단단한 이를 드러내며 말했다. "실례해요." 그는 덧붙여 말한 후 그녀의 손에서 오페라글라스를 빼앗아 쥐고 그녀의 드러난 어깨 너머로 맞은쪽 특별석을

---

9 entendons-nous(프랑스어).

들여다보았다. "내가 우스워질까봐 두려워요."

그는 매우 잘 알고 있었다. 자신이 벳시나 모든 사교계 사람들의 눈에 우스워지기를 무릅쓰지 않았다는 것을. 그는 매우 잘 알고 있었다. 이 사람들의 눈에 처녀나 자유로운 처지의 여자의 불행한 연인 역할은 우스울 수 있다는 것을. 그러나 결혼한 여자를 따라다니며 무슨 일이 있더라도 간통으로 유혹하기 위해 생명을 바치는 남자의 역할, 이 역할은 뭔가 아름답고 위대하며 결코 우스꽝스러울 리 없다는 것을 매우 잘 알고 있었기 때문에, 콧수염 밑으로 차 넘치는 자랑스럽고 유쾌한 미소를 지으며 오페라글라스를 내리고 사촌누이를 바라보았다.

"근데 왜 만찬에 안 왔죠?" 그를 기분 좋게 관찰하며 그녀가 물었다.

"당신에게는 이야기를 안 할 수가 없겠네요. 바빴어요. 근데 뭘 하느라 그랬을까요? 일 대 백, 일 대 천으로 내기해도 짐작도 못 할걸요. 내가 남편과 그의 아내를 모욕한 사람을 화해시키는 일을 했어요. 그래요, 정말이에요!"

"그래서, 완전히 화해시켰나요?"

"거의요."

"내게 이야기해주어야 해요." 그녀가 일어서며 말했다. "다음 막간에 오세요."

"안 돼요. 프랑스 극장에 가야 해요."

"닐손[10]을 안 보고요?" 닐손과 평범한 여느 합창단원을 결코 구별도 못 할 벳시가 경악하며 물었다.

---

10 크리스티아네 닐손(1843~1927)은 스웨덴의 소프라노로, 1872~85년 사이에 모스끄바와 뻬쩨르부르그의 마린스끼 극장에서 공연했다.

"어쩔 수 없네요. 거기서 약속이 있어요. 모든 게 내 이 중재 건 때문이지요."

"평화의 일꾼들이여, 복 받으라. 그들은 구원될 것이니." 누군가에게서 들은 그 비슷한 말을 기억하며 벳시가 말했다. "그럼 앉아요. 말해봐요. 대체 뭐예요?"

그녀는 다시 앉았다.

5

"그건 약간 점잖지 못한 일이에요. 하지만 정말 끔찍하게 말하고 싶어질 만큼 유쾌한 일이죠." 브론스끼가 그녀를 웃는 눈으로 바라보며 말했다. "성은 밝히지 않을게요."

"하지만 내가 알아낼 거예요. 더 좋네요."

"들어봐요. 두 유쾌한 젊은이가……"

"물론 당신 연대의 장교들이겠죠?"

"장교들이라고 말하지 않았어요. 그냥 식사를 하고 난 두 젊은이들이……"

"술 마신 젊은이들이라고 바꾸어 말해요."

"아마 그랬을 거예요. 기분이 매우 좋은 상태에서 동료의 집에 만찬을 하러 간 거죠. 근데 보니 예쁜 여자가 삯마차를 타고 그들을 추월한 뒤 돌아보고는, 그들이 보기에, 고개를 끄덕이며 웃는 거예요. 그들은 물론 그녀 뒤를 따라갔지요. 있는 힘을 다해 말을 달려 따라갔어요. 근데 놀랍게도 그 미인이 바로 그들이 가는 그 건물 앞에 멈추는 거예요. 미인은 위층으로 올라갔지요. 그들은 짧은 베일 아래 장밋빛 입술과 작고 예쁜 두 발만 보았지요."

"본인이 마치 그 둘 중의 한 사람인 것 같은 느낌으로 말하네요."

"그런데 조금 전에 제게 뭐라고 하셨죠?[11] 아무튼 젊은이들은 작별 파티를 하는 동료에게로 갔지요. 바로 여기서 그들은 아마 평소 작별 파티에서 마시는 것보다 더 많이 마셨을 거예요. 식사 중에 그들은 위층에 누가 사느냐고 물었지요. 아무도 몰랐는데 집주인의 하인만이 위층에 맘젤들[12]이 사느냐는 질문에 무척 많이 산다고 답했지요. 식사가 끝나고 그들은 집주인의 서재로 가서 모르는 여자에게 편지를 썼어요. 열정적인 편지를, 사랑 고백을 쓰고 나서 편지로는 완전히 이해하지 못할까봐 직접 설명하러 위층으로 편지를 가지고 갔지요."

"뭣 때문에 내게 그런 혐오스러운 일을 말하는 거예요? 그래서요?"

"초인종을 울렸지요. 하녀가 나왔어요. 그들은 편지를 전하고 하녀에게 그들 둘 다 사랑에 빠졌으며 당장 문 앞에서 죽을 거라고 했지요. 수상쩍어하는 하녀와 주거니 받거니 이야기하고 있었는데 갑자기 소시지 같은 수염이 달린, 게처럼 혈색이 불그레한 남자가 나타나더니 이 집에는 자기 아내 이외에는 아무도 살지 않는다고 말하고 둘을 쫓아냈지요."

"어떻게 그 남자의 수염이 소시지 같다는 걸 알아요?"

"아, 글쎄, 들어봐요. 내가 오늘 그들을 화해시키러 갔었거든요."

---

11 브론스끼가 안나에게 사로잡혔다고 한 벳시의 이야기를 말하는 것 같다. 그런 말을 해놓고 어떻게 바로 이런 말을 할 수 있느냐는 뜻.

12 Mamsell(독일어)에서 유래했다. 러시아어로 직업이 확실하지 않고 품행이 좋지 않은 여성을 말한다.

"자, 그래서요?"

"여기가 가장 재미난 부분이에요. 이들은 구등관 부부로 행복한 한쌍이었던 거예요, 글쎄. 그 구등관은 고소를 했어요. 그리고 제가 중재자가 된 거죠. 얼마나 좋은 중재자인지! 장담하는데, 딸레랑[13]도 나와 비교하면 아무것도 아니지요."

"근데 어려운 점이 뭔가요?"

"자, 들어봐요…… 우리는 정식으로 사과를 했지요. '우리는 절망하고 있습니다. 이 불행한 오해를 용서해주시길 청합니다.' 소시지 달린 구등관은 누그러지기 시작했고 자기 감정 또한 표현하고 싶어했는데, 그가 자기 감정을 표현하기 시작하자마자 다시 불같이 화를 내고 막말을 해서 난 다시 갖은 외교적 재능을 부려야 했어요. '이들의 행동이 나빴다는 것에 동의합니다. 하지만 이들의 경솔함을, 청춘의 나이를 고려해주시기를 청합니다. 게다가 이 젊은이들은 막 식사를 끝마친 후였습니다. 아시겠지만, 이들은 온 마음으로 후회하고 자신들의 죄를 용서해주시기를 청하고 있습니다.' 구등관은 다시 부드러워졌지요. '저도 동의합니다, 백작님. 저도 용서할 태세가 되어 있습니다. 하지만 아실 겁니다. 제 아내가, 제 아내가, 명예를 지키는 여자가 웬 애송이 녀석들에게 쫓기고 거친 행동, 뻔뻔스러운 행동을 당하다니요……' 근데 생각해봐요. 그 애송이 녀석이 바로 거기 서 있고 난 그들을 화해시켜야 하고요! 다시 외교적 과정을 밟았지요. 그래서 이제 모든 일을 다 끝내려는 판에 다시 나의 구등관이 화를 내는 거예요. 얼굴을 붉히고 소시지들을 위로 치켜세우고, 다시 나는 교묘한 외교적 언사들을 이리저

---

13 샤를 모리스 드 딸레랑(1754~1838)은 프랑스의 정치가, 외교가로, 나뽈레옹 몰락 이후 비상한 수완을 발휘해 전승국을 물리치고 프랑스의 국익을 지켰다.

리 풀고."

"아, 이 이야기는 꼭 해드려야겠어요!" 벳시는 웃으면서 그녀의 특별석으로 들어오는 부인을 향해 말했다. "그가 나를 정말 웃겼어요."

"자, *잘해봐요*[14]." 그녀는 브론스끼에게 부채를 잡지 않은 손가락 하나를 내밀고 나서 어깨를 들썩여 드레스 허리의 올라간 부분을 내려서, 몸을 앞으로 내밀어 무대를 향할 때 가스등 아래서와 모든 사람들의 눈에 어깨의 맨살이 제대로 훤히 드러나도록 했다.

브론스끼는 프랑스 극장으로 갔다. 실제로 그는 거기서 프랑스 극장의 공연이라면 하나도 빠뜨리지 않는 연대장을 만나서 벌써 사흘째 진행하면서 즐기고 있는 자신의 중재 건에 대해서 그와 이야기를 나누려고 했다. 이 일에는 그가 사랑하는 뻬뜨리쯔끼와 바로 얼마 전에 들어온 멋진 젊은이이자 빼어난 동료인 젊은 공작 께드로프가 관여되어 있었다.

둘은 브론스끼의 기병연대에 소속되어 있었다. 그런데 벤젠이라는 구등관 관리가 연대장에게 자기 아내를 모욕한 장교들에 대한 고소장을 들고 온 것이다. 벤젠의 말에 의하면 그는 결혼한 지 반년 되었고, 그의 젊은 아내는 어머니와 교회에 있다가 보통 몸이 아니어서[15] 생긴 갑작스런 불편을 느껴 더이상 서 있을 수가 없어서 첫번째로 마주친 마차를 타고 집으로 왔던 것이다. 이때 그녀가 장교들의 마음에 들었고, 그녀는 겁이 나서 불편이 더 심해진 몸으로 계단을 달려올라 집으로 들어왔던 것이다. 벤젠 자신도 관청에서 돌아와 있었는데, 초인종 소리와 누군가의 목소리를 듣고 나가보

---

14 bonne chance(프랑스어).
15 임신 상태를 말한다.

니 취한 장교들이 편지를 들고 서 있었고 그들이 그를 밀쳤다는 것이다. 그는 엄한 처벌을 요구했다.

"아니, 어쨌든 간에……" 연대장은 브론스끼를 부르더니 말했다. "뻬뜨리쯔끼는 참을 수 없는 지경에 이르렀네. 한주도 스캔들 없이 보내질 않으니. 그 관리는 이 사건을 이대로 끝내지 않을 거네. 그는 더 나갈 거야."

브론스끼는 이 사건의 온갖 추잡한 면과, 하지만 여기에 결투가 있으면 안 되고 이 구등관을 누그러뜨려 일을 무마하기 위해서 백방으로 전력을 다해야 한다는 것을 이해했다. 연대장이 브론스끼를 부른 이유는 바로 그가 품위 있고 현명한 사람, 무엇보다도 연대의 명예를 소중히 여기는 사람이라는 것을 알기 때문이었다. 그들은 좀더 이야기를 나눈 후 뻬뜨리쯔끼와 께드로프가 브론스끼와 함께 이 구등관에게 사과하러 가야 한다고 결정했다. 연대장과 브론스끼는 둘 다 브론스끼라는 이름과 황실 부관이라는 칭호가 구등관을 누그러뜨리는 데 틀림없이 큰 영향을 줄 거라는 점을 이해했던 것이다. 그리고 실제로 이 두가지 수단이 부분적으로는 효과가 있었다. 하지만 중재의 결과는 브론스끼도 말했던 것처럼 회의적이었다.

프랑스 극장에 도착한 브론스끼는 연대장과 함께 로비로 나가서 그에게 자신의 성공 또는 실패를 이야기했다. 연대장은 모든 것을 이리저리 생각하고 나서 이 사건을 심리 없이 처리하기로 결정했지만, 기분전환 삼아 브론스끼에게 구등관을 만난 일에 대해 상세히 물었다. 브론스끼가 잠잠해졌던 구등관이 구체적인 사실을 상기하고 갑자기 다시 열통을 터뜨린 것과, 중재의 맨 마지막에 자기는 재치 있게 뒤로 숨고 뻬뜨리쯔끼를 앞으로 밀친 것을 이야기하자 연대장은 오랫동안 웃음을 그치지 못했다.

"추잡한 이야기지만 우습기 짝이 없네. 께드로프가 그 구등관과 결투를 못 할 지경이었다고! 그렇게 겁나게 화를 냈단 말이지?" 그는 껄껄 웃으면서 다시 물었다. "근데 오늘 끌레르는 어떤가? 기적이야!" 그는 새로운 프랑스 여배우에 대해서 말했다. "아무리 봐도 매일 달라. 프랑스인들만이 이렇게 할 수 있지."

6

벳시 공작부인은 마지막 막이 끝나기를 기다리지 않고 극장을 떠났다. 그녀가 자기 화장실[16]로 들어가서 창백하고 긴 얼굴에 온통 분가루를 뿌렸다가 털어내고, 머리를 고치고, 큰 거실로 차를 내오라고 하자마자 마차들이 하나씩 하나씩 볼샤야 모르스까야에 있는 그녀의 큰 저택에 도착하기 시작했다. 손님들은 내려서 널찍한 입구로 걸어왔고, 아침마다 행인 선도 차원에서 유리문 뒤에서 신문을 읽는 뚱뚱한 문지기가 도착한 손님들이 지나가도록 그 거대한 문을 소리 없이 열었다.

사람들은 거의 동시에 들어왔다. 새로 만진 머리에 새로 화장한 얼굴의 안주인이 한쪽 문으로, 손님들은 다른 문으로, 어두운 벽, 털이 북실북실한 양탄자, 하얀 식탁보와 은제 사모바르와 투명 자기 찻잔들이 불빛 아래 번쩍거리는, 휘황찬란하게 빛나는 탁자로 꾸며진 거실로 들어왔다.

---

16 몸단장을 하는 방.

안주인은 사모바르 너머에 앉아서 장갑을 벗었다. 사람들은 조용조용 행동하는 하인들의 도움으로 의자들을 옮기고 나서, 사모바르 부근에 있는 안주인 주위와 거실의 다른 쪽 끝에 있는, 검은색 벨벳 드레스를 입은 검고 짙은 눈썹의 아름다운 공사 부인 주위로 두 그룹으로 나뉘어 자리를 잡았다. 두 개의 중심에서 이루어지는 대화는 처음에는 항상 그렇듯이 만나서 인사하고 차를 권하느라고 중단되곤 해서 어디에 머물러야 할지 찾는 것처럼 오락가락했다.

"그녀는 여배우로서는 예외적으로 훌륭해요. 카울바흐[17]를 공부한 것 같아요." 공사 부인이 있는 그룹에서 외교관이 말했다. "그녀가 쓰러지는 연기를 어떻게 하는지 눈여겨보셨지요……"

"아, 제발 이제 닐손 이야기는 하지 맙시다! 그녀에 대해서는 새로운 것을 말할 게 아무것도 없네요." 뚱뚱하고 붉은 얼굴에 눈썹도 없고 가발도 없는, 낡은 비단옷을 입은 연한 갈색 머리칼의 여자가 말했다. 이 여자는 먀그까야 공작부인이었다. 그녀는 사람을 투박하고 거칠게 대하는 태도로 유명한 여자로, 별명이 *끔찍한 아이*[18]였다. 먀그까야 공작부인은 두 그룹 사이에 앉아서 듣고 있다가 어떤 때는 이 그룹에, 어떤 때는 저 그룹에 참견을 했다. "오늘 제게 벌써 세 사람이 카울바흐에 대해서 똑같은 문구로 말했어요. 약속이라도 한 모양이에요. 저는 이유를 알 수 없는데 그 문구가 무척 마음에들 들었나봐요."

---

17 빌헬름 폰 카울바흐(1805~74)는 독일의 미술가로, 오페라 배우를 포함한 배우들이 그의 조각과 회화를 공부해 무대에서 입체적인 동작을 표현하려 했다.
18 enfant terrible(프랑스어). 예기치 못하게 어울리지 않는 도발적인 언행으로 기성 사회의 어른들을 놀라게 하는 아이. 비유적으로 기성 사회에 어울리지 않는 언행을 하는 사람을 말함.

이 말로 대화는 중단되었고 사람들은 다시 새로운 주제를 생각해 내야 했다.

"좀 재미있는 걸로 이야기해줘요. 심술궂은 거 말고요." 영어로 '스몰 토크[19]'라고 하는 우아한 대화의 대가인 공사 부인이 역시 지금 무슨 이야기를 시작해야 할지 모르는 외교관에게 말했다.

"그건 매우 어렵고, 그냥 심술궂은 게 재미있다고들 하지요." 그는 미소를 지으며 말을 시작했다. "하지만 시도해보겠습니다. 주제를 주세요. 모든 것이 주제 속에 있어요. 일단 주제가 주어지면 그에 따라 그걸 어떻게 비벼보는 건 쉬우니까요. 전 종종 생각해요. 지난 세기의 유명한 달변가라도 지금은 똑똑하게 이야기하는 데 어려움을 느낄 거라고요. 모든 똑똑한 것이 정말 지루하니 말예요……"

"예전에 이미 이야기했던 거네요." 공사 부인이 웃으면서 말을 막았다.

대화는 호의적으로 시작되었다. 그러나 이번에는 너무 호의적이었기 때문에 바로 다시 중단되었다. 그러니까 결코 변하지 않는 진정한 수단, 험담으로 나가는 수밖에 없었다.

"뚜시께비치에게서 뭔가 루이 십오세[20] 같은 점을 발견하지 못하시겠어요?" 그는 눈으로 탁자 곁에 앉아 있는 잘생긴 금발의 남자를 가리키며 말했다.

"오, 그래요! 그는 이 거실과 같은 취향이에요. 그래서 그는 그렇게나 자주 여기 오곤 하지요."

이 이야기는 지지를 받았는데, 그건 바로 이 거실에서는 이야기

19 small talk(영어).
20 Louis XV(프랑스어).

하면 안 되는 것, 즉 안주인과 뚜시께비치의 관계를 암시했기 때문이었다.

그사이 사모바르와 안주인 부근에서는 마찬가지로 세가지 피할 수 없는 주제인 최근 사교계 소식, 극장, 가까운 사람들에 대한 비판 사이에서 대화가 얼마간 오락가락하더니 마지막 주제, 즉 험담으로 제자리를 잡았다.

"들었어요? 말쩨셰바가, 딸 말고 어머니 말예요, 자기 옷을 *새빨간 장미색*[21]으로 만든대요."

"그럴 수가! 아니, 그거 참 기막히게 멋지겠네요."

"그녀의 이성으로 어떻게 그럴 수 있는지 놀라워요. 그녀는 자기가 얼마나 우스운지 모를 정도로 바보는 아닌데요."

모두가 불행한 말쩨셰바를 비판하고 놀릴 거리가 있었고, 대화는 제대로 불붙기 시작한 모닥불처럼 소리 내며 타기 시작했다. 선량한 사람으로 열광적인 판화 수집가인 벳시의 뚱뚱한 남편은 아내의 손님들이 와 있는 걸 알고 클럽으로 가기 전에 거실에 들렀다. 그는 부드러운 양탄자를 따라 소리 없이 먀그까야 공작부인에게로 다가갔다.[22]

"닐손은 마음에 드셨나요?" 그가 말했다.

"아, 어쩜 그렇게 몰래 다가올 수가 있어요? 얼마나 놀랐는지." 그녀가 대답했다. "제발 저와 오페라 이야기는 마세요. 음악에 대해서는 아무것도 모르시잖아요. 차라리 제가 당신 수준으로 낮춰

---

21 diable rose(프랑스어).

22 거칠고 투박한 먀그까야 공작부인의 성 먀그까야는 우리말로 '약한' '부드러운'에 해당해서 그 대조가 두드러지는데, 벳시의 남편이 부드러운 양탄자를 따라 먀그까야 공작부인에게로 간다는 표현도 흥미롭다.

서 좋아하시는 이딸리아 도자기나 판화 이야기를 할게요. 자, 요전
번에 골동품상에서 어떤 보물을 사셨나요?"

"원하시면 보여드릴까요? 하지만 아무것도 이해 못 하시잖아요."

"보여주세요. 저도 그 사람들…… 이름이 뭐였더라…… 은행가
들에게서 배웠어요…… 그들 집에 멋진 판화들이 있지요. 그들이
우리에게 보여주었어요."

"뭐라고요? 슈쯔부르그 씨 댁에 갔었어요?" 사모바르 쪽에 있던
안주인이 물었다.

"갔었지요, *친애하는 부인*²³. 그들이 남편과 절 초대했는데 그날
저녁에 나온 소스가 천 루블이라고들 그러데요." 먀그까야 공작부
인은 모두들 자기 말을 듣는 것을 느끼고 큰 소리로 말했다. "그런
데 무척 역겨운 소스였어요, 무슨 초록 빛깔이 나는. 이번에는 저도
그들을 초대해야 했지요. 저는 팔십오 꼬뻬이까로 소스를 만들었고
모두들 만족했어요. 전 천 루블짜리 소스는 만들 수가 없거든요."

"저분은 독보적이에요!" 안주인이 말했다.

"놀랄 만한 여성이에요!" 누군가가 말했다.

먀그까야 공작부인의 말은 항상 똑같은 효과를 불러일으켰는데,
이 효과의 비밀은 그녀가 지금처럼 항상 적당한 때에 이야기하는
것은 아니지만 의미가 있는 평범한 일을 이야기하는 데 있었다. 그
녀가 사는 사회에서는 이런 말들이 제일 재치 있는 농담의 효과를
불러일으키는 것이었다. 먀그까야 공작부인은 어째서 이것이 그런
효과를 일으키는지 이해하지 못했으나 그런 효과를 일으킨다는 것
을 알고 있었고, 그래서 이를 이용했다.

---

23 ma chère(프랑스어).

먀그까야 공작부인이 말하는 동안 모두가 그녀에게 귀를 기울였고 공사 부인 부근의 대화는 끊겼으므로, 안주인은 전체 모임을 하나로 연결하려고 공사 부인을 향해서 말했다.

"차는 더 안 드실 건가요? 우리 쪽으로 옮겨앉으시지요."

"아니요, 저희는 여기가 무척 좋아요." 공사 부인이 미소를 띠며 말하고 나서 시작되었던 대화를 계속했다.

대화는 무척 기분 좋은 것이었다. 그들은 까레닌 부부, 그 남편과 아내를 도마에 올렸던 것이다.

"안나는 모스끄바 여행을 다녀온 후로 무척 변했어요. 그녀 안에 뭔가 이상한 게 있어요." 안나의 친구가 말했다.

"가장 중요한 변화는 그녀가 알렉세이 브론스끼의 그림자를 데리고 다닌다는 거죠." 공사 부인이 말했다.

"그러면 어때요? 그림의 우화가 있지요.[24] 그림자 없는 인간, 인간에게 그림자가 없는 거예요. 그런데 그건 어떤 것에 대한 벌이었어요. 그게 왜 벌인지 전 결코 이해하지 못했지요. 하지만 여자에게 그림자가 없는 건 좋지 않은 게 분명해요."

"그래요, 하지만 그림자가 있는 여자는 보통 나쁘게 끝나지요." 안나의 친구가 말했다.

"쓸데없는 소리 마세요." 그 말을 듣고 갑자기 먀그까야 공작부인이 말했다. "까레닌 부인은 멋진 여자예요. 전 그녀의 남편을 좋아하지 않지만 그녀는 무척 좋아해요."

"대체 왜 그녀의 남편을 좋아하지 않는 거예요? 그는 매우 비범

---

24 이 이야기는 그림 형제의 동화보다는 독일 작가 아델베르트 폰 샤미소(1781~1838)의 소설 『페터 슐레밀의 이상한 이야기』와 연관된 것이다. 공사 부인의 착각이다.

한 사람인데요." 공사 부인이 말했다. "남편이 그러는데 그런 정치인은 유럽에 드물대요."

"제게도 남편이 똑같은 말을 했어요. 하지만 전 믿지 않아요." 먀그까야 공작부인이 말했다. "만약 남편들이 이야기하지 않았다면 우리는 있는 그대로 보았을 거예요. 근데 알렉세이 알렉산드로비치는 제가 보기에 그냥 바보예요. 전 이 말을 속삭이듯 해야 하지만…… 모든 게 얼마나 확실해요. 그렇지 않나요? 예전에 사람들이 그의 현명한 점을 찾아내보라고 했을 때 전 내내 찾고 또 찾았지만, 결국 그의 현명함을 보지 못하는 제가 바보라는 사실을 찾아냈지요. 하지만 속삭이듯이 제가 '그는 바보야'라고 말하자마자, 모든 것이 확실해졌어요. 그렇지 않나요?"

"오늘 정말 심술궂으시군요!"

"전혀 그렇지 않아요. 제겐 다른 출구가 없어요. 우리 둘 중 하나는 바보여야 하니까요. 자, 아시죠, 사람은 자기 자신에 대해서는 결코 바보라고 이야기할 수 없다는 거 말예요."

"아무도 자신의 처지에는 만족하지 않지만 누구나 자기의 이성에는 만족한다.[25]" 외교관이 프랑스 시구를 말했다.

"바로 그거예요." 먀그까야 공작부인은 재빨리 그를 향했다. "하지만 제가 당신들에게 안나는 내주지 않겠다는 게 중요하지요. 그녀는 정말 훌륭하고 사랑스러운 여자예요. 모두가 그녀에게 반해서 그림자처럼 그녀를 따라다니는 걸 그녀가 어쩌겠어요?"

"그래요. 뭐, 전 그녀를 비판할 생각은 추호도 없어요." 안나의 친구가 변명했다.

---

[25] 프랑스 철학자 라로슈푸꼬(1613~80)의 시구가 약간 다르게 인용되었다.

"아무도 우리를 그림자처럼 따라다니지 않는다는 사실이 우리에게 비판할 권리가 있다는 것을 증명하는 것은 아니지요."

안나의 친구에게 제대로 한방 먹이고 나서 먀그까야 공작부인은 자리에서 일어나 공사 부인과 함께 프로이센 왕에 대한 공통의 대화가 진행되고 있는 탁자로 갔다.

"거기서 무슨 험담을 했어요?" 벳시가 물었다.

"까레닌 부부에 대해서요. 공작부인이 알렉세이 알렉산드로비치의 성격을 묘사했지요." 공사 부인이 미소를 짓고 탁자 앞에 앉으며 대답했다.

"듣지 못해 유감이네요." 안주인이 출입문을 쳐다보며 말했다. "아, 드디어 오셨군요!" 그녀는 들어오는 브론스끼를 향해 미소를 지으며 말했다.

브론스끼는 여기서 만나는 사람들과 아는 사이일 뿐만 아니라 이들 모두를 매일 보기 때문에, 마치 이제 막 헤어진 사람들로 가득한 방에 들어선 사람이 받을 법한 그런 담담한 환영을 받으며 들어왔다.

"어디서 오냐고요?" 그는 공사 부인의 물음에 대답했다. "어쩌지요? 고백해야겠네요. 부프[26]에서 와요. 백번을 가도 여전히 새로운 만족을 주네요. 정말 좋아요! 부끄러운 일이라는 걸 알아요. 하지만 오페라를 볼 때는 자는데 부프에서는 마지막 순간까지 앉아 있고 유쾌해요. 오늘……"

그는 프랑스 여배우의 이름을 말하며 그녀에 대해 뭔가를 이야기하려 했다. 하지만 공사 부인은 장난조로 놀라면서 그의 말을 막

---

26 오페라부프를 말한다. 202면 주 참조.

왔다.

"제발 그 끔찍한 것에 대해 이야기하지 마세요."

"그럼 안 할게요. 게다가 모두 그 끔찍한 것을 알고 있으니까요."

"그게 만약 오페라와 마찬가지로 받아들여진다면 모두들 그리로 갔을 거예요."

7

문에서 발소리가 들렸다. 그러자 벳시 공작부인은 까레니나인 것을 알고 브론스끼를 쳐다보았다. 문을 바라보는 그의 얼굴은 낯설고 새로운 표정을 띠고 있었다. 그는 들어오는 여인을 기쁘게, 집요하면서도 수줍게 바라보며 천천히 일어났다. 안나가 거실로 들어왔다. 언제나 그렇듯이 지극히 꼿꼿한 자세에, 다른 사교계 여자들과는 다르게 빠르고 확고하며 가벼운 걸음걸이였다. 그녀는 시선의 방향을 바꾸지 않은 채 안주인에게 그러한 걸음걸이로 몇걸음 더 걸어가서 악수하고 미소를 지었고, 그 미소 그대로 브론스끼를 바라보았다. 브론스끼는 깊이 허리 굽혀 절을 하고 그녀에게 의자를 밀어주었다.

그녀는 고개를 기울이는 것으로만 답했고, 얼굴을 붉히며 눈썹을 찌푸렸다. 하지만 곧 아는 사람들에게 재빨리 고개를 끄덕이고 내민 손을 잡고 악수하고는 안주인을 향했다.

"리지야 백작부인 댁에 갔었어요. 일찍 오려 했지만 거기 눌러 있었어요. 존 경[77]이 왔어요. 무척 흥미로운 사람이에요."

"아, 그 선교사 말인가요?"

"네, 그가 인도 생활에 대해 무척 흥미로운 이야기를 해주었어요."

안나의 도착으로 중단되었던 대화가 바람이 불어닥친 등불처럼 다시 흔들렸다.

"존 경! 그래, 존 경! 본 적 있어요. 그는 말을 잘해요. 블라시예바는 그에게 완전히 반했어요."

"아, 근데 블라시예바의 동생이 또뽀프와 결혼한다는 게 사실인가요?"

"네, 완전히 결정되었다고 그러던데요."

"부모가 놀라워요. 그건 열정에 불타서 하는 결혼이라던데요."

"열정에 불타서요? 무슨 홍적세 이전 생각을 하세요? 요즘 누가 열정을 이야기하나요?" 공사 부인이 말했다.

"어쩌겠어요? 그런 바보 같은 옛날 유행이 아직도 여전히 남아 있는 걸요." 브론스끼가 말했다.

"그런 유행을 따르는 사람들에겐 결혼이 훨씬 더 불리하지요. 제가 알기로 행복한 결혼은 오직 이성에 따라서 한 결혼뿐이에요."

"그래요. 하지만 그 대신 이성에 따라서 한 결혼의 행복이 얼마나 먼지처럼 날아가버리는지요. 바로 사람들이 인정하지 않는 그 열정이 나타나게 되면요." 브론스끼가 말했다.

"하지만 우리가 말하는 이성적인 결혼이란 두 사람이 이미 쓴 맛을 보고 정신 차린 이후의 결혼을 말해요. 열정은 성홍열 같은 거라 치러야 하는 거죠."

"그러면 천연두처럼 사랑도 그에 맞서 인공적으로 백신을 접종하는 법을 배워야 하겠군요."

---

27 Sir John(영어)의 발음을 러시아 문자로 표기했다.

"전 젊었을 때 사제에게 반했었지요." 먀그까야 공작부인이 말했다. "그게 저한테 도움이 되었는지 모르겠어요."

"아니, 농담이 아니고, 제 생각에는 사랑을 알기 위해서는 실수를 해보고 그다음에 잘못을 고치고 해야 해요." 벳시 공작부인이 말했다.

"결혼 후에도요?" 공사 부인이 농담조로 말했다.

"후회하는 데 늦은 때는 없다." 외교관이 영국 속담을 말했다.

"그래서 바로……" 벳시가 끼어들었다. "실수를 하고 잘못을 고치고 해야 하는 거죠. 여기에 대해서 어떻게 생각해요?" 입술에 보일락 말락 하지만 분명 미소를 띠고 이 대화를 말없이 듣고 있던 안나를 향해 그녀가 물었다.

"제 생각에는……" 안나는 벗은 장갑을 만지작거리면서 말했다. "제 생각에는…… 사람들 머리가 각각 다르듯이 생각도 다 다르고 심장이 각각 다르듯이 사랑의 종류도 다 달라요."

브론스끼는 안나를 바라보며 심장이 죄어드는 것을 느끼면서 그녀가 뭐라고 할까 기다리고 있던 터였다. 그녀가 이 말을 입 밖에 냈을 때 그는 무슨 위험이 지나간 듯이 숨을 크게 내쉬었다.

안나는 갑자기 그를 향했다.

"근데 모스끄바에서 편지를 받았어요. 끼찌 셰르바쯔까야가 몹시 아프다고 쓰여 있더군요."

"그런가요?" 브론스끼가 눈썹을 찌푸리며 말했다.

안나는 그를 엄격하게 쳐다보았다.

"이 소식에 관심이 없나요?"

"그 반대입니다. 무척 마음이 쓰입니다. 제가 알아도 된다면, 대체 뭐라고 쓰여 있었나요?" 그가 물었다.

안나는 일어나서 벳시에게로 다가갔다.

"차 한잔 주실래요?" 벳시의 탁자 앞에 멈춰서서 그녀가 물었다.

벳시 공작부인이 그녀에게 차를 따르는 동안 브론스끼는 안나에게로 다가갔다.

"대체 뭐라고 쓰여 있었나요?" 그가 되풀이했다.

"전 종종 남자들은 항상 명예에 대해 이야기하지만 명예롭지 않다는 게 뭔지 이해하지 못한다고 생각해요." 그의 질문에는 대답하지 않고 안나가 말했다. "당신에게 오래전부터 하고 싶었던 이야기예요." 그녀는 덧붙이고 몇걸음 가더니 앨범이 놓여 있는 구석 탁자 앞에 앉았다.

"전 당신의 말을 전혀 이해하지 못하겠습니다." 그녀에게 차를 건네주며 그가 말했다.

그녀가 옆의 소파를 눈으로 가리키자 그는 당장 앉았다.

"네, 전 당신에게 이야기하고 싶었어요." 그녀는 그를 쳐다보지 않은 채 말했다. "당신은 나쁜 행동을 했어요. 나쁜, 몹시 나쁜."

"제 행동이 나빴다는 걸 제가 모른단 말입니까? 하지만 제가 누구 때문에 그렇게 행동했습니까?"

"당신은 왜 제게 그런 이야기를 하시죠?" 그를 엄격하게 쳐다보면서 그녀가 말했다.

"왜인지는 당신이 아십니다." 그는 정면으로 그녀의 시선을 마주치며 대담하고 기쁘게 대답했다.

당황한 것은 그가 아니라 그녀였다.

"그건 단지 당신에게 심장이 없다는 것을 증명할 뿐이에요." 그녀가 말했다. 하지만 그녀의 시선은 그녀가 그에게 심장이 있다는 것뿐만 아니라 그것 때문에 그를 두려워한다는 것을 스스로 알고 있다고 말하고 있었다.

"지금 말씀하시는 그 문제는 실수였어요. 사랑이 아니었지요."

"제가 그 단어, 그 혐오스러운 단어를 입에 올리는 것을 금지한 것을 기억하시지요." 안나가 흠칫 몸을 떨며 말했다. 하지만 그녀는 이 '금지했다'는 단어로써 그녀가 그에게 명백한 권리를 가진다는 것을 인정하고 있다는 것을 보여주었고, 그럼으로써 그에게 사랑에 대해 말하도록 고무하고 있었다. "오래전부터 이 말을 하고 싶었어요." 그녀는 단호하게 그의 두 눈을 들여다보면서 말을 계속했는데, 그녀의 얼굴은 홍조로 온통 뜨겁게 불타고 있었다. "전 오늘 당신을 만날 줄 알고 일부러 왔어요. 전 이런 일을 끝내야 한다고 말하러 왔어요. 전 한번도 누구 앞에서 얼굴을 붉힌 적이 없는데 당신이 저를 뭔가 죄지은 사람으로 느끼게 하네요."

그는 그녀를 바라보며 그녀의 얼굴에 떠오른 새로운 정신적 아름다움에 놀랐다.

"당신이 제게 원하는 게 뭡니까?" 그가 솔직하고 진지하게 물었다.

"전 당신이 모스끄바로 가서 끼찌에게 용서를 구하기를 원해요." 그녀가 말했다.

"당신은 그걸 원하지 않으십니다." 그가 말했다.

그는 그녀가 스스로에게 강요하는 바를 말한 것이지 원하는 바를 말한 것이 아니라는 것을 알아차렸던 것이다.

"당신이 당신 말대로 저를 사랑하신다면……" 그녀가 속삭였다. "제 마음이 평온하도록 해주세요."

그의 얼굴이 빛났다.

"당신은 제게 삶 전체라는 것을 모르십니까? 전 평온을 모르며 당신에게 드릴 수도 없습니다. 제 모든 것을, 사랑을…… 드릴 수는 있습니다. 저는 당신과 저를 따로 생각할 수 없습니다. 제게 당신과 저는 하나입니다. 그리고 제 눈에는 제게도 당신에게도 평온의 가능성이 보이지 않습니다. 제게 보이는 것은 절망과 불행의 가능성입니다…… 또는 행복, 아주 큰 행복의 가능성이 보입니다! 그것이 가능하지 않겠습니까?" 그는 마지막 말을 입술로만 덧붙였다. 하지만 그녀는 들었다.

그녀는 해야 하는 이야기를 하려고 모든 정신력을 집중했으나, 사랑으로 가득 찬 시선을 그에게 둔 채 아무 대답도 하지 않았다.

'자, 이거야!' 그는 속으로 환호를 지르며 생각했다. '난 이미 절망하기 시작했고 끝이 보이지 않는 것만 같았는데, 이거야! 그녀는 나를 사랑해. 그녀는 지금 그걸 고백하는 거야.'

"그럼 저를 위해서 그렇게 해주세요. 제게 결코 그런 말을 하지 말아주세요. 우리 좋은 친구가 되어요." 그녀의 입은 이렇게 말했지만, 그 시선은 전혀 다른 것을 말하고 있었다.

"우리는 친구가 되지 않을 겁니다. 우리 스스로가 알고 있습니다. 우리가 가장 행복한 사람들이 되느냐, 아니면 가장 불행한 사람들이 되느냐 하는 건 당신에게 달려 있습니다."

그녀가 뭔가를 말하려고 했지만 그가 가로막았다.

"제가 청하는 건 단지 하나뿐입니다. 지금처럼 희망을 가지고 고통을 느낄 권리를 청하는 것이지요. 하지만 이게 불가능하다면 저더러 사라지라고 하십시오. 그럼 전 사라지겠습니다. 저의 존재가 당신에게 힘들다면 저를 보지 않게 되실 겁니다."

"전 당신을 어디로도 쫓아내고 싶지 않아요."

"그러면 그냥 그대로만 두십시오. 모든 걸 지금처럼 그대로 두십시오." 그는 떨리는 목소리로 말했다. "저기 당신의 남편이 오는

군요."

실제로 그 순간 알렉세이 알렉산드로비치가 특유의 태평하고 보기 흉한 걸음걸이로 거실로 들어오고 있었다.

그는 아내와 브론스끼를 바라보고 나서 안주인에게로 다가가 찻잔 앞에 자리를 잡았고, 특유의 느릿하고 언제나 잘 들리는 목소리로, 누구를 놀리는 듯한 습관적인 조롱조로 말하기 시작했다.

"당신의 랑부예[28]에……" 그는 모든 사람들을 둘러보며 말했다. "우아한 여인들, 뮤즈들이 다 모였군요."

하지만 벳시 공작부인은 그의 이 어조, 그녀가 *스니어링*[29]이라는 단어로 부르는 이 어조를 참을 수가 없어서, 현명한 안주인으로서 곧 그를 일반병역제도[30]에 대한 진지한 대화로 끌어들였다. 알렉세이 알렉산드로비치는 당장 대화에 열을 올리며 자신을 공격하는 벳시 공작부인 앞에서 진지하게 새로운 법령을 옹호하기 시작했다.

브론스끼와 안나는 작은 탁자 앞에 계속 앉아 있었다.

"이거 점잖지 못하게 되어가는데요." 한 귀부인이 까레니나, 브론스끼, 까레니나의 남편을 눈으로 가리키며 속삭였다.

"제가 뭐라 그랬어요?" 안나의 친구가 대꾸했다.

하지만 이 귀부인들뿐만 아니라 거실에 있는 거의 모든 사람들이, 먀그까야 공작부인과 벳시까지도, 공통의 모임으로부터 떨어져 있는 두 사람을, 마치 그러는 것이 그들에게 방해라도 된다는

---

28 랑부예 후작부인(1588~1665)이 연 살롱. 빠리의 정치가, 문학가, 귀부인 등이 드나들었다.

29 sneering(영어). '조롱조의'라는 뜻이다.

30 1874년 1월 1일부터 모든 계층의 남자들이 6년의 병역의무를 지게 되었다. 이 전까지는 농민과 소시민에게만 부과되던 25년의 병역의무가 최장 6년으로 줄고 모든 계층으로 확대된 것이다.

듯이 벌써 몇번이나 돌아보았다. 알렉세이 알렉산드로비치만이 한 번도 그 방향을 바라보지 않았고 시작한 대화에서 흥미를 잃지 않고 있었다.

모든 사람들이 불쾌한 인상을 받은 것을 알아차린 벳시 공작부인은 알렉세이 알렉산드로비치의 이야기를 듣도록 다른 사람을 자기 자리에 앉히고 나서 안나에게 다가갔다.

"전 항상 당신 남편이 쓰는 표현의 명확함과 정확성에 놀라요." 그녀가 말했다. "가장 초경험적인 개념들도 그가 말하면 이해가 된다니까요."

"오, 그래요!" 벳시의 말을 전혀 알아듣지 못한 안나가 행복한 미소를 빛내며 말했다. 그녀는 큰 탁자로 가서 공통의 대화에 참여했다.

알렉세이 알렉산드로비치는 반시간쯤 앉아 있더니 아내에게로 다가가 함께 집으로 가자고 제안했다. 그러나 그녀는 그를 쳐다보지 않은 채 밤참에 남겠다고 대답했다. 알렉세이 알렉산드로비치는 허리 굽혀 절을 하고 나갔다.

까레니나의 마부인 늙고 뚱뚱한 따따르인은 광택 나는 가죽옷을 입고 입구 부근에서 몸이 얼어와 제자리걸음을 하고 있는 왼쪽 회색 말의 고삐를 힘들여 잡고 있었다. 하인은 마차 문을 열고 서 있었고, 문지기는 바깥문을 잡고 서 있었다. 안나 아르까지예브나는 작고 날렵한 손으로 털가죽 외투 고리에 걸린 소매의 레이스를 풀면서, 자신을 배웅하는 브론스끼의 말을 고개를 숙인 채 환희에 떨며 들었다.

"당신은 아무 말도 안 하셨지요. 저도 아무것도 요구하지 않은 걸로 합시다." 그가 말했다. "하지만 당신은 아시지요. 제게 필요한 건 우정이 아니고, 제 삶에는 오직 하나의 행복만이 가능하다는 것을요. 그것은 당신이 싫어하는 이 말…… 그래요, 사랑만이……"

"사랑……" 그녀가 내면에서 우러나오는 소리로 천천히 되풀이했다. 그러다 레이스를 풀어낸 순간 갑자기 덧붙였다. "저는 그 말을 좋아하지 않아요. 그건 그 말이 제게는 당신이 아는 것보다 훨씬 많은 것을, 너무나 많은 것을 의미하기 때문이에요." 그녀는 그의 얼굴을 쳐다보며 말했다. "또 봐요!"

그녀는 그에게 손을 내밀고 빠르고 탄력 있는 걸음걸이로 문지기를 지나서 마차 속에 몸을 감추었다.

그녀의 시선, 그녀의 손이 닿은 곳이 그를 불태웠다. 그는 자기의 손바닥에서 그녀의 손이 닿았던 바로 그곳에 키스하고, 오늘 저녁에 지난 두달보다 훨씬 더 많이 자신의 목표를 달성하는 데 가까워졌다는 생각에 행복을 느끼며 집으로 갔다.

8

알렉세이 알렉산드로비치는 아내와 브론스끼가 따로 떨어진 탁자 앞에 앉아 뭔가에 대해 생기를 띠고 이야기한 것에서 아무런 특별한 점도, 품위 없는 점도 발견할 수 없었다. 하지만 이 일이 거실에 있는 다른 사람들에게 뭔가 특별하고 품위 없어 보인다는 것을 알아챘고, 그러자 그에게도 품위 없어 보였다. 그는 이에 대해 아내에게 이야기할 필요가 있다고 결론을 내렸다.

집으로 돌아온 알렉세이 알렉산드로비치는 항상 그렇듯이 자기 서재로 들어가 안락의자에 앉아 교황 신성설에 관한 책을 들고 종이칼을 끼워둔 자리를 펴서 항상 그렇듯이 한시까지 읽었다. 다만 그는 아주 가끔 이마 윗부분을 문지르고 무엇인가를 털어내려는 듯이 머리를 흔들었다. 그는 정해진 시간에 일어나서 잠옷으로 갈아입었다. 안나 아르까지예브나는 아직 돌아오지 않았다. 그는 겨드랑이에 책을 끼고 위층으로 올라갔다. 하지만 오늘 저녁 그의 머릿속은 직무에 관한 습관적인 사고나 판단 대신 아내와 그녀에게 일어난 뭔가 불쾌한 일에 대한 생각으로 가득 차 있었다. 그는 평소 습관을 거슬러 침대에 눕지 않고 뒷짐을 진 채 이 방 저 방으로 이리저리 왔다 갔다 하기 시작했다. 우선 벌어진 상황에 대해서 깊이 생각해봐야 한다고 느껴서 잠자리에 들 수가 없었던 것이다.

알렉세이 알렉산드로비치가 아내와 이야기를 나눌 필요가 있다고 결심했을 때는 그것이 매우 쉽고 간단해 보였다. 하지만 지금 그가 벌어진 상황에 대해 생각하기 시작하자 그것은 매우 복잡하고 곤란한 것으로 보였다.

알렉세이 알렉산드로비치는 질투를 느끼지 않았다. 그의 신념에 따르면 질투라는 것은 아내를 모욕하는 것이고, 아내에 대해서는 믿음을 가져야 했다. 왜 믿음을 가져야 하는지, 즉 왜 젊은 아내가 항상 그를 사랑할 것이라는 데 대해 완전한 확신을 가져야 하는지 그는 스스로에게 물어본 적이 없었다. 하지만 그는 의심을 품은 적이 없었으므로 믿음을 가졌고, 또 믿음을 가져야 한다고 스스로에게 말해왔다. 하지만, 지금도 질투라는 것은 창피한 감정이고 믿음을 가져야 한다는 그의 신념이 부서지지 않았음에도 불구하고, 그는 뭔가 비논리적이고 이해할 수 없는 것을 바로 눈앞에 마주하고 있다고 느꼈으며 그래서 어찌해야 할지 몰랐다. 알렉세이 알렉산드로비치는 삶을, 아내가 자기 이외의 누군가를 사랑할 수 있다는 가능성을 정면으로 마주한 것인데, 이는 그에게 매우 이해 불가능한, 말도 안 되는 일로 보였다. 왜냐하면 바로 이것이 삶 자체였기 때문이다. 알렉세이 알렉산드로비치는 전생애를 삶의 반영과 관계되는 공적 영역에서 살았고 일했다. 그리고 매번 삶 자체와 부딪칠 때마다 그는 그로부터 자신을 멀리했다. 지금 그가 느끼는 감정은 절벽 위 다리를 건너다가 갑자기 절벽 아래를 보고서 그 다리가 부서졌고 거기에 절벽 밑바닥이 있다는 것을 알게 된 사람이 느낄 법한 감정과 유사했다. 이 절벽 밑바닥은 삶 자체였고 다리는 알렉세이 알렉산드로비치가 살아온 그 인공적인 삶이었다. 그에게 처음으로 아내가 누군가를 사랑할 수도 있다는 가능성에 대한 의문이 다가왔고, 그는 경악했다.

그는 옷을 갈아입지 않은 채 특유의 규칙적인 발걸음으로 등불이 비치고 발소리가 울리는 식당 마루를 지나고 얼마 전에 완성된 그의 커다란 초상화만이 소파 위에서 빛을 반사하고 있는 어두운 거실의 양탄자 위를 지나, 촛불 두개가 그녀의 친척과 친지의 초상화들과 그녀의 책상 위에 놓인 낯익은 아름다운 장식품들을 비추고 있는 그녀의 서재로 이리저리 걸었다. 그는 그녀의 방을 지나 침실 문까지 걸어간 다음 되돌아왔다.

그는 한바퀴를 돌 때마다, 주로는 밝은 식당 마루에서 멈춰서서 혼잣말을 했다. '그래, 이건 해결해야 하고 중지시켜야 해. 이에 대한 내 의견과 결심을 말해야 해.' 그리고 그는 다시 발걸음을 돌렸다. '하지만 뭘 말해야 하지? 무슨 결정을?' 그는 거실에서 혼잣말을 했지만 답을 찾지 못했다. '그래, 결론적으로……' 그는 서재로 들어가기 전에 스스로에게 물었다. '대체 무슨 일이 있었기에? 아무 일도 아니야. 그녀는 그와 오랫동안 이야기를 했지. 그래서 그게 뭐? 사교계에 나가는 여자들은 누구하고든 말을 할 수 있는 것 아닌가? 게다가 질투를 한다는 것은 나 자신과 그녀를 모욕하는 일이야.' 그는 그녀의 서재로 들어가며 스스로에게 말했다. 하지만 예전에 그렇게 중요한 무게를 가졌던 이 판단은 지금 아무 무게가 없었고 아무 의미도 없었다. 그는 침실 문에서 다시 홀을 향해 몸을 돌려 걸었다. 하지만 그가 다시 어두운 거실로 들어가자마자 어떤 목소리가 말했다. 그건 그렇지 않으며, 다른 사람들이 알아챘다면 거기엔 뭔가가 있는 거라고. 그리고 그는 식당에서 다시 스스로에게 말했다. '그래, 이건 해결해야 하고 중지시켜야 해. 내 의견을 말해야 해……' 그리고 다시 거실에서 몸을 돌리기 전에 그는 스스로에게 물었다. '어떻게 해결하지?' 그리고 또 스스로에게 물었다. '무슨 일이 일어났나?' 그리고 대답했다. '아무 일도 일어나지 않았어.' 그리고 질투는 아내를 모욕하는 감정이라는 것을 떠올렸다. 하지만 다시 거실에서 무슨 일인가 일어났다고 확신했다. 그의 생각은 그의 몸처럼 어떤 새로운 것으로 전혀 치고 나가지 못한 채 원을 그릴 뿐이었다. 이것을 알아차리고 그는 이마를 문지르고는 그녀의 서재로 들어가 앉았다.

여기서 공작석으로 된 압지첩과 쓰기 시작한 쪽지가 놓여 있는 책상 위를 바라보며 그의 생각은 갑자기 변했다. 그는 그녀에 대해, 그녀가 생각하고 느끼는 것에 대해 생각하기 시작했다. 그는 그녀의 개인 생활, 그녀의 생각, 그녀의 욕망을 처음으로 생생하게 그려보았다. 그녀에게 그녀만의 고유한 삶이 있을 수 있고 있을 수밖에 없다는 생각은 너무도 이상한 것이어서 그는 서둘러 그 생각을 몰아냈다. 그것은 그가 들여다보기를 무서워하는 그 절벽 밑바닥이었다. 생각과 감정으로 다른 존재의 입장이 된다는 것은 알렉세이 알렉산드로비치에게는 낯선 정신적 행위였다. 그는 이 정신적 행위를 해롭고 위험한 공상이라고 여기고 있었다.

'무엇보다 끔찍한 것은……' 그는 생각했다. '내 일이 다 되어가는 바로 이때, 무엇보다도 평정 그 자체와 모든 정신력이 필요한 이때(그는 막 끝낸 기획안에 대해 생각했다) 이 말도 안 되는 불안이 나를 덮쳤다는 거야. 하지만 대체 어쩌지? 나는 소동과 불안을 참고 정면으로 마주하지 못하는 그런 사람들과는 다르지.'

"잘 생각해서 결론을 내리고 떨쳐버려야겠어." 그는 큰 소리로 혼잣말을 했다.

'그녀의 감정, 그녀의 마음속에서 일어났고 일어날 수 있는 것에 대한 문제, 그건 내 일이 아니야. 그건 그녀 양심의 문제고 종교에 속하는 문제지.' 그는 법규 중에서 발생한 이 상황에 해당하는 조항을 찾아낸 것을 깨닫고 마음이 가벼워짐을 느끼면서 스스로에게 말했다.

'그러니까……' 알렉세이 알렉산드로비치는 스스로에게 말했다. '그녀의 감정 등등에 관한 문제는 나와 아무 상관이 없는 그녀 양심의 문제다. 하지만 내 의무는 분명하게 정해져 있다. 가장으로서 나는 가족을 이끌어야 할 의무가 있는 인물이고, 따라서 나도 부분적으로 책임이 있다. 나는 내가 본 위험을 지적하고 경고하고 심지어 강제력도 행사해야 한다. 나는 그녀에게 말할 것이다.'

이리하여 알렉세이 알렉산드로비치의 머릿속에서는 이제 아내에게 말할 모든 것이 분명하게 만들어지고 있었다. 그는 말할 내용을 생각하면서 그렇게 보잘것없는 집안일을 위해서 자신의 시간과 정신력을 사용해야 한다는 것이 유감스러웠다. 그럼에도 불구하고 그의 머릿속에서는 보고서처럼 명료하고 정확하게 앞으로 해야 할 말의 형식과 논리가 만들어지고 있었다. '나는 다음과 같은 것을 말하고 의견을 개진해야 한다. 첫째, 여론과 품위의 의미에 대한 설명. 둘째, 결혼의 의미에 대한 종교적 설명. 셋째, 필요하다면 아들에게 일어날 수 있는 불행에 대한 지적. 넷째, 그녀 자신의 불행에 대한 지적.' 그러고 나서 알렉세이 알렉산드로비치는 깍지를 끼고 두 손바닥을 아래로 뒤집으며 몸을 쭉 뻗었다. 손가락 관절에서 우두둑 소리가 났다.

바보 같은 습관인 이 몸짓—깍지를 끼고 손가락으로 우두둑 소리를 내는 몸짓은 항상 그를 진정시켰고 지금 그에게 필요한 주도면밀함을 가져다주었다. 마차가 다가오는 소리가 현관 입구 쪽에서 들려왔다. 알렉세이 알렉산드로비치는 홀 가운데 멈춰섰다.

계단으로 올라오는 여자의 발소리가 들렸다. 알렉세이 알렉산드로비치는 말할 준비를 하면서 깍지 낀 손가락들에 힘을 주고 아직 소리 나지 않은 데가 어디 없나 기대하면서 서 있었다. 관절 한군데가 우두둑 소리를 냈다.

그는 계단에서 나는 가벼운 발소리로 그녀가 가까이 오는 것을 느끼고, 자신이 할 말이 만족스러웠음에도 불구하고 앞으로 나눌 대화가 두려워졌다……

9

안나는 고개를 숙이고 모자에 달린 술로 장난을 하면서 걸어왔다. 그녀의 얼굴은 선명한 빛으로 빛나고 있었다. 하지만 이 빛은 유쾌한 것이 아니었다. 이는 깜깜한 밤 한가운데 일어난 화재의 불빛을 연상시켰다. 남편을 본 안나는 고개를 들고 잠에서 깨어난 듯이 미소 지었다.

"아직 잠자리에 들지 않았어요? 아, 이상한 일도 다 있네요!" 그녀는 말하면서 모자를 젖힌 후 곧장 화장실로 걸어들어갔다. "알렉세이 알렉산드로비치, 잘 시간이에요." 그녀가 문 뒤에서 말했다.

"안나, 당신하고 할 이야기가 있소."

"나하고요?" 그녀는 의아하다는 듯이 말하고 문 뒤에서 나와 그를 쳐다보았다. "대체 무슨 일인데요? 뭐에 대해서요?" 그녀가 앉으면서 물었다. "자, 그렇게 필요하다면 이야기 좀 해요. 자는 게 더 좋겠지만요."

안나는 혀에서 나오는 대로 말했는데, 자기가 하는 말을 듣고 스스로도 자기의 거짓말 능력에 놀랐다. 그녀의 말은 얼마나 아무렇지 않고 자연스러웠는지! 그녀는 얼마나 그냥 잠을 자고 싶은 것처럼 보였는지! 그녀는 자신이 뚫을 수 없는 거짓의 갑옷을 입은 것처럼 느꼈다. 그녀는 어떤 보이지 않는 힘이 자신을 돕고 지지하는 것처럼 느꼈다.

"안나, 난 당신에게 경고해야겠소." 그가 말했다.

"경고요?" 그녀가 말했다. "뭘요?"

그녀가 그렇게도 자연스럽고 유쾌하게 쳐다보았기 때문에, 남편이 아는 만큼 그녀를 알지 못하는 사람이라면 그녀의 말투나 그 말의 의미 속에서 아무런 부자연스러운 것을 알아채지 못했을 것이다. 하지만 그녀를 아는 그에게는, 그가 오분만 늦게 침대에 누워도 그녀가 알아차리고 이유를 묻는 것을 아는 그에게는, 그녀가 자신의 갖가지 기쁜 일, 유쾌한 일, 슬픈 일을 곧장 그에게 알리는 것을 아는 그에게는, 그녀가 그의 처지를 헤아리려 하지 않는다는 것, 그리고 자신에 대해서 한마디도 하고 싶어하지 않는다는 것은 많은 것을 의미했다. 그는 그녀의 영혼 깊은 곳, 항상 그 앞에 열려 있던 그 깊은 곳이 닫혀 있는 것을 알았다. 게다가 그녀의 어조로 미루어 그는 그녀가 그것에 당황하지 않고 마치 그에게 곧장 '그래, 닫혔어요. 이건 그럴 수밖에 없고 앞으로도 그럴 거예요'라고 말하는 것 같았다. 지금 그는 집으로 돌아온 사람이 자기 집이 잠겨 있는 것을 발견했을 때 느끼는 것과 비슷한 감정을 느꼈다. '하지만 아직 열쇠를 찾을 수 있을 거야.' 알렉세이 알렉산드로비치는 생각했다.

"내가 경고하고 싶은 건⋯⋯" 그는 조용한 목소리로 말했다. "당신이 주의하지 않고 경박하게 행동하면 사교계에 당신 이야기를 하게 할 빌미를 준다는 거요. 오늘 브론스끼 백작과의(그는 잠깐 사이를 두고 확고하고 침착하게 이 이름을 발음했다) 너무나 열띤 대화가 사람들 눈에 띄었소."

말하면서 그는 그녀의 웃고 있는, 지금의 그로서는 그 속을 꿰뚫어볼 수 없어서 무서운 두 눈을 바라보았고, 말을 하면서도 자기 말이 완전히 무익하고 공허한 것을 느꼈다.

"당신은 항상 그래요." 그녀는 그를 전혀 이해하지 못하겠다는 듯이 말했다. 그리고 고의적으로 그가 말한 것 중에서 마지막 말만을 물고 늘어졌다. "그러니까 내가 지루하지 않은 것이 기분 나빴군요. 그게 당신을 모욕했나요?"

알렉세이 알렉산드로비치는 몸을 흠칫 떨고 두 손을 구부려서 우두둑 소리를 내려고 했다.

"아, 제발, 우두둑거리지 마세요. 내가 그렇게 싫어하는데요." 그녀가 말했다.

"안나, 당신 맞아?" 알렉세이 알렉산드로비치는 자제하고 손의 움직임을 조심하면서 조용히 말했다.

"네. 뭐가 어때서요?" 그녀가 정말로 솔직하고 희극적인 놀라움을 보이며 말했다. "내게 뭘 원하는 거예요?"

알렉세이 알렉산드로비치는 말을 멈추고 손으로 이마와 눈을 문질렀다. 그는 그가 하려던 일, 즉 아내에게 사교계의 눈에 띄게 실수하지 않도록 경고하는 일 대신 저도 모르게 그녀의 양심에 관한 것을 걱정해야 했고 그가 상상한 어떤 벽과 싸워야 했다.

"내가 지금 말하고자 하는 것은 바로⋯⋯" 그는 냉정하고 침착하게 말을 이었다. "당신이 내 말을 들었으면 하는 거요. 당신도 알다시피 나는 질투라는 것을 창피스럽고 스스로를 비하하는 감정이라고 인정하고 결코 나 자신이 이 감정에 휘둘리는 일을 허락하지 않을 거요. 하지만 세상에는 그것을 범하면 벌을 받지 않을 수 없는, 널리 알려진 품위의 격식이 있소. 오늘 사교계 사람들에게 불러일으킨 인상에 따라 판단해보건대 당신의 행동은 전혀 바람직한 것이 아니라는 것을 모든 사람들이 알아차렸소. 내가 알아챈 것이 아니라 말이오."

"도대체 아무것도 이해를 못 하겠네요." 어깨를 으쓱하며 안나가 말했다. '그 자신에겐 아무 상관이 없지.' 그녀는 생각했다. '하지만 사교계 사람들이 알아챘고 그게 그를 불안하게 한다 이거지.' "당신 어디 아픈가봐요, 알렉세이 알렉산드로비치." 그녀는 덧붙이고 일어나서 문으로 가려고 했다. 하지만 그가 그녀를 막으려는 듯이 앞서 움직였다.

그의 얼굴은 안나가 한번도 보지 못했던 흉하고 어두운 표정을 하고 있었다. 그녀는 멈춰서서 뒤로 옆으로 고개를 젖히면서 빠른 손놀림으로 머리핀들을 뽑아냈다.

"자, 무슨 말씀이 나올지 듣고 있사와요." 그녀가 평온하게 조롱 조로 말했다. "심지어 흥미를 가지고 듣고 있어요. 무슨 일인지 알 고 싶으니까요."

그녀는 말하면서 자신의 자연스럽고 침착한, 믿음직한 어조와 자신의 단어 선택에 스스로도 놀랐다.

"내게는 당신 감정의 모든 세부 사항까지 파고들 권리가 없고 그런 행위는 도대체 소용이 없을 뿐만 아니라 해롭기까지 하다고 여기고 있소." 알렉세이 알렉산드로비치가 말을 시작했다. "자신 의 영혼을 파헤치다보면 우리는 종종 거기 감춰져 있는 것을 파내 게 되오. 당신의 감정은 당신의 양심의 문제요. 하지만 내겐 당신과 나 자신과 신 앞에서 당신에게 당신의 의무에 대해 지적할 의무가 있소. 우리의 삶은 결합되어 있소. 그것도 사람들에 의해서가 아니 라 신에 의해서 말이오. 이 결합을 깨는 것은 범죄일 뿐이오. 그리 고 이런 종류의 범죄는 무거운 벌을 받게 되어 있소."

"아무것도 이해하지 못하겠어요. 아, 맙소사, 얼마나 간절하게 잠을 자고 싶은지 몰라요!" 손으로 성급하게 머리카락을 빗어내리 며 남아 있는 핀을 찾으면서 그녀가 말했다.

"안나, 제발, 그렇게 이야기하지 마오." 그는 짤막하게 말했다. "아마 내가 잘못 안 모양이오. 하지만 믿어주오, 내가 말하는 것은 나 자신뿐만 아니라 당신을 위해서이기도 하다는 것을. 나는 당신 남편이고 당신을 사랑하오."

순간 그녀의 고개가 수그러졌고 시선에서 조롱조의 불꽃이 꺼 졌다. 하지만 '사랑하오'라는 말이 다시 그녀를 격앙시켰다. 그녀는 생각했다. '사랑한다고? 그가 사랑을 할 수나 있나? 사랑이란게 있다는 것을 듣지 못했다면 아마 그는 한번도 이 말을 사용하지 않았을 거야. 그는 사랑이 뭔지 몰라.'

"알렉세이 알렉산드로비치, 난 정말 이해를 못 하겠어요." 그녀가 말했다. "당신이 알아낸 것을 확실하게 말해봐요……"

"그러니 내가 끝까지 이야기하게 해주오. 나는 당신을 사랑하오. 하지만 이건 나 자신에 대한 이야기가 아니오. 여기서 중요한 인물은 우리의 아들과 당신 자신이오. 되풀이하지만 당신에겐 내 말이 아마 완전히 소용없고 몹시 적절치 않게 들리리라 여기오. 아마 내가 잘못 생각해서 이렇게 말하는지도 모르지. 그렇다면 용서해주오. 하지만 만약 당신 스스로 내 말이 조금이라도 근거가 있다고 느낀다면 생각을 좀 해보고 심장이 당신에게 말하는 대로 내게 말해줄 것을 청하오……"

알렉세이 알렉산드로비치는 자신도 모르게 준비했던 것과는 완전히 다른 말을 했다.

"전 할 말이 없어요. 그리고……" 미소를 겨우 참으면서 갑자기 그녀가 빠르게 말했다. "정말 잘 시간이에요."

알렉세이 알렉산드로비치는 한숨을 쉬고서 더이상 이야기하지 않고 침실로 갔다.

그녀가 침실로 들어갔을 때 그는 벌써 누워 있었다. 그의 입술은 엄격하게 닫혀 있었고 눈은 그녀를 보지 않았다. 안나는 자기 침대에 누워서 매 순간 그가 다시 이야기를 시작할 것을 기다렸다. 그녀는 그가 말을 시작하는 것이 두렵기도 했지만 듣고 싶기도 했다. 그녀는 꼼짝 않고 오랫동안 기다렸지만 그러다 이미 그에 대해서는 잊었다. 그녀는 다른 사람을 생각하고 있었다. 그녀는 그를 보았고, 그에 대한 생각에 심장이 흥분과 죄스러운 기쁨으로 가득 차는 것을 느꼈다. 갑자기 그녀는 고르고 태평하게 코 고는 소리를 들었다. 알렉세이 알렉산드로비치는 처음에는 자기 코 고는 소리에 놀라 멈출 듯했다. 하지만 두 숨 정도 기다리더니 다시 코 고는 소리가 태평하고 고르게 울렸다.

"늦었어, 늦었어, 이미 늦었어." 그녀는 미소를 지으며 속삭였다. 그녀는 한참 동안 눈을 뜬 채 꼼짝 않고 누워 있었는데, 스스로 어둠 속에서 자기 두 눈의 불꽃을 보는 것처럼 여겨졌다.

10

이날 저녁부터 알렉세이 알렉산드로비치와 그의 아내에게는 새로운 삶이 시작되었다. 어떤 특별한 일이 일어난 것은 아니었다. 안나는 언제나처럼 사교계에 다녔는데, 특히 벳시 공작부인의 집에 자주 갔고 어디서나 브론스끼를 만났다. 알렉세이 알렉산드로비치는 이를 알았지만 할 수 있는 일은 아무것도 없었다. 그녀에게 해명을 하게 하려는 그의 모든 노력에 그녀는 어떤 유쾌한 당혹감 같은, 뚫을 수 없는 벽으로 맞섰다. 겉으로 보기에는 마찬가지였지만 그들의 내적 관계는 완전히 변했다. 알렉세이 알렉산드로비치는 국정 활동에 있어서는 매우 강력한 인간이었지만 여기서는 자신이 무력하다는 것을 느꼈다. 머리를 숙인 채 칼이 자기 위로 치켜들려 있다고 느끼는 황소처럼 그는 공손하게 칼이 떨어지기를 기다리고 있었다. 매번 이에 대해 생각할 때마다 그는 다시 한번 시도해야 한다고, 아직 친절과 다정스러움과 설득으로써 그녀를 구하고 정신 차리게 할 희망이 있다고 느꼈으며, 매일 그녀와 이야기하려고 했다. 하지만 매번 그녀와 이야기를 시작할 때면 그녀를 지배하는 그 악과 배신의 정신이 그마저도 지배하게 되어 그녀와 말하고자 했던 것을 말하고자 했던 어조로 전혀 이야기하지 못했다. 그는 아내에게 이야기할 때 자기도 모르게 그 습관적인 조롱조로, 마치 이야기하는 사람을 조롱하는 듯한 그 어조로 그녀와 이야기했다. 그런데 이런 어조로는 그녀에게 이야기해야만 하는 것을 이야기할 수 없었다.

....

....

11

거의 일년 동안 브론스끼의 삶에 있어서 오직 단 하나뿐이었던 욕망, 이전의 다른 모든 욕망들을 대체하는 그 욕망, 안나에게는 불가능하고 끔찍하게 여겨지던, 그럴수록 더더욱 행복의 황홀한 꿈이었던 그 욕망이 실현되었다. 그는 하얗게 질린 얼굴로 아래턱을 덜덜 떨며 그녀를 내려다보며 선 채로 진정하기를 애원하고 있었다. 무엇을 어떻게 진정하라는 것인지 자신도 모르는 채.

"안나! 안나!" 그가 떨리는 목소리로 말했다. "안나, 제발!"

하지만 그가 큰 소리로 이야기하면 할수록 그녀는 한때는 자존심 높고 쾌활했던, 그러나 지금은 수치로 뒤덮인 자신의 머리를 점점 더 아래로 수그렸고, 이윽고 몸 전체를 숙이면서 앉아 있던 소파에서 바닥을 향해 그의 발치로 떨어졌다. 그가 잡지 않았다면 그녀는 양탄자 위로 쓰러졌을 것이다.

"아아, 어떡해! 용서해주세요!" 그녀가 흐느끼면서 자신의 가슴에 그의 두 손을 대고 누르며 말했다.

그녀는 자신이 큰 죄를 범한 잘못된 여자라고 느꼈기 때문에 그저 자신을 낮추고 용서를 구하는 수밖에 없었다. 그리고 지금 그녀의 삶에는 그 이외에는 아무도 없었으므로 그녀는 그를 향해서 자신을 용서해달라고 기도했던 것이다. 그녀는 그를 보면서 육체적으로 자신이 비하당한 것을 느꼈으며 더이상 말을 할 수 없었다. 그리고 그는 살인자가 자기가 생명을 빼앗은 시체를 볼 때 느낄 것이 틀림없는 그런 감정을 느끼고 있었다. 그에게 생명을 빼앗긴 이 시체는 그들의 사랑이었고, 그들 사랑의 첫 단계였다. 수치라는 이 무서운 값을 치른 것에 대한 기억 속에는 뭔가 끔찍하고 혐오스러운 것이 있었다. 발가벗겨진 자신의 영혼 앞에서 느끼는 수치가 그녀를 짓눌렀고, 이는 그에게 전해졌다. 하지만 살인자는 자기가 죽인 시체 앞에서 느끼는 모든 공포에도 불구하고 이 시체를 감추기 위해서 토막을 낼 필요가 있었고 살인자가 살인으로써 얻은 것을 이용할 필요가 있었다.

그리하여 살인자는 마치 열정을 가지고 그러는 것처럼 분노에 휩싸여 이 시체에 달려들어 그것을 질질 끌며 자른다. 바로 그렇게 그는 키스로 그녀의 얼굴과 양어깨를 덮었다. 그녀는 그의 손을 쥐고 미동도 하지 않았다. 그렇다, 이 키스들은 이 수치로 산 것이다. 그렇다, 언제나 나의 손일 이 손은 내 공범자의 손이다. 그녀는 이 손을 들고 이 손에 키스했다. 그는 무릎을 꿇고 그녀의 얼굴을 보려고 했다. 하지만 그녀는 얼굴을 가리고 아무 말도 하지 않았다. 드디어 그녀는 힘겹게 겨우 몸을 일으켜 그를 밀어냈다. 그녀의 얼굴은 여전히 아름다웠고 그럴수록 더욱 애처로웠다.

"모든 게 끝났어요." 그녀가 말했다. "나는 당신 외엔 아무것도 없어요. 이걸 잊지 마세요."

"내 생명인 것을 어찌 잊을 수 있겠어요? 이 행복의 순간을 위해서……"

"무슨 행복요!" 그녀가 혐오와 공포를 드러내며 말했고 이 공포는 저절로 그에게 전해졌다. "제발 아무 말도, 아무 말도 더이상 하지 말아요."

그녀는 재빨리 일어나서 그로부터 떨어졌다.

"아무 말도 더이상 하지 말아요." 그녀는 되풀이했고, 그가 보기에는 이상하리만치 차가운 절망의 표정을 지으면서 그와 작별했다. 그녀는 이 순간 새로운 삶으로의 진입 앞에서 느끼는 수치와 기쁨, 공포의 감정을 말로 표현할 수 없다고 느꼈고, 정확하지 않은 말로 이야기하여 그 감정을 천박하게 만들고 싶지 않았던 것이다. 하지만 나중에도, 그다음 날에도, 그리고 그다음 날에도 그녀는 이 감정들의 모든 복잡함을 설명할 수 있는 말을 찾아내지 못했을 뿐만 아니라 그녀의 마음속에서 일어나는 모든 것을 스스로 곰곰이 따져볼 수 있는 생각들도 찾아내지 못했다.

그녀는 스스로에게 말했다. '아냐, 지금은 이에 대해 생각할 수 없어. 나중에 좀더 진정이 되면 할 수 있을 거야.' 하지만 생각을 할 수 있는 평정한 상태는 결코 오지 않았고, 자신이 무엇을 했고 앞으로 어떻게 될 것이며 무엇을 해야 하는가 하는 생각이 들 때마다 공포가 엄습하여 그녀는 이 생각을 떨쳐버렸다.

"나중에, 나중에……" 그녀는 말했다. "내가 좀더 진정되면."

그러나 자기의 생각을 통제할 수 없는 꿈속에서는 그녀의 처지가 흉한 모습 그대로 벌거벗은 채 떠올랐다. 똑같은 꿈이 거의 매일 밤 그녀를 찾아왔다. 꿈에서 두 사람은 동시에 그녀의 남편이었으며 둘 다 그녀에게 애무를 퍼부었다. 알렉세이 알렉산드로비치는 그녀의 손에 키스하며 울었고, '지금이 아주 좋아!'라고 말했다. 거기에는 알렉세이 브론스끼도 있었는데 그도 마찬가지로 그녀의 남편이었다. 그리고 그녀는 이전에는 불가능하게 보였던 것에 놀라면서, 깔깔 웃으며 그들에게 이게 훨씬 간단하다고, 그들 둘 다 지금 만족하고 있고 행복하다고 말했다. 하지만 이 꿈은 악몽처럼 그녀를 짓눌렀고 그녀는 경악하면서 깨어났다.

12

모스끄바에서 돌아온 지 아직 얼마 안 되었을 무렵 레빈은 거절의 모욕을 기억할 때마다 몸을 떨고 얼굴을 붉히며 스스로에게 말했다. '물리 과목에서 일점을 받아 이학년에 남았을 때도 난 모든 것이 망했다고 여기고 얼굴을 붉히고 몸을 떨고 했지. 누나의 심부름을 망쳐버렸을 때도 마찬가지로 망했다고 생각했지. 근데 뭐야? 수년이 지난 지금은 그 일을 기억하며 놀라지. 그게 어떻게 나를 상심하게 할 수 있었는지 말이야. 이 고통도 마찬가지일 거야. 시간이 가면 이에 대해 무관심해지겠지.'

하지만 석달이 지나도 무관심해질 수 없었고 그 일을 떠올리면 처음 당했던 그 당시와 꼭 마찬가지로 여전히 가슴이 아팠다. 그는 평온해질 수가 없었다. 왜냐하면 그렇게 오랫동안 가정생활에 대해 꿈꿔왔고 가정생활을 할 수 있을 만큼 성숙했다고 느끼는 사람으로서 여전히 결혼을 하지 않았고 그 어느 때보다 결혼에서 멀어진 상태였기 때문이었다. 주위에 있는 모든 사람들이 가슴 아프게 느끼는 것처럼 그 자신도 자기 나이에 혼자 사는 것을 가슴 아프게 느꼈다. 그는 모스끄바로 가기 전에 그가 함께 이야기하기 좋아하는 순진한 농부인 가축지기 니꼴라이에게 "어떨까, 니꼴라이! 나 결혼하고 싶어"라고 했더니 니꼴라이가 전혀 의심할 수 없는 일에 대해 말하듯 즉시 "오래전에 했어야 했습죠, 꼰스딴찐 드미뜨리치"라고 대답했던 것이 기억났다. 하지만 결혼은 지금 그에게서 그 어느 때보다도 더 멀어졌다. 그 자리는 점령되어 있었고, 지금 그가 머릿속으로 그 자리에 자기가 아는 처녀들 중 누구를 세워보아도 그건 완전히 불가능한 일로 느껴졌다. 게다가 거절과 그가 이 일에서 담당했던 역할에 대한 기억은 수치심으로 그를 괴롭혔다. 자신은 이 일에 아무 죄가 없다고 스스로에게 아무리 말해보아도 이 기억은 이런 종류의 다른 수치스러운 기억들과 마찬가지로 그의 몸을 떨리게 하고 얼굴을 붉히게 했다. 다른 모든 사람들처럼 그의 과거 속에도 그가 인정하기에 그의 양심을 괴롭힐 것이 틀림없는 나쁜 행동들이 있었다. 하지만 나쁜 행동들에 대한 기억은 이런 사소하지만 수치스러운 기억들보다는 그를 훨씬 덜 괴롭혔다. 이런 상처들은 결코 아물지 않았다. 그리고 지금은 그 거절과 그가 그날 저녁 다른 사람들에게 보여야만 했던 비참한 처지가 이런 기억들과 동등한 선상에 있었다. 하지만 시간과 일이 자기 몫을 했다. 힘겨운 기억은 시골 생활의 눈에 띄지 않지만 중요한 일들로 점차 덮여버렸다. 한주 한주 끼찌를 기억하는 일이 점점 드물어졌다. 그는 초조하게 그녀가 이미 결혼했거나 조만간 결혼할 거라는 소식을 기다리고 있었다. 그런 소식이 앓던 이를 뺀 것처럼 그를 완전히 치유하리라고 기대하면서.

그사이 아름다운 봄이, 기대하다가 실망하게 하곤 하는 속임수도 없이 갑자기 성큼 다가왔다. 초목들과 짐승들과 사람들이 모두 함께 기뻐하는 그런 드문 봄이었다. 이 멋진 봄은 레빈을 더욱 일깨웠고, 지난 모든 과거로부터 벗어나서 확고하게, 독립적으로 독신의 삶을 꾸려가야겠다는 뜻을 굳건하게 했다. 비록 그가 시골에 돌아올 때 계획했던 것들 중에서 많은 것이 실현되지 못했지만 가장 중요한 깨끗한 삶은 지켜지고 있었다. 그는 실패 후에 그를 항상 괴롭혔던 그 수치를 느끼지 않게 되었고 사람들의 눈을 대담하게 들여다볼 수 있었다. 이월이 가기 전에 벌써 마리야 니꼴라예브나가 니꼴라이 형이 건강이 나빠졌지만 치료를 받으려 하지 않는다는 내용의 편지를 보내왔고, 이 편지를 받은 레빈은 모스끄바에 있는 형에게로 가서 의사와 상의하고 외국의 온천으로 가도록 그를 설득했다. 형을 자극하지 않고 설득하고 여행할 돈을 빌려주는 일을 그렇게 성공적으로 해냈다는 점에서 그는 스스로에게 만족했다. 봄에 특별한 주의를 요하는 농사일과 독서 이외에 레빈은 지난 겨울에 농사에 관한 저술을 시작했다. 이 저술의 요지는 농사일을 하는 노동자의 성격이 기후나 토지처럼 절대적으로 주어진 것으로 받아들여져야 하며, 그렇기 때문에 농업에 관한 학문의 모든 가설은 토지와 기후 요소만이 아니라 토지와 기후, 그리고 일반적으로 알려진 노동자의 변하지 않는 성격이라는 요소에서 도출해야 한다는 것이었다. 그리하여 고독에도 불구하고, 또는 고독의 결과로서 그의 삶은 지극히 충만했다. 다만 가끔 그는 머릿속에서 떠도는 생각들을 아가피야 미하일로브나 이외의 누군가에게 알리고 싶은, 채워지지 않는 욕구를 느꼈다. 아가피야 미하일로브나와도 그는 종종 물리, 농사 이론, 특히 철학에 관해서 의견을 나누긴 했다. 철학은 아가피야 미하일로브나가 이야기하기 좋아하는 주제였다.

봄은 오랫동안 열리지 않았었다. 재계 기간 마지막 몇주는 맑고 얼음이 어는 날씨였다. 낮에는 햇볕에 얼음이 녹았지만 밤에는 칠도[31]까지 내려갔다. 짐마차가 길이 없어도 빙판 위로 다닐 수 있을 정도였다. 그러다가 갑자기 부활절 이튿날 따뜻한 바람이 불어오더니 구름이 몰려왔고 사흘 낮 사흘 밤을 바람이 몰아치며 따뜻한 비가 퍼부었다. 목요일에 폭우가 멎고 자연 속에 일어난 변화를 감추려는 듯 짙은 회색 안개가 피었다. 안개 속에서 물이 흘러내렸고 얼음이 깨지고 움직이더니 사라져버렸다. 흐린 거품이 이는 물줄기들이 빠르게 흘러넘쳤고, 끄라스나야 고르까[32]를 바로 앞두고는 저녁 무렵부터 안개가 사라지더니 먹구름도 솜구름이 되어 흩어지고 하늘이 맑아지면서 이제 진짜로 봄이 열렸다. 아침에 떠오르는 밝은 태양은 물 위에 떠 있던 얇은 얼음을 재빨리 삼켰고, 온통 따뜻한 대기는 겨울을 견디고 살아남은 대지의 김으로 가득 차 떨리고 있었다. 묵은 풀과 뾰족뾰족 돋아나는 새로운 풀이 푸르러져갔고, 까마귀밥나무와 까치밥나무와 끈적거리는 수액이 드는 자작나무의 순들이 부풀어갔으며, 황금빛 꽃으로 뒤덮인 버드나무 가지에는 벌집에서 날아온 벌들이 웅웅거렸다. 벨벳 같은 푸른 들과 얼음이 덮였던, 그루터기만 남은 밭 위로 보이지 않는 높은 곳에서 종달새들이 노래하기 시작했고, 폭우로 물이 가득한 웅덩이와 늪 위로 댕기물떼새가 울기 시작했으며, 두루미와 기러기

---

31 화씨 7도. 섭씨로는 약 영하 14도.
32 이교 시절부터 존재했던 봄 축제로 정교회는 이를 부활절(3월 22일~4월 25일 사이) 다음 일요일로 정했다. 노래와 군무, 놀이를 하며 따뜻한 봄날을 맞이했다.

가 봄의 소식을 알리듯 꿱꿱거리며 높이 날아갔다. 목초지에서는 아직 털갈이가 끝나지 않아 군데군데 털이 빠진 가축들이 목청을 높였고, 다리가 아직 구부정하게 휜 새끼 숫양들은 털이 깎이며 매애애 우는 어미들 주변을 뛰놀고 있었다. 맨발 자국이 난 말라 가는 오솔길로 발 빠른 아이들이 뛰어다녔으며, 우물에서는 빨래 하는 아낙들의 유쾌한 목소리가 울렸고, 마당마다 쟁기와 써레를 손보는 농부들의 망치 소리가 울렸다. 진짜 봄이 다가온 것이다.

13

레빈은 큰 장화를 신고 처음으로 털가죽 외투가 아니라 직물로 된 반코트를 입고 얼음을 밟기도 하고 질척질척한 진창 속을 디디 기도 하면서 햇빛에 반사되어 찌를 듯이 눈부신 시냇물을 건너 농 사일을 하러 갔다.

봄은 계획과 제안의 시간이다. 과연, 마당으로 나온 레빈은 한껏 부푼 순 속에서 아직 새싹과 가지 들이 어디로 어떻게 자랄지 모르 는 봄철 나무처럼 자기가 좋아하는 농사일 중에서 지금 어떤 일을 해야 할지 잘 몰랐지만, 자신이 매우 훌륭한 계획과 제안 들로 가 득 차 있는 것을 느꼈다. 맨 처음으로 간 곳은 외양간이었다. 나무 울타리 안에 풀어놓은 암소들은 털갈이한 매끈한 털을 반짝이며 햇볕을 쬐면서 들에 나가고 싶어 음매음매 울고 있었다. 레빈은 아 주 세세한 부분까지도 잘 아는 암소들을 바라보며 즐기다가 암소 들을 들로 몰라고 하고 나무 울타리로는 송아지들을 풀어놓으라고 명했다. 목동은 들로 나갈 채비를 하러 기쁜 마음으로 달려갔다. 외양간지기 아낙들은 마른 가지를 들고 치마를 걷어올린 채 아직 볕에 그을지 않은 하얀 맨발로 진창을 철벅거리면서 음매음매 우는, 봄의 기쁨으로 멍해진 송아지들 뒤를 따라 뛰어다니며 송아지들을 마당 안으로 몰았다.

올해 예외적으로 잘 큰 새끼들을 한동안 즐거운 마음으로 바라보고 나서—어린 송아지들이 벌써 일하는 소만 했고 빠바의 석달된 암송아지는 일년이나 된 것만큼 컸다—레빈은 구유를 밖으로 내놓고 울타리 밖에서 건초를 주라고 명했다. 그런데 울타리에 쓰려고 가을에 만들어놓고 겨울 동안 사용하지 않는 나무 막대기들이 부러져 있었다. 그는 그의 지시대로라면 탈곡기에서 일하고 있어야 할 목수를 데리러 사람을 보냈다. 하지만 목수는 벌써 사육제 전에 고쳤어야 할 써레를 이제야 고치고 있었다. 레빈은 무척 유감스러웠다. 그가 몇년 동안 온 힘을 다해 막아보려 했던, 이 영원히 되풀이되는 되는대로 해버리는 습관이 또 되풀이된 것이 유감스러웠던 것이다. 겨울에 필요 없는 울타리 막대들은 짐말들의 마구간에 처박아둔 탓에 부러져버렸는데, 송아지용으로 가볍게 만들었기 때문이었다. 게다가 써레와 모든 농기구는 겨울에 이미 다 점검하고 고쳤어야 하는 것이었고, 이를 위해 일부러 목수를 세명이나 고용했는데도 여태 고치지 않다가 이제 써레질을 하러 가야 하자 그나마 써레만은 고치고 있었던 것이다. 레빈은 관리인을 부르러 사람을 보냈고 곧 스스로도 그를 찾으러 나섰다. 관리인은 이날의 모든 것처럼 밝은 얼굴로, 양가죽을 덧댄 코트 차림으로 짚을 손에 들고 꺾으면서 창고에서 나왔다.

"어째서 목수가 탈곡기에 없나?"

"어제 벌써 말씀드리려 했지요. 써레를 고쳐야 한다고요. 이제 밭을 갈아야 할 때니까요."

"그럼 겨울에는 뭘 했고?"

"근데 목수는 왜 보시려고요?"

"송아지 우리의 울타리 막대는 어디 있나?"

"제자리에 가져다놓으라고 했는데요. 이 농부들에게는 말이 안 먹혀요!" 관리인이 손을 내저으며 말했다.

"이 농부들이 아니고 관리인에게 말이 안 먹히네!" 레빈이 열통을 터뜨리며 말했다. "내가 뭣 때문에 자네를 두나!" 그가 소리를 질렀다. 하지만 이런 것이 아무 소용이 없다는 걸 기억하고는 중간에 말을 멈추고 한숨만 쉬었다. "그래, 파종은 가능한가?" 그는 잠시 침묵하고 나서 물었다.

"뚜르끼노 마을 너머는 내일이나 모레 할 수 있을 것 같습니다."

"토끼풀은?"

"바실리와 미시까를 보냈고 그들이 씨를 뿌리고 있어요. 다만 제가 모르겠는 건 그들이 다 해낼는지예요. 진창이거든요."

"몇 제샤찌나지?"

"육 제샤찌나죠."

"왜 다 안 뿌리나?" 레빈이 소리를 질렀다.

이십 제샤찌나가 아니라 육 제샤찌나에만 토끼풀을 심는다는 것은 더욱더 유감스러운 일이었다. 이론과 그 스스로의 체험에 따르면 토끼풀은 되도록 이른 시기에, 거의 눈 위에다 파종을 해야만 좋은 결과를 낼 수 있었다. 그런데 레빈은 한번도 이에 성공한 적이 없었다.

"사람이 없어요. 이 사람들에게 말이 먹히나요? 세명이 그냥 안 왔습죠. 그리고 저기 세묜도……"

"그럼 건초에서 사람들을 철수시켰어야지."

"그건 그렇게 했죠."

"그럼 사람들은 어디 있나?"

"다섯은 잼을 만들고(그는 퇴비를 만든다는 뜻으로 말한 것이었다[33]) 넷은 귀리를 뿌려요. 근데 그게 무사해야 할 텐데요, 꼰스딴찐 드미뜨리치."

레빈은 '무사해야 할 텐데요'라는 것이 무엇을 의미하는지 매우 잘 알고 있었다. 그것은 영국종 귀리 씨앗들이 벌써 썩었다는 뜻이었다. 또 그가 명한 대로 하지 않은 것이다.

"그래서 내가 벌써 재계 기간에 말하지 않았나, 파이프를 넣어야 한다고!" 그가 소리를 질렀다.

"진정하세요. 다 제때 해낼 겁니다."

레빈은 화가 나서 손을 내젓고 귀리 창고를 들여다보러 갔다가 마구간으로 돌아왔다. 귀리는 아직 썩지 않았다. 하지만 일꾼들은 귀리를 직접 창고 아래층으로 내려보낼 수 있는데도 그것을 삽으로 퍼서 옮기고 있었다. 이 문제를 처리하고 이곳의 일꾼 두명을 토끼풀 파종에 보내고 나서야 그는 관리인에 대한 유감을 가라앉혔다. 날씨가 너무 화창해서 화를 내는 것이 불가능한 날이기도 했고.

"이그나뜨!" 그는 우물에서 소매를 걷어붙이고 바퀴를 닦고 있는 마부에게 소리쳤다. "안장을 얹게……"

"어느 말로 가시려고요?"

"흠, 꼴삐끄로 가볼까."

"알겠습니다요."

---

33 러시아어로 잼은 '꼼뽀뜨'이고 퇴비는 '꼼뽀스뜨'이다. 관리인은 이를 혼동해 쓴 것이다.

말에 안장을 얹는 동안 레빈은 보이는 곳에서 빙빙 돌고 있는 관리인과 화해하려고 다시 그를 불러 닥쳐올 봄농사와 영지경영 계획에 대해 이야기했다.

이른 벌초까지 모든 게 끝나려면 두엄 운반은 더 빨리 시작해야 한다고. 멀리 있는 밭은 흑토 휴경지로 유지하려면 쟁기로 계속 갈아야 한다고. 벌초한 것을 거두는 일은 반씩 나누는 식으로 하지 말고 일꾼들을 고용해서 전부 해야 한다고.

관리인은 주의를 기울여 듣고 있었고 주인의 제안들에 애써 동조하려는 듯 보였다. 하지만 그는 여전히 레빈이 매우 잘 아는, 항상 그의 신경을 돋우는 절망적이고 우울한 표정을 하고 있었다. 이 표정은 '다 좋은 일이죠. 하지만 하느님 뜻이죠'라고 말하고 있었다.

이런 투보다 레빈을 더 격분시키는 것은 없었다. 하지만 이런 투는 그가 고용했던 모든 관리인들에게 공통된 것이었다. 그의 제안에 대해 모든 관리인들은 항상 똑같은 반응을 보였고, 그래서 이제는 더이상 화가 난다기보다는 걱정스러웠으며, '하느님 뜻이죠'라는 표현 말고는 달리 부를 수 없는, 그에게 항상 대적하는 그 어떤 원초적인 힘과 싸워야겠다는 의지가 더욱더 일깨워지는 것을 느꼈다.

"우리가 그걸 할 수 있다면요, 꼰스딴찐 드미뜨리치." 관리인이 말했다.

"왜 못 한다는 건가?"

"일꾼 열다섯명 정도는 반드시 더 고용해야 하거든요. 그런데 이제 오지를 않아요. 오늘 몇명 왔었는데, 여름에 일하는 데 칠십 루블씩 요구해요."

레빈은 입을 다물었다. 다시 이 힘이 맞서고 있는 것이다. 그는 그들이 아무리 노력해도 마흔명보다 많이는 고용할 수 없고 서른일고여덟명을 맞는 가격에 고용할 수 있으리라는 것을 알았다. 마흔명까지는 고용할 수 있을지도 모르지. 더는 안 되는군. 하지만 그는 그래도 맞서지 않을 수 없었다.

"일꾼들이 오지 않으면 수리와 체피롭까로 사람을 보내보게. 찾아봐야지."

"보내볼 수는 있지요." 바실리 표도로비치가 우울하게 말했다. "그리고 이제 말들도 약해졌어요."

"사기로 하세. 그리고 내가 보니……" 레빈은 웃으면서 덧붙였다. "자네는 모든 걸 점점 더 작은 규모로 점점 더 수준 낮게 하려고 하는군. 하지만 올해는 자네가 하는 대로 두지 않겠네. 내가 직접 다 할 거네."

"그러지 않아도 나리는 잠도 거의 안 주무시는 것 같은데요. 나리가 눈앞에 계시면 우리야 더 좋지요……"

"그럼 자작나무 골짜기에 토끼풀을 뿌리고 있겠지? 가서 봐야겠네." 그는 마부가 데려온 작은 말 꼴삐끄에 올라앉으며 말했다.

"시내는 건너가지 마세요, 꼰스딴쬔 드미뜨리치." 마부가 소리쳤다.

"그래, 그럼 숲을 통해서 가겠네."

오랫동안 마구간에 갇혀 있었던 탓에 웅덩이 앞에서 투레질을 하기도 하고 흥분하기도 하는 착한 작은 말의 활기찬 측대보側對步로 레빈은 마당의 진창을 지나 대문을 나서서 들로 나갔다.

레빈은 외양간 마당이나 곡물창고 마당에서 즐거웠지만 들에서는 더욱더 즐거워졌다. 좋은 말의 측대보로 규칙적으로 가볍게 흔들리며 숲을 지나는 동안 그는 녹은 자국과 함께 여기저기 드문드문 남아 있는 눈 위를 지나가며 눈과 대기의 신선하고 따뜻한 냄새를 마시면서, 나무껍질에 새로 낀 이끼와 부풀어오른 봉오리들이 활기를 띠고 있는 나무 한그루 한그루에 기쁨을 느꼈다. 숲을 다 빠져나오자 그의 눈앞에는 벨벳 양탄자 같은 곡물 싹들이 거대한 들판 위에 한군데도 빈 곳이나 물웅덩이 없이 고르게 펼쳐져 있었다. 골짜기에만 녹다 남은 눈으로 얼룩진 데가 있을 뿐이었다. 농부의 말이나 갈기를 자른 수말이 밭을 밟는 것을 보아도(그는 길에서 만난 농부에게 그것들을 쫓아내라고 명했다), 마주친 농부 이빠뜨에게 "어때, 이빠뜨, 곧 씨를 뿌려야지?"라고 물었을 때 "먼저 밭부터 갈아야지요, 꼰스딴찐 드미뜨리치"라고 놀리는 어조로 바보같이 대답하는 것을 들어도 그는 화나지 않았다. 말을 타고 가면 갈수록 그는 점점 더 즐거워졌고 점점 더 좋은 영지경영 계획들이 떠올랐다. 들판 전체에 자오선을 따라 버드나무를 심으면 나무 밑에는 눈이 쌓이지 않겠지. 들판을 나누어 여섯 필지에는 거름을 주고 세 필지는 목초지로 남겨두고 들판 맨 끝에는 외양간을 짓고 우물을 파는 거야. 거름을 치우기 위해서는 이동식 울타리가 있어야 해. 그러면 삼백 제샤찌나의 귀리밭, 백 제샤찌나의 감자밭, 백오십 제샤찌나의 토끼풀밭을 갖게 되고, 그렇게 되면 일 제샤찌나도 쓰지 못하는 토지는 없지.

이런 생각들을 하며 그는 밭을 밟지 않으려고 밭두렁에서 조심스레 말을 돌려 토끼풀씨를 뿌리는 일꾼들에게 다가갔다. 씨앗을 실은 짐마차는 밭 가장자리가 아니라 가운데에 서 있었고 가을 귀리는 마차 바퀴에 파헤쳐지고 말에 의해 헤집어져 있었다. 두 일꾼은 밭두렁에 앉아서 파이프 담배를 아마도 돌려 피우고 있었다. 짐마차 속에 있는 씨앗과 섞인 흙은 곱게 부수지 않아서 아무렇게나 굳어 있거나 군데군데 뭉쳐서 얼어붙어 있었다. 주인을 보고 일꾼 바실리는 짐마차 쪽으로 갔고 미시까는 씨를 뿌리려고 했다. 이건 좋지 않았지만, 레빈은 일꾼들에게 드물게만 화를 내는 사람이었다. 바실리가 다가왔을 때 레빈은 말을 밭 가장자리로 옮기라고 명했다.

"괜찮아요, 나리. 괜찮아질 거예요." 바실리가 대답했다.

"제발, 토 달지 말게." 레빈이 말했다. "내가 말하는 대로 하게."

"알겠습니다요." 바실리가 대답하고 말의 머리를 잡았다. "벌써 파종이네요, 꼰스딴찐 드미뜨리치." 그가 딸꾹질을 하며 말했다. "씨앗은 최상품이에요. 걸어가는 게 정말 힘드네요! 짚신에 일 뿌드는 들러붙어요."

"근데 자네 왜 흙을 체로 치지 않았나?" 레빈이 말했다.

"네, 우리는 비벼서 부숴요." 바실리가 씨를 모아쥐고 두 손바닥에 흙을 비비며 대답했다.

그에게 체로 치지 않은 흙을 퍼준 건 바실리 죄가 아니었지만 그래도 유감이었다.

자신이 아는 대로, 유감을 누르고 잘못되어 보이는 모든 것을 다시 좋게 만드는 방법의 유용성을 이미 여러번 체험해본 레빈은 지금 다시 이 방법을 써보았다. 그는 미시까가 발을 디딜 때마다 들러붙는 커다란 흙덩어리를 끌면서 걸어가는 것을 보고 말에서 내려 바실리에게서 파종용 바구니를 받아 씨를 뿌리기 시작했다.

"어디까지 했나?"

바실리는 발로 표시된 금을 가리켰고 레빈은 있는 힘을 다하여 씨앗이 섞인 흙을 뿌려가기 시작했다. 늪을 걸어가는 것만큼이나 힘이 들었다. 레빈은 한 이랑을 다 뿌리고 나서 땀에 흠뻑 젖은 채 멈춰서서 파종용 바구니를 넘겨주었다.

"자, 나리, 여름에 이 이랑 때문에 암만 해도 절 욕하시진 못할 겁니다요." 바실리가 말했다.

"왜?" 레빈이 이미 자기가 쓴 방법의 효력을 느끼면서 유쾌하게 말했다.

"여름에 보세요. 다를걸요. 제가 지난봄에 씨 뿌린 데를 보세요. 꼭 심은 것 같지요! 제 딴에는 말이지요, 꼰스딴찐 드미뜨리치, 친아버지한테 하듯 그렇게 애를 써요. 저 자신도 일을 제대로 안 하는 걸 싫어하고 다른 사람들에게도 그렇게 하지 말라고 해요. 주인 나리도 좋고 우리도 좋고 그렇지요. 자, 보세요, 저기." 바실리가 밭을 가리키며 말했다. "가슴이 뿌듯하지요."

"아, 좋은 봄이야, 바실리."

"노인들도 이렇게 좋은 봄은 기억 못 할 거예요. 얼마 전에 집에 다녀왔는데요, 우리 노친네도 삼 오스민니끄[34]가량 밀을 심었어요. 보리로는 별 볼 일 없다고 그러던데요."

"밀을 심기 시작한 지 오래되었나?"

"나리가 재작년에 가르쳐주셨잖아요. 저한테 이 뿌드나 희사하셨죠. 사분의 일은 팔고 나머지는 삼 오스민니끄에 뿌렸습죠."

"자, 주의하게. 흙덩어리를 부수게." 레빈은 말로 다가가면서 말했다. "미시까도 잘 봐줘. 잘 나오면 일 제샤찌나에 오십 꼬뻬이까씩 더 줄게."

"정말 고맙습니다. 그러지 않아도 우리 딴에는 나리에게 무척 만족하는데요."

---

34 1오스민니끄는 8분의 1제샤찌나, 약 1400제곱미터.

레빈은 말에 올라 지난해 토끼풀이 있던 들로 나갔고 봄밀을 위해 쟁기질이 되어 있는 곳으로도 가보았다.

토끼풀은 그루터기만 남은 초원 위에 놀랄 만큼 잘 돋아나 있었다. 지난해 잘린 밀줄기 사이에서 잘 살아나서 확실하게 푸르러지고 있었다. 말은 반쯤 녹은 땅에 발목까지 빠졌고 발을 뽑아 한발짝씩 디딜 때마다 철벅철벅 소리를 냈다. 쟁기질을 하는 곳에는 전혀 들어갈 수가 없었다. 얼음이 있는 곳에만 서 있을 수 있었고 녹은 이랑에서는 발목보다 더 위까지 빠졌다. 밭갈이는 아주 잘되어 있었다. 이틀 후에는 써레질을 하고 씨를 뿌릴 수 있을 것이다. 모든 것이 좋았고 유쾌했다. 레빈은 돌아올 때 물이 빠졌기를 기대하며 시내를 건너보려고 했다. 결국 시내를 건넜으며 오리 두마리를 놀라게까지 했다. '틀림없이 멧도요새들이 있을 거야.' 그는 생각했고, 집으로 가는 길모퉁이에서 산지기를 만나 멧도요새에 대한 자신의 생각이 맞았음을 알았다.

레빈은 저녁을 먹고 밤에 쓸 사냥총을 준비하기 위해서 속보로 말을 몰아 집으로 갔다.

14

레빈이 매우 유쾌한 기분으로 집으로 다가가는데 저택의 정면 입구 쪽에서 마차 방울 소리가 들렸다.

'맞아, 기차역에서 온 거야.' 그는 생각했다. '분명히 모스끄바 기차가 도착했을 시간이야…… 누굴까? 만약 니꼴라이 형이라면? 형이 말했었지, 아마 온천으로 떠날 거야, 아니면 네게 갈지도 모르고라고.' 처음 순간에는 니꼴라이 형의 도착이 그의 이 행복한 봄 기분을 날려버리리라는 생각에 두렵고 불쾌했다. 하지만 그는 이런 감정을 품는 자신이 수치스러워져서 당장 마음의 품을 두 팔 벌린 듯 활짝 열고 감격에 찬 기쁨을 느끼며 온 마음을 다해 그가 형이기를 기대하고 바랐다. 말을 몰아 아카시아 뒤로 가니 기차역에서 들어오는 삼두 역마차와 털가죽 외투를 입은 신사가 보였다. 그는 형이 아니었다. '아, 누구라도 이야기 좀 할 수 있는 반가운 사람이었으면.' 레빈은 생각했다.

"아!" 레빈은 두 손을 위로 올리며 기뻐서 소리 질렀다. "이거 정말 기쁜 손님이군! 아, 자네라니, 정말 기뻐!" 그는 스쩨빤 아르까지치를 알아보았던 것이다.

'반드시 알아내야지, 그녀가 결혼을 했는지, 아니면 언제 할 건지.' 그는 생각했다.

이 멋진 봄날, 그는 그녀에 대한 기억이 전혀 가슴 아프지 않다는 것을 느꼈다.

"어때? 날 기다리지 않았나?" 스쩨빤 아르까지치는 미간에, 뺨에, 눈썹에 온통 흙탕물을 묻힌 채로, 하지만 쾌활하고 건강하게 빛나는 모습으로 썰매에서 기어나오며 말했다. "첫째로 자네를 보려고……" 그는 레빈을 껴안고 입을 맞추며 말했다. "둘째로 철새 사냥 좀 하려고, 그리고 셋째로 예르구쇼보에 있는 숲을 팔려고 왔네."

"아주 잘했네! 이 봄, 멋지지? 근데 자넨 왜 썰매로 왔나?"

"짐마차로는 오기가 더 나빠서요, 꼰스딴찐 드미뜨리치." 레빈이 아는 마부가 말했다.

"어떻든, 자네가 와서 무척, 무척 기쁘네." 진정으로 어린애같이 기뻐하는 미소를 지으면서 레빈이 말했다.

레빈은 자기 손님을 손님방으로 데리고 갔고 스쩨빤 아르까지치의 물건들, 짐, 사냥총 가방, 시가 주머니도 그리로 가져다놓은 다음, 그가 씻고 옷을 갈아입도록 두고 그사이 자신은 밭갈이와 토끼풀에 대해 이야기하러 사무실로 갔다.

항상 저택의 명예에 대해 노심초사하는 아가피야 미하일로브나는 현관방에서 그를 맞으며 식사에 관해서 물었다.

"하고 싶은 대로 해. 되도록 빨리만 해줘." 그는 이렇게 말하고 관리인에게 갔다.

그가 돌아왔을 때 스쩨빤 아르까지치는 다 씻고 머리도 빗고 미소를 빛내며 자기 방에서 나왔고, 그들은 함께 위로 올라갔다.

"아, 자네한테 와서 얼마나 기쁜지 몰라! 이제야 나는 이해하게 될 것 같네, 자네가 행하는 비밀스러운 일들이 뭔가를. 아니, 정말로 나는 자네가 부럽네. 얼마나 멋진 저택인지, 모든 게 얼마나 멋진지! 밝고, 유쾌하고!" 스쩨빤 아르까지치는 항상 오늘처럼 봄날이거나 밝은 날은 아니라는 것을 잊고 말했다. "그리고 자네 유모는 얼마나 보배인지! 앞치마 두른 예쁘장한 하녀가 있다면 더 좋겠는데. 하지만 자네의 수도사 같은 생활과 엄격한 스타일, 그것도 무척 좋아."

스쩨빤 아르까지치는 많은 흥미로운 소식들과 세르게이 이바노비치가 이번 여름에 레빈이 있는 시골로 오려고 한다는, 레빈에게 특히 흥미로운 소식을 전해주었다.

스쩨빤 아르까지치는 끼찌나 셰르바쯔끼가 사람들에 대해서는 한마디도 하지 않았고 다만 아내의 인사만을 전했다. 레빈은 그의 섬세한 배려가 고마웠고 그의 방문이 무척 기뻤다. 항상 그랬듯이 그는 홀로 있는 동안 주변 사람들에게 전할 수 없었던 무수한 생각과 감정이 쌓여 있었고, 그래서 지금 봄의 시적인 기쁨도, 영지경영의 실패와 성공도, 읽은 책에 대한 생각과 비평도, 특히, 자각하지는 못했지만 영지경영과 관련한 이전의 모든 저술에 대한 비판을 바탕으로 하는 자신의 저술 아이디어도 모두 스쩨빤 아르까지치에게 쏟아내고 있었다. 항상 살갑게 굴고 암시만 해도 모든 것을 알아채는 스쩨빤 아르까지치는 이번에 특히 더 살갑게 굴었고, 레빈도 그가 자기를 향해 존중과 사랑 비슷한 새로운 태도를 보이는 것을 알아채고 기분이 좋았다.

특별히 좋은 식사를 대접하려던 아가피야 미하일로브나와 요리사의 노력은 굶어죽을 지경으로 배가 고파진 두 친구가 전채요리를 차린 식탁 앞에 앉자마자 버터와 빵을 삼키고, 훈제 요리와 절인 버섯을 삼키고, 요리사가 특별히 손님을 놀라게 하고 싶어 준비한 만두가 없어도 상관없으니 어서 가져오라고 명한 수프를 삼키는 결과만을 낳았다. 이런 와중에 스쩨빤 아르까지치는 이제까지 이것저것 다른 많은 것을 먹어본 사람이었음에도 모든 음식이 매우 뛰어난 것을 알아보았다. 약초술, 빵, 버터, 특히 훈제 요리, 버섯, 쐐기풀 수프, 하얀 소스를 얹은 닭, 끄림산 백포도주 등 모든 것이 매우 훌륭했고 경이로울 지경이었다.

"아주 뛰어나네, 뛰어나." 더운 요리를 먹은 후 굵은 시가를 피우면서 그가 말했다. "자네에게 온 게 마치 기선의 소음과 흔들림에서 벗어나 조용한 해변으로 나온 것 같네. 그래, 자네는 노동력이라는 요소 자체가 연구되어야 하고 영지경영의 방법을 선택하는 데 있어서 주가 되어야 한다는 말을 하는 거지. 여기에 문외한이긴 하지만 내가 보기에는 그 이론과 이론의 응용이 노동력에도 영향을 미치리라고 생각하네."

"그래. 하지만 잠깐, 난 정치경제학에 대해 이야기하는 게 아니네. 영지경영학에 대해 이야기하는 거라네. 이 학문은 자연과학처럼 되어야 하고 주어진 현상들과 경제적, 인종적 등등의 특징을 가진 노동자를 관찰해야 하네……"

이때 아가피야 미하일로브나가 과일조림을 가지고 들어왔다.

"자, 아가피야 미하일로브나." 스쩨빤 아르까지치는 자신의 통통한 손가락들 끝에 입을 맞추며 그녀에게 말했다. "정말 훌륭한 훈제 요리에다 약초술이네! 아, 근데 꼬스쨔, 시간이 됐지?" 그가 덧붙였다.

레빈은 창밖으로 숲의 벌거숭이 우듬지 너머로 해가 지고 있는 것을 보았다.

"그래, 그래." 그는 말했다. "꾸지마, 리네이까[35]를 준비하게!" 그리고 그는 아래로 뛰어내려갔다.

아래로 내려온 스쩨빤 아르까지치는 미끈하게 칠한 상자에서 삼베로 된 주머니를 꺼냈고 조심스럽게 그것을 열어 직접 그의 값비싼 신형 총을 준비했다. 꾸지마는 벌써 보드까를 크게 한잔 얻어마실 기세로 스쩨빤 아르까지치로부터 떨어지지 않고 그에게 양말과 장화를 신겨주었는데, 스쩨빤 아르까지치는 기꺼이 그에게 그일을 하도록 두었다.

"꼬스쨔, 랴비닌이라는 상인이 오면, 내가 오늘 오라고 그랬거든, 들어와 기다리게 하도록 명해주게……"

"랴비닌에게 숲을 파는 거야?"

---

35 보통 말 한두마리가 끄는 차체가 긴 마차. 지붕이 열린 경우가 많다.

"응. 그를 알아?"

"물론 알지. 그와 '완전히 최종적으로' 관계를 가진 적이 있지."

스쩨빤 아르까지치는 웃음을 터뜨렸다. '완전히 최종적으로'는 그 상인이 좋아하는 문구였다.

"그래, 그는 정말 놀랄 만큼 우습게 말하지. 주인이 어디 가는지 알아챘구나!" 끙끙거리며 레빈의 주위를 돌면서 그의 손을 핥기도 하고 장화나 총을 핥기도 하는 라스까를 손으로 쓰다듬으며 스쩨빤 아르까지치가 덧붙였다.

그들이 나왔을 때 돌구샤³⁶가 이미 현관 앞에 서 있었다.

"멀지는 않지만 말을 매라고 했네. 아니면 걸어가겠나?"

"아니, 타고 가는 게 좋겠네." 돌구샤로 다가가며 스쩨빤 아르까지치가 말했다. 그는 호랑이가죽으로 발을 덮고 앉아서 시가를 피우기 시작했다. "자넨 어떻게 안 피우나? 시가는 만족을 주는 정도가 아니라 만족의 왕관이자 징표라네. 이런 게 사는 거지! 얼마나 좋은지! 여기서 살았으면 싶네!"

"누가 못 하게 하나?" 레빈이 미소를 지으며 말했다.

"아니, 자넨 행복한 사람일세. 자네가 사랑하는 건 다 있으니. 말을 사랑하는데 말이 있지, 개도 있지, 사냥하지, 농사도 하지."

"아마 난 내게 있는 것을 기뻐하고 없는 것은 불평하지 않아서 그럴 거야." 레빈은 끼찌를 기억하며 말했다.

스쩨빤 아르까지치는 알아듣고 그를 쳐다보며 아무 말도 하지 않았다.

레빈은 오블론스끼가 항상 그렇듯 감각 있게, 자신이 셰르바쯔

---

36 달구지처럼 생긴 농촌 마차.

끼가에 대한 대화를 두려워하는 것을 알아채고 그들에 대해 아무 말도 하지 않는 것을 고마워했다. 하지만 이제 레빈은 그를 그렇게도 괴롭히던 것을 알고 싶어졌으나 말을 꺼낼 용기가 없었다.

"자, 어때, 자네 일은?" 레빈은 자기 입장에서 자기 자신에 대해서만 생각하는 것이 좋지 않은 일이라고 잠시 생각한 다음 말했다.

스쩨빤 아르까지치의 두 눈이 유쾌하게 반짝이기 시작했다.

"자기 몫을 충분히 받았는데 깔라치빵을 또 사랑할 수 있다는 것을 자네는 인정하지 않지. 자네 생각에는 그건 범죄지. 하지만 난 사랑 없는 삶을 인정할 수 없네." 그는 레빈의 질문을 자기식으로 이해하며 말했다. "어쩌겠나? 난 그렇게 생겨먹은 것을. 그리고 이런 일은 정말 아무에게도 해 끼치지 않으면서 나 자신은 그렇게도 만족스러우니……"

"뭐야, 혹 새로운 게 있나?" 레빈이 물었다.

"있지, 친구! 자네 아나, 오시안 타입의 여자[37] 말이네…… 꿈속에서나 보는 그런 여자들…… 근데 그런 여자들이 실제로 있다네…… 그런 여자들은 무서워. 여자란 말이야, 아무리 연구해도 항상 완전히 새로울 대상이네."

"그러니 아예 연구 안 하는 게 낫지."

"아니지. 어떤 수학자가 말했다네, 즐거움은 진리의 발견에 있는 것이 아니라 그것의 추구에 있다고."

레빈은 잠자코 들었다. 그리고 모든 노력을 기울였음에도 불구하고 그는 친구의 심정이 되어 그의 감정과 그런 여자들을 연구하

---

37 제임스 맥퍼슨(1736~96)이 고대 켈트족의 음유시인 오시안의 시를 번역하여 출간한 『고대 시가 단편』(1760)에 나오는 여성 주인공들 같은 여자를 뜻한다. 오시안은 정절이 굳고 자기희생적인 여인들을 찬양했다.

는 매력을 이해할 수 없었다.

15

철새 사냥터는 시내 건너 가까운 곳에 있는 작은 사시나무숲 속에 있었다. 숲에 다다르자 레빈은 마차에서 내려서 오블론스끼를 이미 눈이 녹은, 이끼 긴 습한 작은 공터의 한 모퉁이로 인도했다. 그 자신은 다른 모퉁이의 쌍둥이 자작나무 쪽으로 돌아가서 아래쪽 마른 나뭇가지의 갈래에 총을 세워놓고, 윗옷을 벗고 허리끈을 다시 매고 손을 자유롭게 움직일 수 있는지 시험해보았다.

회색 털의 늙은 라스까는 그의 뒤를 따라와 조심스레 그의 맞은 편에 앉아서 귀를 쫑긋 세우고 있었다. 커다란 숲 너머로 해가 지고 있었다. 석양빛에 사시나무숲 여기저기 흩어져 서 있는 자작나무들이 막 터져나오려 부풀어오른 나무순들이 달린 휘어진 가지들을 드리우고 있는 것이 또렷하게 보였다.

눈이 아직 남아 있는 울창한 숲으로부터 좁고 구불구불한 시냇물이 들릴락 말락 한 소리를 내며 흘러내리고 있었다. 작은 새들이 지저귀며 가끔씩 이 나무에서 저 나무로 날아다녔다.

완전한 정적 속에서 이따금씩 땅이 녹고 풀이 자라느라고 움직여지는 지난해 나뭇잎들의 사각거리는 소리가 들렸다.

'이거 정말! 풀이 자라는 것이 들리고 보이는구나!' 새로 돋아난 풀 옆에서 희끄무레한 젖은 사시나무 잎새가 움직이는 것을 보고 레빈이 혼잣말을 했다. 그는 서서 귀를 기울이며 이끼 긴 촉촉한 땅을 내려다보기도 하고, 귀를 세우고 주의를 기울이고 있는 라스까를 바라보기도 하고, 눈앞의 산 아래로 펼쳐져 있는 바다, 벌거숭이 우듬지가 이루는 숲의 바다를 바라보기도 하고, 하얀 구름떼로 덮여 흐릿해져가는 하늘을 바라보기도 했다. 매 한마리가 천천히 날개를 퍼덕이며 숲 위로 높이 날아갔다. 다른 한마리도 같은 방향으로 똑같이 날아가더니 자취를 감추었다. 새들은 숲속에서 점점 더 크고 분주하게 지저귀고 있었다. 멀지 않은 곳에서 부엉이가 울었고, 라스까는 몸을 한번 떨더니 조심스레 몇발짝 디디고 나서 머리를 옆으로 숙이고 귀를 기울이기 시작했다. 시내 쪽으로 뻐꾸기 소리가 들렸다. 뻐꾸기는 뻐꾹뻐꾹 보통 때처럼 두번 울더니 그다음엔 목이 쉬어 서둘러 자취를 감추었다.

"이거 정말! 벌써 뻐꾸기가!" 수풀에서 나오면서 스쩨빤 아르까지치가 말했다.

"그래, 나도 들었네." 레빈은 스스로에게도 불쾌하게 들리는 목소리로 숲의 정적을 깨뜨리면서 마지못해 대답했다. "이제 금방이야."

스쩨빤 아르까지치의 모습이 다시 수풀 뒤로 사라졌고, 레빈은 환한 성냥 불빛에 이어서 빨갛게 타는 담배와 푸른 연기를 보았다.

칙! 칙! 스쩨빤 아르까지치가 공이치기를 당기는 소리가 들렸다.

"아, 근데 이거 뭐가 우는 거야?" 오블론스끼의 말에 레빈은 마치 망아지가 가느다란 목소리로 장난하는 것처럼 길게 끙 우는 소리에 주의를 돌렸다.

"아, 이 소리 모르나? 이건 수토끼야. 말은 그만! 들어봐, 날아온다!" 레빈은 공이치기를 당기면서 거의 소리를 지르다시피 했다.

멀리서 가느다란 휘파람 소리가 들렸는데, 사냥꾼들이 잘 아는 예의 그 박자로 이초 간격으로 두번째, 세번째 휘파람 소리가 들리더니 세번째 휘파람 소리 다음에는 이미 끼루룩 우는 소리가 들렸다.

레빈은 오른쪽, 왼쪽으로 눈을 돌렸고 그러자 거기 눈앞에, 회청색 하늘에 사시나무 꼭대기들이 부드럽게 섞이며 사라지는 경계선 위로 날아오는 새가 보였다. 새는 곧장 그를 향해서 날아오고 있었다. 마치 팽팽한 천을 긁는 것 같은 규칙적으로 끼루룩거리는 소리가 가까이, 바로 귀 위에서 들렸다. 이미 새의 긴 부리와 목이 보였다. 레빈이 조준한 바로 그 순간 오블론스끼가 서 있던 수풀 뒤로부터 빨간 불빛이 번개처럼 번쩍였다. 새는 화살처럼 떨어지더니 다시 위로 올라갔다. 다시 불빛이 번쩍이며 총소리가 들렸다. 새는 공중에서 몸의 균형을 잡으려고 애쓰는 듯이 날개를 비비적거리다가 날갯짓을 멈추고 잠시 그대로 있더니 축축한 땅으로 철퍼덕 무겁게 부딪치며 떨어졌다.

"못 맞혔나?" 연기 때문에 보지 못한 스쩨빤 아르까지치가 소리쳤다.

"저기!" 레빈은 한쪽 귀를 세우고 털북숭이 꼬리 끝을 흔들면서 만족감을 오래 느끼기를 원하는 듯 느릿한 걸음걸이로, 미소를 짓는 듯한 표정으로 죽은 새를 주인에게 물고 오는 라스까를 가리켰다. "자, 자네가 성공해서 기쁘네." 레빈은 말하는 동시에 이 도요새를 자기가 죽이지 못한 것에 벌써 질투의 감정을 느꼈다.

"오른쪽 총구에서 총알이 빗나갔네." 스쩨빤 아르까지치가 총알을 재면서 대답했다. "쉬쉬…… 날아간다."

정말로 빠르게 이어지는 찢어지는 듯한 휘파람 소리가 들려왔다. 도요새 두마리가 장난을 치고 앞서거니 뒤서거니 서로를 뒤쫓으며, 끼루룩 소리는 내지 않고 휘파람 소리만 내면서 사냥꾼들의 머리 위로 날아들었다. 네방의 총소리가 울렸고, 도요새들은 제비처럼 빨리 회전하여 시야에서 사라졌다.

....

철새 사냥은 훌륭했다. 스쩨빤 아르까지치는 두마리를 더 잡았고 레빈은 두마리를 맞혔는데 한마리는 찾지 못했다. 어두워졌다. 밝은 은빛으로 빛나는 금성이 서쪽 하늘 낮은 곳에서 자작나무 너머로부터 부드러운 광채를 발하고 있었고, 동쪽 하늘 높은 곳에서는 어두운 대각성[38]이 벌써 붉은 불꽃들을 뿜어내고 있었다. 레빈은 머리 바로 위에서 북두칠성을 찾았다가 다시 놓쳤다. 도요새들은 더이상 날지 않았다. 레빈은 자작나무 가지 아래로 보이는 금성이 그보다 더 위로 움직이고 모든 곳에서 큰곰자리 별들이 밝게 빛날 때까지 좀더 기다리기로 마음먹었다. 금성은 이미 가지 위로 움직였고 큰곰자리 별들도 모두 암청색 하늘의 어디서나 보였지만 그는 여전히 기다리고 있었다.

"갈까?" 스쩨빤 아르까지치가 말했다.

숲은 이미 고요했고 새 한마리 움직이지 않았다.

"조금 더 있어보세." 레빈이 대답했다.

"좋을 대로."

그들은 지금 서로 열다섯보 정도 떨어져 있었다.

"스찌바!" 갑자기 레빈이 불쑥 말을 꺼냈다. "대체 왜 내게 말해주지 않는 건가, 자네 처제가 결혼했는지, 아니면 언제 결혼하는지?"

레빈은 자신이 흔들림 없고 평온해서 무슨 대답을 들어도 동요

---

38 목동자리에서 가장 밝은 별.

하지 않을 것 같은 생각이 들었다. 하지만 스쩨빤 아르까지치의 대답은 전혀 예상하지 못했던 바였다.

"결혼할 생각도 안 했고 지금도 안 해. 그녀는 아주 아팠어. 의사들이 그녀를 외국으로 보냈다네. 생명이 위험할 지경이었어."

"무슨 소리야!" 레빈이 소리 질렀다. "아주 아팠다고? 대체 무슨 일이 있었던 거야? 어떻게 그녀가⋯⋯"

그들이 이런 이야기를 하는 순간 라스까가 귀를 세우고 하늘을 올려다보았고 힐책하듯이 그들을 쳐다보았다.

'지금이 이야기나 할 때인가.' 라스까는 생각했다. '날아가버리는데⋯⋯ 저기 있는데. 때를 놓치는구나⋯⋯'

하지만 이 순간 갑자기 두 사람은 귀를 때리는 것 같은 찢어지는 휘파람 소리를 들었다. 둘은 급작스럽게 총을 잡았고 번쩍하면서 두 방이 동시에 울렸다. 높이 날아가던 도요새가 순간 날개를 접고 가느다란 동선을 그리면서 숲으로 떨어졌다.

"멋져! 함께 맞혔어!" 레빈이 소리를 지르며 라스까와 도요새를 찾으러 숲으로 갔다. '아, 그래, 뭐가 언짢았었지?' 그는 기억했다. '그래, 끼찌가 아프다고⋯⋯ 어쩌나? 참 안됐네.' 그는 생각했다. "아, 라스까가 찾았네! 똑똑해." 그는 라스까의 입에서 따스한 새를 꺼내어 거의 꽉 찬 사냥 구럭에 넣으며 말했다. "찾았네, 스찌바!" 그는 소리를 질렀다.

16

집으로 돌아오는 길에 레빈은 끼찌의 병에 대한 모든 자세한 사항과 셰르바쯔끼가의 계획에 대해 물었다. 비록 인정하는 것이 양심에 꺼려지기는 했지만 그는 자신의 기분이 좋은 것을 알았다. 아직 희망이 있기 때문에 기분이 좋았고, 그를 그렇게 아프게 한 여자가 아프기 때문에 더 기분이 좋았다. 그러나 스쩨빤 아르까지치가 끼찌의 병의 원인에 대해서 이야기하기 시작하며 브론스끼의 이름을 언급했을 때 그는 말을 막았다.

"나는 가족의 세세한 문제까지 알 권리가 전혀 없고, 진실을 말하자면 전혀 관심이 없네."

스쩨빤 아르까지치는 레빈의 얼굴에서 그가 매우 잘 아는 순간적인 변화를 포착하고 알아차리지 못할 정도로 미소를 지었다. 레빈의 얼굴은 일분 전에는 그렇게도 유쾌하더니 갑자기 그렇게도 어두워졌던 것이다.

"근데 자네, 랴비닌과 숲에 대해 이야기 다 끝냈나?" 레빈이 물었다.

"응, 끝냈네. 훌륭한 가격이야. 삼만 팔천. 팔천은 먼저 받고 나머지는 육년에 걸쳐 받는다네. 오랫동안 이 일에 매달렸지. 아무도 더는 안 주려고 했었네."

"그건 말하자면 자네가 숲을 공짜로 내준다는 이야기네." 레빈이 음울하게 말했다.

"말하자면 왜 공짜인데?" 지금 레빈에게는 모든 것이 나쁘게 여겨지리라는 것을 아는 스쩨빤 아르까지치가 선량한 미소를 지으며 말했다.

"왜냐하면 숲은 최소한 일 제샤찌나에 오백 루블은 나가니까." 레빈이 대답했다.

"아, 이 시골 나리들 좀 보소!" 스쩨빤 아르까지치가 장난스레 말했다. "우리 도시 형제들을 경멸하는 이 어조! 근데 일을 하게 되면 항상 우리들이 더 잘하지. 믿어주게. 모든 걸 다 따져봤네." 그는 말했다. "숲은 무척 유리하게 팔렸어. 그 사람이 철회할까봐 겁날 지경이야. 목재용이 아니라네." 스쩨빤 아르까지치는 목재용이라는 단어로 레빈의 의심이 정당하지 못하다는 것을 그에게 완전히 확신시키기를 바라면서 말했다. "장작용이 더 많네. 그리고 일 제샤찌나당 삼십 사젠 이상은 안 될 거네. 근데 그는 이백 루블씩 주니까."

레빈은 경멸조로 미소를 지었다. 그는 생각했다. '그 한 사람만이 아니라 모든 도시인들의 태도인 이 태도를 난 알아. 십년에 두 번쯤 시골에 와서 시골에서 쓰는 말 두세마디 기억하고는 그걸 아무 때나 되는대로 사용하면서 벌써 모든 걸 다 안다고 굳게 믿지. 흥, 목재용이라는 둥, 삼십 사젠 될 거라는 둥. 자기가 무슨 말을 하는지도 모르는 주제에.'

"나는 자네가 관청에 앉아서 뭘 써야 하는지 가르치려는 게 아니네." 그가 말했다. "그래, 그런 것이 필요하면 자네에게 물어볼 거야. 근데 자네는 숲에 대해 모든 지식을 안다고 아주 굳건한 확신을 가지고 있구먼. 간단하지 않아. 나무들을 세어봤나?"

"나무를 어떻게 세나?" 스쩨빤 아르까지치는 친구를 나쁜 기분에서 벗어나게 하고 싶어 껄껄 웃으면서 말했다. "드높은 정신이 모래를 세고 별을 셀 수 있다 해도……"[39]

"물론 세야지. 랴비닌의 드높은 정신은 그럴 수 있네. 어떤 상인이라도 자기에게 공짜로 주지 않는 한, 자네처럼 말이네, 세지 않고

---

39 러시아 시인 가브릴라 제르자빈의 시 「신」(1748)에서 인용한 문구.

사지는 않지. 난 자네 숲을 아네. 매년 거기서 사냥을 하지. 자네 숲은 현금으로 오백은 나가네. 근데 그는 할부로 이백을 주다니. 그러니까 자네는 한 삼만은 선물로 주는 거지."

"자, 그만 열중하게." 스쩨빤 아르까지치가 안됐다는 듯이 말했다. "근데 대체 왜 아무도 그렇게 주려 하지 않는 건데?"

"왜냐하면 그가 상인들과 비밀 협정을 맺고 있기 때문이지. 그가 차액을 좀 내놓는 거야. 난 그 모든 자들과 거래를 하니까 그들을 알지. 근데 그들은 상인이 아니라 중개업자야. 그는 십 퍼센트, 십오 퍼센트로는 일도 안 해, 일 루블짜리를 이십 꼬뻬이까에 사들이려고 기다리지."

"자, 그만하게! 자네 기분이 영 안 좋으니."

"전혀 그렇지 않아." 그들이 집에 다다랐을 때 레빈이 음울하게 말했다.

현관 앞에는 벌써 넓은 가죽끈을 꽉 졸라맨 살진 말이 매인, 쇠와 가죽으로 팽팽히 조인 작은 짐마차가 서 있었다. 짐마차에는 팽팽하게 허리띠를 졸라맨, 넘치게 혈색이 좋은 랴비닌의 마부이자 관리인이 앉아 있었다. 랴비닌 자신은 이미 집 안에 들어와 있다가 두 친구와 현관방에서 마주쳤다. 랴비닌은 키가 크고 마른 편인 중년의 남자로 콧수염을 기르고 면도한 턱이 튀어나온데다 흐린 두 눈도 튀어나와 있었다. 그는 엉덩이 아래까지 단추가 달린 긴 푸른색 프록코트를 입고 복숭아뼈에서 주름이 잡히고 종아리까지 올라가는 높은 장화를 신었고 그 위에 커다란 덧신을 신고 있었다. 그는 손수건으로 얼굴을 매끈하게 닦고 나서 안 그래도 매무새가 단정한 프록코트를 여민 다음, 들어오는 사람들에게 미소로 인사하며 무엇인가를 낚으려는 듯이 스쩨빤 아르까지치에게 손을 내밀었다.

"아, 와 있었군요." 스쩨빤 아르까지치가 그에게 손을 내주며 말했다. "좋습니다."

"길이 너무 나빴지만 각하의 명령을 감히 어길 수가 없었지요. 내내 평보로 왔으나 제시간에 나타났습니다, 존경하는 꼰스딴쩐 드미뜨리치." 그는 레빈을 향하며 그의 손도 낚으려고 했다. 그러나 레빈은 얼굴을 찌푸리면서 그가 내민 손을 못 본 척하고 도요새들을 꺼냈다. "사냥을 즐기셨군요? 이건 무슨 새인가요?" 랴비닌이 경멸조로 도요새들을 보면서 덧붙였다. "그러니까 취미가 있으시군요." 그러고서 그는 이런 것이 애써 할 만한 일인지 심히 의심스럽다는 듯 회의적으로 고개를 저었다.

"서재로 갈 텐가?" 레빈이 얼굴을 음울하게 찌푸리며 스쩨빤 아르까지치에게 프랑스어로 물었다. "서재로들 가게. 거기서 이야기하게."

"어디로 가든 물론 가능합니다." 마치 다른 사람이라면 누구를 어떻게 만나는가 하는 것이 어려울지 몰라도 자기는 결코 어떤 문제에 있어서도 어려울 것이 없다고 느끼게 하려는 듯 랴비닌이 경멸투로 자존심을 보이며 말했다.

랴비닌은 서재로 들어가며 습관적으로 성상이 어디 있는지 둘러보았지만 막상 성상을 보고 성호를 긋지는 않았다. 그는 책장들과 책이 꽂힌 책꽂이들을 둘러보며 도요새를 보았을 때와 마찬가지로 이런 일이 애써 할 만한 일이라는 것을 전혀 인정할 수 없다는 듯이 회의적으로 머리를 흔들었다.

"그래, 돈은 가져왔습니까?" 오블론스끼가 물었다. "앉으시지요."

"돈을 가지고 인색하게 굴지는 않습니다. 만나뵙고 협상하러 왔습니다."

"뭐에 대해 협상한단 말입니까? 일단 앉으시지요."

"그러겠습니다." 랴비닌은 말하고 안락의자에 앉아 가장 불편한 자세로 등받이에 팔꿈치를 걸쳤다. "공작님, 양보 좀 하셔야겠습니다. 안 그러시면 좋지 않을 겁니다. 돈은 한푼도 틀림없이 완전히, 최종적으로 준비되었습니다. 돈 때문에 미루는 일은 없을 겁니다."

그사이에 레빈은 총을 장에 넣고 이미 문을 나서고 있었는데, 상인의 말이 들리자 멈춰섰다.

"숲은 그냥 공짜로 얻는 거요." 그가 말했다. "그가 내게 늦게 왔으니 망정이지 아니었다면 내가 값을 정했을 거요."

랴비닌은 일어나서 말없이 미소를 지으며 레빈을 위아래로 훑어보았다.

"꼰스딴찐 드미뜨리치는 매애-우 인색한 양반이시군요." 그는 미소를 띤 채 말하고 스쩨빤 아르까지치를 향했다. "최종적으로 아무것도 양보를 안 하시겠네요. 전 밀을 거래할 때 돈을 많이 지불해왔는데요."

"왜 내가 당신에게 공짜로 줘야 하오? 내 돈은 땅에서 주운 것도 아니고 훔친 것도 아니오."

"미안합니다만, 요즘엔 훔친다는 것은 결정적으로 불가능합니다. 모든 것이 공개 재판에서 최종적으로 결정되지요. 요즘엔 그래서 모든 게 품위가 있습니다. 훔친다는 것은 어림도 없지요. 우리는 명예에 입각해서 이야기를 했습니다. 계산도 안 하고 숲의 값을 너무 비싸게 매겼으니 조금이라도 양보하는 아량을 베푸시라고 청하는 겁니다."

"일이 다 끝난 거요, 아니오? 끝났으면 협상할 것 없고 안 끝났으면……" 레빈이 말했다. "내가 숲을 사겠소."

랴비닌의 얼굴에서 갑자기 미소가 사라졌다. 그의 얼굴에는 독수리의, 맹금류의 잔혹한 표정이 박혀 있었다. 그는 뼈만 남은 손가락들로 재빨리 프록코트의 단추를 풀고 삐져나온 셔츠 자락과 조끼의 청동 단추와 시곗줄을 드러내더니 재빨리 두껍고 낡은 지갑을 꺼냈다.

"자, 어서, 숲은 제 겁니다." 그가 재빨리 성호를 긋고 손을 내뻗으며 중얼거렸다. "돈을 받으세요. 제 숲입니다. 이게 랴비닌이 거래하는 방식입니다. 한푼도 안 틀리지요." 그는 얼굴을 찌푸린 채 지갑을 내저으며 말했다.

"내가 자네라면 서두르지 않겠네." 레빈이 말했다.

"용서하게." 오블론스끼가 놀라며 말했다. "그래도 약속을 했으니."

레빈은 문을 쾅 닫고 나갔다. 랴비닌은 문을 바라보더니 미소를 띠며 고개를 저었다.

"아직 청춘이라 그렇죠. 결정적으로 어린애같이 굴기만 하네요. 하지만 제가 삽니다. 제 명예심을 믿으세요. 이렇게, 말하자면 오직 명예심 때문에, 오블론스끼 집안사람이 아닌 여기 이 랴비닌이 숲을 산 겁니다. 이제 하느님께서 계산을 맞추는 것을 허락하시겠지요. 하느님을 믿으세요. 어서, 계약 조건에 쓰시지요……"

한시간 후에 상인은 셔츠를 정확하게 여미고 프록코트의 단추를 다 채우고 계약서를 주머니에 넣고 나서 팽팽하게 조인 짐마차에 올라 집으로 갔다.

"아, 이 지주 나리들!" 그는 관리인에게 말했다. "똑같은 것들."

"원래 그렇죠." 관리인이 고삐를 그에게 넘겨주고 가죽 덮개의 단추를 잠그며 말했다. "근데 매입은요, 미하일 이그나찌치?"

"그런대로……"

17

스쩨빤 아르까지치는 위층으로 올라갔다. 그의 주머니는 상인이 석달치로 준 지폐 다발로 불룩했다. 숲 거래는 끝났고 주머니에는 돈이 있고 사냥은 훌륭했고, 그래서 기분이 매우 유쾌해진 스쩨빤 아르까지치는 레빈의 우울한 기분을 떨쳐주고 싶은 생각이 각별했다. 그는 이날을 기분 좋게 시작했듯이 같이 저녁식사를 하면서 이날을 기분 좋게 끝내고 싶었다.

실상 레빈은 기분이 좋지 않았고, 소중한 손님을 상냥하고 친절하게 대하고 싶었지만 자신을 극복할 수 없었다. 끼찌가 결혼을 하지 않았다는 소식으로 인한 취기가 점차 그를 사로잡기 시작했다.

끼찌는 결혼하지 않았고 아프다. 그것도 그녀를 경멸한 사람에 대한 사랑 때문에 아프다. 이러한 모욕이 그를 덮치는 듯했다. 브론스끼는 그녀를 무시했고 그녀는 그를, 레빈을 무시했다. 그리하여 브론스끼는 레빈을 무시할 권리를 가지고 있었고, 따라서 브론스끼는 그의 적이었다. 하지만 레빈은 이 모든 것을 전혀 생각하지 않았다. 그는 여기에 그에게 모욕적인 뭔가가 있다고 희미하게 느끼고 있을 뿐이어서, 지금 그를 동요시키는 이 문제에 대해 화를 내는 것이 아니라 그에게 떠오르는 모든 것들에 대해 사사건건 불만을 터뜨리고 있었다. 숲을 바보같이 팔아버린 것도, 그의 집에서 일어난 오블론스끼가 당한 사기 행각도 그의 신경을 자극했다.

"그래, 끝냈나?" 위층에서 스쩨빤 아르까지치와 마주친 그가 말했다. "저녁식사 하겠나?"

"그래, 거절하지 않겠네. 시골에서는 정말 식욕이 끝내주지! 놀랄 일이야! 근데 자넨 왜 랴비닌에게 식사를 권하지 않았나?"

"아, 망할 놈!"

"게다가 자네가 그를 대하는 태도란 정말!" 오블론스끼가 말했다. "자넨 손도 내주지 않았지. 근데 왜 손을 내주지 않은 거야?"

"그건 내가 하인들과 악수하지 않기 때문이네. 그리고 하인들이 백배 낫지."

"자네 정말 복고주의자군! 계층의 융합은 어쩌고?" 오블론스끼가 말했다.

"융합하길 원하는 사람에겐 축배를 건네겠네. 하지만 나는 반대네."

"알겠네. 자넨 완전히 복고주의자군."

"실상 난 내가 누군지 한번도 생각한 적이 없네. 난 꼰스딴찐 레빈이고 그 이상은 아니야."

"그것도 아주 기분이 안 좋은 꼰스딴찐 레빈이지." 스쩨빤 아르까지치가 미소를 지으며 말했다.

"그래, 기분이 안 좋네. 왜 그런지 아나? 미안하네만 자네가 바보같이 팔아서 그렇지……"

스쩨빤 아르까지치는 사람들에게 죄 없이 모욕당하고 기분이 상한 사람처럼 선량하게 얼굴을 찌푸렸다.

"자, 됐네!" 그는 말했다. "무언가를 판 사람이라면 팔고 난 직후에 '훨씬 더 값나간다'라는 말을 듣지 않는 사람이 누가 있겠나. 그러나 팔려고 하면 아무도 그만큼 돈을 안 내지…… 아니, 자넨 이 시시한 랴비닌에게 앙심이 있는 모양이네."

"그럴지도. 자넨 또 내가 복고주의자라거나 아니면 무슨 무시무시한 말을 할 테지. 하지만 난 여전히 모든 방면에서 일어나고 있는, 내가 속한 귀족 계층의 궁핍화를 보는 것이 유감이고 창피하네. 그리고 계층의 융합에도 불구하고 내가 귀족 계층에 속한다는 것이 매우 기쁘네. 게다가 사치스러워서 궁핍화되는 것이 아니니 괜찮아. 지주 나리처럼 사는 것, 그게 귀족이 할 일이지. 그건 귀족들만이 할 수 있네. 지금 우리 주위의 농부들이 땅을 사들이고 있어. 난 이걸 모욕으로 느끼는 게 아닐세. 나리는 아무 일도 안 하고 농부는 일을 하니까 하는 일 없는 사람을 몰아내야지. 그건 그래야 해. 난 그런 농부들을 보는 게 기쁘네. 하지만 궁핍화가, 이건 뭐라불러야 할지, 순진해서 일어나는 걸 보는 게 창피하네. 어떤 곳에서는 폴란드 소작인이 니스에 사는 여지주에게서 매우 훌륭한 영지를 반값에 사들였네. 또 어떤 곳에서는 일 제샤찌나당 십 루블에 임대해야 하는 땅을 상인에게 일 루블에 임대하네. 그리고 여기서 자네는 아무 이유 없이 그 사기꾼에게 삼만을 선물한 거야."

"그럼 어떻게 해? 나무를 하나하나 세나?"

"꼭 세어야지. 자네는 세지 않았지만 랴비닌은 세었다네. 랴비닌의 자식들에게는 생활하고 교육받을 수단이 생기겠지만 자네 자식들에게는 사라지게 되는 거지!"

"자, 날 좀 용서하게. 하지만 세는 건 뭔가 시시해서 말이지. 우리가 할 일이 있고 그들이 할 일이 있지. 그들에겐 이윤이 필요한 거야. 자, 이미 끝난 일이네. 더구나 계란찜도 있고. 내가 제일 좋아하는 계란 요리야. 아가피야 미하일로브나가 우리에게 그 경이로운 약초술을 줄 거고……"

스쩨빤 아르까지치는 식탁 앞에 앉아서 아가피야 미하일로브나와 농담을 하며 이런 저녁식사와 밤참은 오랫동안 못 먹어봤다고 단언했다.

"이렇게 칭찬을 해주시네요." 아가피야 미하일로브나가 말했다. "근데 꼰스딴찐 드미뜨리치는 뭘 드려도, 빵껍질을 드려도 그냥 삼키고 나가시죠."

레빈은 아무리 노력해도 자신을 극복할 수 없었다. 그는 음울했고 말이 없었다. 그에겐 스쩨빤 아르까지치에게 한가지 물어볼 게 있었지만 언제 어떻게 물어야 할지 시간도 형식도 찾지 못했고 물어볼 결심도 하지 못했다. 스쩨빤 아르까지치는 벌써 아래층 자기 방으로 가서 옷을 벗고 다시 씻고 주름 잡힌 잠옷을 입고 누웠고, 레빈은 묻고 싶은 것을 물을 힘이 없어 이런저런 사소한 것들에 대해 이야기하면서 여전히 그 방에서 꾸물거리고 있었다.

"비누를 어떻게 이렇게 멋지게 만드는지 놀랍네." 그는 아가피야 미하일로브나가 손님을 위해서 준비한, 하지만 오블론스끼가 사용하지 않은 향기로운 비누를 살펴보고 포장을 뜯으며 말했다. "자, 보게, 이건 예술품이네."

"그래, 요즈음은 뭐든지 완성품으로 찍어내지." 스쩨빤 아르까지치가 촉촉하고 편안한 느낌으로 만족스럽게 하품을 하며 말했다. "예를 들어 극장들…… 이 오락용 극장들…… 아아아!" 그는 하품했다. "어디나 전등이…… 아아!"

"그래, 전등." 레빈이 말했다. "그래. 근데 브론스끼는 지금 어디 있나?" 갑자기 비누를 놓고 그가 물었다.

"브론스끼?" 하품을 멈추고 스쩨빤 아르까지치가 말했다. "뻬쩨르부르그에 있네. 자네가 간 다음에 곧 떠났고 한번도 모스끄바에 오지 않았네. 근데 꼬스쨔, 내 진실을 말하겠네." 그는 책상 위에 팔꿈치를 괴고 윤기가 도는 선량하고 졸린 두 눈이 별처럼 빛나는 불그레한 얼굴을 손으로 받치고 말을 이었다. "자네 자신에게 책임이 있네. 자네는 경쟁자를 무서워한 거야. 하지만 그때 말했던 것처럼, 나는 누구 쪽에 더 가능성이 많았는지 모르겠네. 자넨 왜 그냥 밀어붙이지 않았나? 내가 그때 자네에게 말했지……" 그는 입을 열지 않고 턱으로만 하품했다.

'내가 청혼한 걸 아는 거야, 모르는 거야?' 레빈은 그를 보며 생각했다. '그래, 얼굴에 뭔가 교활하고 외교적인 구석이 보여.' 그러자 얼굴이 붉어지는 것을 느끼면서 그는 말없이 스쩨빤 아르까지치의 두 눈을 정면으로 들여다보았다.

"그녀 쪽에서 뭔가가 있었다 해도, 그건 외적인 것에 혹한 거야." 오블론스끼가 계속했다. "알다시피, 그의 그 완벽한 귀족성과 미래의 사회적 위치[40]가 그 어머니에게 영향을 주었던 거네, 그녀가 아니라."

레빈은 얼굴을 찌푸렸다. 그가 겪어냈다고 생각한 거절의 모욕이 방금 입은 상처처럼 새로이 그의 심장을 타는 듯 아프게 했다. 그러나 그는 집에 있었고 집에서는 벽도 도와준다.

"잠깐, 잠깐." 오블론스끼의 말을 막으면서 그가 말을 시작했다. "자네는 귀족성이라고 말하네. 하지만 묻겠네. 브론스끼나, 아니면 누구라도 좋네. 그들의 귀족성의 요체는 뭔가? 내가 경멸할 만한 그런 그들의 귀족성의 요체 말이네. 자네는 브론스끼를 귀족이라 여기네. 하지만 난 아니네. 그 아버지는 아무것도 아닌 데서 간

---

40 사교계에서의 지위. 19세기 러시아 귀족의 사회적 위치는 사교계에서의 지위와 같다.

계로 기어오른 사람이고 그 어머니는 누군지 알 수도 없는 자들과 관계를 가진 여자고…… 아니, 용서하게. 하지만 난 나의 아버지, 나의 할아버지가 살았던 것처럼 누구 앞에서도 비굴하게 굴지 않고, 누구의 후원도 필요로 하지 않고, 교육을 최고로 잘 받고(재능이나 두뇌는 다른 문제일세), 삼사대에 걸친 명예로운 가족들을 댈 수 있는 나나 나와 비슷한 사람들을 귀족이라고 여기네. 그리고 나는 그런 사람들을 많이 아네. 내가 숲에서 나무를 세는 것이 자네에겐 시시하게 보이겠지만, 자네는 랴비닌에게 삼만을 공짜로 주었네. 하지만 자네는 받는 임대료가 있을 거고 또 나는 모르는 무언가를 받겠지. 하지만 난 받는 게 없고 그래서 조상과 노동을 높이 사네…… 우리가 귀족이야, 그들이 아니라. 현실의 권력자들에게 동냥해서만 존재할 수 있고 이 그리벤니끄면 살 수 있는 그들이 아니라."

"근데 자네, 누구를 공격하는 거야? 난 자네 말에 동의하네." 스쩨빤 아르까지치는 솔직하고 유쾌하게 말했다. 비록 레빈이 이 그리벤니끄면 살 수 있는 사람들의 이름 속에 자신까지 넣었다는 것을 느끼기는 했지만 레빈이 활기를 띠는 것이 진정 흐뭇했던 것이다. "누구를 공격하는 건가? 자네가 브론스끼에 대해 말하는 것들 중 많은 점이 진실이 아니긴 해도 나는 그것에 대해 말하지 않겠네. 난 자네에게 곧바로 말하겠네. 내가 자네 처지라면 나와 함께 모스끄바에 갈 거고, 그래서……"

"아니, 자네가 아는지 모르는지 모르지만, 상관없네. 내 자네에게 말하겠네. 난 청혼을 했고, 거절당했네. 그래서 까쩨리나 알렉산드로브나는 지금 내게 힘들고 수치스러운 기억이네."

"왜? 바보 같은 소리!"

"하지만 그만 이야기하세. 제발 용서하게, 내가 자네에게 거칠게 대한 걸." 레빈이 말했다. 모든 것을 다 말하고 난 그는 이제 다시 아침 무렵의 그가 되었다. "나한테 화내는 거 아니지, 스찌바? 제발 화내지 말게." 그는 말하고 미소를 띠며 스쩨빤 아르까지치의 손을 잡았다.

"아냐, 전혀 그렇지 않고 그럴 이유도 없네. 우리가 서로 털어놓을 수 있어서 기쁘네. 자네 알지, 아침 사냥이 좋은 거. 우리 갈까? 거의 자지 못하겠지만 사냥터에서 곧장 역으로 가지, 뭐."

"그것도 좋아."

18

브론스끼의 내면적 삶이 열정으로 가득 차 있었음에도 불구하고 그의 외면적 삶은 변함없이, 막힘없이 사교계 및 연대 사람들과의 친교와 이해관계라는 예전의 습관적인 선로 위를 달려가고 있었다. 연대의 이해관계는 브론스끼의 삶에서 중요한 자리를 차지하고 있었는데, 그가 연대를 사랑했기 때문이었고 더 큰 이유는 연대 사람들이 그를 사랑했기 때문이었다. 연대에서는 그를 사랑했을 뿐만 아니라 그를 존경하고 자랑스러워했다. 굉장한 부자에다 훌륭한 교육을 받았고 능력이 뛰어난, 모든 방면에서 명예욕과 허영심까지 성취할 길이 열려 있는 이 사람이 이 모든 것을 경멸하며 삶의 이해관계 중에서 심장에 가장 가까운 것으로 연대와 동료애를 취했다는 사실을 자랑스러워했다. 브론스끼는 자신에 대한 동료들의 견해를 인정했지만, 그외에도 이 생활을 사랑했으며 자신에 대해 형성된 이런 견해가 유지되도록 할 의무를 느꼈다.

그가 동료들 중 누구와도 자신의 사랑에 대해서 이야기하지 않았고, 가장 취한 술자리에서조차도(게다가 그는 한번도 자신을 제어하지 못할 만큼 취한 적이 없었다) 말한 적이 없었으며, 경박한 동료들이 그에게 그의 관계에 대해 암시라도 할 양이면 입을 틀어막았음은 물론이다. 하지만 그럼에도 불구하고 그의 사랑은 도시 전체에 알려졌고—모든 사람들이 까레니나와 그의 관계에 대해 어느정도 정확하게 추측하고 있었다—젊은이들의 대다수가 그를 부러워했는데, 그들이 부러워한 점은 그의 사랑에서 가장 힘든 점, 즉 까레닌의 높은 지위와 이로 인해서 사교계에서 이 관계가 눈에 띈다는 사실이었다.

벌써 오래전부터 안나를 시기하며 그녀를 떳떳한 여자라고 부르기를 지겨워하던 젊은 여자들은 대부분 그들이 예상했던 사실에 기뻐했으며, 그녀에게 가장 심한 경멸을 퍼붓기 위해 여론이 확실하게 뒤집히기만을 기다리고 있었다. 벌써 그들은 때가 되면 그녀에게 내던질 진흙덩어리들을 준비하고 있었다. 나이 들고 지위가 높은 사람들은 대부분 이 예비된 사교계 스캔들에 대해서 불만을 느끼고 있었다.

브론스끼의 어머니는 그의 관계에 대해 알고 나서 처음에는 만족스러워했다. 그녀의 생각에 빛나는 젊은이에게 상류 사교계에서의 관계보다 더 좋은 장식물은 없기 때문이었고, 또 자기 아들에 대해서 그렇게 많이 이야기했던, 그녀의 마음에 그렇게 들었던 까레니나라 해도 여전히 브론스까야 백작부인의 생각에는 다른 모든 아름답고 제대로 행동하는 여자들과 같은 부류에 불과했기 때문이었다. 하지만 최근에 아들이 그의 경력에 중요한 자리의 제의를 거절했고 오직 까레니나를 만나기 위해서 연대에 그냥 머무른 사실을 알고 나서는, 그리고 이 일 때문에 지위 높은 사람들이 불만스럽게 여기고 있는 것을 알고 나서는, 이 관계에 대한 자신의 견해를 바꾸었다. 또한 그녀가 이 관계에 대해 알고 있는 모든 정황으로 볼 때 이 관계가 그녀가 격려할 만한 빛나고 우아한 사교계의 관계가 아니라, 사람들이 말해준 것처럼 그를 어리석게 만들 수 있는 베르터적인 절망적 열정[41]이라는 점도 그녀의 마음에 들지 않았다. 그녀는 그가 예기치 않게 모스끄바를 떠난 이후 그를 보지 못했고, 그래서 큰아들을 통해 그에게 자기를 만나러 오라고 요구했다.

형 역시 동생에게 불만이었다. 그는 이것이 어떤 사랑인지, 커다란 사랑인지, 시시한 사랑인지, 열정적인 사랑인지, 열정이 없는 사랑인지, 부도덕한 사랑인지, 부도덕하지 않은 사랑인지(아이들이 있는 그 자신도 한 무용수와 관계를 유지하고 있었고, 그래서 이에 대해서 조심스러웠다) 판단할 수 없었다. 하지만 그는 이 사랑이 마음에 들도록 잘 보여야 할 필요가 있는 사람들의 마음에 들지 않는다는 것을 알았고, 그래서 동생의 행동에 찬성할 수 없었다.

군 복무와 사교계 이외에 브론스끼에게 중요한 것은 그가 매우 좋아하는 말이었다.

올해 장교 장애물 경마 개최에 대한 사항이 정해졌다. 브론스끼도 신청을 했고 영국산 혈기 왕성한 말을 샀으며, 자신의 사랑에도 불구하고 다가올 경마에 대해서는 자제하면서도 열정적으로 몰두하고 있었다……

이 두 열정은 서로를 방해하는 것이 아니었다. 오히려 그에게는

---

41 요한 볼프강 폰 괴테(1749~1832)의 『젊은 베르터의 고뇌』에 나오는 주인공 베르터는 유부녀를 사랑하다가 권총으로 자살한다.

그를 너무나 흥분시키는 인상들로부터 그를 재충전시키고 휴식시킬 수 있는 일과 몰두, 사랑의 열정과 무관한 일과 몰두가 필요했다.

19

끄라스노예셀로에서 경마가 있는 날, 브론스끼는 보통 때보다 일찍 연대 휴게실로 비프스테이크를 먹으러 갔다. 그의 몸무게는 사 뿌드 반[42] 정도여서 먹는 것을 아주 엄격하게 조절해야 하는 것은 아니었다. 하지만 더 뚱뚱해지지는 않아야 해서 그는 밀가루 음식과 단 음식을 피하고 있었다. 그는 하얀 조끼 위에 입은 프록코트의 단추를 풀고 식탁에 두 팔꿈치를 괴고 앉아서 주문한 비프스테이크를 기다리면서 쟁반 위에 놓인 프랑스 소설책을 들여다보고 있었다. 그는 드나드는 장교들과 이야기하지 않기 위해서만 책을 들여다보는 것이었고 속으로는 생각에 몰두하고 있었다.

그는 오늘 경주가 끝난 후에 안나와 만나기로 약속한 것에 대해서 생각하고 있었다. 하지만 그는 그녀를 사흘이나 보지 못했고, 남편이 외국에서 돌아왔기 때문에 오늘 만남이 가능한지 아닌지도 알 수 없었으며, 어떻게 하면 알 수 있는지도 알 수 없었다. 그가 마지막으로 그녀를 본 것은 사촌 벳시의 별장에서였다. 그는 까레닌가 별장에는 되도록 드물게만 갔다. 지금 그는 그리로 가고자 했고 어떻게 하면 갈 수 있을지에 대해 이리저리 궁리하고 있었다.

---

42 4.5뿌드는 약 73.7킬로그램.

'물론 난 벳시가 그녀가 오늘 경주에 오느냐고 물어보라고 보내서 왔다고 말할 거야. 물론 난 갈 거야.' 그는 책에서 고개를 들고 결정했다. 그녀와 만나는 행복을 생생하게 그려보는 그의 얼굴이 환히 빛났다.

"빨리 집으로 사람을 보내서 삼두마차를 준비시키라고 하게." 그는 뜨거운 은접시에 비프스테이크를 가져온 하인에게 말하고는 접시를 가까이 당겨 먹기 시작했다.

옆 당구실에서는 공 치는 소리, 말소리, 웃음소리가 들려왔다. 출입문에 장교 두명이 나타났다. 한명은 얼마 전에 사관학교에서 그들의 연대로 들어온, 유약하고 섬세한 얼굴을 한 새파랗게 젊은 장교였다. 다른 한명은 손목에 팔찌를 끼고 부어오른 두 눈을 한, 뒤룩뒤룩한 늙은 장교였다.

브론스끼는 그들을 보고 얼굴을 찌푸렸고 마치 그들을 보지 못한 것처럼 책을 곁눈질하면서 먹고 읽는 일을 동시에 했다.

"뭐야, 일하려고 원기를 북돋우시나?" 그의 옆으로 앉으면서 뒤룩뒤룩한 장교가 말했다.

"보시다시피." 브론스끼는 얼굴을 찌푸리고 입을 닦으면서 그를 보지 않고 대답했다.

"뚱뚱해지는 게 무섭지 않나?" 그는 새파랗게 젊은 장교에게 의자를 돌려주면서 말했다.

"뭐?" 브론스끼가 혐오스럽다는 표정을 짓고 단단한 이를 드러내면서 화난 목소리로 대꾸했다.

"뚱뚱해지는 게 무섭지 않냐고?"

"자, 여기, 셰리주!" 브론스끼는 대꾸하지 않은 채 외치고 나서 책을 다른 쪽으로 놓고 계속 읽었다.

뒤룩뒤룩한 장교는 포도주 메뉴를 들고 새파랗게 젊은 장교를 향했다.

"우리가 뭘 마실지 자네가 직접 고르게." 그는 포도주 메뉴를 건네고 그를 쳐다보며 말했다.

"라인 포도주로 하시죠." 젊은 장교는 소심하게 브론스끼를 곁눈질하며 손가락으로 겨우 조금 자란 콧수염을 잡으려 하면서 말했다. 브론스끼가 주의를 전혀 돌리지 않는 것을 보고 젊은 장교는 일어났다.

"당구실로 가시죠." 그가 말했다.

뒤룩뒤룩한 장교는 순순히 일어났고 둘은 문으로 향했다.

이때 키가 크고 풍채가 당당한 기병대위 야시빈이 방으로 들어와서 고개를 쳐들고 경멸조로 두 장교에게 고개를 끄덕이고는 브론스끼에게로 다가왔다.

"아! 여기 있군!" 그가 커다란 손으로 브론스끼의 견장을 툭 치면서 큰 소리로 말했다. 브론스끼는 화가 나서 쳐다보았지만 곧 그의 얼굴은 특유의 침착하고 의연한 친절함으로 빛났다.

"똑똑하군, 알료샤." 기병대위는 커다란 바리톤 목소리로 말했다. "지금 좀 먹고 딱 한잔만 하자고."

"아니, 그러고 싶지 않네."

"저기 저자들은 항상 붙어다녀." 야시빈은 그때 막 방에서 나가는 두 장교를 경멸하듯 바라보고 덧붙였다. 그리고 그는 의자에 비해 너무 긴, 승마용 바지를 꼭 달라붙게 입은 두 넓적다리와 종아리를 예각으로 뾰족하게 굽히면서 브론스끼의 옆에 앉았다. "어제 왜 끄라스노예 극장에 안 들렀나? 누메로바가 아주 볼만하던데. 어디 갔었나?"

"뜨베르스꼬이네에 눌러앉았지." 브론스끼가 대답했다.

"아!" 야시빈의 반응이었다.

야시빈. 도박꾼, 탕아, 모든 규칙을 무시할 뿐만 아니라 비도덕적인 규칙들을 가지고 사는 사람. 이 야시빈이 연대에서 브론스끼의 가장 친한 친구였다. 브론스끼가 그를 좋아하는 이유는 밑 빠진 독처럼 폭음을 할 수 있고 그러고도 한잠도 자지 않아도 여전히 끄떡없다는 사실에서 주로 드러나는 예외적으로 강한 육체적 힘과, 상사들과 동료들에게 두려움과 존경을 불러일으키는 강한 정신적 힘, 그리고 도박할 때 술을 많이 마셨음에도 불구하고 항상 수만 루블을 걸고 예리하고 굳건한 태도를 가져서 영국 클럽에서 제일의 도박사로 여겨지는 것 때문이었다. 브론스끼가 특히 그를 존중하고 사랑하는 이유는 야시빈이 그의 명성과 재산이 아니라 그 자체를 사랑한다고 느끼기 때문이었다. 그래서 모든 사람들 중에서 그 한 사람과만큼은 자신의 사랑에 대해서 이야기를 나누고 싶었다. 그는 야시빈이 모든 감정을 경멸하는 것처럼 보이기는 해도 그만은, 그 한 사람만은 자신의 삶 전체를 채우고 있는 강한 열정을 이해할 수 있다고 느꼈다. 나아가 그는 야시빈이 아마도 소문 내기나 스캔들에 아무 만족을 못 느끼리라는 것, 그러니까 이 감정을 제대로 이해하고 이 사랑이 장난이나 유희가 아니라 뭔가 좀더 진지하고 중요한 것이라는 사실을 알고 있고 믿고 있다고 확신하고 있었다.

브론스끼는 그에게 자신의 사랑에 대해서 이야기하지 않았지만 그가 모든 것을 알고 모든 것을 제대로 이해한다는 것을 알고 있었고, 그 점을 그의 눈에서 볼 수 있는 것이 기뻤다.

"아, 그래!" 야시빈은 브론스끼가 뜨베르스꼬이네에 있었다는 것에 대해 그렇게 말하고 검은 두 눈을 반짝이며 그의 바보 같은 습관대로 왼쪽 콧수염을 잡아서 입안으로 밀어넣었다

"그래, 자넨 어제 어땠나? 땄나?" 브론스끼가 물었다.

"팔천. 근데 삼천은 좋지 않아. 받을 수 있을 것 같지 않아."

"음, 근데 나 때문에도 잃을 수 있어." 브론스끼가 웃으면서 말했다.(야시빈은 브론스끼에게 크게 걸어놓은 상태였다.)

"결코 안 잃을 거야. 마호찐만이 위험한 상대야."

이렇게 대화는 지금 브론스끼가 유일하게 생각할 수 있는 오늘의 경주에 대한 예상으로 옮아갔다.

"가세. 나 식사 끝냈네." 브론스끼가 말하고 일어나서 문을 향했다. 야시빈도 거대한 두 다리와 긴 등을 뻗으며 일어났다.

"식사하기엔 아직 일러. 좀 마셔야겠어. 곧 갈게. 어이, 여기 포도주!" 그는 구령할 때 내는 걸쭉한, 유리를 쩽쩽 울리게 하는 그 유명한 목소리로 소리쳤다. "아니, 필요 없어." 그는 곧바로 다시 소리쳤다. "자네 집으로 가지. 나도 함께 가겠네."

그리고 그는 브론스끼와 집으로 향했다.

20

브론스끼의 숙소는 칸막이로 둘로 나눈 널찍하고 깨끗한 핀란드식 농가였다. 뻬뜨리쯔끼는 군영 안에서도 그와 함께 살고 있었다. 브론스끼와 야시빈이 농가로 들어왔을 때 뻬뜨리쯔끼는 자고 있었다.

"일어나, 푹 자게 될 날이 올 테니." 야시빈이 칸막이 뒤로 가서

엉클어진 머리로 베개에 코를 박고 있는 뻬뜨리쯔끼의 어깨를 흔들면서 말했다.

뻬뜨리쯔끼는 갑자기 무릎을 꿇으며 일어나더니 올려다보았다.

"자네 형이 왔었어." 그가 브론스끼에게 말했다. "제기랄, 나를 깨우더니 다시 온다고 말했어." 그는 이불을 끌어당기고 다시 베개 위로 쓰러졌다. "나 좀 놔둬, 야시빈." 그는 이불을 뺏는 야시빈에게 화를 냈다. "놔둬!" 그러고 나서 그는 몸을 돌리고 눈을 떴다. "뭘 마시는 게 좋을지나 말해줘. 입안이 정말 엉망진창이야……"

"보드까가 제일 낫지." 야시빈이 저음의 베이스로 말했다. "쩨레쎈꼬! 나리에게 보드까와 오이 가져와." 분명 자기 목소리를 듣는 것을 즐기면서 그가 소리를 높였다.

"보드까가 좋다고 생각한단 말이지, 응?" 뻬뜨리쯔끼가 얼굴을 찌푸리고 눈을 비비면서 물었다. "자네도 마실 거지? 그럼 마시세! 브론스끼, 마실 거지?" 뻬뜨리쯔끼가 일어나서 양팔 아래로 호랑이 가죽 이불을 두르고 말했다.

그는 칸막이 문으로 나와서 두 손을 들고 프랑스어로 노래를 부르기 시작했다. "뚜-우-울레에 임금님이 살았네.[43] 브론스끼, 마실 거지?"

"그만해." 하인이 가져온 프록코트를 입고 나서 브론스끼가 말했다.

"이거 뭐야, 어디 가?" 야시빈이 물었다. "저기 삼두마차하며." 다가오는 마차를 보고 그가 덧붙였다.

"마구간에 가야 하고, 또 말 때문에 브랸스끼에게도 가야 하고."

---

43 샤를 구노(1818~93)의 오페라 『파우스트』(1859)에 나오는 노래.

브론스끼가 말했다.

브론스끼는 실제로 뻬쩨르고프에서 십 베르스따[44] 떨어져 있는 브랸스끼의 집에 말값을 가져다주기로 약속했었다. 그래서 그는 그곳에도 갈 수 있기를 바랐다. 그러나 동료들은 그가 그곳으로만 가지 않는다는 것을 당장 알아차렸다.

뻬뜨리쯔끼는 노래를 계속하면서, 마치 이 브랸스끼가 누군지 우린 알지 하고 말하는 듯이 윙크를 하고 입술을 삐죽 내밀었다.

"늦지 않도록 주의하게!" 야시빈이 이렇게만 말하고 화제를 바꾸기 위해서 창밖으로 그가 브론스끼에게 판 가운데 말[45]을 보면서 말했다. "내 황갈색 말은 어때? 일 잘해?"

"잠깐." 뻬뜨리쯔끼가 벌써 나가는 브론스끼에게 소리쳤다. "자네 형이 편지와 쪽지를 남겼네. 잠깐, 어디 있더라?"

브론스끼가 멈춰섰다.

"자, 대체 어디 있나?"

"어디에 있나? 그것이 문제로다!" 뻬뜨리쯔끼는 코 위쪽으로 검지를 세우며 장엄하게 말했다.

"그래, 말해, 바보짓 말고!" 브론스끼가 가볍게 웃으며 말했다.

"벽난로는 안 뗐고. 여기 어디 있을 텐데."

"자, 거짓말 그만하고! 편지 어디 있나?"

"아냐, 정말 잊어버렸어. 아니면 꿈이었나? 잠깐, 잠깐! 화내지 말게. 자네도 어제 나처럼 혼자 네병을 마셨으면 어디다 뒀는지 잊었을 거야. 잠깐, 기억해낼게!"

뻬뜨리쯔끼는 칸막이 뒤로 가서 자기 침대에 누웠다.

---

44 1베르스따는 약 1,067킬로미터.
45 삼두마차의 말 세마리 중 가운데 위치하는 마차 채 안에 선 말을 말한다.

"잠깐! 내가 이렇게 누워 있었고 그가 이렇게 서 있었거든. 음, 음, 음, 음…… 여기 있다!" 그러더니 뻬뜨리쯔끼는 매트리스에서 자신이 숨겨두었던 편지를 꺼냈다.

브론스끼는 편지와 형의 쪽지를 손에 들었다. 예상했던 대로 그가 오지 않는다고 비난하는 어머니의 편지와 나눌 이야기가 있다고 적은 형의 쪽지였다. 브론스끼는 이 모든 게 똑같은 것에 대한 이야기라는 것을 알고 있었다. '무슨 상관들이야!' 브론스끼는 생각하고, 가는 길에 자세히 읽으려고 그것들을 구겨서 프록코트 단추 사이로 집어넣었다. 복도에서 두 명의 장교를 만났다. 한 사람은 그가 속한 연대의 장교였고 다른 한 사람은 다른 연대의 장교였다.

브론스끼의 거처는 항상 모든 장교들의 소굴이었다.

"어디 가나?"

"뻬쩨르고프에 가야 해서."

"짜르스꼬예에서 말이 도착했나?"

"도착했어. 근데 나도 아직 못 봤네."

"마호찐의 글라지아또르가 다리를 전다고 그러데."

"그럴 수가! 근데 이 진흙길에 어떻게 달리지?" 다른 장교가 말했다.

"내 구원자들이 왔군!" 뻬뜨리쯔끼가 들어오는 사람들을 보고 소리쳤는데, 그 앞에는 졸병이 보드까와 절인 오이를 쟁반에 받쳐들고 서 있었다. "이건 야시빈이 정신 좀 차리라면서 마시라고 해서."

"흠, 이미 어제도 밤새도록 못 자게 했잖소." 들어온 장교들 중 한 사람이 말했다.

"정말, 우리 어제 끝내줬지!" 뻬뜨리쯔끼가 이야기했다. "볼고프가 지붕으로 기어올라가서 슬프다고 말하기에 내가 '음악을 대령해라, 장송행진곡으로!' 그랬지. 그는 장송행진곡을 들으면서 지붕 위에서 그냥 잠들었고."

"마시게, 보드까를 꼭 마시게. 그다음에는 생수를, 레몬을 많이 넣어서 마시게." 야시빈은 뻬뜨리쯔끼 앞에 아이에게 약을 먹이는 어머니처럼 서서 말했다. "그러고 나서 샴페인을 좀 마시게. 작은 걸로 한병 정도."

"그것 참 현명한 말이군. 잠깐, 브론스끼, 같이 마시세."

"안 돼. 잘 있게, 장교 여러분. 오늘 난 안 마시겠네."

"왜, 힘들어질까봐? 그럼 우리뿐이네. 생수와 레몬을 가져와."

"브론스끼!" 그가 이미 복도로 나갔을 때 누군가가 소리쳤다.

"왜?"

"머리 좀 잘라. 무거울 거야. 특히 벗어진 부분 말야."

실제로 브론스끼는 때 이르게 대머리가 되어가기 시작했다. 그는 단단한 이를 드러내며 유쾌하게 웃음을 터뜨린 후 벗어진 머리 위에 모자를 깊숙이 눌러쓰고 밖으로 나와서 반개마차[46]에 앉았다.

"마구간으로!" 그는 말하고 편지들을 꺼내 읽으려다가 말을 보기 전에 다른 것에 정신을 빼앗기게 될까봐 생각을 바꾸었다. '나중에!……'

21

임시 마구간인 나무판자로 된 막사는 경마장 바로 옆에 지어져

---

[46] 휘장이 쳐 있는 마차로 비가 오면 휘장을 올려서 완전히 막을 수 있다.

있었고, 그의 말도 이리로 데려오도록 되어 있었다. 그는 아직 자기 말을 보지 못했다. 최근에 그는 말을 타러 오지 않았고 조마사에게 말을 맡겨놓았으므로 그의 말이 어떤 상태로 도착했고 현재 어떤 상태인지 전혀 알지 못했다. 그가 마차에서 내리자마자 그의 마구간지기(그룸[47]), 세칭 '소년'이 벌써 멀리서 그의 마차를 알아보고 조마사를 불러냈다. 깡마른 영국인은 긴 장화에 짧은 모닝코트를 입었고, 턱 밑에만 수염을 한움큼 기른 채 기수들의 어색한 걸음걸이대로 두 팔을 벌리고 건들거리면서 그를 향해 나왔다.

"그래, 프루프루는 어떤가?" 브론스끼는 영어로 물었다.

"*좋습니다, 나리*[48]—다 좋아요, 나리." 목구멍 안 어딘가에서 영국인의 목소리가 울려나왔다. "가시지 않는 게 좋을 겁니다." 그는 모자를 벗으면서 덧붙였다. "재갈을 물렸더니 말이 흥분했어요. 가시지 않는 게 좋을 겁니다. 말을 자극하니까요."

"아니, 난 들어가겠네. 보고 싶거든."

"그럼 같이 가시죠." 영국인이 여전히 입을 벌리지 않은 채 눈살을 찌푸리며 말하고 나서 팔꿈치를 흔들면서 나사가 풀린 듯한 특유의 걸음걸이로 앞서갔다.

그들은 막사 앞에 있는 작은 마당으로 들어갔다. 깨끗한 재킷을 입고 멋을 부린 체격 좋은 문지기 당번 소년이 손에 빗자루를 들고 있다가 들어오는 사람들을 맞이하고 그들 뒤를 따라왔다. 막사 안에는 말 다섯마리가 칸칸이 들어 있었고, 브론스끼는 그의 주 경쟁자인 마호쩐의 오 베르쇼끄[49]짜리 붉은 말 글라지아또르가 분명 여

---

47 groom(영어)을 러시아 문자로 표기했다. 마구간에서 심부름하는 소년을 뜻한다.
48 All right, sir(영어).
49 여기서 글라지아또르의 키는 2아르신 5베르쇼끄로, 글라지아또르는 키가 큰 말

기에 와 있다는 것을 알고 있었다. 브론스끼는 자기 말보다도 아직 보지 못한 글라지아또르가 더 보고 싶었다. 하지만 말 애호가의 예절에 따르면 그 말을 보는 것뿐만 아니라 그 말에 대해서 물어보는 것조차 예의에 어긋난다는 것을 알고 있었다. 그가 복도를 지나가는 동안 소년이 왼쪽 두번째 칸으로 들어가는 문을 열었고, 그는 붉은 털의 힘센 말과 그 말의 하얀 다리를 보았다. 그는 이 말이 글라지아또르라는 것을 알고 있었지만 펼쳐진 타인의 편지에서 몸을 돌리는 사람의 심정으로 몸을 돌려 프루프루의 칸으로 다가갔다.

"여기 마크…… 마크…… 그 이름을 발음 못 하겠어요." 영국인이 커다랗고 더러운 손톱이 달린 손가락으로 글라지아또르의 칸을 가리키며 어깨 너머로 말했다.

"마호찐의 말? 맞아, 그 말이 내게 벅찬 유일한 상대야." 브론스끼가 말했다.

"그걸 타신다면……" 영국인이 말했다. "저도 걸겠어요."

"프루프루는 신경이 더 예민하지만 힘이 더 세다네." 브론스끼가 자신의 말 타는 솜씨를 칭찬받자 미소를 지으면서 말했다.

"장애물 경기는 말 타는 솜씨와 플럭[50]에 달렸어요." 영국인이 말했다.

브론스끼는 자기 안에 플럭, 즉 힘과 용기가 충분한 것을 느꼈을 뿐만 아니라, 더 중요한 사실은 그가 이 세상 그 누구도 자신보다 더 플럭이 센 사람은 없다고 굳게 확신하고 있었다는 것이다.

"땀을 더 빼야[51] 할 필요가 없다고 확신하나?"

이다. 1아르신은 약 71.12센티미터, 1베르쇼끄는 약 4.45센티미터다.
50 pluck(영어).
51 땀을 빼서 인위적으로 체중을 줄이는 것을 말한다.

"필요 없어요." 영국인이 대답했다. "제발 큰 소리로 이야기하지 마세요. 말이 흥분해요." 그들이 서 있는 곳 앞쪽으로 짚 위에서 발걸음 옮기는 소리가 들려오는 닫힌 칸을 고갯짓으로 가리키며 그가 덧붙였다.

그가 문을 열었고 브론스끼는 작은 창문으로 희미한 빛이 들어오는 우리 안으로 들어갔다. 우리 안에는 새로 깐 짚 위를 네발로 번갈아 구르고 있는, 재갈을 문 흑갈색 말이 있었다. 우리의 어스름한 빛에 눈이 익숙해지자 브론스끼는 저도 모르게 다시 한번 말을 전체적으로 살펴보면서 애마의 모습을 눈에 담았다. 프루프루는 중키로, 전혀 흠이 없는 몸매는 아니었다. 이 말은 골격이 좁았다. 가슴께가 앞으로 돌출되었는데도 가슴은 좁았다. 엉덩이는 약간 아래로 처졌고, 앞다리는 물론이고 특히 뒷다리는 눈에 띄게 안짱다리였다. 뒷다리와 앞다리의 근육은 특별히 강하지 않았다. 그 대신 허리는 예외적으로 넓었는데, 이는 훈련을 견디느라 날씬해진 배 때문에 지금 더 두드러져 보였다. 무릎 아래의 다리뼈는 앞에서 보면 발굽보다 두껍게 보이지 않았지만 옆에서 보면 예외적으로 굵었다. 갈비뼈만 제외하고는 몸 전체가 양옆에서 눌러 길게 잡아늘인 것 같았다. 하지만 그녀[52]에게는 모든 결점을 잊게 할 만한 대단한 자질이 있었다. 이 자질은 **혈통**, 영국식 표현에 따르면 **절로 드러나는 혈통**이었다. 공단처럼 섬세하고 유연하고 매끄러운 가죽 속의 힘줄로부터 이어져 강하게 두드러진 근육은 마치 **뼈**처럼 단단해 보였다. 쾌활하게 반짝이는 튀어나온 두 눈이 달린 여윈 머리는 콧날에서부터 안에 핏줄이 돋은 점막이 보이는 튀어나온 콧

---

52 안나와 말이 의미상 연결되도록 말을 지칭하는 대명사를 '그녀'로 번역했다. 제7부 30장(제3권 360면)에서 안나는 자신이 곡예용 말이었다고 생각하는 듯하다.

구멍 쪽으로 넓어졌다. 몸집 전체와 특히 머리에 활력이 넘치는 동시에 사랑스러운 표정이 배어 있었다. 그녀는 단지 입의 기계적 구조가 허락하지 않기 때문에 말을 하지 않는 것처럼 보이는 그런 짐승들 중 하나였다.

브론스끼에게는 적어도 그가 지금 그녀를 보면서 느끼는 모든 것을 그녀도 이해한다고 여겨졌다.

브론스끼가 말을 향해 들어오자마자 말은 숨을 아주 깊게 들이쉬어 흰자위가 붉어질 정도였고 재갈을 마구 흔들며 고집스레 이쪽 발 저쪽 발을 번갈아 디디면서 맞은편으로부터 들어오는 이들을 바라보았다.

"자, 보세요, 얼마나 흥분했는지." 영국인이 말했다.

"오, 내 사랑! 오!" 브론스끼는 말에게 다가가 어르며 말했다.

하지만 그가 가까이 다가가면 다가갈수록 말은 점점 더 흥분했다. 그가 말의 머리 쪽으로 다가갔을 때 말은 갑자기 고요해졌고 가늘고 부드러운 털 밑의 근육들이 떨리기 시작했다. 브론스끼는 강한 목을 쓰다듬고 솟은 갈기에서 다른 쪽으로 넘어간 털 한웅큼을 바로잡아주고는 그의 얼굴을 박쥐의 날개처럼 팽팽하고 예민한 말 콧구멍에 대었다. 말은 긴장한 콧구멍으로 소리 나게 숨을 마셨다가 내뱉으며 한번 크게 떨더니 뾰족한 귀를 세우고 브론스끼의 소매를 잡고 싶기라도 한 듯이 검고 단단한 입술을 브론스끼에게로 내밀었다. 하지만 재갈이 있는 것을 기억하고 재갈을 흔들면서 다시 조각한 듯 멋진 다리들을 이리저리 옮기기 시작했다.

"진정해, 내 사랑, 진정해!" 그는 다시 손으로 말의 엉덩이를 쓰다듬으며 말했고, 말이 가장 좋은 상태에 있다는 생각에 기쁜 마음으로 우리를 나왔다. 말의 흥분은 브론스끼에게도 전해졌다. 그는

피가 가슴으로 솟구치는 것을 느꼈고 말처럼 움직이고 물어뜯고
싶어졌다. 무섭기도 하고 즐겁기도 했다.

"그래, 그럼 거기서 여섯시 반에 기다리고 있겠네." 그는 영국인
에게 말했다.

"모든 게 제대로입니다." 영국인이 말했다. "근데 어디로 가십니
까, *주인님*⁵³?" 그는 갑자기 평소에 거의 사용하지 않는 '주인님'이
라는 호칭을 사용하며 물었다.

브론스끼는 놀라서 고개를 쳐들었고 이 질문의 대담함에 놀라
평소처럼 영국인의 눈을 바라보지 못하고 이마를 보았다. 하지만
영국인이 이 질문을 하면서 그를 주인이 아니라 기수로서 보는 것
을 알고는 대답했다.

"브랸스끼에게 가야 하네. 한시간 후에는 집에 있을 거네."

'오늘 이 질문을 도대체 몇번이나 듣는 거야!' 거의 얼굴을 붉히
는 적이 없는 그가 속으로 말하면서 얼굴을 붉혔다.

영국인은 그를 주의 깊게 바라보았다. 그리고 마치 브론스끼가
어디로 가는지 아는 것처럼 덧붙였다.

"말타기 전에는 평정을 유지하는 게 제일 중요합니다." 그는 말
했다. "마음을 편안히 가지시고 무엇으로도 정신이 산만해지면 안
됩니다."

"*알았네*⁵⁴." 브론스끼는 미소를 띠며 대답한 후 마차에 올라 뻬
쩨르고프로 가라고 명했다.

몇걸음 가자마자 아침부터 비를 뿌릴 것 같던 먹구름이 움직이
면서 홍수처럼 비가 퍼부었다.

....
53 my lord(영어).
54 All right(영어).

'나쁘군!' 브론스끼가 마차 덮개를 올리면서 생각했다. '진창이 었는데 이제는 물웅덩이가 되겠군.' 그는 덮개를 닫은 마차 안에 혼자 앉아서 어머니에게서 온 편지와 형의 쪽지를 꺼내서 읽었다.

그래, 이 모두가 다 똑같고 똑같은 거였다. 그의 어머니도 형도, 모두들 그의 심장 속의 문제에 간섭할 필요가 있다고 생각하는 거 였다. 이 간섭이 그의 가슴에 증오를 불러일으켰다. 이런 증오심은 그에게 드물게만 나타나는 거였다. '그들이 무슨 상관이람? 왜 모 두가 내 걱정을 하는 게 자기네들 의무라고 여기는 거야? 왜 날 성 가시게 하는 거지? 그건 그들이 이게 자신들이 이해할 수 없는 어 떤 것이라는 걸 알기 때문이지. 이게 만약 통상적이고 시시한 사교 계 관계라면 그들은 날 가만두었을 거야. 그들은 이게 뭔가 다른 것이라는 걸, 장난이 아니라는 걸, 이 여자가 내게 목숨보다도 더 중요하다는 걸 느끼는 거야. 이런 건 이해가 안 되고, 그래서 유감 인 거지. 우리의 운명이 어떠하든, 앞으로 어떻게 되든 간에 우리는 운명을 만들어버렸고, 우리는 그걸 원망하지 않을 거야.' 그는 우리 라는 말 속에 자신을 안나와 결합시키며 말했다. '아니, 그들은 어 떻게 살아야 하는지 가르칠 필요를 느끼는 거지. 그들은 행복이라 는 게 무엇인지도 이해하지 못하지. 그들은 이 사랑 없이는 우리에 게 행복도, 불행도, 삶도 없다는 것을 모르지.' 그는 생각했다.

그는 간섭을 하는 이 모든 사람들에게 화가 났는데, 그건 바로 그가 마음속으로 그들이, 이 모든 사람들이 옳다고 느끼기 때문이 었다. 그는 안나와 그를 연결하는 사랑이 사교계의 관계처럼 이 사 람 저 사람의 삶에 유쾌하거나 불쾌한 회상 외에 다른 아무런 자취 도 남기지 않고 지나갈 순간적인 유혹이 아니라는 것을 느꼈다. 그 는 자신과 안나가 처한 상황의 모든 고통과 사교계 전체 앞에 빤히

드러난 채 사랑을 감추고 거짓말을 하고 기만해야 하는 어려움을 깊이 느꼈다. 그들을 묶고 있는 열정이 그토록 강해서 그들 둘 다 자신들의 사랑 이외의 다른 모든 것을 잊고 있을 때조차 거짓말하고 속이고 교활하게 행동하고 항상 다른 사람들에 대해서 생각해야 하는 그 어려움을.

그는 자신의 본성을 거슬러서 불가피하게 자주 거짓말을 하고 속임수를 써야 했던 것을 생생하게 기억했다. 그는 특히 이 속임수와 거짓말의 불가피성 때문에 그녀 안에서 종종 나타나는 수치심을 생생하게 떠올렸다. 그는 안나와 관계를 가지면서부터 가끔 그에게 닥치는 이상한 감정을 느꼈다. 그것은 무언가에 대한 혐오의 감정이었다. 알렉세이 알렉산드로비치에 대한 혐오인지, 자신에 대한 혐오인지, 사교계 전체에 대한 혐오인지 그는 잘 알 수 없었다. 하지만 그는 이 이상한 감정을 항상 떨쳐버렸다. 지금도 떨쳐버리면서 그는 생각을 계속해나갔다.

'그래, 그녀는 예전에는 불행했지만 자존심이 있었고 평온했지. 근데 지금은 내보이지는 않지만 평온하지 않고 존엄을 지킬 수도 없어. 그래, 끝장을 내야겠다.' 그는 결심했다.

이제 그에게 처음으로 이 거짓을 중단해야 한다는 생각이 명확하게 머릿속에 들어왔다. 빠르면 빠를수록 더 좋았다. '나와 그녀는 모든 것을 버리고 사랑만을 가지고 어딘가로 사라져야 해.' 그는 자신에게 다짐했다.

22

폭우는 소나기였고, 브론스끼가 고삐가 풀린 채 진창길을 뛰는 곁마들을 이끌고 완전히 속보로 달리는 갈색 말과 함께 거의 다 왔을 때 태양은 다시 고개를 내밀었다. 큰길 양옆으로 별장의 지붕들과 정원의 보리수들이 축축한 빛을 내며 반짝였고, 나뭇가지들에서는 물방울이 유쾌하게 떨어지고 있었고, 지붕으로부터는 물이 빠르게 흘러내렸다. 그는 이미 더이상 이 폭우가 경마장을 망치리라는 데 대해서 생각하지 않았고, 지금은 이 비 때문에 필시 그녀를 집에서, 그것도 단둘이 만날 수 있을 것을 기뻐했다. 왜냐하면 그는 얼마 전에 온천에서 돌아온 알렉세이 알렉산드로비치가 뻬쩨르부르그에서 이곳으로 옮겨오지 않은 것을 알고 있었기 때문이었다.

그녀와 단둘이 만나기를 기대하면서 브론스끼는 항상 그랬듯이 되도록 눈에 덜 띄기 위해서 다리를 건너기 전에 마차에서 내려 걸어가기 시작했다. 그는 길에서 현관으로 가지 않고 정원으로 들어갔다.

"주인 나리는 오셨나?" 그가 정원사에게 물었다.

"아닙니다. 마님은 집에 계십니다. 현관으로 들어오십시오. 거기 사람들이 있으니 문을 열어줄 겁니다." 정원사가 대답했다.

"아니, 정원으로 해서 들어가겠네."

그녀가 혼자 있다는 것을 확인하게 되자, 그는 오늘 온다고 약속하지 않았고 필시 그녀는 경마 전에 그가 오리라고 생각하지 않을 터라 예기치 않게 나타나 그녀를 놀래주고 싶어서 장검을 꼭 쥐고 정원으로 나 있는 테라스로 가는, 양쪽 가장자리에 꽃들이 심겨 있는 작은 길의 모래를 조심스레 밟으면서 걷기 시작했다. 지금 브론스끼는 오는 동안 생각했던 자기 처지의 곤란함이나 어려움에 대해서 모두 잊었다. 그는 이제 곧 머릿속으로가 아니라 살아 있는 그녀를, 실제의 그녀, 살아 있는 그녀 전체를 보게 되리라는 것 하나만을 생각했다. 소리 내지 않으려고 발바닥 전체로 디디며 테라스의 경사진 계단을 따라 걸어올라갈 때에야 그는 항상 잊어버리곤 하던 것이, 그와 그녀의 관계에서 가장 괴로운 면이 갑자기 떠올랐다. 그것은 묻는 듯한, 그가 보기에 적대적인 시선을 던지는 그녀의 아들이었다.

이 소년은 그들의 관계에 무엇보다도 자주 방해가 되었다. 이 소년이 있을 때는 브론스끼도 안나도 사람들 앞에서는 표현하지 못할 둘만의 문제에 대한 이야기를 삼갔을 뿐만 아니라 심지어 소년이 이해하지 못할 것에 대해서조차 암시라도 하지 않도록 삼갔다. 그들이 이렇게 하기로 공모한 것은 아니었으나 저절로 그렇게 되어버렸다. 그들은 이 소년을 속이는 것은 그들 자신을 모욕하는 것이라고 여기고 있었다. 이 소년이 있을 때 그들은 그냥 아는 사이인 것처럼 이야기를 나누었다. 하지만 이런 조심성에도 불구하고 브론스끼는 종종 그에게로 향하는 아이의 주의 깊고 의혹을 품은 시선과 이상한 수줍음, 어떤 때는 상냥하게 어떤 때는 차갑고 당황스레 그를 대하는 고르지 않은 태도를 알아차렸다. 마치 아이는 이 사람과 어머니 사이에 자기가 이해할 수 없는 어떤 중요한 관계가 존재하는 것을 느끼는 것 같았다.

실제로 소년은 자기가 이 관계를 이해할 수 없다는 것을 느끼고 있었고, 애를 썼지만 자기가 이 사람에 대해 가져야 하는 감정을 명확히 할 수 없었다. 아이들이 감정 표현에서 가지는 예민함으로 소년은 아버지, 가정교사, 유모—모두가 브론스끼에 대해 아무 말도 하지 않지만 그를 좋아하지 않을 뿐만 아니라 싫어하고 무서워하며 그를 바라보는 데 반해, 어머니는 그를 가장 친한 친구처럼 바라본다는 것을 확실히 알고 있었다.

'이건 무슨 뜻일까? 그는 누굴까? 그를 어떻게 좋아해야 하나? 내가 알지 못한다면 그건 내 잘못이야. 내가 어리석거나 바보 같은 소년이어서야.' 아이는 그렇게 생각했다. 이 때문에 아이는 탐색하는 듯 묻는 듯 어느정도 적의가 있는 표정과 어색함과 고르지 못한 태도를 보인 것이고, 이는 브론스끼를 답답하게 했던 것이다. 이 아이가 있으면 브론스끼의 내면에는 항상 예외 없이 그가 최근에 느끼는 그 이유 없는 이상한 혐오의 감정이 일어났다. 이 아이가 있으면 안나와 브론스끼의 내면에는, 나침반을 보면서 빠른 속도로 자신들이 가는 방향이 가야 하는 방향과 크게 멀어지고 있고, 매 순간 점점 더 가야 하는 방향에서 멀어지고 있는 움직임을 멈추는 것은 이미 불가능하며, 뒤로 물러나 아무래도 파멸하리라는 것을 인정할 수밖에 없는 선원이 느끼는 것과 비슷한 감정이 일어났다.

그들에게는 삶에 대해 순진한 시선을 가진 이 아이가 그들이 알고 있지만 알고 싶어하지 않는 것으로부터 그들이 벗어난 정도를 보여주는 나침반이었다.

이번에는 세료자가 집에 없어서 그녀는 완전히 혼자였고, 테라스에 앉아서 산책을 나갔다가 비를 만난 아들이 돌아오기를 기다리고 있었다. 그녀는 아이를 찾으라고 하인과 하녀를 보내고서 그들을 기다리면서 앉아 있었던 것이다. 풍성하게 수를 놓은 하얀 드레스를 입고 테라스 구석 꽃들 뒤에 앉아 있던 그녀는 그가 오는 것을 감지하지 못하고 있었다. 그녀는 검은 곱슬머리를 기울인 채 난간에 놓인 차가운 물뿌리개에 이마를 대고 그가 그토록 잘 아는 반지들을 낀 아름다운 두 손으로 물뿌리개를 쥐고 있었다. 그녀의 전체 모습, 머리, 목, 손의 아름다움이 매번 예기치 못한 일처럼 그를 놀라게 했다. 그는 멈춰서서 경탄하며 그녀를 바라보았다. 그러나 그가 그녀에게 가까이 가려고 발을 한걸음 떼려 하자마자 그녀는 이미 그가 다가오는 것을 느끼고 물뿌리개를 밀치며 달아오른 얼굴을 그에게로 돌렸다.

"무슨 일이에요? 아파요?" 그는 그녀에게로 다가가며 프랑스어로 물었다. 그는 그녀에게로 뛰어가고 싶었지만 다른 사람들이 있을 수 있다는 것을 떠올리고, 두려워하고 둘러봐야 한다는 것을 느낄 때마다 그랬듯이 발코니 문 쪽을 살피면서 얼굴을 붉혔다.

"아니에요, 건강해요." 그녀는 일어나며 그가 내민 손을 두 손으로 꽉 잡으며 말했다. "당신이…… 올 줄 몰랐어요."

"이런! 어찌 손이 이렇게 차요!" 그가 말했다.

"당신이 날 놀라게 했잖아요." 그녀가 말했다. "난 혼자 있었고 세료자를 기다리고 있었으니까요. 아이가 산책을 나갔거든요. 방금 데리러 갔어요."

하지만 평정을 찾으려고 애썼음에도 불구하고 그녀의 입술은 떨리고 있었다.

"이렇게 온 걸 용서해요. 하지만 나는 당신을 안 보고 하루를 보낼 수가 없었어요." 그는 항상 그러듯이 계속 프랑스어로 말했다. 그건 러시아어로 그들 사이에 말도 안 되게 차가운 경칭과 남이 들으면 위험한 친밀한 호칭을 피하는 방법이었다.

"무슨 용서요? 난 정말 기뻐요!"

"하지만 당신은 편치 않거나 고민이 있네요." 그는 그녀의 손을 놓지 않고 그녀 위로 몸을 굽히면서 말을 이었다. "뭘 생각했어요?"

"항상 한가지만 생각해요." 그녀가 미소를 지으면서 말했다.

그녀는 진실을 말한 것이었다. 그녀에게 언제 어떤 순간에 뭘 생각하느냐고 묻더라도 그녀는 틀림없이 대답할 수 있었으니까. 오직 한가지, 즉 자신의 행복과 불행에 대해서라고. 그가 그녀를 보았을 때 그녀는 바로 이것에 대해, 다른 여자들에게는, 예를 들어 벳시에게는(그녀는 벳시가 사교계에 감추고 있는 뚜시께비치와의 관계를 알고 있었다) 이 모든 것이 쉬운데 왜 자신에게는 이렇게 괴로운 것일까에 대해 생각하고 있었다. 오늘은 이 생각이 몇가지 이유 때문에 그녀를 특히 괴롭혔다. 그녀는 그에게 경마에 대해 물었다. 그는 대답했고, 그녀가 흥분한 것을 보고 그녀를 달래려고 애쓰면서 매우 심상한 어조로 경마 준비의 상세한 사항에 대해서 이야기하기 시작했다.

'말할까, 말까?' 그녀는 그의 평온하고 상냥한 두 눈을 보면서 생각했다. '그는 저렇게 행복하고 저렇게 경마에 신경을 쏟고 있는데 이걸 제대로 이해할 수 없을 거야. 이 사건이 우리에게 지니는 의미 전부를 이해할 수 없을 거야.'

"하지만 내가 들어왔을 때 뭘 생각하고 있었는지 이야기 안 했어요." 하던 말을 중단하고 그가 말했다. "어서 말해봐요!"

그녀는 대답하지 않고 고개를 약간 기울이고 긴 속눈썹 아래로 빛나는 두 눈을 올려 묻는 듯이 그를 바라보았다. 뜯은 잎새를 가지고 장난하는 그녀의 손이 떨렸다. 그는 이를 보았다. 그의 얼굴은 그렇게 그녀의 환심을 산 그 복종, 노예 같은 헌신을 나타내고 있었다. "무슨 일 있는 거 알아요. 내가 함께 나눌 수 없는 고통이 당신에게 있다는 걸 알면서 한순간이라도 편안할 수 있겠어요? 말해줘요, 제발!" 그가 간청하듯 되풀이했다.

'그래, 그가 이것의 의미 자체를 이해하지 못한다면 나는 그에게 말 안 할 거야. 말 안 하는 게 낫겠어. 뭣 때문에 시험을 해야 해?' 여전히 그대로 그를 바라보며, 잎새를 쥔 손이 점점 더 크게 떨리는 것을 느끼면서 그녀는 생각했다.

"제발!" 그녀의 손을 쥐면서 그가 되풀이했다.

"말해요?"

"네, 네, 네……"

"임신했어요." 그녀는 조용히, 천천히 말했다.

그녀의 손안에 있는 잎새가 더 크게 떨리기 시작했다. 하지만 그녀는 그가 이것을 어떻게 이해하는지 알기 위해서 그에게서 눈을 떼지 않았다. 그는 창백해졌고, 뭔가 말하려고 했지만 멈추고는 그녀의 손을 놓고서 고개를 떨어뜨렸다. '그래, 그는 이 사건의 의미를 전부 이해했어.' 그녀는 생각하고 고마움을 느끼며 그의 손을 잡았다.

하지만 여자인 자기가 이해하듯 그가 이 소식의 의미를 이해했다고 생각한 것은 그녀의 잘못이었다. 이 소식을 듣고 그는 자신에게 닥쳐오는 누군가를 향한 그 이상한 혐오의 감정을 열배나 더 느꼈다. 하지만 동시에 그는 자신이 원했던 위기가 이제 닥쳤고, 더 이상 그 남편에게 숨길 수 없으며, 어떻게든 빨리 이 부자연스러운 상황을 중단해야 한다는 것을 이해했다. 하지만 그외에도 그녀의 흥분이 육체적으로 그에게 전해졌다. 그는 그녀를 감격에 찬 공손한 시선으로 바라보았고, 그녀의 손에 키스하고 일어나서 말없이 테라스를 이리저리 거닐었다.

"그래요." 그는 그녀에게로 다가오며 단호하게 말했다. "나도 당신도 우리의 관계를 장난으로 보지 않았지요. 이제 우리의 운명이 결정되었어요. 끝내야 해요." 그는 주위를 둘러보며 말했다. "우리가 살고 있는 이 거짓을요."

"끝낸다고요? 대체 어떻게 끝내요, 알렉세이?" 그녀가 조용히 말했다. 이제 그녀는 평온해졌고 그녀의 얼굴은 부드러운 미소로 빛났다.

"남편을 떠나 우리의 삶을 결합하는 거죠."

"우리의 삶은 이미 결합되어 있어요." 들릴락 말락 하게 그녀가 대답했다.

"그래요. 하지만 완전히, 완전히요."

"하지만 어떻게요? 알렉세이, 가르쳐줘요, 어떻게요?" 그녀는 자신의 출구 없는 상황에 우울한 조롱조로 말했다. "이런 상황에서 벗어날 수 있단 말이에요? 내가 내 남편의 아내가 아니란 말인가요?"

"모든 상황에는 출구가 있어요. 결단을 내려야지요." 그가 말했다. "어떤 것도 당신이 처한 상황보다는 나아요. 모든 것이, 사교계도, 아들도, 남편도 당신을 괴롭히는 걸 알아요."

"아, 남편만은 빼고요." 그녀가 가벼운 경멸조로 말했다. "난 그에 대해선 몰라요. 생각도 안 해요. 그는 존재하지 않아요."

"당신은 솔직하지 않아요. 난 당신을 알아요. 당신은 지금 그에 대해서도 괴로워하고 있어요."

"그래요. 하지만 그는 알지도 못하지요." 그녀가 말했다. 그러더니 갑자기 그녀의 얼굴에 선홍빛이 나타났다. 뺨도, 이마도, 목도 빨개졌고 눈에는 수치스러움의 눈물이 고였다. "그래요, 그에 대해서는 이야기하지 말기로 해요."

23

브론스끼는 지금처럼 단호하게는 아니었지만 이미 몇차례나 그녀가 자신의 상황을 생각해보도록 하려고 애썼다. 그러나 매번 지금 그녀가 그의 재촉에 답한 것처럼 피상적이고 가벼운 판단에 부딪혔다. 마치 이 문제 속에 뭔가 그녀가 자신에게 해명할 수 없고 해명하기를 원하지 않는 것이 있는 듯했고, 여기에 대해서 말하기 시작하면 그녀는, 진정한 안나는 어딘가 그녀 속으로 깊이 숨어버리고 다른 이상한, 그에게는 낯선 여자가, 그가 사랑하지 않고 두려워하는, 그에게 타격을 가하는 그런 여자가 나타나는 듯했다. 하지만 지금 그는 모든 것을 다 말하기로 결심했다.

"그가 알든 모르든……" 브론스끼는 평소의 굳건하고 침착한 어조로 말했다. "그가 알든 모르든 우리에겐 상관없어요. 우리는 이대로…… 당신은 이렇게 살 수 없어요. 특히 이제는."

"당신 생각에 그럼 어째야 해요?" 그녀는 그 가벼운 조롱조로 물었다. 그가 자신의 임신을 가볍게 받아들일까봐 그토록 두려워했던 그녀지만 지금은 그가 이 상황으로부터 뭔가 조치를 취해야 할 필요성을 도출하는 것이 유감스러웠다.

"그에게 모든 걸 밝히고 그를 떠나요."

"아주 좋죠. 내가 그렇게 한다고 생각해봐요." 그녀가 말했다. "어떤 결과가 나오리라는 걸 알잖아요? 지금 내가 미리 말할게요." 바로 일분 전에는 부드러웠던 그녀의 두 눈 속에 증오의 빛이 들끓기 시작했다. "아, 당신이 다른 남자를 사랑하고 그와 범죄적인 관계를 가지게 되었단 말이오?(그녀는 머릿속으로 남편을 그리면서 알렉세이 알렉산드로비치가 하는 것과 똑같이 **범죄적인**이라는 단어에 강세를 주었다) 나는 종교적, 시민적, 가족적인 관계에 있어서의 결과에 대해서 당신에게 경고했었소. 당신은 내 말을 듣지 않았소. 지금 난 내 이름에 모독을 가할 수 없소—그리고 내 아들……" 그녀는 더 말하려 했으나 아들을 가지고는 농담을 할 수 없었다…… "내 이름에 모독을 가할 수 없소. 그리고 그런 식으로 뭔가 더 이야기할 거예요." 그녀가 덧붙였다. "그는 그 특유의 관료적인 매너로 분명하고도 정확하게 말할 거예요, 나를 놓아줄 수 없다고. 하지만 스캔들을 중지시키기 위해 그가 할 수 있는 조치를 취할 거예요. 그는 냉정하고 정확하게 자기가 말한 그대로 행동할 거예요. 바로 그렇게 할 거예요. 그는 인간이 아니라 기계예요. 화가 났을 땐 심술궂은 기계죠." 그녀는 알렉세이 알렉산드로비치의 외모, 말하는 태도, 성격을 상세히 머릿속에 떠올리며 그의 안에서 찾을 수 있는 모든 나쁜 것을 그의 죄라고 탓하고, 그녀가 그 앞에 지은 바로 그 끔찍한 죄 때문에 그를 조금도 용서하지 않으면서 이렇게 말했다.

"하지만, 안나." 브론스끼가 확신을 주는 부드러운 목소리로 그녀를 진정시키려고 애쓰면서 말했다. "그래도 그에게 말할 필요가 있어요. 그리고 나서 그가 취하는 조치에 대응해서 행동해야 해요."

"어떻게요? 도망가나요?"

"왜 못 가요? 이 상황을 계속할 수는 없다고 봐요. 나를 위해서가 아니라 당신이 괴로워하는 걸 알기 때문이에요."

"그래요, 도망가요. 그러면 내가 당신의 정부가 되나요?" 그녀가 분노에 차서 말했다.

"안나!" 그가 부드럽게 질책하듯 말했다.

"그래요." 그녀가 계속했다. "당신의 정부가 되고 모든 것을 망치고……"

그녀는 다시 '아들을 망치고'라고 말하고 싶었지만 아들이라는 단어를 입에 올릴 수가 없었다.

브론스끼는 그녀가, 그렇게 강하고 정직한 성격을 가진 그녀가 어떻게 이 기만적인 상황을 견딜 수 있고 여기서 벗어나기를 원하지 않을 수 있는지 이해할 수 없었다. 하지만 그는 그 주원인이 그녀가 입 밖에 내지 못하는 단어인 아들이라는 사실을 짐작하지 못했다. 그녀는 아들에 대해, 앞으로 닥칠 아들과의 관계, 즉 아들과 그의 아버지를 버린 어머니인 자신의 관계에 대해 생각하면 자신이 저지른 행동에 섬뜩해져서 차분히 생각할 수가 없었다. 여자로서 그녀는 모든 것이 예전 그대로일 수 있도록 하려고, 아들이 어떻게 될 것인가 하는 무서운 질문을 잊으려고 자기 자신을 거짓된 판단과 말로 진정시키려고만 애쓰고 있었다.

"당신에게 간청하고 애원해요." 그녀가 그의 손을 잡으면서 갑자기 완전히 다른, 진심 어린 부드러운 어조로 말했다. "내게 그것에 대해서 이야기하지 마세요, 절대로!"

"하지만, 안나……"

"절대로. 내게 맡겨요. 내 상황의 저열함과 끔찍함의 전모를 알아요. 하지만 이건 당신이 생각하듯이 그렇게 간단히 해결할 수는 없어요. 그러니 내게 맡기고, 내 말을 들어요. 절대로 내게 그것에 대해서 이야기하면 안 돼요. 약속하지요? 안 돼요, 안 돼요, 약속해 줘요!"

"모든 걸 약속해요. 하지만 난 평온할 수 없네요. 특히 당신이 그 말을 한 다음에는요. 당신이 평온할 수 없으면 나도 평온할 수 없어요……"

"나요?" 그녀가 되풀이했다. "그래요, 나는 가끔 괴로워해요. 하지만 당신이 그것에 대해서 절대로 이야기하지 않으면 그건 지나갈 거예요. 당신이 그것에 대해 이야기한다면 그건 나를 괴롭힐 뿐이에요."

"이해가 안 돼요." 그가 말했다.

"난 알아요." 그녀가 그의 말을 막았다. "당신의 정직한 성격에 거짓말을 하는 것이 얼마나 힘든가를. 그래서 당신이 안됐어요. 난 종종 생각해요. 당신이 나를 위해 자신의 삶을 망쳤다고요."

"나도 지금 똑같은 걸 생각했어요." 그가 말했다. "당신이 어떻게 나 때문에 모든 걸 희생했는지를요. 당신이 불행한 것에 대해 나 자신을 용서할 수가 없어요."

"내가 불행하다고요?" 그녀가 그에게로 다가서며 사랑의 환희가 넘치는 미소를 지으면서 그를 바라보았다. "나는 먹을 것을 받은 굶주린 사람 같아요. 아마도 그 사람은 춥고, 옷은 다 떨어지고, 창피할 수 있겠죠. 하지만 그는 불행하지는 않아요. 내가 불행하다고요? 아니요, 이게 내 행복이에요……"

그녀는 돌아오는 아들의 목소리가 들리자 시선을 재빨리 테라스로 던지고 펄쩍 일어났다. 그녀의 시선은 그가 알고 있는 그 불로 이글거리며 타오르기 시작했고, 그녀는 빠른 동작으로 아름다운 반지로 덮인 두 손을 들어 그의 머리를 감싸고 그를 찬찬히 바라보고는 미소로 벌어진 입술로 그의 입과 두 눈에 재빨리 키스하고 몸을 떼었다. 그녀는 가려고 했지만 그가 그녀를 잡았다.

"언제?" 환희에 차서 그녀를 바라보며 그가 속삭였다.

"오늘밤, 한시." 그녀가 속삭이고 한숨을 깊이 쉬고는 가볍고 빠른 발걸음으로 아들을 맞으러 갔다.

세료자는 큰 정원에서 비를 만나 유모와 정자에 앉아 있었던 것이다.

"자, 안녕." 그녀는 브론스끼에게 말했다. "이제 곧 경마장으로 가야 해요. 벳시가 나를 데리러 온다고 약속했어요."

브론스끼는 시계를 보고는 황급히 떠났다.

24

까레닌가 별장의 발코니에서 시계를 보았을 때 브론스끼는 흥분해 있었고 여러가지 생각에 바빠서 시곗바늘을 보긴 했으나 몇시인지는 몰랐다. 그는 거리로 나와 진창길을 조심스레 밟으면서 마차로 향했다. 안나를 향한 감정이 너무나 크게 그를 지배했으므로 그는 몇시인지, 브랸스끼에게 갈 시간이 아직 있는지조차 생각하지 못했다. 종종 그렇듯이 그에게는 그가 뭘 하기로 했는지를 가르쳐주는 피상적인 기억력만이 남아 있었던 것이다. 그는 울창한 보리수의 이미 비스듬히 드리워진 그림자 아래 마부석에서 잠들어 있는 마부에게로 다가갔고, 땀 흘리는 말들 위로 휘돌고 있는 모기떼의 기둥이 흔들리며 넘실거리는 모양을 흥미롭게 바라보다가 마부를 깨우고 마차 위로 뛰어올라 브랸스끼에게로 가라고 명했다. 칠 베르스따쯤 가서야 그는 어느정도 정신을 차려 시계를 보았고, 다섯시 반이고 늦었다는 것을 알았다.

이날은 경주가 몇차례 있었다. 먼저 경호병들의 경주, 그다음에는 장교들의 이 베르스따 경주, 사 베르스따 경주, 그리고 그가 참가하는 경주가 있었다. 자신의 경주에 시간에 대어 갈 수는 있었지만 만약 브랸스끼에게 들렀다 가게 되면 겨우, 그것도 궁정 사람들이 이미 모두 와 있을 때 도착할 것이다. 그건 좋지 않았다. 하지만 그는 브랸스끼에게 간다고 약속을 했고, 그래서 계속 가기로 마음을 먹고 마부에게 말 세마리를 가차 없이 부려서 가라고 명했다.

그는 브랸스끼에게 도착하여 오분 동안 머물다가 나와서 다시 달렸다. 이 질주는 그를 진정시켰다. 안나와의 관계에 존재하는 모든 어려움, 그들의 대화가 남긴 모든 불확실성, 그 모든 것이 그의 머리에서 쏠려나갔다. 그는 이제 쾌감과 흥분을 느끼면서 어쨌든 자신이 이기게 될 오늘 경마에 대해 생각하고 있었다. 가끔씩 그의 머릿속에서 불쑥 오늘밤 밀회의 행복에 대한 기대가 선명한 색채로 타올랐다.

별장 지대와 뻬쩨르부르그로부터 경마장으로 달려가는 마차들을 추월하면서 그는 점점 더 경마의 분위기로 빠져들었고, 그럴수록 곧 있을 경마에 대한 감정이 그를 점점 더 강하게 지배했다.

그의 숙소에는 이미 아무도 없었다. 모두들 경마에 갔고 그의 하인만이 대문에서 기다리고 있었다. 그가 옷을 갈아입는 동안 하인은 그에게 이미 두번째 경주가 시작되었고, 그에 대해 물으러 나리들 여럿이 왔다 가셨고 마구간에서도 소년이 두번이나 달려왔었다고 전했다.

그는 서두르지 않고(그는 한번도 서두르거나 자제력을 잃는 일이 없었다) 옷을 갈아입고 나서 막사로 가자고 명했다. 막사에서부터 벌써 경마장을 둘러싼 마차들, 보행자들, 군인들의 바다와 사람들로 들끓는 관람석이 보였다. 그가 막사로 들어갔을 때 난 호각소리로 미루어 필시 두번째 경주가 진행되고 있는 듯했다. 그는 마구간으로 다가가다가 경마장으로 데리고 가는, 마호찐의 하얀 다리에 붉은 털의 글라지아또르와 마주쳤다. 말은 청색과 오렌지색

으로 된 말옷을 입고 있었는데, 청색으로 둘러싸인 두 귀가 거대하게 보였다.[55]

"코드는 어디 있나?" 그가 마구간지기에게 물었다.

"마구간에 있습니다. 안장을 얹고 있지요."

문이 열린 우리에 있는 프루프루는 이미 안장을 얹은 채였다. 사람들이 데리고 나오려는 참이었다.

"안 늦었지?"

"*좋습니다, 좋습니다*[56]! 다 제대로예요, 다 제대로예요." 영국인이 말했다. "흥분하지 마세요."

브론스끼는 온몸으로 떨고 있는 말의 매혹적인, 그가 사랑하는 그 모습에 다시 한번 눈길을 던지고 나서 그 광경으로부터 어렵사리 눈을 떼고는 막사를 나왔다. 그는 누구의 주의도 끌지 않기에 가장 유리한 시간에 관람석을 지나갔다. 이 베르스따 경주가 거의 끝나가고 있어서 모든 눈들이 마지막 힘을 다해 말을 몰아 결승점으로 다가오는 선두의 근위기병대 장교와 그 뒤를 따르는 친위대 소위에게 쏠렸다. 경주로 안팎에서 모든 사람들이 결승점으로 몰려들었고 근위기병대 병사들과 장교 무리가 커다란 환호성을 지르며 그들의 장교이자 동료의 기대했던 승리의 기쁨을 표현하고 있었다. 경주가 끝났다는 것을 알리는 신호음이 울리고, 일등으로 들어온 키 큰 근위기병대 장교가 흙먼지를 뒤집어쓴 채 안장에서 내려와 땀으로 짙은 색깔이 된, 힘들게 헐떡거리는 회색 수말의 고삐를 풀기 시작한 것과 거의 동시에 브론스끼는 눈에 띄지 않게 무리 가운데로 들어갔다. 수말은 두 발로 힘들게 땅을 디디며 커다란 몸

----

55 까레닌의 튀어나와 보이는 귀뼈를 상기시킨다.
56 All right, all right(영어).

의 빠른 움직임을 제어하고 있었고, 근위기병대 장교는 악몽에서 깨어난 사람처럼 주위를 둘러보며 간신히 웃어 보였다. 그의 중대와 다른 중대의 사람들까지 그를 에워쌌다.

브론스끼는 의도적으로, 관람석 앞에서 신중하면서도 자유롭게 움직이며 이야기를 나누고 있는 사교계 특권층을 피해갔다. 그는 거기에 까레닌 부인과 벳시와 형수가 있는 것을 알아챘고, 정신이 흐트러질까봐 일부러 그들에게로 다가가지 않았다. 하지만 쉴 새 없이 마주치는 지인들이 이미 있었던 경주들의 상세한 사항들을 이야기하고 왜 늦게 왔느냐고 물으며 그를 멈춰세웠다.

경주에 참가했던 사람들이 상을 주는 관람석으로 불려가고 모든 사람들이 그쪽을 쳐다보고 있을 때 견장을 단 대령, 브론스끼의 형 알렉산드르가 붉은 코에 술에 취해 헤벌쭉한 얼굴을 하고 그에게로 다가왔다. 그는 중키에 알렉세이와 똑같이 다부진 체격을 가졌으나 좀더 미남이고 혈색이 좋았다.

"내 쪽지 받았니?" 그가 말했다. "대체 널 찾을 수가 있어야 말이지."

알렉산드르 브론스끼는 방탕한 생활, 특히 폭음하는 생활로 유명했음에도 불구하고 완벽한 궁정인이었다.

그는 지금 자기로서는 극히 불쾌한 문제에 대해서 동생과 이야기하면서도, 많은 사람들의 눈이 그들에게로 향할 수 있다는 것을 알고 마치 동생과 중요하지 않은 문제에 대해서 농담을 하는 것처럼 미소 짓는 모습을 하고 있었다.

"받았는데, 사실 형이 뭘 걱정하는 건지 이해가 안 돼." 알렉세이가 말했다.

"내가 걱정하는 건, 방금 전까지 네가 안 왔기 때문이고, 월요일에 뻬쩨르고프에서 널 봤다는 이야기가 돌기 때문이야."

"직접 관련된 사람들만이 판단할 수 있는 일들이 있어. 형이 그렇게 걱정하는 그 일은 그런……"

"그래, 하지만 그런 건 복무하지 않는 사람들 얘기지. 아무……"

"나는 간섭하지 말라고 청하는 것뿐이야."

알렉세이 브론스끼의 찌푸린 얼굴이 창백해졌고 튀어나온 아래턱이 떨렸다. 그로서는 매우 드문 일이었다. 아주 마음 좋은 사람으로서 화를 내는 일이 매우 드문 그였지만 화를 내고 턱이 떨릴 때는, 알렉산드르 브론스끼가 아는 바로는, 매우 위험했다. 알렉산드르 브론스끼는 유쾌하게 미소 지었다.

"난 어머니의 편지를 전하려고 했을 뿐이야. 어머니께 답장해드려. 경주 전에 신경 흩뜨리지 말고. *행운을 빈다*[57]." 그는 덧붙이고 동생에게서 물러났다.

하지만 그에 이어서 다시 우정 어린 인사말이 브론스끼를 멈춰 세웠다.

"친구들도 몰라라 하려고! 안녕, *친구*[58]!" 스쩨빤 아르까지치가 말하는 것이었다. 여기, 이 빛나는 뻬쩨르부르그 사교계 한가운데서도 모스끄바에 있을 때에 못지않게 혈색 좋은 얼굴과 윤기 흐르게 잘 다듬은 볼수염으로 광채를 발하는 그였다. "어제 왔어. 자네가 승리하는 걸 보게 되어 기쁘네. 언제 만날까?"

"내일 장교 클럽으로 오게." 브론스끼가 말한 다음 용서를 구하며 그의 코트 소매를 한번 잡았다 놓고 나서 장애물 경주를 위해 이미 말들을 데려다놓은 경주로 한가운데로 들어갔다.

지치도록 달린 땀에 젖은 말들은 마구간 소년들이 데리고 돌아

---

57 Bonne chance(프랑스어).
58 mon cher(프랑스어).

갔고, 앞둔 경주를 위해 새로 기운찬 말들이, 대부분은 영국 말이었는데, 머리덮개를 쓰고 뱃대를 죄고서 차례차례 나타났다. 마치 이상하고 거대한 새들 같았다. 오른쪽에 날씬한 미인 프루프루가 나와 있었는데, 탄력 있고 상당히 긴 발목으로 스프링 위에 있는 것처럼 제자리에서 뛰고 있었다. 얼마 떨어지지 않은 곳에서는 귀가 삐쭉 솟은 글라지아또르에게서 말옷을 벗기고 있었다. 기막히게 멋진 엉덩이와 발굽 바로 위로 예외적으로 짧은 발목을 가진 이 수말의 강하고 매혹적이고 완전히 균형 잡힌 몸매가 저절로 브론스끼의 주의를 끌었다. 그는 자기 말에게로 다가가려고 했으나 또다시 지인이 그를 지체시켰다.

"아, 저기 까레닌이 있군요!" 그가 이야기를 나누던 지인이 말했다. "부인을 찾고 있네요. 그 부인은 관람석 가운데에 있던데. 당신은 그녀를 못 봤어요?"

"네, 못 봤어요." 브론스끼는 대답하고, 지인이 까레니나가 있다고 가리킨 관람석 쪽을 돌아보지도 않은 채 자기 말에게로 다가갔다.

그가 조치해둘 필요가 있었던 안장을 채 자세히 살펴보기도 전에 번호 뽑기와 출발 등록을 하라고 기수들을 관람석으로 불렀다. 열일곱명의 경주자들은 진지하고 엄숙하고 더러는 창백한 얼굴로 관람석으로 모여 번호를 뽑았다. 브론스끼는 칠번이었다. 구령이 들려왔다. "승마!"

자신과 다른 기수들에게 모든 눈이 쏠리는 것을 느끼면서 브론스끼는 긴장한 상태에서 통상 그렇게 되듯이 느릿하고 침착한 동작으로 자기 말에 다가갔다. 코드는 경마 축하 의식을 위해 예복 차림을 하고 있었다. 단추를 잠근 프록코트, 두 뺨을 누를 만큼 빳빳하게 풀을 먹인 깃이 달린 셔츠, 둥글고 검은 중절모에 목이 긴 승마 장화 차림이었다. 그는 언제나처럼 침착하고 당당했고, 직접 고삐를 잡고 말 앞에 서 있었다. 프루프루는 열병에 걸린 것처럼 떨고 있었다. 온통 이글거리는 불로 가득한 눈으로 다가오는 브론스끼를 곁눈질했다. 브론스끼는 뱃대 밑에 손가락을 넣어보았다. 말은 더욱 강한 시선으로 그를 곁눈질하며 이빨을 드러내고 귀에 힘을 주었다. 영국인은 자기가 얹은 안장을 검사하는 것에 웃어 보이려고 입술을 오므렸다.

"타세요. 흥분이 덜할 겁니다."

브론스끼는 마지막으로 경쟁자들을 돌아보았다. 그는 경주가 시작되면 더이상 그들을 보지 못하리라는 것을 알고 있었다. 두 명은 벌써 앞서 출발 지점으로 말을 몰아가고 있었다. 위험한 경쟁자 중 한 사람이자 브론스끼의 동료인 갈찐이 올라타는 걸 허락하지 않는 밤색 수말 주위를 돌고 있었다.

체구가 작은 친위대 경기병은 좁은 승마 바지를 입고 영국인을 따라하느라 말 허리에 고양이처럼 몸을 구부리고 속보로 달리고 있었다. 꾸조블레프 공작은 창백한 얼굴로 그라봅스끼 사육장에서 데려온 혈기 왕성한 말 위에 앉아 있었고, 영국인이 말에 굴레를 씌워 데려가고 있었다. 브론스끼와 모든 그의 동료들은 꾸조블레프와 그의 '쇠약한' 신경과 끔찍한 자기애라는 특징을 알고 있었다. 그들은 그가 모든 것을 무서워하는 것을, 군마를 타는 것도 무서워하는 것을 알고 있었다. 하지만 사람들 목이 부러지는 것이 무섭고, 장애물 하나하나마다 의사와 수놓은 십자가를 단 환자용 마차와 자비로운 간호원이 서 있는 것이 무섭다는 바로 그 이유로, 지금 그는 경주를 하기로 결심한 것이었다. 그들의 눈이 마주쳤고 브론스끼는 친절하게 격려하는 뜻으로 그에게 눈을 깜빡였다. 그는 단 한 사람, 주된 경쟁 상대인 글라지아또르에 탄 마호찐만은 보지 않았다.

"서두르지 마세요." 코드가 브론스끼에게 말했다. "한가지만 기억하세요. 장애물 앞에서 고삐를 잡아당기거나 앞으로 가라고 다그치지 마세요. 말이 원하는 대로 하게 두세요."

"좋아, 좋아." 브론스끼는 고삐를 잡으면서 말했다.

"가능하면 앞장서서 가세요. 하지만 뒤에 처지더라도 마지막 순간까지 절망하지 마세요."

브론스끼는 말이 꼼짝 못 하도록 유연하고도 강한 동작으로 쇠로 된 톱날 모양의 등자를 딛고 자신의 단련된 몸을 가죽 소리가 나는 안장에 가볍고 굳건하게 올렸다. 그는 오른발을 등자에 끼우고 항상 하는 동작으로 손가락 사이에 두겹의 고삐를 가지런히 놓았고, 코드는 두 손을 놓았다. 먼저 어떤 발을 떼어야 할지 모르는 것처럼 프루프루는 긴 목으로 고삐를 당기면서 자기의 탄력 있는 등에 앉은 기수를 스프링 위에 있는 것처럼 흔들면서 움직였다. 코드는 걸음을 빨리하면서 그의 뒤를 따라왔다. 흥분한 말은 기수의 말을 안 듣고 이쪽저쪽으로 고삐를 잡아당겼고, 브론스끼는 목소리와 손으로 헛되이 말을 진정시키려고 했다.

그들은 벌써 그들이 출발해야 하는 지점을 향해 제방을 쌓은 강으로 다가가고 있었다. 그들 앞에도 그들 뒤에도 경주자들이 있었는데, 브론스끼는 갑자기 자기 뒤에서 흙먼지를 날리며 말이 질주하는 소리를 들었다. 하얀 다리에 큰 귀의 글라지아또르를 탄 마호찐이 그를 추월했다. 마호찐은 길쭉한 이를 드러내며 싱긋 웃었다. 하지만 브론스끼는 화가 나서 그를 노려보았다. 그는 원체 그를 좋아하지 않았고, 지금은 그를 가장 위험한 경쟁자로 여기고 있어서 자기 말의 성을 돋우며 지나간 그에게 화가 났다. 프루프루는 질주하려는 자세로 왼발을 힘껏 쳐들고 두번 뛰어오른 후 팽팽하게 당겨진 고삐에 성을 내며 기수를 튕겨올릴 듯이 뒤로 젖히면서 껑충거리는 속보로 넘어갔다. 코드 역시 얼굴을 찌푸리고 브론스끼의 뒤를 따라 천천히 뛰다시피 했다.

25

　모두 열일곱명의 장교가 경주에 참가했다. 기수들은 관람석 앞 사 베르스따 길이의 타원형 장애물 경주로를 달리게 되어 있었다. 이 경주로에는 아홉개의 장애물이 있었다. 개울, 관람석 바로 앞에 설치된 이 아르신[59]의 커다란 장벽, 경사면, 물이 없는 도랑, 물이 있는 도랑, 아일랜드식 옹벽(가장 어려운 장애물 중 하나다)―이것은 나뭇가지들을 꽂아놓은 제방에, 그 뒤에는 말들에게는 보이지 않는 도랑이 있는 것으로, 말들은 두 장애물을 다 뛰어넘든가 아니면 죽을 수밖에 없었다―, 그리고 다시 물이 있는 도랑 두개와 물이 없는 도랑 하나가 있었고, 종착점은 관람석 맞은편이었다. 하지만 경주는 원형 궤도에서 시작하는 것이 아니라 그 옆으로 백 사젠 떨어진 곳에서 시작했고 이 구간에 첫번째 장애물이 있었다. 이는 제방으로 막은 삼 아르신 너비의 개울이어서 기수들은 내키는 대로 그것을 뛰어넘거나 건너가거나 해야 했다.
　기수들은 세번 정도 나란히 정렬했으나 누군가의 말이 먼저 앞

---

59 2아르신은 약 142.24센티미터.

으로 나가서 다시 처음부터 시작해야 했다. 노련한 출발 담당 세스뜨린 대령은 벌써 화를 내기 시작했고 그가 마침내 네번째로 "출발!"을 외쳤을 때 기수들은 움직이기 시작했다.

기수들이 정렬하는 동안 모든 눈과 오페라글라스는 무리 지어 선 여러 기수들에게 쏠렸다.

"출발했어! 달린다!" 기다림의 정적이 끝나자 사방에서 들리는 소리였다.

무리 지어 걸어다니는 구경꾼들이나 따로따로 다니는 구경꾼들이나 더 잘 보기 위해서 이리저리 뛰어다니며 자리를 옮겼다. 첫 순간부터 기수들 무리가 길어지더니 둘씩 셋씩 다투어 개울로 접근했다. 관중들에게는 그들 모두가 함께 뛰는 것처럼 보였지만 기수들에게는 일초의 차이가 커다란 의미를 가지는 것이었다.

흥분한데다가 신경이 너무나 날카로워진 프루프루는 첫 순간을 놓쳤다. 몇몇 말들이 프루프루보다 앞서서 출발했지만 개울에 닿기도 전에 브론스끼는 온 힘을 다해서 고삐를 쥐고 말을 다루면서 가볍게 세마리를 앞질렀으므로, 그의 앞에는 바로 눈앞에서 규칙적으로 가볍게 엉덩이를 움직이는 마호쩐의 붉은색 글라지아또르가 달리고 있었고 선두에는 겁에 질린 꾸조블레프를 태우고 날듯이 달려가는 멋진 지아나가 있었다.

처음에 브론스끼는 자기 몸도 말도 마음대로 다루지 못했다. 첫번째 장애물인 개울까지 그는 말의 움직임을 제어할 수 없었다.

글라지아또르와 지아나는 거의 함께 달려갔다. 그들은 동시에 개울 위로 뛰어올라 맞은편으로 건너갔다. 어느 틈에 프루프루가 날듯이 그들 뒤를 따라 높이 뛰어올랐다. 하지만 브론스끼는 몸이 공중에 떴다고 생각한 바로 그 순간 문득 자기 말의 발 아래로 개울 건너편에서 지아나와 함께 버둥거리는 꾸조블레프를 보았다(꾸조블레프는 뛰어오른 후에 고삐를 늦추었고 말은 그와 함께 곤두박질쳤던 것이다). 브론스끼는 이런 자세한 사정은 나중에 알았고 당장은 프루프루가 디뎌야 하는 자리 바로 아래로 지아나의 다리나 머리를 밟을 수도 있겠다는 것만 감지했을 뿐이었다. 하지만 프루프루는 떨어지는 고양이처럼 착지할 때 다리와 등으로 힘을 주어 그 말 옆을 지나쳤고 계속 달려나갔다.

'오, 내 사랑!' 브론스끼는 생각했다.

개울을 넘은 이후에 브론스끼는 말을 완전히 제어할 수 있었고, 마호찐의 뒤를 이어 커다란 장벽을 넘고 그 뒤로 이어지는 장애물 없는 약 이백 사젠의 구간에서 그를 앞지르려고 마음먹고 프루프루를 꽉 조였다.

커다란 장벽은 황제의 관람석 바로 앞에 있었다. 그들이 악마(커다란 장벽은 그렇게 불렸다)에게로 다가갈 때 황제와 궁정 사람들 전체, 그리고 수많은 군중 모두가 그들을—그와 말 한마리 거리 정도 앞서 달리는 마호찐을 보고 있었다. 브론스끼는 사방에서 그를 향하는 이 시선들을 감지했지만 자기 말의 귀와 목, 자기를 향해 달려드는 땅, 자기 앞에서 빠르고 고른 속도로 계속 동일한 거리를 유지하며 달리는 글라지아또르의 엉덩이와 하얀 다리들만 보일 뿐이었다. 글라지아또르는 한군데도 부딪치지 않고 뛰어올라 짧은 꼬리를 흔들면서 브론스끼의 시야에서 사라졌다.

"브라보!" 누군가의 목소리가 들렸다.

바로 그 순간 브론스끼의 두 눈 앞에, 그의 바로 앞에 울타리의 판자가 어른거렸다. 그 아래에서 말은 동작을 조금도 바꾸지 않고 뛰어올랐는데, 판자는 시야에 들어오자마자 바로 사라졌고 다만 뒤에서 뭔가 부딪치는 소리만 들렸다. 앞서가는 글라지아또르 때문에 화가 난 말이 판자 앞에서 너무 일찍 뛰어올라 뒷발굽을 판자에 부딪쳤던 것이다. 하지만 프루프루의 발놀림은 변하지 않았고, 얼굴에 흙탕물을 뒤집어쓴 브론스끼는 글라지아또르와의 거리가 다시 같아졌다는 것을 알았다. 그는 다시 눈앞에서 글라지아또르의 엉덩이와 짧은 꼬리, 그리고 여전히 멀어지지 않고 빠른 속도로 움직이는 하얀 다리를 보았다.

브론스끼가 이제는 앞질러야겠다고 생각한 바로 그 순간 프루프루도 그가 생각한 것을 이미 알아채고 아무런 독려를 하지 않았는데도 눈에 띄게 발놀림을 빨리하더니 가장 유리한 쪽, 밧줄이 있는 쪽에서 마호찐에게 접근하기 시작했다. 마호찐은 밧줄이 있는 쪽을 내주지 않았다. 브론스끼가 바깥쪽에서부터 앞질러야겠다고 생각한 순간 프루프루도 발을 바꾸어 바로 그 방법으로 앞지르기 시작했다. 땀으로 젖어 이미 검어진 프루프루의 어깨가 글라지아또르의 엉덩이와 나란해졌다. 그들은 몇발짝을 나란히 뛰었다. 하지만 그들이 다가간 장애물 앞에서 브론스끼는 크게 돌지 않도록 고삐를 당겨서 경사면에서 재빨리 마호찐을 앞질렀다. 그는 진흙이 튄 마호찐의 얼굴을 얼핏 보았다. 그에게는 마호찐이 웃고 있는 것으로 보였다. 브론스끼는 마호찐을 앞질렀지만 바로 뒤에 그가 있는 것을 느꼈고 바로 등 뒤에서 계속해서 규칙적으로 질주하는 발소리와 글라지아또르의 콧구멍에서 나오는 불규칙하지만 여전히 기운찬 숨소리를 들었다.

이어지는 두개의 장애물, 도랑과 울타리 모두 쉽게 넘었으나 브론스끼는 가까이에서 글라지아또르의 콧김 소리와 발굽 소리를 들었다. 그는 말을 다그쳤고 말이 발놀림을 빨리하는 것을 기쁜 마음으로 느꼈다. 글라지아또르의 발굽 소리는 다시 예전과 똑같은 거리에서 들려오게 되었다.

브론스끼는 꼭 그가 원했던 대로이자 코드가 조언한 그대로 질주했다. 이제 그는 성공을 확신했다. 그의 흥분과 기쁨과 프루프루에 대한 애정이 점점 더 강해졌다. 그는 뒤를 돌아보고 싶었지만 그럴 엄두는 나지 않았고, 프루프루에게 남은 힘이 글라지아또르에게 남은 힘과 같은 양인 것을 감지하고 마음을 가라앉혀서 남은 힘을 다 써버리지 않게 프루프루를 몰아대지 않으려고 애썼다. 가장 어려운 장애물이 남아 있었다. 이것을 다른 사람들보다 먼저 넘게 되면 그는 첫번째로 도착할 것이다. 그는 아일랜드식 옹벽을 향해서 달려갔다. 그는 프루프루와 함께 멀리서부터 이 옹벽을 보았고 그와 말, 둘 모두에게 일순 회의가 왔다. 그는 말의 두 귀에서 머뭇거리는 기미를 알아채고 채찍을 올렸으나 회의는 공연한 것이었다. 말은 해야 할 일을 알고 있었다. 말은 일정한 가속도를 내면서 생각했던 대로 정확하게 날아올라 땅으로부터 멀어지면서 관성의 힘에 몸을 맡겨 도랑을 넘어 멀리 나아갔다. 그리고 힘들이지 않고 바로 그 박자로, 같은 보조로 프루프루는 질주를 계속했다.

"브라보, 브론스끼!" 무리 속에서 외치는 소리가 들렸다. 그는 이들이 그의 연대 사람들과 친구들이라는 것을 알았다. 그는 야시빈의 목소리를 알아들었으나 그를 볼 수는 없었다.

'오, 내 보배!' 그는 프루프루에 대해 생각하며 뒤에서 무슨 일이 일어나는지 귀를 기울였다. '뛰어넘었구나!' 그는 뒤에서 글라지아또르의 발굽 소리를 들으며 생각했다. 이제 이 아르신 너비의 두번째 물이 있는 도랑이 남아 있었다. 브론스끼는 그것을 바라보지도 않았다. 하지만 많이 앞선 일등으로 도착하고자 고삐를 둥글게 쥐고 질주에 맞춰 말의 머리를 올렸다 내렸다 했다. 그는 말이 마지막 남은 힘을 다하여 뛰고 있는 것을 느꼈다. 말은 목과 어깨가 젖어 있었을 뿐만 아니라 갈기에도, 머리에도, 날카로운 귀에도 땀방울이 맺혀 있었고, 거칠고 짧게 숨을 쉬고 있었다. 하지만 그는 이 마지막 남은 힘이 남은 거리 이백 사젠에는 충분하고도 남는다는 것을 알았다. 그는 지면이 가까이 있고 움직임이 특별히 매끄럽다는 느낌만으로도 그의 말이 얼마나 속도를 가했는지를 알았다. 말은 마치 도랑이 없는 듯이 뛰어넘었다. 말은 도랑을 새처럼 날아서 넘었던 것이다. 하지만 바로 그 순간 브론스끼는 크게 경악하며 자신이 말의 동작을 따라잡지 못했고, 어떻게 된 건지 모르지만 자신이 안장으로 내려앉는 몹쓸 짓, 용서 못 할 동작을 한 것을 감지했다. 갑자기 그의 자세가 바뀌었고, 그는 뭔가 끔찍한 일이 일어난 것을 알았다. 어찌 된 일인지 미처 판단하기도 전에 벌써 그의 바로 곁으로 붉은색 말의 하얀 다리가 스치고 지나갔다. 브론스끼의 한쪽 다리가 땅에 닿았고, 그의 말은 이 다리에 걸렸다. 말이 한쪽 옆으로 넘어질 때 그는 간신히 발을 빼낼 수 있었다. 힘들게 끙끙거리며 일어나려고 땀이 밴 가는 목에 힘을 주며, 헛되이 애를 쓰며 말은 그의 발 아래 땅 위에서 총 맞은 새처럼 몸부림쳤다. 브론스끼의 부자연스러운 동작 때문에 말의 허리가 부러졌던 것이다. 하지만 그는 이 사실을 훨씬 후에야 깨달았다. 지금은 그저 마호찐이 빠른 속도로 멀어져가고 있고, 그는 비틀거리며 홀로 진흙투성이의 움직이지 않는 땅 위에 서 있고, 그의 앞에는 힘들게 숨을 쉬며 누워 있는 프루프루가 그에게로 고개를 돌리고 그 매혹적인 눈으로 그를 쳐다보고 있다는 사실만을 알았다. 브론스끼는 여전히 무슨 일이 일어났는지 이해하지 못한 채 말의 고삐를 잡아당겼다.

프루프루는 다시 온몸을 물고기처럼 퍼덕이고 안장의 양쪽 날개를 삐걱거리며 앞다리를 뻗어보려 했지만 엉덩이를 들어올릴 힘이 없어 바로 다시 맥없이 옆으로 쓰러졌다. 브론스끼는 흥분으로 일그러지고 하얗게 질린 얼굴로 아래턱을 덜덜 떨면서 박차로 말의 배를 때리고 다시 고삐를 잡아당겼다. 하지만 말은 움직이지 않았고, 콧날을 땅에 대고 특유의 그 말하는 듯한 시선으로 주인을 바라볼 뿐이었다.

"아아!" 브론스끼는 머리를 잡고 신음했다. "아아! 내가 무슨 짓을 한 거야!" 그는 소리쳤다. "경주에서 졌어! 그리고 이건 내 죄야. 창피하고 용서할 수 없는 죄! 이 불행하게 파멸한 사랑스러운 말! 아아! 내가 무슨 짓을 한 거야!"

사람들, 의사, 의사 조수, 그가 속한 연대의 장교들이 그에게로 달려왔다. 불행하게도 그는 자신이 온전하고 상처 하나 입지 않았다는 것을 느꼈다. 말은 허리가 부러졌기 때문에 사살하기로 결정되었다. 브론스끼는 그들의 질문에 답을 할 수도, 그들과 이야기할 수도 없었다. 그는 머리에서 날아간 모자를 줍지도 않고 어디로 가야 할지도 모른 채 몸을 돌려 경기장을 떠났다. 그는 자신이 불행하다고 느꼈다. 난생처음으로 그는 가장 견디기 힘든 불행, 돌이킬 수 없는 불행, 그 자신이 원인인 불행을 체험했다.

야시빈이 모자를 가지고 그를 뒤쫓아와서 집까지 동행했다. 반 시간 후에 브론스끼는 제정신을 찾았다. 하지만 이 경주에 대한 기억은 그의 마음속에 인생에서 가장 힘들고 고통스러운 기억으로 오랫동안 남았다.

26

알렉세이 알렉산드로비치와 아내의 외면적인 관계는 예전과 마찬가지였다. 단 한가지 다른 점이라면 그가 예전보다 더 바빠졌다는 것이었다. 예전처럼 그는 봄이 시작될 무렵 외국의 온천으로 여행을 떠났다. 해마다 점점 더 많아지는 겨울 동안의 업무로 인해 약화된 건강을 회복하기 위한 것이었다. 으레 그렇듯이 그는 칠월에 돌아와 더 왕성해진 원기로 평소의 업무에 임했다. 으레 그렇듯이 그의 아내는 별장으로 옮겨갔고 그는 뻬쩨르부르그에 남았다.

뜨베르스까야 공작부인의 집에서 열린 야회가 끝나고 그 대화를 나눈 이후로 그는 한번도 자신의 의심과 질투에 관해서 안나와 이야기한 적이 없었고, 누군가를 대리로 내세우는 듯한 그의 습관적인 어조는 현재 상황의 그와 아내 관계에 있어서 더할 나위 없이 적절했다. 그는 아내를 약간 차갑게 대했다. 다만 그는 그날 밤 그녀가 밀쳐낸 첫번째 대화에 대해서 그녀에게 약간의 불만을 가지고 있는 듯했다. 그가 그녀를 대하는 태도에서는 유감의 뉘앙스가 느껴졌으나 그 이상은 아니었다. '나와 터놓고 이야기하기 싫다 이거지.' 마치 그는 속으로 그녀에게 이렇게 말하는 듯했다. '그럼 당신이 더 곤란하지. 이젠 내게 청한다 해도 나는 터놓고 이야기하지 않을 거야. 그럴수록 더 곤란해질걸.' 그는 속으로 마치 불을 끄려고 헛되이 노력하다가 그 헛된 노력 때문에 화가 나서 자신에게 '자, 봐라! 이것 때문에 넌 다 타버리게 되겠구나!'라고 말하는 사람처럼 이야기했다.

그는, 공무에서는 현명하고 치밀한 이 사람은 아내에 대한 이런 태도가 완전히 어리석은 것이라는 사실을 이해하지 못했다. 그가 이 사실을 이해하지 못하는 것은 자신의 실제 처지를 이해하는 것이 너무나 끔찍했기 때문이었다. 그래서 그는 마음을 걸어잠그고 그가 가족에게, 즉 아내와 아들에게 느끼는 감정이 들어 있는 상자를 봉해버렸다. 주의 깊은 아버지였던 그는 이번 겨울 끝 무렵부터는 아들에게 특히 차가웠고, 아들에게도 아내에게와 마찬가지로 조롱하는 듯한 태도를 취했다. "아! 젊은이!" 그는 아들을 그렇게 불렀다.

알렉세이 알렉산드로비치는 올해처럼 공무가 많은 해는 없었다고 생각했고 그렇게 말하기도 했다. 하지만 그는 자신이 일을 만들어냈다는 것을, 그리고 그것은 아내와 가족을 향한 감정과 그들에 대한 생각이 들어 있는 상자, 그 감정과 생각이 그 안에 오래 들어 있을수록 열기가 더욱더 끔찍해지는 그 상자를 여는 것을 피하는 수단들 중 하나라는 것을 인정하지 않았다. 만약 누군가가 알렉세이 알렉산드로비치에게 아내의 행동에 대해서 어떻게 생각하느냐고 물을 권리를 가져서 그것을 행사했다면, 알렉세이 알렉산드로비치는 온순하고 겸손한 태도로 아무 대답도 하지 않았을 것이지만 그것을 물은 사람에 대해서 무척 화를 냈을 것이다. 바로 이런 이유 때문에 누군가가 아내의 건강에 대해서 물을 때면 알렉세이 알렉산드로비치의 얼굴에는 뭔가 거만하고 엄격한 표정이 떠올랐다. 알렉세이 알렉산드로비치는 아내의 행동과 감정에 대해 아무 것도 생각하고 싶지 않았고, 실제로 아무것도 생각하지 않았다.

알렉세이 알렉산드로비치의 별장 저택은 뻬쩨르고프에 있었고, 보통은 리지야 이바노브나 백작부인도 이곳에서 안나와 이웃하여 내내 왕래하면서 여름을 보내곤 했다. 올해 리지야 이바노브나 백작부인은 뻬쩨르고프에서 지내기를 거부했고, 한번도 안나 아르까

지예브나의 집으로 가지 않았으며, 알렉세이 알렉산드로비치에게
안나가 벳시와 브론스끼와 가까이 지내는 것이 불편하다는 점을
암시했다. 알렉세이 알렉산드로비치는 아내에게 의심쩍을 것은 조
금도 없다고 생각한다고 말하며 그녀를 엄격하게 제지했다. 그리
고 그때부터 그는 리지야 이바노브나 백작부인을 피하게 되었다.
그는 사교계에서 벌써 많은 사람들이 그의 아내를 삐딱하게 본다
는 것을 알고 싶어하지 않았고 알지 못했으며, 그의 아내가 왜 특
히 집요하게 벳시가 사는 짜르스꼬예로, 브론스끼의 부대 주둔지
에서 멀지 않은 그곳으로 옮겨가기를 주장하는지 이해하고 싶지
않았고 이해하지 못했다. 그는 자신에게 이것에 대해서 생각하기
를 허락하지 않았고 생각하지 않았다. 하지만 이와 동시에 그는 한
번도 스스로에게 터놓고 이야기한 적 없고 물론 어떤 증거도 없고
의심조차 하지 않았으나, 자신이 속은 남편이라는 것을 영혼 깊숙
한 곳에서 의심할 바 없이 알고 있었다.

　팔년 동안 아내와 행복하게 살아오면서 알렉세이 알렉산드로비
치는 다른 부정한 아내들과 속은 남편들을 보고 몇번이나 자신에
게 말했던가. 어떻게 그런 일을 내버려둘 수 있을까? 어째서 그런
흉한 상황을 끝내지 않을까? 하지만 지금 그 자신의 머리 위로 이
런 일이 닥쳤을 때 그는 이 상황을 어떻게 끝내야 하는가에 대해서
생각하지 않았을 뿐만 아니라 이 상황에 대해서 알고 싶어하지도
않았다. 그것은 바로 이 상황이 너무 끔찍하고 부자연스러웠기 때
문이었다.

　외국에서 돌아온 이후 그는 별장에 두번 갔다. 한번은 식사를
했고 다른 한번은 손님들과 저녁을 보냈지만 한번도 자고 오지는
않았는데, 그건 예전에도 마찬가지였다.

경마가 있던 날은 알렉세이 알렉산드로비치가 매우 바쁜 날이었다. 하지만 그는 아침부터 벌써 일정표를 짜면서 이른 식사 후에 별장에 있는 아내에게로 가서 함께 경마를 보러 가려고 마음먹었다. 경마에 궁정 사람들이 모두 올 것이므로 그도 가야 했다. 아내에게 들르려고 한 것은 그가 체면상 일주일에 한번은 그녀에게 가려고 마음먹고 있었기 때문이었다. 게다가 그날은 정해진 규칙에 따라 매달 십오일 무렵에 전하는 생활비를 아내에게 주는 날이었다.

통상적으로 자기 생각에 대해 제어할 힘을 가진 그는 아내와 관련한 이 모든 것을 생각하고 나서 자기 생각이 그녀 자체에 대한 생각으로 더이상 나아가는 것을 허락하지 않았다.

이날 아침 알렉세이 알렉산드로비치는 무척 바빴다. 어제 리지야 이바노브나 백작부인이 뻬쩨르부르그에 머물고 있는, 중국을 여행하고 온 유명한 여행가의 소책자를 보내왔는데, 동봉한 편지에서 그녀는 여러가지 면에서 지극히 흥미롭고 유익한 인물인 이 여행가를 영접해주기를 청했다. 알렉세이 알렉산드로비치는 어제 저녁에 그 소책자를 다 읽지 못해서 아침에 마저 읽었다. 그러고 나자 청원인들이 나타났고, 뒤이어 보고가 시작되었고, 영접이 있었고, 임명을 했고, 파면을 했고, 보상금, 연금, 봉급을 책정했고, 편지들을 썼다. 즉, 알렉세이 알렉산드로비치가 말하듯 시간을 많이 빼앗기는 일상적 업무를 봤다. 그다음에는 개인적 용무, 의사와 집사의 방문이 있었다. 집사는 시간을 별로 많이 빼앗지 않았다. 그는 알렉세이 알렉산드로비치에게 필요한 돈을 전달했고, 올해 자주 외국 여행을 하게 되어 돈을 더 많이 지출하여 적자가 났기 때문에 재정 상태가 전적으로 좋은 편은 아니라고 간단하게 보고했다. 하지만 알렉세이 알렉산드로비치와 친한 사이인, 뻬쩨르부르그에서 온 유명한 의사는 시간을 많이 잡아먹었다. 알렉세이 알렉산드로비치는 오늘 그가 오리라고 기대하지도 않았는데 온데다가, 더욱이 매우 주의 깊게 자신을 진찰하고, 가슴에 청진기를 대고 듣고, 간이 있는 자리를 두드려보고 짚어보고 하는 것을 보고 놀랐다. 알렉세이 알렉산드로비치는 친구인 리지야 이바노브나가 올해 알렉세이 알렉산드로비치의 건강이 좋지 않은 것을 알아채고 의사에게 가서 그를 진찰해달라고 청한 것을 모르고 있었다. "제발 저를 위해서 그렇게 해주세요." 리지야 이바노브나 백작부인이 의사에게 말했던 것이다.

"러시아를 위해서 하겠습니다, 백작부인." 의사가 대답하자, 리지야 이바노브나 백작부인은 "보배 같은 사람!"이라고 말했었다.

의사는 알렉세이 알렉산드로비치의 건강에 대해 매우 불만이었다. 그는 환자의 간이 눈에 띄게 커졌으며 영양 상태가 나쁘고 온천이 아무 소용이 없다는 것을 발견했다. 그는 알렉세이 알렉산드로비치에게 뭔가 그의 상태가 좋지 않은데 그것을 고칠 수는 없다는 불쾌한 의식을 남긴 채, 되도록 몸을 많이 움직이고 정신적 긴장을 줄이라고, 가장 중요하게는 아무 걱정도 하면 안 된다고, 즉 알렉세이 알렉산드로비치에게는 숨 쉬지 말라는 것과 똑같은 처방을 하고 갔다.

알렉세이 알렉산드로비치의 집에서 나오다가 의사는 현관에서 잘 아는 지인 슬류진을 만났다. 그는 알렉세이 알렉산드로비치의 사무관으로 일하고 있었다. 그들은 대학 친구였는데 드물게 만나기는 해도 서로를 존중했고 좋은 친구여서, 의사는 환자의 상태에 대해서 그 누구보다도 슬류진에게 더 터놓고 이야기할 수 있었다.

"자네가 알렉세이 알렉산드로비치를 방문해줘서 참 기쁘네." 슬류진이 말했다. "건강이 나쁘시지. 내가 보기엔…… 그래, 어떤가?"

"그게 말일세……" 슬류진의 고개 너머로 마부에게 마차를 내오라고 손을 흔들면서 의사가 말했다. "그러니까……" 의사가 자신의 하얀 손으로 양피 장갑의 손가락을 쥐고 잡아당기면서 말했다. "줄을 잡아당기지 않고 끊으려고 해보게―아주 어렵지. 하지만 끝까지 잡아당겨보게. 그러면 손가락 하나로만 살짝 건드려도 끊어지네. 근데 그는 앉아만 있고 일만 열심히 하니 최대한으로 당겨진 상태라네. 게다가 다른 압박감도 있지. 그것도 힘든 걸로." 의사는 의미심장하게 눈썹을 올리며 결론을 내렸다. "경마에 갈 건가?" 현관을 나서서 대기하고 있는 마차로 내려가면서 그가 덧붙였다. "물론, 물론, 시간이 많이 걸리는 일이지." 의사는 슬류진의 말이 들리지 않았지만 대충 이렇게 대답했다.

시간을 그렇게 많이 잡아먹은 의사에 뒤이어 그 유명한 여행가가 나타났고, 알렉세이 알렉산드로비치는 막 다 읽은 소책자와 그가 가지고 있던 지식을 이용하여 이 주제에 대한 그의 깊이 있는 지식과 넓은 교양으로 여행가를 놀라게 했다.

여행가와 동시에 주 귀족단장이 뻬쩨르부르그에 도착했다는 보고가 전해져 알렉세이 알렉산드로비치는 그와도 면담을 해야 했다. 그가 떠난 후에는 사무관과 일상적인 일들을 마저 처리해야 했고, 또 진지하고 중요한 일 때문에 어떤 중요 인사에게로 가야 했다. 알렉세이 알렉산드로비치는 식사 시간인 다섯시경에야 돌아올 수 있었고, 사무관과 식사를 한 후 그에게 함께 별장에 갔다가 경마에 가자고 청했다.

자신은 의식하지 못했으나 알렉세이 알렉산드로비치는 아내를 만날 때 제삼자가 동석할 기회를 찾으려고 했던 것이다.

27

안나는 이층 거울 앞에서 안누시까의 도움으로 드레스에 마지막 리본을 달고 있었는데, 그때 입구에서 자갈을 구르는 바퀴 소리가 들려왔다. '벳시이기에는 아직 이른데' 하고 생각하며 창문에 시선을 던지니 마차와 마차로부터 삐져나오는 검은 모자와 그녀가 익히 아는 알렉세이 알렉산드로비치의 두 귀가 보였다.

'설마 자고 가진 않겠지?' 그녀는 생각했고, 그런 경우에 일어날 모든 일이 너무 끔찍하고 무섭게 여겨져서 한순간도 자신에게 생각하는 것을 허락하지 않고 유쾌하고 밝은 얼굴로 그를 맞으러 나갔다. 그녀는 자기 안에 이미 자신이 잘 아는 위선과 배반의 영혼이 있는 것을 느끼면서 당장 이 영혼에 자신을 맡기고 무슨 말을 하는지도 모르는 채 이야기하기 시작했다.

"아, 얼마나 기쁜지요!" 그녀는 남편에게 손을 내밀고 사무관에게 미소로 인사하면서 말했다. "여기서 잘 거죠?" 배신의 영혼이 그녀에게 속삭여준 첫번째 말이었다. "아, 함께 가요. 다만 벳시에게 약속한 게 걸리네요. 그녀가 들를 거예요."

알렉세이 알렉산드로비치는 벳시라는 이름을 듣고 얼굴을 찌푸렸다.

"오, 나는 서로 떨어질 수 없는 사람들을 떼놓지는 않을 거요." 그는 평소의 조롱조로 말했다. "난 미하일 바실리예비치와 갈 거요. 의사도 걸어다니라고 그랬소. 난 걸어가면서 내가 온천장에 있다고 상상할 거요."

"서두를 거 없어요." 안나가 말했다. "차 드시겠어요?"

그녀는 종을 울렸다.

"차를 내오고 세료자에게 알렉세이 알렉산드로비치가 도착했다고 말해요. 그래, 어때요, 당신 건강은? 미하일 바실리예비치, 여기는 오신 적이 없지요. 보세요, 제 발코니가 얼마나 멋진지요." 그녀는 남편을 보기도 하고 사무관을 보기도 하면서 말했다.

그녀는 매우 평범하고 자연스럽게 이야기했지만 말이 너무 많았고 너무 빨리 말했다. 그녀 자신도 이를 느끼고 있었는데, 그것은 미하일 바실리예비치가 그녀를 보는 호기심 어린 시선 속에서 자기를 관찰하는 것 같은 기미를 알아챘기 때문이었다.

미하일 바실리예비치는 곧바로 테라스로 나갔다.

그녀는 남편 곁에 앉았다.

"당신 안색이 좀 안 좋네요." 그녀가 말했다.

"그렇소." 그가 말했다. "오늘 의사가 와서 한시간을 빼앗았소. 내 친구들 중 누군가가 그를 내게 보낸 것 같소. 내 건강이 그리도 중요하다면서……"

"어머나, 그가 뭐래요?"

그녀는 그의 건강과 일에 대해 묻고는 휴식을 취하러 별장으로 옮겨오도록 설득하려고 했다.

이 모든 것을 그녀는 유쾌하게, 빠른 속도로, 두 눈에 특별한 광채를 띠며 말했다. 하지만 알렉세이 알렉산드로비치는 지금 그녀의 이 어조에 아무런 의미도 두지 않았다. 그는 그냥 그녀의 말을 들려오는 대로 듣고 그녀의 말에 그것이 갖는 직접적인 의미만을 두었다. 그도 그녀에게 비록 조롱조이긴 하지만 평범하게 대꾸했다. 나중에 이 짧은 장면 전체를 기억할 때마다 안나는 고통스러운 수치를 느꼈다.

가정교사가 세료자를 앞세우고 들어왔다. 알렉세이 알렉산드로비치가 살펴볼 마음이 있었다면 세료자가 아버지를 쳐다보고 그다음에 어머니를 쳐다보고 하는 소심하고도 혼란스러운 시선을 알아챘을 것이다.

"아, 젊은이! 많이 자랐네. 정말 완연히 남자가 되어가는군. 안녕, 젊은이."

그러고서 그는 겁먹은 세료자에게 손을 내밀었다.

세료자는 예전에도 아버지에게 소심한 태도를 보였는데, 이제 아버지가 그를 젊은이라고 부르고 브론스끼가 친구일까 적일까 하는 수수께끼가 머리에 떠오르자 아버지가 낯설게 여겨졌다. 그는 보호를 구하듯이 어머니를 쳐다보았다. 그는 어머니와 함께 있어야만 마음이 편했다. 그사이 아버지는 가정교사와 이야기를 시작하면서 아들의 어깨를 잡고 있었는데, 세료자는 괴로울 만큼 거북해해서 안나가 보니 막 울음을 터뜨릴 것 같았다.

아들이 들어온 순간 얼굴을 붉혔던 안나는 아들이 거북해하는 것을 보고 튀어오르듯 재빨리 일어나서 알렉세이 알렉산드로비치의 손을 아들의 어깨에서 내리고, 아들에게 키스한 후 테라스로 데리고 나갔다가 바로 돌아왔다.

"근데 벌써 시간이 이렇게 됐네요." 자기 시계를 보며 그녀가 말했다. "벳시가 안 오네요!"

"아, 그렇군." 알렉세이 알렉산드로비치가 말하고 일어나서 두 손을 깍지 끼고 우두둑 소리를 냈다. "그리고 난 당신에게 돈을 주러 들렀소. 꾀꼬리도 이야기만으로 살아갈 수는 없으니까." 그가 말했다. "당신에게 필요할 거라고 생각하오."

"아니에요, 필요 없어요…… 네, 필요해요." 그녀는 그를 쳐다보지 않은 채 머리 뿌리까지 붉히면서 말했다. "당신도 경기가 끝나면 이리로 오실 거라고 생각하는데요."

"오, 그렇소!" 알렉세이 알렉산드로비치가 대답했다. "저기 뻬쩨르고프의 미인, 뜨베르스까야 공작부인이 오시는군." 그가 창밖으로 마구로 장식한 말에 작은 차체를 극도로 높게 올려맨 영국제 반개 사륜마차가 다가오는 것을 보면서 덧붙였다. "멋들어지군! 깜찍해! 자, 그럼 우린 갑시다."

뜨베르스까야 공작부인은 마차에서 나오지 않았고, 각반이 달린 장화를 신고 케이프를 두르고 검은 모자를 쓴 그녀의 하인만이 문에서 뛰어내렸다.

"저 갈게요. 안녕히 가세요!" 안나는 말하고 나서 아들에게 키스하고는 알렉세이 알렉산드로비치에게 다가가서 손을 내밀었다. "이렇게 와주시다니 당신은 정말 친절해요."

알렉세이 알렉산드로비치는 그녀의 손에 입을 맞추었다.

"그럼, 자, 안녕. 차를 마시러 오신다면 그것도 멋질 거예요!" 그녀는 말하고 광채를 발하며 유쾌하게 방을 나갔다. 하지만 그가 보이지 않게 되자마자 그녀는 손에서 그의 입술이 닿았던 부분을 의식하고 혐오감에 진저리를 쳤다.

28

알렉세이 알렉산드로비치가 경마장에 나타났을 때 안나는 이미 관람석에 벳시와 나란히 앉아 있었다. 관람석에는 상류사회 전체가 모여 있었다. 그녀는 벌써 멀리서 남편을 알아보았다. 남편과 연인, 두 인간이 그녀 삶의 두 중심이었고, 외부 감각의 도움 없이도 그들이 다가오는 것을 느낄 수 있었다. 그녀는 멀리서부터 남편이 다가오는 것을 느꼈고 사람들의 파도 사이로 지나가는 그를 눈으로 좇았다. 그녀는 그가 그에게 인사하려는 사람들에게 배려심을 가지고 답하고 자기와 같은 지위에 있는 사람들과 친밀하고도 무심하게 인사를 나누기도 하며 관람석으로 다가오는 것을, 세상의 권력자들의 시선을 애써 찾으며 그의 귀 끝을 누르고 있던 둥글고 큰 모자를 벗으면서 관람석으로 다가오는 것을 보았다. 그녀는 이 모든 방식을 알고 있었고 이 모든 방식이 혐오스러웠다. '그저 공명심뿐이지. 그의 영혼 속에는 오직 성공하려는 욕망만이 있지.' 그녀는 생각했다. '고상한 생각, 교양에 대한 애정, 종교, 이 모든 것은 성공을 위한 무기일 뿐이지.'

여자들의 관람석을 바라보는 그의 시선에서(그는 그녀를 정면으로 마주하고 있었는데도 모슬린, 리본, 깃털, 우산, 꽃의 파도 속에서 아내를 알아보지 못했다) 그녀는 그가 자기를 찾고 있다는 것을 알아챘다. 하지만 그녀는 일부러 그를 못 본 척했다.

"알렉세이 알렉산드로비치!" 벳시 공작부인이 그에게 소리쳤다. "여기예요. 정말 아내를 못 알아보시네요. 여기 있어요!"

그는 특유의 차가운 미소를 지었다.

"여기는 너무 번쩍거려서 눈이 어른거리네요." 그가 말하며 관람석 안으로 들어왔다. 그는 아내에게 방금 전에 본 아내를 다시 만났을 때 남편이 지어야 할 그런 미소를 지었고, 공작부인과 다른 지인들과도 인사를 나누면서 모두에게 의당 보여야 할 태도를 보였다. 즉, 부인들과는 농담을 하고 남자들과는 서로 안부를 교환했다. 관람석 옆쪽 아래에 알렉세이 알렉산드로비치가 존경하는, 지성과 교양으로 유명한 시종장이 서 있었다. 알렉세이 알렉산드로비치는 그와 이야기하기 시작했다.

경주들 사이의 휴식 시간이어서 대화를 방해하는 것은 아무것도 없었다. 시종장은 경마를 비판했다. 알렉세이 알렉산드로비치는 경마를 옹호하면서 반대 의견을 말했다. 안나는 그의 가늘고 변화 없는 목소리를 한마디도 놓치지 않고 들었다. 그의 한마디 한마디가 그녀에게 위선적으로 여겨졌고 고통스럽게 그녀의 귀를 찔렀다.

사 베르스따 장애물 경기가 시작되었을 때 그녀는 몸을 앞으로 굽히고 눈을 떼지 않은 채 말로 다가가서 올라타는 브론스끼를 바라보았고, 동시에 그 혐오스럽고 그칠 줄 모르는 남편의 목소리를 들었다. 그녀는 브론스끼 때문에 무서운 생각이 들어서 괴로웠으나, 더 괴로운 것은 남편의 그칠 줄 모르는, 익히 아는 억양의 가느다란 목소리였다.

'난 나쁜 여자야. 파멸한 여자야.' 그녀는 생각했다. '하지만 나는 거짓말을 하고 싶지 않아. 나는 거짓을 참지 못하는데, 그(남편)는 거짓을 먹고 살아. 그는 다 알고 다 보지. 저렇게 태평하게 이야기할 수 있다니 도대체 그는 뭘 느끼는 걸까? 그가 나를 죽이거나 브론스끼를 죽인다면 난 그를 존경할 텐데. 하지만 아니지. 그에겐 그저 거짓과 체면이 필요할 뿐이야.' 안나는 자신이 남편에게서 대체 무엇을 원하는지, 그가 어떤 사람이기를 바라는지 생각해보지 않고 혼잣말을 했다. 그녀는 알렉세이 알렉산드로비치가 그녀의 신경을 자극할 만큼 오늘 특히 말이 많은 것이 그의 내면의 불안과 동요의 표현일 뿐임을 이해하지 못했다. 어린아이가 아픈 것을 느끼지 않으려고 계속 펄펄 뛰면서 근육을 움직이며 무진 애를 쓰듯이, 알렉세이 알렉산드로비치에게는 지금 아내가 있고 브론스끼가 있고 브론스끼의 이름이 계속 반복되는 상황에서 아내에 대한 생각을, 그의 주의를 끌어당기는 아내에 대한 생각을 잠재우기 위해서 정신을 움직이는 것이 꼭 필요했다. 어린아이에게는 펄펄 뛰는 것이 자연스럽듯이 그에게는 훌륭하고 지혜로운 말을 하는 것이 자연스러웠던 것이다. 그는 말했다.

"군인이나 기병의 경마에 따르는 위험은 이 경기에 필수적인 조건입니다. 군사 역사에서 영국 기병대가 가장 빛나는 업적을 남겼다고 할 수 있다면 그건 오직 영국군이 역사적으로 짐승과 인간의 이러한 힘을 키워온 덕분이지요. 제 견해로는 스포츠라는 것은 커다란 의미가 있습니다. 그리고 항상 그렇듯 우리는 가장 표피적인 것만을 보고 있지요."

"표피적인 것이 아니에요." 뜨베르스까야 공작부인이 말했다. "어떤 장교는 갈비뼈 두대가 부러졌대요."

알렉세이 알렉산드로비치는 이를 드러내는, 하지만 아무것도 말하지 않는 특유의 미소를 지었다.

"공작부인, 표피적인 것이 아니고 내면적인 것이라고 하십시다." 그가 말했다. "하지만 문제는 그게 아닙니다." 그는 다시 진지하게 이야기를 나누던 시종장을 향했다. "경마는 그러한 행위를 선택한 군인들이 한다는 것을, 그리고 모든 소명에는 동전의 이면이 있다는 것을 잊지 마십시오. 이것은 곧 군인의 의무에 속합니다. 직접 주먹으로 싸우는 것이나 에스빠냐 투우사들의 흉측한 스포츠는 야만의 표징이지요. 하지만 특화된 스포츠는 진보의 표징입니다."

"아니요, 전 다시는 안 올래요. 이건 저를 너무 흥분시켜요." 벳시 공작부인이 말했다. "그렇지 않아요, 안나?"

"흥분시키지만 벗어날 수 없어요." 다른 귀부인이 말했다. "제가 로마 여인이었다면 단 하나의 서커스도 놓치지 않았을 거예요.”

안나는 아무 말도 하지 않고 쌍안경을 내리지 않은 채 내내 한곳만 보고 있었다.

이때 키가 큰 장군 한 사람이 관람석을 지나갔다. 알렉세이 알렉산드로비치는 이야기를 멈추고 서둘러서, 그러나 위엄 있게 일어나 지나가는 그 무관에게 몸을 깊이 굽혔다.

“경기 안 하십니까?” 군인이 그에게 농담을 했다.

“제 경기는 더 어려운 거지요.” 알렉세이 알렉산드로비치가 공손하게 말했다.

이 대답이 아무 의미가 없는 것임에도 군인은 현명한 사람에게서 현명한 말을 들었고 이 말의 *핵심 포인트*[60]를 완전히 이해했다는 듯한 표정을 지었다.

“두 편이 있습니다.” 알렉세이 알렉산드로비치가 말을 계속했다. “선수와 관객이지요. 그리고 이런 구경을 좋아하는 것은 관객의 저열한 교양 수준의 진정한 징표이지요. 동의합니다. 하지만……”

“공작부인, 내기합시다!” 아래쪽에서 벳시를 향한 스쩨빤 아르까지치의 목소리가 들려왔다. “누구에게 걸 겁니까?”

“저와 안나는 꾸조블레프 공작에게 걸어요.” 벳시가 대답했다.

“전 브론스끼에게 걸겠어요, 장갑 한켤레.”

“해요!”

“아, 멋져요. 그렇지 않아요?”

알렉세이 알렉산드로비치는 곁에 있는 사람들이 이야기하는 동안 잠시 말을 멈추었다가 다시 시작했다.

---

60 la pointe de la sauce(프랑스어).

"동의합니다. 하지만 용맹스러운 경기들은……" 그는 말을 계속하려고 했다.

하지만 그 순간 기수들이 들어왔고 모든 대화가 중단되었다. 알렉세이 알렉산드로비치도 말을 멈추었고 모든 사람들이 일어나서 강 쪽을 향했다. 알렉세이 알렉산드로비치는 경기에 흥미가 없어서 경기하는 사람들을 바라보지 않고 피곤한 눈으로 시선을 이리저리 산만하게 돌리기 시작했다. 그의 시선이 안나에게 머물렀다.

그녀의 얼굴은 창백하고 엄숙했다. 그녀는 한 사람 이외에는 아무것도, 아무도 보지 않는 것이 분명했다. 그녀는 발작적으로 떨리는 손에 부채를 꼭 쥐고서 숨도 쉬지 않았다. 그는 그녀를 잠시 바라보다가 다른 사람들에게로 서둘러 시선을 돌렸다.

'그래, 여기 이 부인도, 또다른 여인들도 매우 흥분하고 있어. 이건 매우 자연스러운 일이지.' 알렉세이 알렉산드로비치는 스스로에게 말했다. 그는 그녀를 보지 않으려고 했으나 그의 시선은 저절로 그녀에게로 이끌렸다. 그는 그녀의 얼굴에 분명하게 쓰여 있는 것을 읽지 않으려고 애쓰면서 다시 그 얼굴을 바라보았고, 그 얼굴에서 자기 의사에 반하여 그가 알고 싶지 않은 것을 경악하며 읽어냈다.

꾸조블레프가 개울에서 첫번째로 굴러떨어졌을 때 모두가 동요했지만, 알렉세이 알렉산드로비치는 창백한, 환호하는 안나의 얼굴에서 확실하게 그녀가 보고 있는 그 사람이 굴러떨어지지 않은 것을 알았다. 마호찐과 브론스끼가 커다란 장애물을 뛰어넘은 다음에 뒤따르던 장교가 바로 땅에 머리를 박고 떨어져서 크게 다쳤을 때 경악의 속삭임이 전군중을 휩쓸었다. 알렉세이 알렉산드로비치는 안나가 이것도 알아채지 못하고 주위에서 무슨 이야기를 하고 있는지도 겨우 이해하는 것을 보았다. 하지만 그는 점점 더 집요하게 그녀를 바라보았다. 경주하는 브론스끼를 바라보는 것에 존재 전체가 삼켜져버린 안나는 남편의 차가운 시선이 집요하게 자기를 향하는 것을 옆으로 느꼈다.

일순간 그녀는 돌아보며 얼굴을 약간 찌푸리고 묻는 듯이 그를 쳐다보았으나 다시 몸을 돌렸다.

'아, 아무래도 상관없어.' 그녀는 그에게 그렇게 말하는 듯했고 더이상 그를 쳐다보지 않았다.

불운한 경마였고, 열일곱명 중에서 반 이상이 떨어졌거나 다쳤다. 경마의 끝 무렵에 가서는 모두가 동요했고, 황제가 불만스러워한다는 사실 때문에 동요는 더욱 커졌다.

29

모두들 큰 소리로 불만을 토로했다. 모두들 누군가가 말한 문구 "사자들이 등장하는 서커스만 나오면 되겠네"를 되풀이했다. 모두들 공포를 느끼고 있어서 브론스끼가 떨어지고 안나가 크게 비명을 질렀을 때도 아무런 특별할 점이 없을 정도였다. 하지만 뒤이어 안나의 얼굴에 변화가 일어났는데, 이미 완연히 품위를 잃은 모습이었다. 그녀는 완전히 제정신이 아니었다. 그녀는 붙잡힌 새처럼 발버둥 쳤다. 일어나려고 했다가 어딘가로 가려고 했다가 벳시를 향하기도 했다.

"가요, 가요." 그녀가 말했다.

그러나 벳시는 그녀의 말을 듣지 못했다. 벳시는 몸을 아래로 구부리고 그녀에게로 다가온 장군과 이야기하고 있었다.

알렉세이 알렉산드로비치는 안나에게 다가가서 예의 바르게 손을 내밀었다.

"당신이 괜찮다면 갑시다." 그는 프랑스어로 말했다. 하지만 안나는 장군이 말하는 것에 귀를 기울이고 있어서 남편의 말을 듣지 못했다.

"다리가 부러졌다고들 하네요." 장군이 말했다. "이거 정말, 이럴 수가 있나요."

안나는 남편에게 대답하지 않고 쌍안경을 들고 브론스끼가 쓰러진 곳을 바라보았다. 하지만 너무 멀고 사람들이 많이 몰려 있어서 아무것도 알 수 없었다. 그녀는 쌍안경을 내리고 나가려고 했다. 하지만 그때 한 장교가 말을 타고 달려와 황제에게 뭔가를 보고했다. 안나는 앞으로 몸을 내밀고 들으려고 했다.

"스찌바! 스찌바!" 그녀는 오빠에게 소리쳤다.

하지만 오빠는 듣지 못했다. 그녀는 다시 나가려고 했다.

"다시 한번 제안하오. 당신이 가기를 원한다면……" 알렉세이 알렉산드로비치가 그녀의 손을 건드리면서 말했다.

그녀는 혐오스럽다는 듯 그로부터 몸을 떼고 그의 얼굴을 보지도 않고 대답했다.

"아뇨, 아뇨, 날 내버려두세요. 난 남겠어요."

그녀는 지금 한 장교가 브론스끼가 떨어진 장소로부터 사람들을 뚫고 관람석으로 다가오는 것을 보고 있었다. 벳시는 그에게 손수건을 흔들었다.

장교는 기수는 크게 다치지 않았지만 말이 허리를 다쳤다는 소식을 가져왔다.

이 말을 듣고 안나는 황급히 주저앉더니 얼굴을 부채로 가렸다.

알렉세이 알렉산드로비치는 그녀가 눈물을 참지 못할 뿐만 아니라 가슴을 들먹이면서 흐느껴 우는 것을 알았다. 알렉세이 알렉산드로비치는 자기 몸으로 그녀를 가리며 그녀가 정신을 차릴 시간을 주었다.

"세번째로 제안하오." 그는 잠시 후에 그녀를 향해 말했다. 안나는 그를 쳐다보았으나 무슨 말을 해야 할지 몰랐다. 벳시 공작부인이 그녀를 도우려고 나섰다.

"아뇨, 알렉세이 알렉산드로비치, 제가 안나를 데려왔으니 제가 데리고 갈 것을 약속할게요." 벳시가 끼어들었다.

"용서하세요, 공작부인." 그는 예절 바르게 미소 지었으나 그녀의 두 눈을 흔들림 없이 들여다보면서 말했다. "하지만 안나는 완전히 건강한 상태가 아닌 게 분명하니 저와 함께 가야 하겠습니다."

안나는 경악하며 주위를 돌아보고는 공손하게 일어나서 그의 팔짱을 끼었다.

"내가 그에게 사람을 보내 알아보고 전해줄게요." 벳시가 그녀에게 속삭였다.

관람석에서 나오면서 알렉세이 알렉산드로비치는 항상 그랬듯이 마주치는 사람들과 이야기를 나누었고, 안나도 항상 그랬듯이 대답하고 말하고 또 말해야 했다. 하지만 그녀는 제정신이 아니어서 남편의 팔짱을 끼고 마치 꿈속을 걷듯이 걸었다.

'크게 다쳤을까? 아닐까? 정말일까? 올까, 안 올까? 오늘 그를 볼 수 있을까?' 그녀는 생각했다.

그녀는 말없이 알렉세이 알렉산드로비치의 마차에 올라 말없이 마차들 무리에서 빠져나왔다. 그가 본 모든 사실에도 불구하고 알렉세이 알렉산드로비치는 여전히 아내의 현재 상황에 대해서 생각하는 것을 스스로에게 허락하지 않았다. 그는 외적인 징표들만을 보았다. 그는 그녀가 품위 없게 행동한 것을 보았고 이에 대해 그녀에게 이야기할 의무가 있다고 여겼다. 하지만 그로서는 이것만을 이야기하고 더이상은 말하지 않기가 무척 어려웠다. 그는 그녀가 품위 없이 행동했다고 말하려고 입을 열었으나 전혀 다른 말을 했다.

"하지만 우리 모두는 이런 잔인한 광경을 보기를 원하니 어쩌겠소." 그가 말했다. "내가 보니……"

"뭐라고요? 이해를 못 하겠네요." 그녀가 경멸조로 말했다.

그는 모욕을 느끼고 당장 하려던 말을 하기 시작했다.

"당신에게 이야기해야겠소." 그가 입을 열었다.

'이제 그 고백을 해야 하는군.' 그녀는 생각했고 무서워졌다.

"난 당신이 오늘 품위 없이 행동했다는 것을 말해야겠소." 그는 그녀에게 프랑스어로 말했다.

"내가 뭘 품위 없이 행동했다는 거예요?" 그녀는 재빨리 그에게로 고개를 돌리고 정면으로 그의 눈을 들여다보면서, 하지만 이전의 뭔가를 숨기는 듯한 유쾌한 표정과는 전혀 다른 단호한 표정으로 큰 소리로 말했다. 그녀는 이 단호한 태도 뒤에 자신이 느끼는 공포를 겨우 감추었던 것이다.

"잊지 마시오." 그는 마부 쪽으로 열려 있는 창문을 가리키면서 말했다.

그는 몸을 좀 일으켜서 유리창을 올려 닫았다.

"뭐가 그렇게 품위 없게 여겨졌나요?" 그녀가 되풀이했다.

"기수들 중 한 사람이 떨어졌을 때 당신이 감출 수 없었던 그 절망이 그렇소."

그는 그녀가 부인하기를 바랐다. 하지만 그녀는 앞을 바라보며 침묵했다.

"이미 난 당신에게 사교계에서 몹쓸 혀들이 당신에게 해가 되는 어떤 말도 할 수 없도록 행동하기를 청한 바 있소. 내가 내면적인 것에 대해서 이야기한 적도 있소. 그런데 지금 난 내면적인 것에 대해서 이야기하는 게 아니오. 지금 나는 외면적인 것에 대해서 이야기하고 있소. 당신은 오늘 품위 없이 행동했고, 나는 이런 일이 반복되지 않기를 바라오."

그녀는 그의 말이 반밖에 들리지 않았고, 그를 향한 공포에 질렸으며, 브론스끼가 크게 다치지 않았다는 것이 사실일까 생각하고 있었다. 그는 다치지 않았고 말의 등이 부러졌다고 했던가? 그녀는 그가 말을 마쳤을 때 조롱조의 위선적인 미소만 지었고 아무 대답도 하지 않았는데, 그것은 그녀가 그가 말한 것을 듣지 못했기 때문이었다. 알렉세이 알렉산드로비치는 용감하게 말을 꺼냈지만, 자신이 무엇에 대해서 말하고 있는지를 확실히 깨달았을 때 그녀가 느끼는 공포가 그에게 전해졌다. 그녀의 미소를 보자 이상한 착각이 그를 덮쳤다.

'그녀는 내 의심을 비웃는 거야. 그래, 그녀는 지금도 그때 그랬던 것처럼 내 의심이 터무니없다고, 우스운 일이라고 말할 거야.'

모든 것이 그에게 밝혀지려는 지금 그는 그 무엇보다도 그녀가 예전처럼 그의 의심이 우습고 근거 없는 것이라고 조롱조로 대답해주기를 원했다. 자신이 알고 있는 것이 너무나 끔찍해서 그는 모든 것을 믿을 준비가 되어 있었다. 그러나 지금 그녀의 경악하고 어두운 표정은 속임수조차도 기약해주지 않았다.

"아마 내가 잘못 생각한 모양이오." 그가 말했다. "그렇다면 나를 용서해주기 바라오."

"아니요, 당신이 잘못 생각한 게 아니에요." 그녀는 그의 차가운 얼굴을 절망적으로 바라보면서 천천히 말했다. "당신이 잘못 생각한 게 아니에요. 난 절망했고, 절망할 수밖에 없었어요. 난 당신 말을 들으면서 그를 생각하고 있었어요. 난 그를 사랑해요. 난 그의 정부예요. 난 견딜 수가 없어요. 난 두려워요, 당신을 증오[61]…… 나를 당신이 원하는 대로 처분하세요."

그녀는 마차 구석으로 몸을 던지고 두 손으로 얼굴을 감싸고 흐느꼈다. 알렉세이 알렉산드로비치는 미동도 하지 않은 채 시선을 그대로 고정하고 있었다. 그러나 그의 얼굴 전체가 죽은 사람처럼 엄숙한 부동의 표정을 띠었고, 이 표정은 별장에 닿을 때까지 그대로 지속되었다. 집에 다다르자 그는 여전히 똑같은 표정으로 그녀를 향해 고개를 돌렸다. "그렇군! 하지만 그때까지는 외적인 조건들을 지켜주기 바라오." 그의 목소리가 떨렸다. "내가 내 명예를 보장하는 조치를 취하고 그것을 당신에게 알릴 때까지는 말이오."

그는 먼저 내려 그녀가 내리도록 도와주었다. 하인들이 있어서 그는 말없이 그녀의 손을 쥐고는 다시 마차에 올라 뻬쩨르부르그로 갔다.

그가 떠난 뒤 벳시 공작부인이 보낸 하인이 도착해 안나에게 쪽지를 전해주었다.

'알렉세이의 건강을 알아보라고 사람을 보냈더니 그가 건강하고 다친 데는 없지만 절망하고 있다고 답장을 써보냈어요.'

---

61 안나는 '난 두려워요, 당신을 증오하는 게 아닌가 두려워요' 또는 '난 두려워요, 당신을 증오해요' '난 당신을 두려워하고 증오해요'라고 말하려고 한 것 같다.

'그렇다면 그가 오겠군!' 그녀는 생각했다. '그에게 모든 것을 다 말하기를 참 잘했어.'

그녀는 시계를 보았다. 아직 세시간이나 남아 있었다. 지난번 마지막 밀회의 구체적인 장면들을 기억하자 그녀의 피가 끓었다.

'맙소사, 얼마나 빛나는지! 끔찍한 일이지만 나는 그의 얼굴이 보고 싶고 이 환상적인 빛을 사랑해⋯⋯ 남편! 아, 그래⋯⋯ 이제 다행히 그와는 완전히 끝났어.'

30

사람들이 모이는 모든 장소가 그렇듯이 셰르바쯔끼 가족이 도착한 독일의 작은 온천에서도 그 구성원들에게 일정하게 고정된 위치를 정해주는 의례적인 사교계의 결정화結晶化가 이루어졌다. 물의 성분들이 추위 속에서 눈이라는 결정으로 정해진 형태를 이루듯이 온천에 도착한 모든 새로운 인물들에게도 당장 마땅한 고정된 위치가 주어졌다.

부인과 딸을 동반한 셰르바쯔끼 공작[62]은 그들이 머무는 숙소와 그들의 이름과 그들이 찾아낸 지인들로 인해 당장 고정된, 이미 그들에게 예정된 위치로 결정화되었다.

올해 온천에는 진짜 독일 공작부인[63]이 있었고, 그 결과 사교계의 결정화는 더 활발하게 진행되었다. 셰르바쯔까야 공작부인은 딸을 독일 공작부인에게 소개하기를 원했고, 도착한 지 이틀째 되

---

62 samt Gemahlin und Tochter와 Fürst(독일어)를 발음대로 러시아 문자로 표기했다.
63 Fürstin(독일어)을 발음대로 러시아 문자로 표기했다.

는 날 이 의식을 치렀다. 끼찌는 빠리에서 주문해온 매우 단순한, 즉 매우 고급스러운 여름 드레스를 입고 우아하게 무릎을 굽혀 깊숙이 절을 했다. 독일 공작부인이 "장미꽃들이 이 귀엽고 예쁜 얼굴에 곧 돌아오기를 바랍니다"라고 말하자, 셰르바쯔끼 가족의 생활의 경로는 고정되어버려서 이제 그 길에서 벗어나는 것은 불가능했다. 셰르바쯔끼 가족은 영국 귀부인 가족, 독일 백작부인과 지난 전쟁에서 부상당한 그녀의 아들, 스웨덴 학자, *므시외 까뉘*[64]와 그의 여동생과 친한 사이가 되었다. 하지만 셰르바쯔끼 가족이 주로 어울리는 사람들은 어쩔 수 없이 모스끄바의 귀부인 마리야 예브게니예브나 르찌셰바와 그녀의 딸—끼찌는 그 딸이 불쾌했는데, 그것은 그녀가 자신과 마찬가지로 사랑의 병을 앓고 있었기 때문이었다—, 그리고 끼찌가 어렸을 적부터 보았지만 군복을 입고 견장을 단 모습만을 알고 있었던 모스끄바 대령이었다. 그는 여기서는 작은 눈에 색깔 있는 넥타이를 매고, 맨살이 드러난 목 때문에 눈에 띄게 우스꽝스러운 꼴을 하고 있었는데, 내내 달라붙어 떨쳐버릴 수가 없어 정말 지겨웠다. 이 모든 것이 고정된 후 끼찌는 매우 권태로웠는데, 공작이 카를스바트로 떠나 어머니와 둘만 남았기에 더더욱 그랬다. 그녀는 이미 아는 사람들은 새로울 것이 없다고 느껴서 그들에게 아무런 흥미를 가지지 않았다. 온천에서 그녀 영혼의 주된 관심사는 모르는 사람들을 관찰하고 그들에 대해 추측해보는 것이었다. 끼찌는 그녀의 성격대로 사람들에게서 항상 가장 흥미로운 것을 상상했는데, 특히 모르는 사람들의 경우에 그랬다. 그리고 지금은 누가 누구인지, 그들 사이의 관계가 어떤지,

---

64 M. Canut (프랑스어).

그들이 어떤 사람인지 추측하면서 가장 놀랍고 멋진 성격들을 상상하며 자신의 관찰 속에서 그 확증을 찾고 있었다.

그런 사람들 중에서 모두들 마담 스딸이라고 부르는 병든 러시아 귀부인과 함께 온천으로 온 한 러시아 처녀가 특히 그녀를 사로잡았다. 마담 스딸은 상류 사교계에 속했지만 걸을 수 없을 만큼 환자여서 드물게 날이 좋을 때만 휠체어를 타고 온천에 나타났다. 하지만 공작부인의 설명에 따르면, 그녀는 병 때문이라기보다는 거만해서 러시아인들과는 전혀 알고 지내지 않았다. 러시아 처녀는 마담 스딸을 보살폈고 이외에도, 끼찌가 관찰한 바로는, 온천에 온 모든 중환자들과 왕래하며 매우 자연스러운 태도로 그들을 돌보고 있었다. 끼찌가 관찰한 바로 이 러시아 처녀는 마담 스딸의 친척도 아니고 고용된 간병인도 아니었다. 마담 스딸은 그녀를 바렌까라고 불렀고 다른 사람들은 '*마드무아젤* 바렌까'[65]라고 불렀다. 이 처녀와 마담 스딸의 관계, 그리고 이 처녀와 끼찌가 모르는 다른 사람들의 관계에 대한 관찰이 끼찌의 관심을 끈 것은 말할 것도 없고, 끼찌에게는 자주 있는 일인데, 그녀는 이 *마드무아젤* 바렌까에 대해서 설명할 수 없는 연민을 느꼈고 마주치는 시선에서 자신이 그녀의 마음에 들었다는 것을 느꼈다.

이 *마드무아젤* 바렌까는 갓 청춘을 벗어났다고 말할 수는 없는 나이이긴 했으나 도대체 청춘이 없는 존재 같았다. 그녀는 열여덟살이라고도, 서른살이라고도 추측할 수 있었다. 외모의 특징을 살펴보면, 병색이 도는 낯빛에도 불구하고 그녀는 못생겼다기보다는 미인이었다. 그렇게까지 비쩍 마르지 않고 중키에 비해 머리가 그

---

65 마드무아젤은 프랑스어로, 바렌까는 러시아어로 썼다.

렇게까지 크지 않았다면 멋진 몸매였을 것이다. 하지만 그녀는 남자들에게는 매력적이지 않은 것이 분명했다. 그녀는 아직 꽃잎이 많이 붙어 있어 아름답긴 하지만 이미 시들어가는, 향기가 없는 꽃송이와 비슷했다. 게다가 그녀가 남자들에게 매력적이지 않은 이유는 끼찌에게는 너무 많이 있는 것, 제어하고 있는 삶의 열정과 자신의 매력에 대한 의식이 부족했기 때문이었다.

그녀는 항상 회의가 있을 수 없는 일에 몰두하고 있어서 다른 어떤 것에도 흥미를 가질 수 없는 것처럼 보였다. 특히 이러한 끼찌 자신과 배치되는 면 때문에 그녀는 끼찌를 끌어당겼다. 끼찌는 그녀 안에서, 그녀의 삶의 성향 안에서, 지금 자신에게는 구매자를 고대하는 상품의 모욕적인 전시장으로만 여겨지는 처녀와 남자의 혐오스러운 사교계 관계 밖에서 지금 자신이 몹시 애타게 찾고 있는 삶의 관심, 삶의 가치의 모범을 발견하게 되리라고 느꼈다. 끼찌가 자신의 미지의 친구를 관찰하면 할수록 이 처녀는 끼찌에게 상상할 수 있는 가장 완벽한 존재로 보였고 그럴수록 끼찌는 더욱 그녀와 사귀고 싶어졌다.

두 처녀는 하루에도 몇차례씩 마주쳤으며, 매번 마주칠 때마다 끼찌의 눈이 물었다. '당신은 누군가요? 당신은 뭔가요? 당신은 제가 상상하는 것처럼 매력적인 존재인 거 맞지요? 하지만 제발……' 그녀의 시선이 덧붙였다. '제가 알고 지내자고 귀찮게 하리라고 생각하진 마세요. 전 그저 당신을 찬탄하고 사랑할 뿐이에요.' '나도 당신을 사랑해요. 당신은 정말정말 사랑스러워요. 시간이 있다면 당신을 더 사랑할 거예요.' 미지의 처녀의 시선이 대답했다. 그리고 실제로 끼찌는 그녀가 항상 바쁜 것을 알고 있었다. 그녀는 러시아인 가족의 아이들을 온천에서 데려가거나 아픈 여자를 위해 모포를 가져다 덮어주거나 누군가를 위해서 커피에 곁들여 먹을 과자를 골라 사러 가기도 했다.

셰르바쯔끼 가족이 도착한 직후, 아침 나절의 온천에 모든 사람들이 우호적으로 보지 않는 두 사람이 더 나타났다. 이들은 아주 키가 크고 등이 굽고 손이 무척 크고 키에 어울리지 않게 짧고 낡은 외투를 입은, 검고 순진하면서도 무서운 눈을 지닌 남자와 아주 형편없이 몰취미하게 옷을 입은, 얽었지만 예쁘장한 얼굴의 여자였다. 그들이 러시아인이라는 것을 알아차린 끼찌는 벌써 상상 속에서 그들에 관한 멋지고 감동적인 로맨스를 생각해냈다. 하지만 공작부인이 온천의 요양인 명부[66]에서 이들이 니꼴라이 레빈과 마리야 니꼴라예브나라는 것을 알아내서 끼찌에게 이 레빈이 얼마나 형편없는 인간인가를 밝힌 후에는 이 두 인물에 대한 끼찌의 모든 상상이 사라졌다. 어머니가 그렇게 이야기했기 때문이기보다는 그가 꼰스딴쩐 레빈의 형이었기 때문이었다. 끼찌는 이 사람들이 갑자기 극도로 불쾌해졌던 것이다. 지금 이 레빈은 그녀에게 그의 고개를 흔드는 습관과 함께 참을 수 없는 혐오감을 불러일으켰다.

그녀를 뒤쫓는 그의 커다란 검은 두 눈 속에 증오와 조롱이 나타나는 것 같았고, 그래서 그녀는 그들과 만나기를 되도록 피했다.

31

날씨가 무척 나빴다. 아침 내내 비가 왔고 환자들은 우산을 가지

---

[66] Kurliste(독일어).

고 산책용 회랑으로 몰려들었다.

끼찌는 어머니와, 프랑크푸르트에서 산 유럽식 기성복 프록코트를 신이 나서 멋 부리며 차려입은 모스끄바 대령과 함께 걷고 있었다. 그들은 산책용 회랑의 다른 쪽을 걸어가는 레빈을 피하려고 회랑 한쪽을 따라 걷고 있었다.

바렌까는 어두운색 옷을 입고 챙이 접힌 검은 모자를 쓰고서 눈먼 프랑스 여자와 함께 산책용 회랑 전체를 왔다 갔다 왕복하며 걷고 있었고, 끼찌와 마주칠 때마다 그들은 매번 우정 어린 시선을 교환했다.

"엄마, 그녀와 이야기해도 돼요?" 끼찌가 자신의 미지의 친구를 눈으로 뒤쫓으면서 그녀가 음수대로 다가가니 그곳에서 만날 수 있으리라는 것을 알아차리고 물었다.

"그래, 네가 그렇게 원한다면 내가 먼저 그녀에 대해 알아보고 직접 접근해보마." 어머니가 대답했다. "그녀에게서 어떤 특별한 것을 발견했니? 같이 어울릴 만한 친구여야 해. 네가 원한다면 내가 마담 스딸과 안면을 틀게. 나는 그녀의 올케[67]를 알아." 그녀는 거만하게 고개를 쳐들며 덧붙였다.

끼찌는 스딸 부인이 공작부인과 알고 지내기를 피하는 것 같은 데 대해서 공작부인이 모욕을 느끼고 있는 것을 알고 있었다. 끼찌는 강요하지 않았다.

"정말 사랑스러운 여자예요!" 바렌까가 프랑스 여자에게 컵을 건네주는 동안 그녀를 바라보면서 끼찌가 말했다. "보세요, 모든 게 얼마나 자연스럽고 사랑스러운지요."

---

67 belle-soeur(프랑스어).

"네 열광이 내게는 우스워 보이는구나." 공작부인이 말했다. "아니, 돌아가는 게 낫겠다." 그녀는 니꼴라이 레빈이 애인을 동반하고 독일인 의사와 뭔가에 대해서 크고 성난 목소리로 다투며 앞쪽에서 다가오는 것을 보고 말했다.

그들은 돌아가기 위해 방향을 바꿨는데, 갑자기 큰 목소리를 넘어 숫제 고함 소리가 들렸다. 레빈이 멈춰서서 고함을 지르고 있었고 의사도 역시 성이 나 있었다. 그들 주위에 사람들이 몰려들었다. 공작부인과 끼찌는 서둘러 그곳에서 멀어졌지만 대령은 무엇이 문제인지 알려고 사람들 속에 끼었다.

몇분이 지나자 대령이 그들을 뒤쫓아왔다.

"무슨 일이었어요?" 공작부인이 물었다.

"모욕이고 치욕이에요!" 대령이 대답했다. "제가 두려워하는 단 한가지가 외국에서 러시아인들을 만나는 겁니다. 그 키 큰 신사가 의사와 서로 욕을 하면서 의사가 자신을 고쳐주지 않는다고 입에 올리지 못할 말을 했고 단장을 휘둘렀어요. 그냥 치욕 그 자체였죠!"

"아이, 너무 불쾌하네요!" 공작부인이 말했다. "근데 어떻게 끝났어요?"

"고맙게도 그때 그 여자…… 버섯 같은 모자를 쓴 그 여자가 끼어들었어요. 러시아 여자 같던데요." 대령이 말했다.

"*마드무아젤* 바렌까요?" 끼찌가 기쁘게 물었다.

"네, 네, 그녀가 누구보다 빨리 나서서 그 신사의 팔짱을 끼고 데려갔어요."

"보세요, 엄마." 끼찌가 어머니에게 말했다. "엄마는 제가 그녀를 보고 경탄한다고 놀라셨죠."

다음 날부터 끼찌는 자신의 미지의 친구를 관찰하다가 *마드무*

아젤 바렌까가 이미 다른 *피보호자들*[68]과 맺고 있는 것과 똑같은 관계를 레빈과 그의 애인과도 맺고 있다는 것을 알아챘다. 그녀는 그들에게 다가가서 이야기를 나누고, 외국어라고는 한마디도 못하는 여자를 위해 통역사 노릇을 해주기도 했다.

끼찌는 어머니에게 바렌까와 사귀게 해달라고 더더욱 조르게 되었다. 그래서 공작부인은, 어딘가 거만스레 행동하는 스딸 부인과 인사를 하고 지내려고 먼저 나서야 하는 것이 불쾌하긴 했지만, 바렌까에 대해 조사해서 상세히 알게 되자 그녀와 알고 지내는 것이 좋을 것도 별로 없지만 나쁠 것도 없다는 결론에 도달하여 자신이 먼저 바렌까에게 다가가 인사를 나누었다.

공작부인은 딸이 음수대로 가고 바렌까가 빵집 맞은편에 서 있는 때를 골라서 그녀에게로 다가갔다.

"댁과 인사하고 지내는 걸 허락해주세요." 그녀가 특유의 품위 있는 미소를 지으며 말했다. "제 딸이 댁에게 반했어요." 그녀가 말했다. "댁은 아마 저를 모르실 텐데요, 저는……"

"제가 더 답례드릴 일이죠, 공작부인." 바렌까가 서둘러 대답했다.

"어제 우리 가련한 동포에게 얼마나 좋은 일을 하셨는지요!" 공작부인이 말했다.

바렌까는 얼굴을 붉혔다.

"기억이 안 나요. 제 생각엔 아무 일도 안 했는데요." 그녀가 말했다.

"무슨 말씀을. 댁은 그 레빈이라는 사람을 불쾌한 일에서 면하게 했지요."

---

68 protégés(프랑스어).

"네, *그분 동반자*[69]가 저를 불러서, 제가 그분을 진정시키려고 노력했지요. 그분은 병이 아주 심하고 의사에게 불만이 있어요. 근데 저는 아픈 사람들을 돌보는 데 익숙하지요."

"그렇군요. 망똥에서 마담 스딸과 산다고 들었어요. 그녀는 댁의 친척 아주머니시죠? 나는 그녀의 올케를 알아요."

"아니에요, 그분은 제 친척 아주머니가 아니에요. 제가 그분을 *마망*이라고 부르긴 하지만 저는 친척이 아니에요. 그분이 저를 길러주셨지요." 바렌까가 다시 얼굴을 붉히며 대답했다.

이 말을 어찌나 자연스럽게 했는지, 그녀의 표정이 얼마나 솔직하고 숨김없었는지, 공작부인은 왜 끼찌가 바렌까를 좋아하는지 이해했다.

"그런데 그 레빈은 어때요?" 공작부인이 물었다.

"그분은 떠날 거예요." 바렌까가 대답했다.

이때 끼찌가 어머니가 자신의 미지의 친구와 알고 지내게 된 데 대한 기쁨으로 온통 환하게 빛나면서 음수대로부터 다가왔다.

"자, 끼찌, 너의 강한 희망이 실현되었구나. 네가 사귀고 싶어하던 *마드무아젤*⋯⋯"

"바렌까." 바렌까가 미소를 지으면서 끼어들었다. "모두들 저를 그렇게 불러요."

끼찌는 기뻐서 얼굴을 붉혔고 말없이 새 친구의 손을 잡았다. 새 친구는 그녀가 손을 잡은 것에 아무런 반응을 하지 않았지만 꼼짝 않고 그대로 있었다. 손은 악수에 답하지 않았지만 *마드무아젤* 바렌까의 얼굴은 약간 슬픈 빛을 띠면서도 조용하고 기쁜 미소로 빛

69 sa compagne(프랑스어).

났고, 이 미소로 큼직하고 아름다운 이가 드러났다.

"저도 오래전부터 알고 지내기를 바라왔어요." 그녀가 말했다.

"하지만 항상 일이 많으셔서……"

"아, 반대예요. 저는 아무것도 하는 일이 없어요." 바렌까가 대답했으나, 그 순간 새로 사귄 사람들을 떠나야 했다. 환자의 딸들인 어린 러시아 소녀 두명이 달려왔기 때문이었다.

"바렌까, 엄마가 불러요!" 그들이 소리쳤다.

그러자 바렌까는 그들을 따라갔다.

32

공작부인이 바렌까의 과거, 마담 스딸과의 관계, 마담 스딸 본인에 대해 알아낸 구체적 사항들은 다음과 같다.

마담 스딸에 대해서 사람들은 그녀가 남편을 괴롭혔다고 하기도 하고 남편이 방탕한 행동으로 그녀를 괴롭혔다고 하기도 했는데, 그녀는 항상 아프고 신경이 곤두선 여자였다. 남편과 이미 이혼한 후에 첫아이를 낳았으나 그 아이는 바로 죽어버렸고, 스딸 부인의 과민한 성격을 아는 친척들은 이 소식에 그녀까지 죽을까 걱정하여 그날 밤 뻬쩨르부르그의 같은 집에서 태어난 궁정 요리사의 딸을 그 아이와 바꿔치기했다. 이 아이가 바렌까였다. 마담 스딸은 나중에 바렌까가 자기 딸이 아니라는 것을 알게 되었지만 계속해서 그녀를 길렀다. 더군다나 그 일이 있은 후 얼마 안 되어 바렌까에게는 친척들이 남지 않게 되던 것이다.

마담 스딸은 이미 십년 이상이나 유럽 남부를 떠나지 않고 외국에서 침대에 누워서만 살고 있었다. 어떤 사람들은 마담 스딸이 선행을 하는 깊은 신심을 가진 여자로서의 사회적 위치를 만들어낸 것이라 말했고, 어떤 사람들은 그녀가 외적으로 보이는 것과 마찬가지로 영혼으로 볼 때도 매우 도덕적인 존재로 이웃의 행복을 위해서만 살고 있다고 말했다. 아무도 그녀의 종교가 가톨릭인지, 프로테스탄트인지, 정교회인지 몰랐지만, 한가지 분명한 것은 그녀가 모든 교회와 종파의 최정상급 인물들과 우정 관계를 맺고 있다는 사실이었다.

바렌까는 항상 그녀와 함께 외국에 살았고, 마담 스딸을 아는 모든 사람들은 모두들 *마드무아젤* 바렌까라고 부르는 그녀를 알았고 사랑했다. 이 모든 상세한 사항을 알게 되자 공작부인은 딸이 바렌까와 가까워지는 데 아무런 경계할 점을 발견하지 못했고, 더군다나 바렌까는 매우 훌륭한 몸가짐과 교양을 지니고 있었다. 또한 프랑스어와 영어를 뛰어나게 잘했다. 그러나 가장 중요한 것은 아프다는 이유로 공작부인과 인사를 나누는 즐거움을 가지지 못해 유감스럽다는 마담 스딸의 뜻을 그녀가 전해온 것이었다.

바렌까와 인사를 나누고 나서 끼찌는 점점 더 자기 친구에게 마음이 쏠렸고 매일 그녀에게서 새로운 장점들을 발견했다.

바렌까가 노래를 잘한다는 것을 듣고 공작부인은 그녀에게 야회에서 노래를 불러달라고 청했다.

"끼찌가 피아노를 쳐요. 우리에게 피아노가 있어요. 좋은 것은 아니지만요. 당신은 우리에게 큰 기쁨을 주실 거예요." 공작부인이 가식적인 미소를 띠며 말했는데, 그 미소는 지금 끼찌에게 특히 못마땅했다. 그것은 바렌까가 노래를 하고 싶어하지 않는 것을 알아챘기 때문이었다. 하지만 그래도 바렌까는 저녁에 오면서 악보를 가져왔다. 공작부인은 마리야 예브게니예브나와 그녀의 딸, 그리고 모스끄바 대령을 초대했다.

바렌까는 이 모임에 모르는 인물들이 있다는 것을 전혀 개의치 않고 곧장 피아노로 다가갔다. 그녀 자신이 반주를 하지는 못했지만 악보를 보고 아름답게 노래 불렀다. 피아노를 잘 치는 끼찌가 반주를 했다.

"정말 재능이 보통이 아니네요." 바렌까가 첫번째 소곡을 훌륭하게 노래한 후 공작부인이 그녀에게 말했다.

마리야 예브게니예브나와 그녀의 딸도 감사를 표하며 그녀를 칭송했다.

"보세요." 대령이 창밖을 보며 말했다. "당신 노래를 들으려고 군중이 얼마나 많이 모였는지." 실제로 창문 아래마다 상당히 많은 군중이 모여 있었다.

"만족하셨다니 정말 기뻐요." 바렌까는 꾸밈없는 태도로 말했다.

끼찌는 자랑스럽게 자기 친구를 바라보았다. 끼찌는 그녀의 기교, 목소리, 얼굴 표정 모두에 감탄했지만, 무엇보다도 자기의 노래에 대해 전혀 생각하지 않고 칭찬에도 완전히 무심한 것이 분명한 그녀의 태도에 깊이 감탄했다. 그녀는 노래를 더 불러야 하는지 그만해도 되는지 그것만을 묻고 싶은 듯했다.

'나였다면 얼마나 자랑스러워했을까!' 그녀는 속으로 생각했다. '창문 아래마다 모인 청중들을 보고 얼마나 기뻐했을까! 근데 그녀에겐 이 모든 게 상관없네. 그녀는 거절하지 않고 *마망*을 기쁘게 해주려고 하는 생각뿐이지. 그녀 안에는 무엇이 있을까? 무엇이 그녀에게 이 모든 것을 등한시하고 독립적으로 평온을 유지하게 하는 이런 힘을 주는 걸까? 난 그게 정말 알고 싶고 그녀에게서 그걸 배우고 싶어.' 그 평온한 얼굴을 바라보며 끼찌는 생각했다. 공작부인은 바렌까에게 더 노래해주기를 청했고, 바렌까는 피아노 바로 곁에서 마르고 거무스레한 손으로 피아노를 두드려 박자를 맞추면서 다른 곡도 마찬가지로 고르고 정확하고 훌륭하게 불렀다.

악보에 있는 다음 곡은 이딸리아 노래였다. 끼찌는 전주를 치고 나서 바렌까를 쳐다보았다.

"이 곡은 지나가지요." 바렌까가 얼굴을 붉히며 말했다.

끼찌는 놀라서 묻는 듯이 바렌까의 얼굴에 시선을 고정했다.

"좋아요. 다른 걸로." 악보를 넘기던 끼찌는 이 곡에 무언가 얽힌 사연이 있다는 것을 당장 알아채고 황급히 말했다.

"아뇨." 바렌까가 손을 악보에 올려놓고 미소를 지으면서 대답했다. "아뇨, 그냥 이 곡을 불러요." 그리고 그녀는 이 곡도 전과 마찬가지로 침착하고 차분하고 훌륭하게 불렀다.

그녀가 노래를 끝마쳤을 때 모두는 다시 한번 그녀에게 감사하고 차를 마시러 갔다. 끼찌와 바렌까는 집 옆에 있는 작은 정원으로 나갔다.

"그 노래에 어떤 사연이 있는 거 맞지요?" 끼찌가 말했다. "이야기하지 마세요." 그녀는 성급하게 덧붙였다. "그냥 맞는지만 말해줘요."

"아니, 왜요? 말할게요." 바렌까는 아무렇지도 않게 말하며 대답을 기다리지 않고 말을 이었다. "네, 이 기억은 한때는 힘든 것이었지요. 한 남자를 사랑했어요. 그에게 그 노래를 불러주었지요."

끼찌는 감동하여 눈을 크게 뜨고 말없이 바렌까를 바라보았다.

"저는 그를 사랑했고 그도 저를 사랑했지요. 하지만 그의 어머니가 원하지 않았고 그래서 그는 다른 여자와 결혼했어요. 그는 지금 우리 가까이에서 살고 있어요. 가끔 그를 보지요. 제게도 이런 로맨스가 있었으리라고는 생각하지 않았지요?" 그녀가 말했고, 그녀의 아름다운 얼굴에 보일락 말락 하게 불꽃이 일었다. 언젠가 그녀 전체를 빛냈을 것으로 느껴지는 불꽃이.

"어떻게 생각을 안 해요? 제가 남자라면 당신을 알고 난 후에는 누구도 사랑할 수 없을 것 같아요. 제가 이해가 안 되는 건 그가 어떻게 어머니를 따르느라 당신을 잊고 당신을 불행하게 할 수 있었을까 하는 점이에요. 심장이 없는 사람이네요."

"오, 아니에요. 그는 아주 좋은 사람이에요. 그리고 전 불행하지 않아요. 반대예요. 전 아주 행복해요. 자, 그러니까 오늘은 노래를 더는 안 하는 거죠?" 집을 향하며 그녀가 덧붙였다.

"정말 훌륭해요, 정말 훌륭해요!" 끼찌는 소리 높이 외치면서 그녀를 멈춰세우고 키스했다. "제가 조금이라도 당신과 비슷할 수 있었으면!"

"무엇 때문에 다른 누구와 비슷해야 하나요? 당신은 당신 그대로가 훌륭해요." 온화하면서도 지친 듯한 미소를 지으면서 바렌까가 말했다.

"아뇨, 전 전혀 훌륭하지 않아요. 그럼 말해봐요…… 잠깐 앉으세요." 끼찌가 그녀를 다시 벤치에 자기 곁으로 앉히면서 말했다. "말해봐요. 남자가 당신의 사랑을 무시하고 원하지도 않는 것을 모욕으로 생각하지 않나요?"

"그는 무시하지 않았어요. 그래요, 저를 사랑했다고 믿어요. 하지만 그는 순종적인 아들이었지요……"

"그래요. 하지만 그가 어머니의 의사에 따른 것이 아니라 그냥 그 자신이 그랬다면요?" 끼찌는 자신의 비밀을 내보였고 수치로 붉어지는 자기 얼굴이 이미 그것을 드러냈다는 것을 느끼면서 말했다.

"그렇다면 그는 행동을 잘못한 걸 테고, 저는 그를 아쉬워하지 않았을 거예요." 바렌까는 이미 이 문제가 자기가 아니라 끼찌에 대한 것이라는 사실을 분명히 이해하면서 대답했다.

"하지만 모욕은요?" 끼찌가 말했다. "모욕은 잊을 수 없어요, 잊을 수 없어요." 그녀는 마지막 무도회에서 음악이 멈추었을 때 브론스끼를 향한 자신의 시선을 회상하며 말했다.

"뭐가 모욕이라는 거예요? 당신이 잘못한 게 아니잖아요?"

"잘못 행동한 것보다 더 나빠요. 수치스러워요."

바렌까는 고개를 흔들고 끼찌의 손 위에 자기의 손을 놓았다.

"그래, 뭐가 수치스러워요?" 그녀가 말했다. "당신은 당신에게 아무 감정도 없는 사람에게 사랑한다고 말할 수는 없었겠죠?"

"물론 안 했지요. 저는 한마디도 한 적이 없지만 그는 알고 있었어요. 아니, 아니, 시선이, 행동이 있잖아요. 백년을 산다 해도 잊지 못할 거예요."

"어떻게 그래요? 저는 이해를 못 하겠네요. 문제는 지금 당신이 그를 사랑하느냐 아니냐예요." 모든 것을 솔직하게 지적하며 바렌까가 말했다.

"저는 그를 증오해요. 저는 저 자신을 용서할 수 없어요."

"어째서 그렇죠?"

"수치, 모욕."

"아, 모든 사람들이 당신처럼 민감하다면." 바렌까가 말했다. "그런 걸 느껴보지 않은 여자는 없을 거예요. 그리고 그런 건 모두 그렇게 중요한 게 아니에요."

"아, 그럼 뭐가 중요한가요?" 끼찌가 호기심 어린 놀라움과 함께 그녀의 얼굴을 보며 물었다.

"아, 더 중요한 것들이 많지요." 바렌까가 미소를 지으면서 말했다.

"그래, 그게 뭔데요?"

"아, 더 중요한 것들이 많아요." 바렌까는 뭐라고 설명해야 좋을지 몰라서 그렇게 대답했다. 하지만 그때 창문으로부터 공작부인의 목소리가 들렸다.

"끼찌야, 싸늘하구나! 숄을 가져가든지 집으로 들어오너라."

"정말, 가야겠네요!" 바렌까가 일어나며 말했다. "전 *마담 베르뜨*[70]에게도 들러야 해요. 그녀가 부탁했거든요."

끼찌는 그녀의 손을 잡고 열렬한 호기심을 담은 말 없는 시선으로 물었다. '그게 대체 뭔가요? 그런 평온함을 주는, 가장 중요한 게 대체 뭔가요? 당신은 아시지요? 제게 말해주세요!' 하지만 바렌까는 끼찌의 시선이 무엇을 묻고 있는지조차 알지 못했다. 그녀가 아는 것은 다만 *마담 베르뜨*에게 들러야 하고 그러고는 서둘러 집에 가서 열두시까지는 *마망*에게 차를 드려야 한다는 것뿐이었다. 그녀는 방으로 들어가서 악보를 챙기고 모든 사람들과 작별하고 갈 준비를 했다.

"제가 바래다드리고 싶습니다." 대령이 말했다.

"그래요, 이 밤에 어떻게 혼자 갈 수 있겠어요?" 공작부인이 거들었다. "빠라샤라도 보낼게요."

끼찌는 바렌까가 그녀를 바래다주겠다는 말에 미소를 겨우 참

---

[70] madame Berthe(프랑스어).

고 있는 것을 보았다.

"아니에요, 전 항상 혼자 다녀요. 그래도 제게 아무 일도 일어나지 않는걸요." 그녀가 모자를 쥐고서 말했다. 그리고 끼찌에게 다시 한번 입을 맞추고 나서 무엇이 중요한지를 말하지 않은 채 겨드랑이에 악보를 끼고 활기찬 걸음으로 여름밤의 어슴푸레한 대기 속으로 사라졌다. 무엇이 중요한지, 무엇이 그녀에게 그토록 평정함과 의연함을 주는지에 대한 비밀과 함께.

33

끼찌는 스딸 부인과도 알게 되었는데, 이 교제는 바렌까를 향한 우정과 함께 그녀에게 강한 영향을 끼쳤을 뿐만 아니라 고통 속에 있는 그녀를 위로했다. 그녀가 위안을 받은 것은 이 교제를 통해 그녀에게 그녀의 과거와는 아무 공통점이 없는 완전히 새로운 세계, 승화된 세계, 훌륭한 세계가 열렸다는 점에 있었다. 이 세계의 정상에서 그녀는 그 과거를 평온하게 바라볼 수 있었다. 그녀가 여태껏 전념했던 본능적인 삶 이외에 영적인 삶이 있다는 점에 눈을 떴던 것이다. 이 삶은 종교에 의해서 열렸는데, 이 종교는 끼찌가 어렸을 적부터 알던, 지인들을 만날 수 있는 교회 미사나 과부의 집[71] 저녁 미사에서 접하던 종교, 혹은 교회 신부에게서 슬라브어 성경 암송을 배우던 종교와는 아무 공통점이 없는 종교였다. 이

[71] 1803년부터 모스끄바와 뻬쩨르부르그 및 다른 도시들에 설립된 자선단체. 남편이 장교로 복무했던 귀족 부인들이나 교사로 활동했던 부인들이 노년에 이곳에서 활동했다. 종종 과부들은 가난하고 병든 사람들을 직접 보살폈다.

종교는 승화된 종교, 신비하고 훌륭한 생각과 감정과 연결된 종교였고, 그저 그렇게 하라고 해서 믿는 종교가 아니라 사랑할 수 있는 종교였다.

끼찌는 이 모든 것을 말로 깨달은 것이 아니었다. 마담 스딸은 자기가 좋아하는 사랑스러운 어린애와 이야기하듯이, 자신의 젊은 시절을 회상하듯이 끼찌와 이야기했고, 딱 한번 인간의 모든 괴로움 속에서 사랑과 믿음만이 위안이며 우리를 향한 그리스도의 연민의 눈으로는 보잘것없는 고통이란 아무것도 없다고 말했을 뿐 곧 화제를 돌렸다. 하지만 끼찌는 그녀의 일거수일투족에서, 말 한마디 한마디에서, 끼찌가 말하는 천상의 시선 하나하나 속에서, 특히 바렌까를 통해서 들은 그녀의 삶 전체에서—이 모든 것에서 '중요한 그것', 즉 자신이 여태껏 몰랐던 것을 알아챌 수 있었다.

하지만 마담 스딸의 성격이 아무리 고결하고 그녀 삶의 모든 이야기가 아무리 감동적이라 할지라도, 그녀의 말이 아무리 고결하고 부드럽다 할지라도, 끼찌는 그녀 속에서 저도 모르게 자신을 혼란시키는 점들을 알아차리게 되었다. 그녀는 마담 스딸이 그녀의 친척에 대해 물어보면서 경멸조로 미소를 짓는 것을 알아챘는데, 그건 그리스도적 선善에는 맞지 않는 것이었다. 또 마담 스딸에게 가톨릭 신부가 찾아왔을 때 그녀가 방문한 적이 있었는데, 그때 그녀는 마담 스딸이 얼굴을 전등갓의 그늘에 가리려고 애쓰면서 특이하게 미소를 짓는 것도 알아챘다. 아무리 사소한 일이라고 하더라도 이 두가지 점은 그녀를 혼란에 빠뜨렸고, 그녀는 마담 스딸을 의심쩍게 보게 되었다. 하지만 친척도 없고 친구도 없는 고독한 바렌까, 우울한 실망을 간직한, 아무것도 바라지 않고 아무것도 애석해하지 않는 바렌까만은 끼찌가 동경할 수 있는 가장 완벽한 존재였다. 바렌까를 보고서 그녀는 자신을 잊고 다른 사람을 사랑하면 평온하고 행복하고 훌륭하게 된다는 것을 깨달았다. 그리고 끼찌 자신도 그런 여자가 되고 싶었다. 가장 중요한 것이 무엇인가를 깨달은 끼찌는 그것에 경탄하는 데 만족하지 않고 그녀에게 열린 새로운 삶에 이내 온 마음을 다하여 헌신했다. 바렌까를 통해 마담 스딸과 그녀가 꼽은 다른 사람들이 한 일을 듣고 나서 끼찌는 벌써 미래의 삶의 계획을 세웠다. 바렌까가 많은 이야기를 해준 스딸 부인의 조카 알린처럼 그녀도 어디 살든 불행한 사람들을 찾아내어 그들을 능력껏 돕고 복음을 전하고 병자와 범죄자와 죽어가는 사람 들에게 복음서를 읽어주리라. 알린처럼 병자와 범죄자 들에게 복음서를 읽어준다는 생각이 특히 끼찌의 마음을 끌었다. 하지만 이 모든 것은 끼찌가 어머니에게도 바렌까에게도 말하지 않은 비밀스러운 생각이었다.

게다가 끼찌는 자신의 계획을 대대적으로 실행할 때를 고대하는 동안 지금도 병자와 불행한 사람 들이 많이 있는 온천에서 바렌까를 본떠 자신의 원칙을 적용해볼 기회를 쉽게 찾을 수 있었다. 처음에 공작부인은 끼찌가 마담 스딸과 특히 바렌까에 대한 열광[72]—공작부인의 표현으로—의 강한 영향 아래 있다고만 생각했다. 특히 그녀는 끼찌가 바렌까의 행동을 따라할 뿐만 아니라 저도 모르게 그녀의 걸음걸이, 말하는 태도, 눈을 깜박거리는 것까지 모방하는 것을 보았다. 하지만 조금 지나자 그녀는 이 매혹에 관계없이 딸의 내면에 어떤 심각한 정신적 전환이 일어나고 있는 것을 알아차렸다.

---

72 engouement(프랑스어).

공작부인은 끼찌가 예전에는 하지 않던 일로, 저녁마다 스딸 부인이 선물한 프랑스어로 된 복음서를 읽는 것을 보았고, 사교계의 지인들을 피하고 바렌까가 보살피는 환자들, 특히 병들고 가난한 화가 뻬뜨로프의 가족과 어울리는 것을 알았다. 끼찌는 이 가족 안에서 간호사로서의 임무를 이행하는 것을 자랑스러워하는 게 분명했다. 이 모든 것이 다 좋은 일이었고 공작부인은 이에 반대할 아무런 이유가 없었다. 특히 뻬뜨로프의 아내는 지극히 품행 바른 여자였고, 독일 공작부인이 끼찌의 행동을 보고 위로 천사라고 부르며 칭찬까지 했던 터였다. 지나치지만 않는다면 이 모든 일이 무척 좋은 일이었다. 그러나 공작부인은 딸이 극단으로 빠지는 것을 알아채고 그녀에게 말을 하게 되었다.

"결코 지나치게 열을 올리면 안 되지[73]." 그녀는 딸에게 말했다.

하지만 딸은 아무 대답도 하지 않았다. 그녀는 속으로만 생각했다. 그리스도적 위업에 있어서는 넘치는 일이란 있을 수 없다고. 한쪽 뺨을 맞으면 다른 쪽 뺨을 내주고 겉옷을 벗겨가면 속옷까지 내주라는 가르침을 따르는 데 있어서 어떻게 넘치는 일이 있을 수 있단 말인가? 하지만 공작부인은 이 넘침이 마음에 들지 않았고, 특히 끼찌가 그녀에게 속마음을 모두 털어놓지 않는다는 느낌이 마음에 들지 않았다. 실제로 끼찌는 자신의 새로운 견해와 감정을 감추었다. 그녀가 감춘 것은 그녀가 어머니를 존경하지 않거나 사랑하지 않아서가 아니라 바로 어머니였기 때문이었을 뿐이다. 어머니 이외에는 누구에게라도 털어놓았을 것이다.

"웬일인지 안나 빠블로브나가 우리 집에 안 오는구나." 한번은

---

73 Il ne faut jamais rien outrer(프랑스어).

공작부인이 뻬뜨로프 부인에 대해 물었다. "내가 그녀를 초대했는
데. 그녀가 뭔가 불만이 있는 것 같아."

"글쎄요, 몰랐는데요, *마망*." 끼찌가 얼굴을 붉히며 말했다.

"그 집에 간 지 오래되었니?"

"내일 모여서 함께 산에 가려고 해요." 끼찌가 대답했다.

"그래, 다녀오렴." 공작부인이 당황한 딸의 얼굴을 들여다보며
당황하는 이유가 뭘까 알아내려고 하면서 대답했다.

바로 이날 바렌까가 식사를 하러 와서 안나 빠블로브나가 내일
산에 가지 않기로 생각을 바꾸었다고 말했다. 공작부인은 끼찌가
다시 얼굴을 붉히는 것을 보았다.

"끼찌야, 뻬뜨로프 씨 댁과 뭐 안 좋은 일 있니?" 그들 둘이 남았
을 때 공작부인이 말했다. "왜 그녀가 애들을 보내지도 않고 우리
에게 오지도 않는 거지?"

끼찌는 그들 사이에 아무 일도 없었다고, 왜 안나 빠블로브나가
그녀에게 불만을 품은 것처럼 보이는지 결코 이해할 수 없다고 대
답했다. 그녀는 자신을 대하는 안나 빠블로브나의 태도가 변한 이
유를 알지 못했으나 짐작은 할 수 있었다. 그녀는 어머니에게도 자
신에게도 말할 수 없는 것을 짐작하고 있었다. 그것은 알아도 자신
에게조차 말할 수 없는 그런 종류의 것이었다. 그런 오해는 너무나
끔찍하고 창피스러운 일이었다.

그녀는 기억 속에서 여러차례 자신과 그 가족의 관계 전체를 곰
곰 되씹고 되씹어보았다. 그녀는 안나 빠블로브나의 둥글고 선량
한 얼굴에 나타나던 순진한 기쁨을 기억했고, 둘이서 병자에 대해
서 은밀하게 이야기를 나누던 것, 금지된 일을 못 하게 하고 산책
을 하게 하려는 둘의 작전에 대해서 기억했다. 어린 아들이 그녀

를 "내 끼찌"라고 부르며 그녀 없이는 자려고 하지 않던 것을 기억
했다. 이 모든 게 정말 좋았다! 그다음으로 그녀는 갈색 프록코트
를 입은, 목이 길고 삐쩍 마른 뻬뜨로프의 모습, 그의 듬성한 고수
머리, 처음에는 경악스러웠던 무언가 묻는 듯한 푸른 두 눈, 그리
고 그녀가 나타나면 기운 있고 활기차게 보이려는 그의 병적인 노
력을 떠올렸다. 그녀는 자신이 처음에 그에 대해 모든 결핵 환자에
게 느끼는 바와 같은 혐오감을 극복하려고 노력했던 것과 그에게
할 말을 생각해내느라 애쓰던 것을 기억했다. 그녀는 자신을 보는
그의 수줍고 감동 어린 시선을, 연민과 거북함, 그리고 나중에는 이
와 동시에 그녀가 느낀 자신의 선행에 대한 의식이라는 이상한 감
정을 떠올렸다. 이 모든 게 얼마나 좋았는지! 하지만 이 모든 것은
처음 얼마간뿐이었다. 지금은, 바로 며칠 전에 갑자기 모든 것이 망
쳐져버렸다. 안나 빠블로브나는 가식적인 친절함을 보이며 끼찌를
맞이하더니 내내 그녀와 남편을 관찰했다.

　그녀가 가까이 갈 때 그가 느끼는 감동적인 기쁨이 안나 빠블로
브나가 그녀를 차갑게 대하게 된 원인이란 말인가?

　'그래.' 그녀는 기억했다. '안나 빠블로브나가 사흘 전에 유감스
러워하며 '보세요, 내내 당신만 기다리고 있었어요. 끔찍하게 힘이
떨어져도 당신 없이는 커피도 마시려고 하지 않아요'라고 했을 때
그녀 안에는 뭔가 부자연스러운 것이, 그녀의 친절함과 전혀 어울
리지 않는 것이 있었어.'

　'그래, 아마 내가 그에게 담요를 가져다준 것이 그녀에게 불편한
마음을 갖게 했는지 몰라. 그건 아주 평범한 일이었지만 그는 정말
거북해하며 그것을 받았고 정말 오랫동안 감사를 표해서 나마저도
거북해졌지. 게다가 그가 그렇게 잘 그린 내 초상화. 무엇보다도 중

요한 것은 그의 그 애정 어린 당황한 시선이야! 그래, 그래, 그렇게 된 거구나!' 끼찌는 경악하여 혼잣말을 했다. 조금 후에 그녀는 또 혼잣말을 했다. '아니, 그럴 수는 없어. 그래서도 안 되고! 그는 정말 불쌍하구나!'

이러한 회의가 그녀의 새로운 삶이 지닌 매력을 망쳐버렸다.

34

카를스바트에서 그의 표현대로 러시아 정신을 가다듬기 위해 바덴과 키싱겐의 러시아인 친지들에게로 갔던 셰르바쯔끼 공작이 온천 치료가 다 끝나기 전에 가족에게로 돌아왔다.

외국 생활에 대한 공작과 공작부인의 견해는 완전히 상반되었다. 공작부인은 그녀 자신이 러시아 사회에서 확고한 지위에 있었음에도 불구하고 외국의 모든 것을 훌륭하다고 여겼으며, 러시아 귀부인으로서 그녀는 외국에서 그녀 자신이 아닌 유럽 귀부인을 닮으려고 노력했고 그래서 위선적으로 행동했는데, 그 때문에 거북한 점이 없지 않았다. 하지만 반대로 공작은 외국의 모든 것을 혐오스럽게 여겼고, 유럽 생활을 고통스러워했으며, 자신의 러시아식 습관을 유지했고, 외국에서 실제보다 더욱더 유럽인처럼 보이지 않으려고 일부러 애썼다.

공작은 살이 빠져서 늘어진 볼로 돌아왔지만 기분은 가장 유쾌한 상태였다. 그의 유쾌한 기분은 끼찌가 완전히 회복된 것을 보았을 때 더욱 고조되었다. 스딸 부인 및 바렌까와의 친교에 대한 소식과 공작부인이 전해준 대로 끼찌에게 일어난 모종의 변화를 관찰하면서 공작은 당황스러웠고, 딸이 그와 상관없이 열광하는 모든 것에 대한 통상적인 질투심과 딸이 그의 영향에서 벗어나 그가 닿지 못하는 어떤 영역으로 가버리는 게 아닌가 하는 두려움이 일어났다. 하지만 이 불쾌한 소식은 그가 항상 지니고 있고 카를스바트 온천 여행 이후에 특히 강해진 선량함과 유쾌함의 바다로 가라앉았다.

도착한 다음 날 공작은 즐겨 입는 긴 코트를 입고, 자신의 러시아 사람다운 주름과 부석부석한 양 볼을 풀 먹인 깃으로 받치고 최고로 좋은 기분으로 딸과 함께 온천장으로 향했다.

쾌청한 아침이었다. 조그만 정원들이 딸린, 잘 정돈된 기분 좋은 집들, 얼굴도 손도 맥주로 적신 듯이 붉은색이 도는, 쾌활하게 일하는 독일 하녀들, 밝은 태양이 마음을 즐겁게 했다. 하지만 그들이 온천에 가까워질수록 점점 더 자주 병자들과 마주치게 되었는데, 그들의 모습은 평소의 잘 정돈된 독일의 생활환경 속에서 더욱 비참해 보였다. 이 모순성은 이미 끼찌를 놀라게 하지 않았다. 밝은 태양, 수목의 쾌활한 반짝임, 음악 소리는 그녀에게 그녀가 아는 모든 사람들과 그녀가 관찰하는 그들의 회복과 악화의 자연스러운 테두리를 이루고 있었다. 하지만 공작에게는 유월 아침의 빛과 광채, 최신 유행 왈츠를 연주하는 오케스트라의 음악 소리, 그리고 특히 건강한 하녀들의 모습이 유럽 방방곡곡에서 모인 이 우울하게 움직이며 죽어가는 사람들과 하나로 연결되어 있는 것이 뭔가 볼썽사납고 흉하게 보였다.

사랑하는 딸과 팔짱을 끼고 가는 지금 그는 자랑스럽고 젊음이 돌아온 것 같은 감정을 느꼈음에도 불구하고 자신의 힘찬 걸음걸이, 튼튼하고 기름진 사지가 거북하고 마음에 걸리는 듯했다. 그는 사교 모임에서 발가벗고 있는 사람과 거의 비슷한 감정을 느꼈다.

"내게 네 새 친구들을 소개해주렴, 소개해줘." 그는 팔꿈치로 딸의 팔을 누르면서 말했다. "난 말이다, 너를 고쳐주어서 이 지긋지긋한 너의 소젠까지도 좋아하게 되었단다. 근데 너희들 분위기가 우울하구나, 우울해. 저 사람은 누구니?"

끼찌는 친분이 있거나 없거나 그들이 마주치는 모든 사람들의 이름을 그에게 알려주었다. 공원으로 들어가는 입구에서 그들은 안내인의 손에 이끌려가는 눈먼 *마담 베르뜨*와 마주쳤고, 공작은 그 늙은 프랑스 여자가 끼찌의 목소리를 듣자 감동하는 표정을 나타내는 것을 보고 기뻐했다. 그녀는 당장 프랑스인 특유의 과장된 친절을 보이며 그와 이야기하기 시작했으며, 그가 그렇게 훌륭한 딸을 가진 것을 칭찬했고 면전에서 끼찌를 높이 치켜세우며 그녀를 보배, 진주, 수호천사라고 불렀다.

"자, 그러니까 얘가 천사 이호군요." 공작이 미소를 띠며 말했다. "얘는 *마드무아젤* 바렌까를 천사 일호라고 부르니까요."

"오, *마드무아젤* 바렌까, 그녀는 진짜 천사예요. *끝내주지요*[74]." 마담 베르뜨가 그의 말을 막았다.

그들은 회랑에서 실제로 바렌까와 마주쳤다. 그녀는 멋스러운 빨간 손가방을 들고 서둘러 그들을 향해 걸어왔다.

"여기 아빠가 오셨어요!" 끼찌가 그녀에게 말했다.

바렌까는 그녀가 하는 다른 모든 행동과 마찬가지로 소박하고 자연스럽게 고개 숙이는 인사와 무릎을 굽히는 인사 중간 정도의 인사를 하고 나서, 모든 사람들과 이야기할 때와 마찬가지로 공작

---

74 allez(프랑스어).

과 당장 스스럼없고 꾸밈없이 이야기를 시작했다.

"물론 댁을 잘 압니다. 아주 잘 알아요." 그는 미소를 띠고 그녀에게 말했다. 그 미소로 보아 끼찌는 자기 친구가 아버지의 마음에 든 것을 알아차렸다. "어디로 그렇게 서둘러 가나요?"

"*마망*이 여기 계세요." 그녀는 끼찌를 돌아보며 말했다. "밤새 한숨도 못 주무셨어요. 의사가 바깥바람을 쐬라 하셨죠. 저는 *마망*에게 일감을 가져다드리는 거예요."

"그러니까 저이가 천사 일호란 말이지!" 바렌까가 떠났을 때 공작이 말했다.

끼찌는 공작이 바렌까를 비웃고 싶었지만 그녀가 마음에 들었기 때문에 도저히 그렇게 할 수 없었다는 것을 알아챘다.

"자, 이제 네 친구들을 다 보겠구나." 그가 덧붙였다. "마담 스딸도. 그녀가 나를 알아보는 영광을 베푼다면 말이지."

"그녀를 알아요, 아빠?" 끼찌는 마담 스딸을 언급할 때 공작의 두 눈에 이는 조롱의 빛을 보고 놀라면서 물었다.

"그녀의 남편과 그녀를 조금 알았지. 그녀가 경건주의자[75]로 등록하기 이전에."

"경건주의자가 뭐예요, 아빠?" 끼찌는 자기가 마담 스딸에게서 그렇게 높이 평가하는 점에 명칭이 있다는 데 놀라면서 물었다.

"나도 잘은 몰라. 다만 그녀가 모든 것에 대해, 모든 불행에 대해, 남편이 죽은 것에 대해 신에게 감사한다는 것만 알지. 근데 우스운

---

75 개신교가 형식에 치우치는 것에 반대해 17세기 말 독일에서 일어난 신앙운동. 외적인 교회 의식이 아니라 내적인 신앙을 강조한다. 러시아에서는 알렉산드르 1세 때부터 궁정을 중심으로 널리 퍼져 있었다. 극단적인 환상성이나 신비주의적인 경향으로 인해 이단과 마찬가지로 여겨진 경우가 많았다.

것은 그들이 좋지 않게 살았다는 거지."

"저이는 누구냐? 정말 불쌍한 사람이구나!" 그는 갈색 코트와 살이 없어 뼈만 남은 탓에 이상하게 주름이 잡힌 하얀 바지를 입고 벤치에 앉아 있는 자그마한 체구의 병자를 발견하고 물었다.

그 신사는 얼마 안 남은 듬성한 고수머리 위에 쓴 밀짚모자를 들어올려 모자 때문에 심하게 붉어진 넓은 이마를 드러냈다.

"그는 화가 뻬뜨로프예요." 끼찌가 얼굴을 붉히며 말했다. "그리고 저이는 그의 아내예요." 끼찌는 자기들이 다가가는 순간 일부러 그러듯이 길을 따라 달려가는 아이들 뒤를 따라가는 안나 빠블로브나를 가리키며 말했다.

"그는 정말 불쌍한, 하지만 정말 사랑스러운 얼굴을 가졌구나!" 공작이 말했다. "근데 왜 너는 가까이 가지 않니? 그가 네게 뭔가 이야기하고 싶어하는 것 같은데?"

"그래요, 그럼 가봐요." 끼찌가 단호하게 몸을 돌리며 말했다. "오늘 건강은 어떠신가요?" 그녀가 뻬뜨로프에게 물었다.

뻬뜨로프는 단장에 몸을 의지하고 일어나 수줍게 공작을 바라보았다.

"제 딸입니다." 공작이 말했다. "알고 지낼 수 있기를 바랍니다."

화가는 허리 굽혀 인사하고 이상하게 빛나는 하얀 이를 드러내며 미소를 지었다.

"우리는 어제 당신을 기다렸어요, 영애님." 그가 끼찌에게 말했다.

이 말을 하면서 몸이 휘청거리자 그는 다시 한번 그 동작을 되풀이해서 일부러 그런 것처럼 보이려고 애썼다.

"저는 가고 싶었는데요, 하지만 당신이 안 가신다고 안나 빠블로브나가 사람을 보내 전해왔다고 바렌까가 그러던데요."

"우리가 어떻게 안 가나요?" 뻬뜨로프가 얼굴을 붉히고 당장 기침을 시작하더니 눈으로 아내를 찾으면서 말했다. "아네따, 아네따!" 그는 큰 소리로 불렀고, 그의 가느다란 목에 밧줄 같은 굵은 핏줄들이 팽팽하게 불거졌다.

안나 빠블로브나가 다가왔다.

"어째서 공작영애에게 우리가 안 간다고 말하라고 사람을 보냈소?" 그는 목소리가 안 나와서 신경질적으로 속삭이듯 말했다.

"안녕하세요, 영애님!" 안나 빠블로브나는 이전의 태도와는 너무 다른 가식적인 미소를 지으며 말했다. "뵙게 되어 정말 기뻐요." 그녀는 공작을 향했다. "저희는 당신을 뵙기를 오랫동안 기다렸지요."

"어째서 공작영애에게 우리가 안 간다고 말하라고 사람을 보냈소?" 화가가 다시 한번 쉰 목소리로, 더 화가 나서 속삭였다. 그는 분명 목소리가 안 나오고 하고 싶은 대로 표현할 수 없어서 더더욱 신경이 곤두선 것 같았다.

"어머, 세상에! 난 우리가 안 가는 걸로 생각했어요." 그 아내가 유감스럽게 말했다.

"당신은 어떻게 그렇게……" 그는 기침을 하며 팔을 내저었다.

공작은 모자를 들어올리고 딸과 함께 그 자리를 떠났다.

"휴우!" 그는 깊게 한숨을 쉬었다. "오, 불행한 사람들!"

"그래요, 아빠." 끼찌가 대답했다. "하지만 그들에게 아이가 셋이고 하인은 하나도 없고 생계 수단도 거의 없다는 걸 아셔야 해요. 그가 아카데미에서 뭘 좀 받긴 하지요." 끼찌는 자신을 대하는 안나 빠블로브나의 태도의 이상한 변화 때문에 자기 안에 일어난 동요를 진정하려고 애쓰면서 열심히 말했다.

"아, 저기 마담 스딸이네요." 끼찌가 양산 아래 회색과 푸른색 옷을 입고 쿠션으로 빙 둘러싸인 무언가가 있는 작은 수레를 가리키며 말했다.

그것은 스딸 부인이었다. 그녀 뒤에는 그녀를 태우고 밀어주는 음침하고 힘께나 있어 보이는 독일인 하인이 서 있었다. 옆에는 끼찌가 이름을 들어서 알고 있는 밝은 머리칼의 스웨덴 백작이 서 있었다. 몇몇 병자들이 무슨 이상한 것을 보듯이 이 귀부인을 바라보며 수레 곁을 어슬렁거리고 있었다.

공작은 그녀에게로 다가갔다. 당장 끼찌는 그의 두 눈 속에서 그녀를 당황시키는 조롱의 빛을 알아챘다. 그는 마담 스딸에게로 다가간 다음 이제는 몇몇 사람들만이 구사할 수 있는 훌륭한 프랑스어로 그녀와 지극히 예의 바르고 다정하게 이야기했다.

"저를 기억하시는지 모르겠지만, 당신이 제 딸에게 베푸신 호의에 감사드리려면 저를 기억하게 해드려야겠네요." 그가 모자를 벗고 다시 쓰지 않은 채 그녀에게 말했다.

"알렉산드르 셰르바쯔끼 공작님." 마담 스딸이 그에게로 자신의 천상의 눈을 치켜뜨며 말했는데, 끼찌는 그 속에서 불만의 빛을 알아차렸다. "매우 기뻐요. 따님을 정말 사랑하게 되었어요."

"건강은 여전히 좋지 않으신가요?"

"네, 전 이미 익숙해졌어요." 마담 스딸이 말하고는 공작과 스웨덴 백작을 인사시켰다.

"그런데 여전하시군요." 공작이 그녀에게 말했다. "한 십일년, 십이년가량 못 뵀었지요."

"그래요, 신은 짐을 주시고 그것을 이끌고 갈 힘도 주시지요. 이 삶이 무슨 소용이 있을까 가끔 의아해합니다…… 이쪽으로!" 그녀는 자기 다리를 담요로 제대로 감싸지 않았다고 바렌까를 향해 못마땅하게 말했다.

"선을 행하기 위해서겠지요, 아마도." 공작이 두 눈으로 웃으면서 말했다.

"우리가 판단할 일이 아니지요." 스딸 부인이 공작의 얼굴에 나타난 미묘한 음영을 보고 말했다. "그러니까 그 책을 제게 보내주시겠어요, 친절하신 백작님? 정말 감사드려요." 그녀는 젊은 스웨덴 남자를 향해 말했다.

"아!" 공작은 근처에 서 있던 모스끄바 대령을 알아보고 외치고는 스딸 부인에게 허리를 굽혀 인사하고 딸과 그들에게 합류한 모스끄바 대령과 함께 그 자리를 떠났다.

"우리 귀족층이 저렇죠, 공작님!" 스딸 부인이 자신과 알고 지내지 않는 것에 불만을 품은 모스끄바 대령이 그녀를 조롱하고 싶은 마음으로 말했다.

"여전히 똑같군." 공작이 대답했다.

"공작님, 그녀가 병이 나기 전부터, 그러니까 누워 지내기 전부터 그녀를 알고 계셨나요?"

"그렇네. 그녀는 내가 알고 지내던 동안에 앓아눕게 되었지."

"그녀는 십년이나 일어나지 않았다고 그러던데요."

"다리가 짧아서 일어나지 않는 거네. 그녀는 몸이 아주 흉측하게 생겼다네……"

"아빠, 그럴 리가 없어요!" 끼찌가 소리를 질렀다.

"심술궂은 혀들이 그렇게 말한다고, 이 친구야. 근데 너의 바렌까에게 그런 여자가 걸렸구나." 그가 덧붙였다. "아휴, 이 아픈 귀족 부인들!"

"오, 아니에요, 아빠!" 끼찌가 열을 올리며 반대했다. "바렌까는 그녀를 숭배해요. 게다가 그녀가 얼마나 착한 일을 많이 하는데요! 아무에게나 물어보세요! 그녀와 알린 스딸을 모르는 사람이 없어요."

"그렇겠지." 그는 팔꿈치로 딸의 팔을 누르며 말했다. "하지만 누구에게 물어봐도 모르도록 그렇게 일을 하는 편이 더 좋지."

끼찌는 할 말이 없어서 침묵한 것이 아니라 속에 담은 생각을 밝히고 싶지 않았기에 침묵했다. 하지만 이상하게도, 아버지의 견해에 굴복하지 않고 자기가 신성하다고 여기는 것에 아버지가 손을 대지 못하도록 단단히 대비하고 있었음에도, 한달 내내 마음속에 담고 있던 스딸 부인의 그 신성한 형상이 돌이킬 수 없이 사라진 것을 느끼게 되었다. 그것은 마치 벗어던져놓은 드레스로부터 상상해본 형상이 그 드레스가 누구에게 어떻게 입혀져 있었는지를 알았을 때 사라지는 것과 같았다. 남은 것은 몸이 흉하게 생겨서 누워 지내면서 순종적인 바렌까를 담요를 제대로 덮어주지 않았다고 괴롭히는 다리가 짧은 여자뿐이었다. 아무리 상상력을 동원해서 애써봐도 이젠 예전의 마담 스딸을 돌아오게 할 수 없었다.

35

공작은 자기의 유쾌한 기분을 가족들에게, 지인들에게, 심지어 셰르바쯔끼 가족이 투숙하는 독일인 집주인에게까지 옮겼다.

끼찌와 함께 온천에서 돌아온 공작은 대령과 마리야 예브게니예브나와 바렌까를 커피 시간에 초대하고 나서 식탁과 의자를 작은 정원의 밤나무 아래로 내놓고 그곳에 아침을 차리라고 명했다. 집주인도 하인들도 그의 유쾌함에 영향을 받아 활기가 돋았다. 그들은 그의 후한 씀씀이를 알고 있었던 것이다. 반시간 뒤 위층에 사는 병든 함부르크 의사는 밤나무 아래 모인 이 유쾌한 러시아인 무리를 유리창을 통해 부럽게 바라보고 있었다. 주변으로 나뭇잎들이 흔들리는 그늘 아래, 하얀 식탁보 위에 커피포트, 빵, 버터, 치즈, 차가운 새고기가 놓인 식탁 앞에 앉아 라일락빛 리본이 달린 머리 장식을 꽂은 공작부인이 찻잔과 버터빵을 돌리고 있었다. 맞은편에는 공작이 앉아서 배부르게 먹으며 큰 소리로 유쾌하게 대화하고 있었다. 공작은 자기 곁에 온천을 다니면서 사들인 많은 물건들, 즉 목공예 상자, 목공예 장난감, 각종 종이칼들을 늘어놓고 모두에게 선물을 했다. 하녀 리스헨과 집주인에게도 선물을 했는데, 공작은 집주인에게 끼찌를 치료한 것이 광천수가 아니라 그의 좋은 음식, 특히 말린 자두를 넣은 수프라고 단언하며 우스꽝스러운 틀린 독일어로 농담을 했다. 공작부인은 남편의 러시아식 습관을 비웃었지만, 온천에서 보낸 그 어느 때보다도 활기차고 유쾌했다. 대령은 언제나처럼 공작의 농담에 미소를 지었지만, 그가 주의 깊게 연구하고 있다고 여기는 유럽에 관해서는 공작부인의 편을 들었다. 사람 좋은 마리야 예브게니예브나는 공작이 말하는 모든 우스운 농담 때문에 웃느라고 데굴데굴 굴렀고, 바렌까도 공작의 농담 때문에 끼찌가 한번도 본 적이 없는 희미하지만 웃는 표정으로 풀어져 있었다.

이 모든 것이 끼찌를 유쾌하게 했지만, 그녀는 걱정을 하지 않을 수 없었다. 그녀는 아버지가 그녀의 친구들과 그녀가 그렇게 사랑하게 된 생활을 보는 그 유쾌한 시선으로써 저도 모르게 그녀에게 맡긴 과제를 풀 수가 없었던 것이다. 이 과제에는 오늘 그렇게도 명백하고 불쾌하게 드러나버린 뻬뜨로프 부부와의 관계에 대한 개선도 포함되어 있었다. 모두가 유쾌했으나 끼찌는 유쾌할 수 없었고, 이런 사실이 그녀를 더욱 괴롭혔다. 그녀는 어렸을 적에 벌을 받느라고 방에 갇혀 있을 때 언니들의 유쾌한 웃음소리를 듣는 듯한 기분을 느꼈다.

"근데 뭐 하러 이런 걸 이렇게 많이 사들였어요?" 공작부인이 미소를 지으며 남편에게 커피가 담긴 잔을 건네면서 물었다.

"길 가다가 상점에 들어가면 사라고들 하니까. '에를라우흐트, 엑스첼렌츠, 두르힐라우흐트[76].' 자, '두르힐라우흐트' 이렇게 나오면 나는 어쩔 수가 없지. 몇십 탈러가 없어지는 거지."

"지루해서 산 거군요." 공작부인이 말했다.

"물론 지루해서였지, 여보. 너무 지루해서 어쩔 줄을 모르겠더라니까."

"어떻게 지루할 수가 있어요, 공작님? 지금 독일에는 흥미로운 것이 아주 많은 데요." 마리야 예브게니예브나가 말했다.

"난 흥미로운 건 다 알아요. 말린 자두를 넣은 수프, 완두콩을 넣은 소시지, 모두 알아요."

"아니, 공작님 좋으실 대로지만요. 어쨌든 그들의 행정제도는 흥미로워요." 대령이 말했다.

"흥미로울 게 뭐 있나? 그들은 모두 동전처럼 만족하지. 모두를 이겼으니까. 근데 내가 만족할 게 뭐 있어? 나는 아무도 이기지 않았고, 내가 직접 장화를 벗어야 하고 또 그걸 직접 문밖에다 세워놓아야 할 뿐이지. 아침에 일어나서 당장 옷을 입고 살롱에 가서 맛이 정말 더러운 차를 마셔야 하지. 집에서는 어디 그런가! 서둘

---

[76] Erlaucht, Exzellenz, Durchlaucht(독일어)를 발음대로 러시아 문자로 표기했다. 각각 나리, 각하, 전하를 뜻한다.

거 없이 일어나서 꼬투리를 찾아 화를 좀 내고 투덜거리고 나서 정신을 잘 차린 다음에 모든 걸 잘 생각하지. 서둘지 않고 말이지."

"하지만 시간은 돈이지요. 그걸 잊고 계시군요." 대령이 말했다.

"무슨 시간! 시간이란 여러가지라 어떤 때는 반푼 받고 한달 전체를 내주고 어떤 때는 아무리 많이 받아도 삼십분도 내주지 않지. 그렇지 않니, 까쩬까? 왜 그래? 지루하니?"

"전 괜찮아요."

"어디 가시오? 좀더 앉아 계시구려." 공작은 바렌까를 향해 말했다.

"집에 가야 해요." 바렌까가 일어나면서 말하고 다시 웃음을 터트렸다.

웃음이 가라앉자 그녀는 모두와 작별하고 모자를 가지러 집 안으로 향했다. 끼찌도 그녀 뒤를 따라갔다. 바렌까까지도 지금 그녀에게는 다른 사람으로 생각되었다. 더 나쁘지는 않았지만 예전에 상상했던 그녀와는 다른 사람이었다.

"아, 오랜만에 이렇게 웃어보네요!" 바렌까는 양산과 가방을 챙기면서 말했다. "정말 사랑스러운 분이세요, 당신 아버지는!"

끼찌는 잠자코 있었다.

"언제 만날까요?" 바렌까가 물었다.

"마망이 뻬뜨로프 씨 댁을 방문하려고 하는데요, 거기 안 오시겠어요?" 끼찌가 바렌까를 시험해보며 말했다.

"갈 거예요." 바렌까가 말했다. "그분들이 떠나려고 해서요, 제가 짐 꾸리는 걸 도와주기로 약속했어요."

"그럼 저도 갈게요."

"아니에요, 뭐 하려요?"

"도대체 왜 그러는 거예요? 왜, 왜 그래요?" 끼찌가 두 눈을 크게 뜨면서 바렌까를 놓지 않으려는 듯이 그녀의 양산을 잡고서 말했다. "아니, 잠깐. 왜 그러는 거예요?"

"자, 당신 아버지가 오셨고, 또 그분들이 당신과 만나는 걸 거북해해서요."

"아니요, 당신이 왜 제가 뻬뜨로프 씨 댁에 자주 가는 걸 원하지 않는지 말해줘요. 당신은 원하지 않잖아요. 왜 그래요?"

"전 그런 말 하지 않았어요." 바렌까가 담담하게 말했다.

"아니요, 제발 말해줘요!"

"다 얘기해요?" 바렌까가 물었다.

"다요, 다!" 끼찌가 잘라 말했다.

"네, 특별한 건 없어요. 다만 미하일 알렉세예비치가(화가의 이름이었다) 예전에는 빨리 떠나려 했는데 지금은 그러길 원하지 않아요." 바렌까가 미소를 지으며 말했다.

"그래서요! 그래서요!" 바렌까를 음울하게 바라보면서 끼찌가 다급하게 말했다.

"그런데 안나 빠블로브나가 제게 말하기를, 웬일인지 그가 떠나려 하지 않는 것은 당신이 여기 있기 때문이래요. 물론 말도 안 되는 이야기지만 이것 때문에, 당신 때문에 싸움이 일어났어요. 알잖아요, 병자들이 얼마나 예민한지."

끼찌는 점점 더 얼굴을 찌푸리면서 잠자코 있었고, 바렌까는 그녀를 누그러뜨리고 진정시키려고 애쓰면서, 눈물이 터질 것인지 말이 터질 것인지 모르나 막 폭발하려는 그녀를 바라보며 혼자 이야기했다.

"그러니 안 가는 게 좋을 거예요…… 그리고 이해하세요, 모욕으로 생각하지 마시고요……"

"자업자득이에요, 자업자득이에요!" 끼찌가 바렌까의 손에서 양산을 잡아채고 친구의 눈을 피해 빠르게 말하기 시작했다.

바렌까는 친구의 어린애 같은 분노를 보고 미소를 터트릴 뻔했으나 그녀가 모욕을 느낄까봐 겁이 났다.

"뭐가 그렇다는 거예요? 이해가 안 되네요." 그녀가 말했다.

"이 모든 게 심장에서 우러난 것이 아니라 머릿속으로 생각해낸 것이기 때문에, 위선이기 때문에 자업자득이라는 거예요. 타인이 제게 무슨 상관이 있나요? 근데 저 때문에 싸움이 일어났고, 전 아무도 청하지 않은 일을 한 셈이죠. 이 모든 게 위선이기 때문에 일어난 거지요! 위선! 위선!"

"근데 대체 무슨 목적으로 위선적인 행동을 했다는 거예요?" 바렌까가 나직하게 말했다.

"아, 얼마나 어리석고 넌더리 나는 짓인지! 아무 필요 없는 거죠…… 전부가 위선이에요!" 양산을 펼쳤다 접었다 하면서 끼찌가 말했다.

"근데 대체 무슨 목적으로요?"

"사람들 앞에, 자신 앞에, 신 앞에 더 나은 사람으로 보이기 위해서요. 모든 사람들을 속이기 위해서요. 아니요, 전 이제 그런 일을 하지 않을 거예요. 모자라는 여자가 되더라도, 적어도 거짓된 여자, 남을 속이는 여자는 아닌 거죠!"

"대체 누가 속이는 여자라는 거예요?" 바렌까가 비난조로 말했다. "당신 말은 마치……"

하지만 끼찌는 열이 올라 제정신이 아니었다. 그녀는 바렌까가 마저 말하도록 두지 않았다.

"전 당신에 대해서, 절대 당신에 대해서 말하는 게 아니에요. 당신은 완벽해요. 네, 네, 전 당신이 완벽하다는 걸 알아요. 하지만 제가 모자라는 여자인 걸 어떻게 해요? 제가 모자라는 여자가 아니었다면 이런 일은 일어나지 않았을 거예요. 하지만 전 저 그대로 남을래요. 위선자가 되기보다는요. 안나 빠블로브나가 제게 무슨 상관이에요! 그들은 그들 좋은 대로 살라고 하세요. 저는 저 좋은 대로 살고요. 저는 다른 사람이 될 수는 없어요…… 이 모든 게 제대로 된 것이 아니었어요. 아니었다고요!"

"뭐가 제대로 된 것이 아니었다는 거죠?" 바렌까가 의심쩍다는 듯이 물었다.

"모든 게 제대로가 아니에요. 저는 심장이 시키는 대로만 살 수 있어요. 하지만 당신은 원칙에 따라 살지요. 저는 당신을 그냥 좋아하지만 당신은 저를 구원하고 가르침을 주기 위해 좋아하지요!"

"그런 말은 부당해요." 바렌까가 말했다.

"자, 저는 다른 사람들에 대해서 이야기하는 게 전혀 아니에요. 저 자신에 대해 말하는 거예요."

"끼찌!" 어머니의 목소리가 들렸다. "이리 와서 아버지에게 산호목걸이를 보여드려라."

끼찌는 친구와 화해하지 않은 채 거만한 표정으로 책상에서 산호목걸이가 들어 있는 작은 상자를 꺼내들고 어머니에게로 갔다.

"웬일이니? 얼굴이 왜 그렇게 빨개?" 아버지와 어머니가 동시에 물었다.

"아무것도 아니에요." 그녀가 대답했다. "곧 올게요." 그러고서 그녀는 다시 뛰어나갔다.

'그녀가 아직 여기 있구나!' 그녀는 생각했다. '뭐라고 하지? 맙소사! 내가 무슨 말을 한 거지, 무슨 짓을 한 거야! 뭣 때문에 그녀를 모욕한 거지? 어쩌지? 뭐라고 하지?' 끼찌는 생각하며 문가에 멈춰섰다. 바렌까는 모자를 쓰고 양산을 두 손에 쥔 채 끼찌가 망가뜨린 스프링을 살펴보면서 탁자 앞에 앉아 있었다. 그녀가 고개를 들었다.

"바렌까, 용서해줘요, 용서해줘요!" 끼찌는 그녀에게 다가가며 속삭였다. "제가 무슨 말을 했는지 기억도 안 나요. 전……"

"전 정말로 당신을 화나게 하고 싶었던 게 아니에요." 바렌까는 미소를 지으면서 말했다.

화해가 이루어졌다. 하지만 아버지의 도착과 함께 끼찌에게는 그녀가 살던 세계 전체가 바뀌었다. 그녀는 자기가 인식한 것 모두를 부인하지는 않았으나 자기가 원하면 그렇게 될 수 있다고 생각한 것이 자신을 속이는 일이라는 것을 깨달았다. 그녀는 정신이 든 것 같았다. 그녀는 위선과 과장 없이 자기가 오르기를 원하는 높은 경지에 머무는 것의 모든 어려움을 느꼈다. 그외에도 그녀는 고통과 병자들과 죽어가는 사람들로 이루어진, 그녀가 머물고 있는 이 세계의 모든 어려움을 느꼈다. 이들을 사랑하려고 기울인 자신의 노력들이 고통스럽게 여겨졌고 되도록 빨리 신선한 공기 속으로, 러시아로, 예르구쇼보로 가고 싶었다. 그녀는 예르구쇼보에 이미 돌리 언니와 아이들이 옮겨가 있는 것을 편지로 알고 있었다.

하지만 바렌까에 대한 애정은 줄지 않았다. 끼찌는 작별하면서 그녀에게 러시아로, 자기들에게로 오라고 졸랐다.

"당신이 결혼을 하면 갈게요." 바렌까가 말했다.

"전 결혼 안 할 거예요."

"그럼 저도 안 가요."

"그럼 오로지 그걸 위해서 결혼을 할게요. 두고 봐요. 약속을 기억하세요!" 끼찌가 말했다.

의사의 예견은 옳은 것으로 판명이 났다. 끼찌는 집으로, 러시아로 병이 나아서 돌아왔다. 그녀는 예전처럼 그렇게 걱정 없고 쾌활하지는 않았지만 평온했다. 그녀가 모스끄바에서 겪은 쓰라림은 추억이 되었다.

(2권으로 이어집니다)

고전의 새로운 기준, 창비세계문학

오늘날 우리는 인간의 존엄과 개성이 매몰되어가는 시대를 살고 있다. 물질만능과 승자독식을 강요하는 자본주의가 전지구적으로 확산되면서 현대사회는 더 황폐해지고 삶의 질은 크게 훼손되었다. 경제성장만이 최고의 선으로 인정되고 상업주의에 물든 문화소비가 삶을 지배할수록 문학은 점점 더 변방으로 밀려나고 있다. 삶의 본질을 성찰하는 문학의 자리가 위축되는 세계에서는 가진 자와 못 가진 자 할 것 없이 모두가 불행할 수밖에 없다.

이 시대야말로 인간답게 산다는 것의 의미가 무엇인지 근본적인 화두를 다시 던지고 사유의 모험을 떠나야 할 때다. 우리는 그 여정에 반드시 필요한 벗과 스승이 다름 아닌 세계문학의 고전이라는 점을 강조한다. 고전에는 다양한 전통과 문화를 쌓아올린 공동체의 경험이 녹아들어 있고, 세계와 존재에 대한 탁월한 개인들의 치열한 탐색이 기록되어 있으며, 새로운 세상을 꿈꾸는 아름다운 도전과 눈물이 아로새겨 있기 때문이다. 이 무궁무진한 상상력의 보고이자 살아 있는 문화유산을 되새길 때만 개인의 일상에서 참다운 인간적 가치를 실현하고 근대적 삶의 의미와 한계를 성찰하는 지혜를 얻을 수 있을 것이다.

'창비세계문학'은 이러한 문제의식에서 출발한다. 세계문학의 참의미를 되새겨 '지금 여기'의 관점으로 우리의 정전을 재구성해야 할 필요성이 그 어느 때보다 절실하다. '정전'이란 본디 고정된 목록으로 존재하는 것이 아니라 그때그때 주어진 처소에서 새롭게 재구성됨으로써 생명을 이어가는 것이다. 우리는 먼저 전세계 문학들의 다양성과 차이를 존중하면서 국가와 민족, 언어의 경계를 넘어 보편적 가치에 기여할 수 있는 가능성에 주목하고자 한다. 근대를 깊이 성찰한 서양문학뿐 아니라 아시아와 라틴아메리카, 중동과 아프리카 등 비서구권 문학의 성취를 발굴하고 재평가하는 것 역시 세계문학의 지형도를 다시 그리려는 창비의 필수적인 작업이 될 것이다.

여러 전집들이 나와 있는 세계문학 시장에서 '창비세계문학'은 세계문학 독서의 새로운 기준이 되고자 한다. 참신하고 폭넓으면서도 엄정한 기획, 원작의 의도와 문체를 살려내는 적확하고 충실한 번역, 그리고 완성도 높은 책의 품질이 그 기초이다. 독서시장을 왜곡하는 값싼 유행과 상업주의에 맞서 문학정신을 굳건히 세우며, 안팎의 조언과 비판에 귀 기울이고 독자들과 꾸준히 소통하면서 진정 이 시대가 요구하는 세계문학이 무엇인지 되묻고 갱신해 나갈 것이다.

1966년 계간 『창작과비평』을 창간한 이래 한국문학을 풍성하게 하고 민족문학과 세계문학 담론을 주도해온 창비가 오직 좋은 책으로 독자와 함께해왔듯, '창비세계문학' 역시 그러한 항심을 지켜 나갈 것이다. '창비세계문학'이 다른 시공간에서 우리와 닮은 삶을 만나게 해주고, 가보지 못한 길을 걷게 하며, 그 길 끝에서 새로운 길을 열어주기를 소망한다. 또한 무한경쟁에 내몰린 젊은이와 청소년 들에게 삶의 소중함과 기쁨을 일깨워주기를 바란다. 목록을 쌓아갈수록 '창비세계문학'이 독자들의 사랑으로 무르익고 그 감동이 세대를 넘나들며 이어진다면 더없는 보람이겠다.

2012년 가을
창비세계문학 기획위원회
김현균 서은혜 석영중 이욱연 임홍배 정혜용 한기욱